BRENDA JACKSON

Un chalet pour s'aimer

Traduction française de
ELSA GANEM

PASSIONS

HARLEQUIN

Collection : PASSIONS

Titre original :
WHAT HE WANTS FOR CHRISTMAS

HARPERCOLLINS FRANCE
83-85, boulevard Vincent-Auriol, 75646 PARIS CEDEX 13
Service Lectrices — Tél. : 01 45 82 47 47 - www.harlequin.fr
ISBN 978-2-2804-7691-1 — ISSN 1950-2761

Composé et édité par HarperCollins France.
Imprimé en octobre 2022 par CPI Black Print (Barcelone)
en utilisant 100% d'électricité renouvelable.
Dépôt légal : novembre 2022.

FSC www.fsc.org MIXTE Papier issu de sources responsables FSC® C159065

Pour limiter l'empreinte environnementale de ses livres, HarperCollins France s'engage à n'utiliser que du papier fabriqué à partir de bois provenant de forêts gérées durablement et de manière responsable.

À l'homme qui sera toujours l'amour de ma vie et le vent sous mes ailes, Gerald Jackson Sr.

En souhaitant à tous d'excellentes fêtes.

À tous mes lecteurs qui aiment les séries « Westmoreland » et « Outlaw ».
Ce livre est pour vous.

Merci à Diaminique Watson et Mahogany Mitchell pour avoir partagé leurs connaissances sur North Pole, l'Alaska et la ville de Fairbanks. Votre temps et votre savoir ont été grandement appréciés.

- 1 -

Sloan Outlaw tourna brusquement la tête. Il aurait reconnu cette voix n'importe où. Il y avait des choses qu'il n'oublierait jamais, comme la voix de la femme qui lui avait brisé le cœur dix ans plus tôt.

Il ne put s'empêcher de parcourir des yeux la foule de personnes qui, comme lui, assistaient au mariage de Tyler et Keosha. Il la repéra aussitôt.

Leslie Cassidy.

Elle était là, majestueuse, sophistiquée et plus belle que jamais avec ses yeux marron, sa peau couleur café au lait, ses lèvres pulpeuses, ses pommettes hautes et ses cheveux courts. Il cligna des yeux. Des cheveux courts ? Qu'était-il arrivé à sa magnifique masse de boucles brunes qui tombaient sur ses épaules ? Ces cheveux dans lesquels il aimait passer les doigts quand ils faisaient l'amour ? Quand elle se blottissait dans ses bras ? Ces boucles avaient disparu. Mais il devait admettre qu'elle était plutôt mignonne avec cette coupe insolente et chic. Elle avait un côté mature et à la mode qui mettait en valeur ses traits. Il ne put s'empêcher de penser que ces cheveux courts la rendaient encore plus sexy.

Il contempla le reste de son corps. Ces jambes étaient les plus belles qu'il n'ait jamais vues. Il se souvenait clairement comment elle les enroulait autour de lui quand ils faisaient l'amour. Elle portait une robe au-dessus des genoux hyper sexy qui soulignait ses formes.

Leslie avait toujours accaparé l'attention, et d'après le nombre de types qui bavaient devant elle, il semblait que cela n'avait pas changé. Il aurait dû se douter qu'elle serait là. Après tout, comme lui, elle était amie avec les mariés depuis l'époque de l'Université d'Alaska à Anchorage. Mais il l'avait délibérément fait sortir de sa tête. Il serait toujours contrarié par le fait qu'elle avait cru un mensonge le concernant, alors qu'elle était la mieux placée pour lui faire entièrement confiance.

Au lieu de cela, elle ne lui avait même pas donné l'occasion de se défendre. Elle avait disparu en se contentant de lui envoyer un mail dont le contenu lui faisait toujours mal quand il y pensait. La première ligne disait : *Je te déteste.* Il ne lui avait pas fallu longtemps pour comprendre pourquoi : elle avait cru les mensonges de sa colocataire, qu'elle prenait alors pour sa meilleure amie. Celle qui avait essayé de le séduire dans le dos de Leslie. S'il avait commis une erreur, c'était d'avoir pensé qu'il pouvait gérer la situation sans parler à Leslie du comportement de Sarah Olsen. S'il l'avait fait, elle aurait été préparée à entendre ses mensonges. Mais ce n'était pas le cas, et Leslie avait cru le pire.

De nouveaux invités arrivèrent. La salle de bal de l'hôtel de Juneau était bondée, et il ne voyait plus Leslie. Tyler aurait dû le prévenir. Il comptait bien dire à son ami le fond de sa pensée.

Sloan savait qu'il n'était pas prêt à revoir la seule femme qu'il ait jamais aimée.

— Alors, tu l'as vu ?

Leslie Cassidy se retourna et regarda sa meilleure

amie, Carmen Golan. Quand Leslie avait quitté l'Université d'Alaska à Anchorage, elle avait rejoint Howard University à Washington pour se rapprocher de sa tante Ella, la sœur de son père. En tout cas, c'était la raison qu'elle avait donnée à tout le monde. Carmen était sa colocataire à Howard et était la personne la plus positive qu'elle connaissait. L'optimisme de son amie avait aidé Leslie à traverser la période difficile après sa rupture avec Sloan.

— Non, je ne l'ai pas vu et je ne le cherche pas, Carmen.

— Eh bien, tu devrais. Tu lui dois des excuses.

Certains jours, Leslie regrettait que Carmen ait été présente à cette soirée, trois ans plus tôt, lors d'un voyage entre filles à Los Angeles. Dans une boîte de nuit, elles étaient tombées sur Sarah Olsen. Il était évident qu'elle avait trop bu, et, dans un baratin alcoolisé, elle avait dévoilé comment son plan de faire rompre délibérément Leslie et Sloan avait fonctionné.

Elle s'était même moquée de la naïveté de Leslie devant tout le monde, et c'était là que cette dernière avait réalisé que tout ce qu'elle croyait savoir sur Sloan était faux.

— Je finirai bien par le voir, Carmen, mais je n'ai pas l'intention de le chercher. Il doit y avoir plus de deux cents invités.

Ce qu'elle ne disait pas, c'était qu'elle avait reçu un appel de son avocat avant de quitter l'hôtel et que ce qu'il lui avait dit la préoccupait particulièrement.

— Je t'aiderais à le trouver si je savais à quoi il ressemble.

— Il n'est peut-être pas venu.

Leslie vit la déception dans les yeux de Carmen. Pour son amie, il fallait saisir chaque opportunité de réparer une injustice. Carmen était aussi une romantique invétérée. C'était l'une des raisons pour lesquelles Leslie lui avait demandé de l'accompagner au mariage. Elle adorait ça. Carmen l'avait rejointe en Alaska pour passer Thanksgiving avec elle et avait accepté de se rendre à ce mariage parce que c'était l'occasion idéale pour que sa meilleure amie s'excuse auprès de Sloan.

Leslie savait que Carmen espérait aussi qu'elle et Sloan pourraient recoller les morceaux d'une relation qui n'aurait jamais dû se finir. Leslie lui avait pourtant répété un nombre incalculable de fois que dix ans étaient passés. Aujourd'hui, elle ne pensait qu'à sauver son entreprise des griffes de Martin Longshire.

— La mariée ne t'a-t-elle pas dit que Sloan avait confirmé sa venue ?

— Si, mais il a pu avoir un empêchement.

Leslie savait que, malgré ce qu'elle venait de dire à Carmen, quelque part dans cette foule d'invités se trouvait Sloan Outlaw. Il était ici. Elle sentait sa présence.

Sloan avait conscience qu'il serait quasiment impossible de discuter seul à seul avec Tyler pendant son mariage. Alors il décida de chercher Redford Saint-James.

Sloan pouvait pardonner à Tyler de ne pas lui avoir parlé de la présence de Leslie en amont. Après tout, c'était son mariage et il devait être bien trop occupé par les préparatifs. Mais Redford, lui, n'avait aucune excuse. Pendant leurs études, tous les trois s'entendaient comme larrons en foire et, même s'ils vivaient désormais dans différentes villes d'Alaska, ils se débrouillaient pour passer du temps ensemble deux fois par an.

En se frayant un chemin dans la foule, Sloan était convaincu qu'il n'aurait pas de mal à trouver Redford. Il lui suffisait d'imaginer le meilleur endroit pour qu'un couple puisse se retrouver dans l'intimité. Cela avait toujours été le truc de Redford, même quand ils étaient à la fac. Les placards à balais, les salles de classe vides, les recoins sous les escaliers, voilà quelques exemples qui lui venaient à l'esprit.

Sloan quitta la salle de bal et emprunta un couloir vers l'arrière du bâtiment. Quand il croisa une femme en train de se recoiffer et arranger sa tenue, Sloan sut que Redford Saint-James avait encore frappé. Son ami avait du mal à garder fermée la fermeture Éclair de son pantalon.

Sloan ouvrit lentement une porte et entra dans une petite salle de réunion. Il vit Redford, de dos, en train de remettre sa veste.

— J'étais sûr de te trouver ici.

Ce dernier se retourna brusquement et le fusilla du regard.

— Bon sang, Sloan, j'ai failli faire une attaque. J'ai cru que c'était le petit ami de cette fille.

Sloan haussa un sourcil et croisa les bras sur sa poitrine.

— Petit ami ? Quand as-tu commencé à chasser sur le territoire des autres ?

— Quand elle a regardé dans ma direction plusieurs fois et s'est délibérément léché les lèvres, répondit-il avec un sourire en coin. Je me suis dit que personne ne s'occupait d'elle convenablement et j'ai reçu le message. L'occasion était trop bonne pour l'ignorer.

— Bref, dit Sloan en refermant la porte derrière lui. Pourquoi ne m'as-tu pas dit que Leslie venait au mariage ?

— Tu pensais honnêtement qu'elle ne serait pas invitée ? Leslie et Keosha étaient super copines à la fac.

— Je ne savais pas qu'elles avaient gardé contact.

— Il n'y a aucune raison pour que ce ne soit pas le cas, Sloan. Tu es le seul à considérer Leslie comme une ennemie. En fait, si tu te souviens bien, tu nous as interdit, à Tyler et moi, de mentionner son nom en ta présence, alors c'est ce qu'on a fait. Bon sang, mec, on t'a dit ce que tu aurais dû faire quand cette Sarah a essayé de te draguer. On savait tous qu'elle ne pouvait qu'apporter des ennuis.

— D'accord, peut-être que j'aurais dû en parler à Leslie, mais elle aurait dû me faire confiance et ne pas croire Sarah.

— C'était un mensonge plutôt convaincant et Sarah avait des preuves, Sloan.

— Quand même, Leslie aurait dû savoir que je n'appelais pas Sarah dans son dos, même si ce n'était pas ce que disait son téléphone.

— Je considère toujours que tu aurais dû dire à Leslie de se méfier de Sarah, alors vous êtes tous les deux fautifs.

Sloan n'appréciait pas que Redford pense la même chose que ses frères. Ils aimaient bien Leslie et considéraient qu'il aurait dû lui parler de Sarah, même si cette dernière avait promis que cela ne se reproduirait jamais.

— Je suppose que tu as appris pour son père, dit Redford, le sortant de ses pensées.

— Non, qu'est-ce qui lui arrive ?

— Il est mort il y a trois mois.

Sloan n'était pas au courant.

— Je suis désolé de l'entendre. Il était malade ?

— Il a fait une crise cardiaque.

Il pouvait imaginer comme cela avait dû être dur pour Leslie. Elle et son père étaient très proches. Sa mère était décédée plusieurs années plus tôt quand Leslie était adolescente.

— Qui gère les affaires maintenant ?

Le père de Leslie était le fondateur et P-DG de Cassidy

Cosmetics, une entreprise basée en Alaska, dont les produits étaient vendus directement à des magasins à travers l'État.

— Leslie, mais je ne sais pas pour combien de temps.

Sloan fronça les sourcils.

— Que veux-tu dire ?

— Il vaut mieux que je ne t'en parle pas. Il n'y a pas de raison de t'inquiéter. On devrait retrouver les autres ou Tyler va se demander où on est.

— Tu te soucies d'être absent du mariage maintenant ? Tyler se moque de savoir où on est. Tout ce qui l'intéresse, c'est Keosha. Alors, c'est quoi cette histoire avec Leslie qui ne devrait pas m'inquiéter, Redford ? Pourquoi tu ne veux pas m'en parler ?

Redford soupira avant de céder.

— Martin Longshire projette de racheter son entreprise. Le père de Leslie et lui étaient des ennemis de longue date, et maintenant il envisage de se venger sur Leslie. C'est une femme qui bosse pour lui et avec qui j'ai couché il y a deux semaines qui me l'a dit. Apparemment, ses employés ne savent pas garder un secret… ou alors il se fiche de qui est au courant de ses plans.

— Tu en as parlé à Leslie ? demanda Sloan.

— Non, pas encore. Mais je l'ai dit à Tyler et Keosha. Elle a assuré qu'elle préviendrait Leslie, mais je doute que ce soit une bonne chose. Tout le monde sait que Martin Longshire est un requin. S'il avait vraiment une dent contre le père de Leslie, alors il n'aura aucun mal à la faire souffrir.

Sloan ne dit rien tandis qu'ils retournaient tous les deux à la salle de bal. Il essayait de se convaincre que tout ce qui concernait Leslie ne le regardait pas.

— Je reviens, mec, lança Redford. Te raconter ce que

Longshire envisageait de faire à Leslie m'a laissé un goût amer dans la bouche. J'ai besoin de boire un verre.

Tandis que Sloan regardait son ami s'éloigner, il sentit ses cheveux se dresser sur sa nuque. Il sut immédiatement qui se tenait derrière lui avant même qu'elle ne prenne la parole.

— Salut, Sloan.

Il se retourna et tomba face à face avec Leslie.

- 2 -

— Comment vas-tu, Leslie ?

Comme il mesurait près d'un mètre quatre-vingt-dix, elle atteignait à peine son menton, même avec ses escarpins à talons. Mais sa taille n'était pas la cause de l'augmentation de son rythme cardiaque.

Dix ans plus tôt, Sloan Outlaw était considéré comme un homme extrêmement charmant. Selon les standards d'aujourd'hui, il l'était dix fois plus encore. Et il portait le costume mieux que tous les hommes qu'elle connaissait. Il avait toujours eu beaucoup de goût pour s'habiller, même à la fac, avec son style BCBG. Sa veste embrassait ses épaules masculines et couvrait son torse large. Le regard de Leslie s'abaissa vers la fermeture Éclair de son pantalon, et elle se souvint de toutes ces fois où elle l'avait fait descendre. Il adorait quand elle le déshabillait, et elle aussi. Elle n'avait jamais regretté de partager son lit… sauf quand elle avait cru qu'il l'avait trompée avec Sarah.

Après la déclaration ivre de cette dernière, Leslie avait envisagé de contacter Sloan pour lui présenter des excuses. Le retrouver n'aurait pas été difficile, puisque l'entreprise de transport de sa famille était l'une des plus connues d'Alaska. Cependant, étant donné la manière dont elle avait rompu avec lui, quittant la ville sans lui dire où elle était partie et en lui envoyant simplement un mail incisif, Leslie s'était dit qu'elle devait être la dernière personne dont il voulait entendre parler, même si c'était pour entendre des excuses.

Elle avait gardé un œil sur lui sur les réseaux sociaux. En plus d'être l'homme séduisant qu'il avait toujours été, Sloan Outlaw connaissait désormais la réussite. Non seulement il travaillait sur les opérations quotidiennes de l'entreprise multimillionnaire de sa famille, mais il était aussi impliqué dans plusieurs autres sociétés qui lui appartenaient, dont une fondation qu'il avait créée quelques années plus tôt. Il donnait de son temps et de son argent, ce qui signifiait que Sloan était toujours l'homme généreux et attentionné qu'elle avait connu et dont elle était tombée amoureuse à dix-neuf ans.

Leslie avait remarqué qu'il donnait aussi de son temps au sexe opposé. Il y avait de nombreuses photos de lui avec de très belles femmes à son bras lors d'événements en vue. Mais il n'était pas encore marié. Elle avait du mal à croire que personne ne lui avait passé la bague au doigt. Le simple fait de plonger dans les profondeurs de ses yeux chocolat et de voir ses lèvres bien dessinées rendait sa respiration difficile. Il avait toujours eu cet effet sur elle.

— Je vais bien, Sloan. Tu as l'air en forme, finit-elle par dire.

Elle remarqua la manière dont son regard parcourut son corps. Tout comme elle avait étudié le sien.

— Toi aussi.

Elle sentit un frisson d'électricité la traverser juste au son de sa voix. Ce n'était pas le moment ni l'endroit, mais était-elle vraiment surprise ?

— Je suis heureuse pour Tyler et Keosha, dit-elle sans pouvoir détacher les yeux des siens.

— Il leur aura fallu du temps.

Leslie se retint de sourire parce qu'il avait raison. Tyler

et Keosha étaient amoureux depuis le lycée et avaient tenu à aller ensemble à l'Université d'Alaska à Anchorage, contre l'avis de leurs parents.

Ils étaient sortis ensemble pendant toutes leurs études et formaient le couple parfait. Après la fac, ils étaient retournés à Juneau et avaient travaillé pour les entreprises de leurs familles, heureux de vivre ensemble. Ils n'avaient pas ressenti le besoin urgent de se marier, au grand désarroi de leurs parents. Tyler et Keosha disaient toujours qu'ils s'aimaient et n'avaient pas besoin d'un morceau de papier pour le prouver. Aujourd'hui, ils étaient prêts à fonder une famille et avaient envie de le faire en tant que mari et femme.

Pour éviter l'énorme mariage qu'auraient souhaité leurs parents, le couple s'était éclipsé à Las Vegas quelques jours plus tôt.

Les personnes présentes aujourd'hui découvraient qu'elles assisteraient à une fête et pas à une cérémonie.

— Je suppose qu'ils se sont mariés quand ils ont senti que c'était le bon moment. Regarde-les maintenant.

Leurs regards traversèrent la pièce jusqu'au couple qui arborait des sourires radieux pendant qu'on les prenait en photo.

— Ils sont heureux, dit Sloan avant de se retourner vers elle.

À l'instant où leurs yeux se reconnectèrent, elle se souvint de ce que ça faisait d'être touchée par les mains puissantes de Sloan. D'être caressée par elles. À des endroits qui coupaient le souffle.

Elle sentit sa gorge se serrer.

— Oui.

Elle devait lui dire ce qu'elle avait à lui dire avant que Carmen ne revienne de la piste de danse.

— Il faut que je te parle, Sloan.

Elle vit son visage se contracter.

— Tu me parles, là, riposta-t-il, les traits tendus.

Elle déglutit. Ils se tenaient un peu à l'écart de la foule. Cela leur permettait d'avoir un peu d'intimité.

— Je suis tombée sur Sarah il y a trois ans, et elle m'a dit la vérité.

— Quelle vérité, Leslie ?

Elle prit une profonde inspiration, consciente qu'il ne lui faciliterait pas les choses et, franchement, elle ne pouvait pas le lui reprocher.

— Tu n'avais pas couché avec elle dans mon dos.

— J'aurais pu te le dire si tu m'en avais donné l'occasion.

Oui, il l'aurait fait, mais elle avait quitté la ville en interdisant à son père de lui dire où elle était partie. Quand elle était arrivée chez sa tante à Washington, la première chose qu'elle avait faite, c'était d'envoyer ce mail à Sloan. Et, sous le coup de la colère, elle avait bloqué ses appels et effacé ses réponses à son mail sans même les lire.

— Je te dois des excuses, Sloan.

— En effet, répliqua-t-il avec un regard dur, intransigeant.

— Je suis désolée.

Après quelques secondes de silence, il finit par ajouter :

— Excuses acceptées.

Il affichait toujours cette expression inflexible. Elle savait qu'il ne pardonnait pas facilement. Pour lui, pardonner ne voulait pas dire oublier, excuser ou se réconcilier. C'était un homme qui aimait profondément et chérissait ses amitiés jusqu'à ce que la confiance soit ébranlée. Cette confiance était irréparable.

— Merci, se sentit-elle obligée de dire.

— J'ai appris pour ton père. Je te présente mes condoléances. Je l'aimais bien, déclara-t-il, changeant de sujet.

Inutile de lui dire que Lester Cassidy l'appréciait aussi. En fait, quand elle avait révélé à son père ce qui s'était passé, il lui avait fortement suggéré d'écouter la version de Sloan. Ce qu'elle n'avait pas fait. Aujourd'hui, elle regrettait de ne pas avoir suivi le conseil de son père.

— Comment va ta famille ? -s'enquit-elle.

Elle avait rencontré son père, ses frères et sa sœur quand il l'avait invitée chez lui pour Noël une année. Ils étaient tous gentils, même si son père était assez réservé.

— Tout le monde va bien. Garth et Cash sont mariés, Maverick est toujours célibataire et heureux de l'être, et Charm est toujours Charm. Jess est sénateur.

— Je sais, j'ai voté pour lui.

— Tu es rentrée en Alaska depuis longtemps ? demanda-t-il l'air étonné.

— Oui. Je suis revenue à Wasilla il y a deux ans pour aider papa à gérer l'entreprise.

— C'était sympa de te revoir, Leslie, dit-il en consultant sa montre. Je dois aller dire à Redford, Tyler et Keosha que je m'en vais. Je prends l'avion demain matin.

Elle nota qu'il ne lui avait pas dit où il allait. Cela ne la regardait pas après tout.

— Ça m'a fait plaisir de te revoir aussi, Sloan.

Elle l'observa se diriger vers Redford Saint-James qui discutait avec un groupe d'hommes. Elle était contente d'avoir eu l'occasion de s'excuser auprès de Sloan. En tournant la page, elle devrait accepter que certaines choses n'étaient pas censées se produire.

— Qu'est-ce qui cloche chez toi, Sloan ?

Sloan dévisagea Garth, son frère aîné. Lui et sa famille

étaient revenus au travail aujourd'hui après avoir passé Thanksgiving au ranch de son frère Cash dans le Wyoming. Cette année, ils avaient été rejoints par leurs cousins, les Westmoreland.

— Qu'est-ce qui te fait penser que quelque chose cloche ?

— La réunion s'est terminée il y a déjà quelques minutes. Tout le monde a quitté la salle de conférences, mais tu es encore là.

Sloan parcourut la pièce des yeux avant de regarder Garth avec un sourire effronté.

— Comme toi.

— Juste parce que j'ai pensé que tu avais besoin de parler.

— De quoi ?

— N'importe quoi. J'ai remarqué que tu n'étais pas aussi joyeux que d'habitude pour Thanksgiving. Tout va bien avec ton nouveau poste dans l'entreprise ?

Le mariage de Cash avec Brianna avait causé un bouleversement des rôles dans l'entreprise familiale, Outlaw Freight Lines, localisée ici, à Fairbanks. Pour s'adapter au déménagement de Cash à Black Crow, dans le Wyoming, ils avaient établi un bureau satellite dans son ranch. Ce dernier gérait désormais le développement de l'entreprise dans plusieurs autres États.

Sloan, qui était responsable du marketing et des ventes à l'international, avait remplacé Cash pour assister Garth dans la gestion quotidienne des opérations. Leur plus jeune frère, Maverick, avait été plus qu'heureux de récupérer l'ancien poste de Sloan. Leur frère Jess était l'avocat de la compagnie jusqu'à ce qu'il décide d'entrer en politique deux années auparavant. Aujourd'hui, le sénateur Jessup Outlaw vivait la plupart du temps à la capitale. Charm, vingt-cinq ans, était la seule fille. Sa place au sein de l'entreprise n'était pas encore déterminée. Pour l'instant, ils lui avaient donné un travail pour l'occuper.

— Oui, oui. J'aime beaucoup ce que je fais.

— Heureux de l'entendre. Tu sais que s'il y a n'importe quel problème, tu peux m'en parler. Même si cela concerne Bart.

Cela fit rire Sloan. Leur père, Bart Outlaw, n'était pas toujours facile. Si Garth dirigeait aujourd'hui la compagnie, c'était parce qu'ils avaient forcé Bart à prendre sa retraite. S'il n'avait pas accepté, il aurait été évincé par le comité.

Bart avait été marié cinq fois, et chacun de ses enfants avait une mère différente. Tout le monde savait que certaines de ces épouses ne s'intéressaient qu'à son argent. Mais Bart avait réussi à obtenir la garde de ses cinq fils. Les choses avaient été un peu différentes avec la mère de Charm, Claudia. À ce jour, c'était la seule femme que Bart avait sincèrement aimée. Et c'était la seule qu'il n'avait pas épousée… mais ce n'était pas faute d'avoir essayé. Et d'ailleurs, il essayait encore.

Bart ne savait pas que Claudia était enceinte de Charm quand leur histoire d'amour de six mois avait pris fin et qu'elle était partie vers une contrée inconnue. Quinze ans plus tard, Claudia était réapparue avec Charm, annonçant à Bart que c'était son enfant et qu'elle n'arrivait pas à gérer l'impertinence de la fille dont il ignorait l'existence. Elle la lui avait confiée la garde et lui avait dit qu'il pouvait s'occuper de Charm désormais. Pour lui, s'occuper de sa fille revenait à en faire une enfant pourrie gâtée. Il avait fallu que les frères, et surtout Garth, fassent comprendre à leur sœur qu'ils ne toléreraient pas son attitude rebelle. Elle était rapidement rentrée dans le rang et adorait aujourd'hui ces cinq grands frères.

— Sloan ?

— Quoi ?

— Tu rêvasses encore.

Vraiment ? Probablement. Sloan marqua une pause, puis décida de parler avec Garth de ce qui le préoccupait depuis qu'il avait discuté avec Redford au mariage. Il aurait préféré chasser cette histoire de sa tête, mais il n'y arrivait pas, alors peut-être qu'un point de vue extérieur lui serait utile.

— J'ai vu Leslie Cassidy au mariage de Tyler et Keosha.

— Comment ça s'est passé ?

Il savait pourquoi Garth lui posait cette question. Tout le monde était au courant de combien il tenait à Leslie et comme il avait souffert de leur rupture.

— Pas trop mal. Elle a fini par apprendre la vérité et s'est excusée.

— Mieux vaut tard que jamais.

— Oui.

— On dirait qu'il y a autre chose.

— As-tu entendu parler d'un homme d'affaires du nom de Martin Longshire ?

— Pas vraiment. Qui est-ce ?

— Un connard.

Garth rit doucement.

— Tu veux bien me dire ce qui t'arrive vraiment, Sloan ?

— Je viens de le faire, dit-il en riant à son tour.

— Alors peut-être que tu devrais me dire pourquoi tu es dans cet état.

Sloan raconta à Garth la conversation qu'il avait eue avec Redford.

— As-tu eu l'occasion d'en parler à Leslie quand tu l'as vue ?

— Non. J'ai pensé que ça ne me regardait pas.

— Tu parles, répondit spontanément Garth. Si ce que Redford a dit est vrai, c'est alarmant. Aucun homme ne devrait délibérément prendre une femme pour cible juste à cause d'un problème qu'il avait avec son père. Tu as raison. Longshire est un connard.

Un sourire étira les lèvres de Sloan.

— Mais pourquoi réagis-tu comme ça, Garth ?

Garth ne répondit pas tout de suite

— Cassidy Cosmetics est toujours basée à Wasilla, c'est bien ça ? finit-il par demander.

— Oui, pourquoi ?

— Rien. Juste une question. Tu prévois toujours de prendre tes congés en décembre ?

Comme Sloan ne s'était pas octroyé de vacances de l'année, Garth avait suggéré qu'il se repose tout le mois de décembre. Normalement, cette période de l'année avant les fêtes était la plus chargée pour l'entreprise, mais, grâce au bureau de Cash, le transport routier se portait bien puisque la météo dans les autres États du pays était plutôt clémente cette année. Tous les camions livraient en avance pour Noël.

— Oui. Je suis impatient de passer une semaine ou deux au chalet de Kodiak Island avant de rejoindre tout le monde chez les Westmoreland pour Noël.

Sloan était toujours stupéfait de voir comment leurs cousins, qu'ils n'avaient rencontrés que récemment, faisaient aujourd'hui entièrement partie de leurs vies. Les Westmoreland et les Outlaw aimaient se retrouver, comme pour rattraper le temps perdu.

— Je peux changer mes plans si tu penses avoir besoin de moi ici, Garth.

— Non, on n'aura pas besoin de toi ici. En revanche,

en repensant à ce que Redford t'a dit sur l'entreprise de Leslie, on pourrait avoir besoin de toi ailleurs.

Sloan soutint le regard de son frère en sachant très bien à quoi Garth faisait allusion.

— Pourquoi devrais-je me soucier de ce qui arrive à Leslie ou à son entreprise ?

Au lieu de lui répondre, Garth se leva et sortit de la salle de conférences. Sloan n'eut pas à se demander pourquoi son frère était resté silencieux. Dans l'esprit de Garth, la question de Sloan ne méritait pas de réponse.

- 3 -

Leslie leva les yeux des papiers sur son bureau quand elle entendit la sonnerie de l'Interphone.

— Oui, Beverly ?

— M. Longshire est ici pour vous voir, mademoiselle Cassidy.

Leslie se renfrogna. C'était la dernière personne qu'elle avait envie de voir. Ce matin, Stan Middlebury, son avocat, lui avait fait un rapport concernant le projet de Martin Longshire. Il avait l'intention de lui prendre son entreprise.

Elle rattrapait encore son retard sur la paperasse qui s'était entassée pendant son absence.

— Je ne me souviens pas que M. Longshire avait rendez-vous. Je ne peux pas le recevoir aujourd'hui, Beverly.

— Je vais le lui dire.

Avant que Leslie n'ait le temps de retourner à sa relecture, elle entendit la voix de Beverly :

— Attendez une minute. Vous ne pouvez pas débarquer dans le bureau de Mlle Cassidy comme ça.

Sa porte s'ouvrit brusquement, et Martin Longshire apparut, tel le monstre que Leslie avait imaginé.

— Voulez-vous que j'appelle la sécurité, mademoiselle Cassidy ? demanda Beverly, qui avait aussi été l'assistante personnelle de son père pendant des années.

Leslie se leva et contourna son bureau.

— Non, Beverly, ce ne sera pas nécessaire. Je peux m'occuper de M. Longshire.

Beverly lui adressa un regard lui disant qu'elle n'en était pas si sûre, mais acquiesça quand même.

— Commencez à ranger vos affaires, aboya Martin Longshire. Quand je reprendrai la compagnie, vous serez la première à être virée.

Au lieu de lui répondre, Beverly sortit, mais elle ne ferma pas la porte derrière elle. Martin Longshire la fit claquer violemment avant de se tourner vers Leslie.

— Alors vous pensez pouvoir vous occuper de moi ?

— Ne vous adressez plus jamais aussi grossièrement à mes employés, monsieur Longshire.

Il eut le culot d'afficher un sourire narquois.

— Je fais ce que je veux et ils ne seront plus vos employés très longtemps. Comme je viens de le dire à la dame, je rachète cette compagnie, et vous ne pourrez rien y faire. Je suis sûr que vous avez entendu parler de mon projet.

Leslie prit une profonde inspiration. Elle devait continuer à croire qu'il existait une solution. Elle n'avait pas les moyens financiers de le battre. Son avocat travaillait avec plusieurs banques pour voir si l'une d'entre elles accepterait de lui accorder un prêt ou d'étendre ceux qu'elle avait déjà.

— Vous ne posséderez jamais mon entreprise, dit-elle avec bien plus d'assurance qu'elle n'en avait réellement.

— Nous verrons. En attendant, profitez bien des fêtes, parce que ce seront les dernières que vous passerez ici, à Cassidy Cosmetics.

Il se retourna et sortit de la pièce.

Les jambes flageolantes, Leslie repassa derrière son bureau pour s'asseoir. La tête entre les mains, elle refusait de pleurer. Son père lui avait appris à être forte. La dernière fois qu'un homme l'avait fait sangloter, c'était quand elle avait cru que Sloan l'avait trompée. À l'époque, sans le savoir, elle avait pleuré pour rien parce qu'il était innocent.

— Vous allez bien, Leslie ?

Elle leva les yeux et vit Beverly, soucieuse, dans l'encadrement de la porte. Leslie se redressa sur sa chaise. Elle ne voulait pas que ses employés pensent qu'elle ne maîtrisait pas la situation, même si, honnêtement, c'était le cas. Motivé par sa forte aversion pour son père, Martin Longshire voulait la faire plier.

— Oui, Beverly, je vais bien. Mais je regrette que M. Longshire vous ait parlé comme ça.

— Il ne me fait pas peur, dit Beverly. En tant qu'assistante de votre père, j'ai eu mon lot de prises de bec avec M. Longshire dans le passé. Puis-je faire quelque chose ?

Leslie secoua la tête et se força à sourire.

— Non. Ce dont j'aurais besoin, c'est d'un miracle de Noël.

— Eh bien, demain, c'est le premier jour de décembre, alors nous allons prier pour ce miracle. Nous avons un mois.

Beverly partit en refermant la porte derrière elle.

Leslie s'enfonça dans son fauteuil. En réalité, ils avaient moins de temps que ça. Selon la tradition instaurée par son père des années plus tôt, Cassidy Cosmetics fermait chaque année pendant les fêtes, du 7 décembre à la deuxième semaine de janvier. Tous les employés appréciaient ces congés payés. Mais, d'après M. Longshire, ni elle ni ses employés n'auraient encore une entreprise à leur retour, puisqu'il avait bien fait comprendre qu'il envisageait de licencier tout le monde.

Ses employés étaient au courant de la situation, mais, pour une raison inconnue, ils croyaient qu'elle allait se battre et remporter la bataille. Après tout, elle était la fille de son père, et il avait su se sortir de toutes les situations délicates qu'il avait rencontrées. Mais, cette fois, c'était encore plus grave. Il s'agissait d'un rachat hostile par Longshire Industries.

Pour détourner ses pensées de Martin Longshire, elle songea à Sloan Outlaw. Au moins, elle se sentait mieux après s'être excusée d'avoir cru les mensonges de Sarah. Elle avait un poids en moins sur la poitrine.

Alors pourquoi pensait-elle autant à lui depuis le mariage ? Peut-être parce que le revoir lui avait fait réaliser ce qu'elle avait perdu quand elle ne lui avait pas fait confiance. Être en sa présence avait ranimé une passion qu'elle pensait éteinte depuis longtemps. Son charme ravageur avait suffi à faire monter sa température corporelle. Et maintenant elle sentait comme des papillons dans son ventre rien qu'en y repensant.

Mais elle ne pouvait pas s'autoriser à fantasmer. Consciente de tout le travail qui l'attendait, Leslie se focalisa sur les documents sur son bureau.

Sloan entra dans le bâtiment où se trouvait Cassidy Cosmetics. La première fois qu'il était venu ici, il avait rencontré le père de Leslie. C'était lors de sa première année à l'université, et M. Cassidy avait demandé à sa fille de revenir pour l'accompagner à un gala de bienfaisance en l'honneur de sa mère.

Leslie lui avait expliqué dans l'avion entre Anchorage et Wasilla que sa mère, qui était morte d'un cancer quand elle avait quatorze ans, était active dans un certain nombre d'événements communautaires et caritatifs, et la ville lui témoignait la reconnaissance qu'elle méritait.

Au cours du week-end, il avait comparé mentalement

le père de Leslie avec le sien et vu à quel point ils étaient différents. Alors que Bart avait un tempérament rebelle, il était facile de voir que Lester Cassidy était une personne sociable et il avait rapidement mis Sloan à l'aise, même quand il l'avait interrogé. Lester voulait apprendre à connaître Sloan puisqu'il faisait partie de la vie de sa fille.

En montant dans l'ascenseur, Sloan repensa à son premier boulot chez Outlaw Freight Lines en tant que chercheur. Il avait mis ses compétences à profit pour enquêter sur Longshire, mais aussi sur Cassidy Cosmetics. Il voulait trouver le meilleur plan pour protéger l'entreprise de Leslie contre le rachat agressif de Martin Longshire.

La proposition qu'il allait lui faire était équitable. Mais l'accepterait-elle avec la condition qu'il comptait poser ? Le fond du problème, c'était qu'il ne lui donnait pas le choix si elle voulait sauver son entreprise. D'ailleurs, elle avait une dette envers lui. Elle l'avait peut-être oublié, mais pas lui. Et il était temps de lui rafraîchir la mémoire.

En sortant de l'ascenseur au cinquième étage, il eut l'impression de pénétrer dans le pays merveilleux de Noël. Le sapin était magnifiquement décoré et des sucres d'orge pendaient du plafond. Une immense statue de Père Noël était entourée par huit rênes proches de la taille réelle. Le vieux bonhomme portait une énorme valise argentée avec le logo « Cassidy Cosmetics ». La scène était parfaite pour les fêtes et les promotions de saison.

D'après les recherches qu'il avait faites, Leslie s'était bien débrouillée depuis qu'elle avait pris la relève. Ses employés l'appréciaient et la respectaient. Son seul problème semblait être Martin Longshire. Sloan se doutait que Leslie était au courant de ce que ce vaurien préparait sournoisement. Si elle acceptait sa proposition, Sloan mettrait des bâtons dans les roues à Longshire. Mais la décision appartenait à Leslie.

— Puis-je vous aider ? demanda la vieille dame derrière le bureau de la réception.

— Oui. Je suis ici pour voir Leslie Cassidy.

— Et qui êtes-vous, monsieur ?

— Sloan Outlaw.

Elle l'étudia avec un air curieux, et Sloan eut le sentiment que, tout comme Helen, leur assistante personnelle à Outlaw Freight Lines qui travaillait pour eux depuis des années, cette femme avait aussi endossé le rôle de chien de garde.

— Je vous en prie, asseyez-vous, monsieur Outlaw. Je vais voir si Mlle Cassidy est disponible pour vous recevoir.

Sloan acquiesça et s'installa sur une chaise. Son regard restait rivé sur la secrétaire qui parlait au téléphone. Avant qu'elle ait eu le temps de raccrocher, la porte sur laquelle était écrit le nom de Leslie s'ouvrit. Elle paraissait très surprise.

— Sloan ?

— Oui ? dit-il en se levant.

S'il l'avait trouvé jolie quand il l'avait vue au mariage, elle était deux fois plus belle aujourd'hui. Elle portait une robe verte mi-longue, retenue par une ceinture autour de sa taille fine, et dont le bas effleurait une paire de bottes noires en daim quand elle marchait. Ses yeux remontèrent vers ses cheveux courts. Plus il voyait ce style, plus il l'aimait.

— Que fais-tu là ?

Sloan allait répondre, mais il jeta un coup d'œil à la femme derrière le bureau qui ne faisait même pas semblant de ne pas écouter leur conversation. Puis il fixa à nouveau Leslie.

— Il faut que je te parle en privé.

Elle soutint longuement son regard avant d'acquiescer.

— Je t'en prie, entre dans mon bureau.

Il la suivit en remarquant le balancement de ses hanches. Il ne pouvait pas s'empêcher : il avait toujours aimé les fesses de Leslie. Mais à l'époque il adorait tout chez elle, dont ce qu'elle avait dans la tête. Il savait qu'il devait rester concentré, alors il chassa ses souvenirs. Il détenait la solution à ses problèmes et c'était la seule raison de sa présence ici. Il ne tenait qu'à elle de le comprendre.

Il referma la porte et regarda autour de lui, découvrant qu'elle avait son propre sapin de Noël dans son bureau. Et pas un petit. Mais cela n'aurait pas dû le surprendre : Noël avait toujours été la fête préférée de Leslie.

— Alors, de quoi s'agit-il, Sloan ?

Il remarqua son regard interrogateur. Elle devait se demander pourquoi il était là. Après tout, dix ans étaient passés sans qu'ils ne se voient. Ils s'étaient croisés à un mariage, et maintenant il était là, dans sa vie, sur son territoire. Elle devait savoir combien de kilomètres il avait parcourus. Ce n'était pas comme si Fairbanks et Wasilla étaient voisines.

— Je peux m'asseoir ?

— Oui, bien sûr.

Il l'observa contourner son bureau pour s'asseoir sur son fauteuil. Puis il s'installa sur la chaise en face d'elle.

Elle posa ses mains jointes au milieu de son bureau et attendit qu'il parle.

— C'était sympa de te voir au mariage de Tyler et Keosha.

— Oui, ça m'a fait plaisir aussi, Sloan, mais je suis sûre que tu n'es pas venu à Wasilla pour me dire ça.

Non, en effet.

— J'aurais cru que ma présence serait évidente, Leslie.

Elle pencha la tête comme elle le faisait toujours quand elle était perplexe.

— Désolée, Sloan, mais je ne sais absolument pas pourquoi tu es là.

— Je suis au courant de tes problèmes avec Martin Longshire.

Il vit la surprise illuminer ses yeux.

— Et en quoi cela te concerne ?

Bonne question. Il se l'était souvent posée ces derniers jours. Il allait lui donner la réponse qu'il avait trouvée.

— J'ai toujours apprécié ton père, et je refuse de rester les bras croisés pendant que Martin Longshire détruit l'entreprise qu'il a bâtie au prix de tant d'efforts.

— Alors tu es là à cause de mon père ?

Il ne dit rien pendant une minute. Puis il décida d'être totalement honnête avec elle.

— Pas uniquement. Toi et moi avons été amis, Leslie. En fait, à une époque, nous étions même plus que des amis, et je veux aider.

Elle émit ce bruit qui ressemblait à un soupir de frustration.

— Je doute que tu puisses faire quoi que ce soit, Sloan. J'ai parlé à mon avocat il y a quelques heures, et la description qu'il m'a faite de la situation est plutôt sombre. On dirait que M. Longshire travaille sur sa vengeance depuis avant la mort de papa. Il a fait peur à mes prêteurs, et mes distributeurs commencent à flipper eux aussi. Les ventes sont en baisse parce que plusieurs magasins qui proposent normalement nos produits n'ont pas voulu le faire cette année.

Elle ne lui apprenait rien puisqu'il avait découvert tout ça lors de ses recherches. Ce qu'il ne savait pas, c'était pourquoi. Qu'est-ce qui motivait Martin Longshire à détruire Cassidy Cosmetics ?

— Quelle est l'origine du désaccord entre Longshire et ton père pour qu'il soit aussi déterminé à racheter Cassidy Cosmetics, Leslie ?

Elle le regarda dans les yeux un long moment avant de répondre :

— Ma mère.

— Ta mère ?

— Oui. Martin Longshire était l'homme que mes grands-parents maternels avaient choisi pour leur fille, mais mon père, qui n'appartenait pas à une classe sociale à la hauteur, était l'homme qu'elle aimait. Une nuit, quelques mois avant la date prévue pour le mariage, elle s'est enfuie et a préféré épouser mon père. Ça a fait scandale. Pendant des années, mes grands-parents ont renié ma mère, et Martin Longshire les a méprisés. Je ne suis pas sûre qu'il ait un jour aimé ma mère, mais il la voyait comme un objet qu'il convoitait. Qui était censé lui revenir. D'après mon père, le scandale a duré un certain temps, et c'était embarrassant pour M. Longshire. Il a quitté le pays pour diriger l'entreprise familiale à Paris pendant quelques années. Puis il est revenu il y a cinq ans et a causé des soucis à mon père depuis.

Sloan se souvint qu'elle lui avait confié un jour que ses grands-parents maternels étaient morts quand elle avait dix ans. Il se rappelait aussi qu'elle avait dit qu'elle avait été proche d'eux.

— Vu que toi et tes grands-parents avez été proches, je suppose qu'ils ont fini par accepter le mariage de tes parents.

— Oui. Ils ont vu comme papa rendait ma mère heureuse... et comme Martin Longshire s'est avéré être vil.

Du coup, ils étaient ravis que maman ne l'ait pas épousé. Voilà pourquoi Longshire veut détruire l'entreprise que mes parents ont créée ensemble. Il considère ça comme son ultime revanche.

— Ce type semble complètement fou.

— Oui, c'est peut-être le cas. Il a monté ce plan depuis longtemps et, avec la mort de papa, il a trouvé une opportunité de le mettre à exécution.

Elle s'enfonça dans son fauteuil en respirant profondément.

— Je réunis mes employés plus tard dans la journée pour les préparer au pire. Le bureau ferme pour les vacances vendredi, mais il y a un risque qu'il rouvre en janvier avec une nouvelle direction. Pour le moment, je fais tout ce que je peux pour m'assurer que leurs allocations soient versées, vu que Longshire envisage de tous les licencier.

— Et comment comptes-tu faire ?

— Avec tout l'argent de l'assurance, des investissements et ce que papa m'a laissé, ainsi que les fonds placés pour moi par mes grands-parents.

Sloan garda les yeux rivés sur elle. Ne se rendait-elle pas compte qu'en faisant ça, elle risquait de se retrouver sans le sou ? Sloan se pencha en avant et essaya de contenir sa colère contre Martin Longshire pour l'avoir mise dans une telle situation.

— Comme je te l'ai dit, Leslie, je suis ici parce que je veux apporter mon aide, et je crois que je le peux.

— Comment ?

— En devenant ton associé.

Leslie était sûre qu'elle n'avait pas bien entendu Sloan.

— Mon associé ?

— Oui. Je te fournirai des ressources illimitées pour

continuer à faire vivre ton entreprise. Comme tu l'as indiqué, à cause de Longshire, la plupart des grandes banques ne veulent pas te prêter d'argent.

— Et ?

— Eh bien, ils n'oseraient pas agir ainsi si j'étais ton associé. Si nécessaire, mon investissement leur montrera que ta compagnie est financièrement solide.

— Mais M. Longshire a lancé un rachat hostile, Sloan. Comment pourrais-tu l'arrêter ?

— L'arrêter n'est pas aussi dur que tu le penses, répondit-il, énervé. Longshire a été si occupé à essayer de racheter ton entreprise qu'il a négligé de protéger la sienne.

— C'est-à-dire ?

— Il a laissé sa propre compagnie vulnérable à un autre rachat hostile. Je n'aurais aucun problème à ajouter Longshire Industries à mon portefeuille, et j'envisage de le lui faire savoir.

Leslie se redressa sur son fauteuil.

— Tu rachèterais son entreprise ?

— En un claquement de doigts s'il le faut, mais je ne pense pas que ce soit nécessaire. Tout ce que j'ai besoin de faire, c'est m'assurer qu'il sache que je le peux.

Elle le fixa, se souvenant de la conversation qu'elle avait eue avec Keosha après que Sloan avait quitté le mariage. D'après ce que lui avait dit son amie, Sloan était encore plus riche que ce que pensait Leslie. En plus d'être cadre dans la société de sa famille, il avait des intérêts dans le ranch de son frère Cash dans le Wyoming, un élevage de chevaux à Denver avec des cousins dont il avait appris l'existence récemment, une entreprise de sécurité avec d'autres cousins dans le Montana et en Caroline du Nord, et une boîte de production de film à Los Angeles. Et toutes ces compagnies marchaient plutôt bien. Cela signifiait que Sloan avait les moyens financiers de faire ce qu'il suggérait. Cependant, elle devait savoir pourquoi, après toutes ces années, il voudrait s'impliquer et l'aider à sauver son entreprise. Et elle n'était pas sûre de pouvoir se permettre de le prendre comme associé. Quel pourcentage voudrait-il ? Soixante-quinze pour cent de parts ? Plus ?

— Combien ? lui demanda-t-elle.

— Combien de quoi ? répliqua-t-il, perplexe.

— Quelles sont les conditions de notre collaboration ? Quel pourcentage ?

— Soixante-quinze/vingt-cinq.

Alors il voulait soixante-quinze pour cent de son entreprise ? Cela voulait dire que sa compagnie deviendrait littéralement la sienne.

— Ces conditions sont-elles négociables, Sloan ?

Il lui adressa un regard interrogateur.

— Je trouve ces conditions plus qu'équitables. Tu prends soixante-quinze pour cent et moi vingt-cinq.

Leslie resta bouche bée.

— Pas l'inverse ?

— Non. Et la collaboration ne vaut que pour un an pour s'assurer que Longshire ne représente plus une menace. Après cette période, je me retirerai et ton entreprise t'appartiendra de nouveau entièrement.

Leslie essaya de comprendre la proposition de Sloan. C'était trop beau pour être vrai. Mais elle ne pouvait pas encore s'enthousiasmer. Elle avait le sentiment qu'il y avait un piège. C'était obligé. Tout ce qui semblait trop beau pour être vrai l'était généralement.

— C'est un piège, Sloan ?

— Comment ça ?

Oh ! il savait très bien ce qu'elle voulait dire. Cela faisait peut-être des années, mais elle reconnaissait encore certaines habitudes de Sloan Outlaw. Comme sa manière de contracter les doigts quand il avait quelque chose en tête. Et habituellement c'était quand il savait qu'elle n'apprécierait pas.

— Qu'est-ce que ça te rapporte, en dehors de ces malheureux vingt-cinq pour cent ?

Il arrêta de contracter les doigts et se pencha en avant comme pour s'assurer qu'il avait toute son attention. C'était inutile parce qu'il l'avait depuis l'instant où il était entré dans son bureau, vêtu de son costume sur mesure, représentant la quintessence de l'homme d'affaires riche sur la couverture du magazine *GQ*.

— Il n'y a pas de piège, Leslie, mais une proposition. Un accord entre nous qui n'apparaîtra dans aucun document, mais que tu dois accepter. Je te croirai sur parole.

— Et c'est quoi cet accord, exactement ?

— La garantie que j'aurai ce que je veux pour Noël.

Quelque chose dans la façon dont il la regardait fit accélérer son pouls qu'elle sentit dans sa gorge.

— Et qu'est-ce que tu veux pour Noël, Sloan ?

— Toi, Leslie. Je te veux pour Noël. Dans mon lit.

- 4 -

Sloan savait que ce qu'il venait de dire l'avait choquée, mais elle devait être au courant dès le départ.

— Après t'avoir vue au mariage, il est rapidement devenu évident que même après dix ans, tu m'attires toujours. Puis je me suis souvenu que tu avais une dette envers moi.

— Quelle dette ?

— Tu me dois une semaine. Si tu te rappelles bien, tu as disparu au début des vacances de printemps alors qu'on devait passer la semaine au chalet de ma famille sur Kodiak Island. Cela aurait été notre dernière fois seuls ensemble avant notre remise de diplôme.

Ce qu'il ne lui dirait jamais, c'est qu'il avait l'intention de lui proposer de se fiancer cette semaine-là. Il était impensable pour lui d'être diplômé et de la laisser continuer ses études sans lui passer la bague au doigt. Leslie était très belle et trop de mecs lui auraient sauté dessus dès qu'il aurait quitté le campus. L'idée d'attendre deux ans pour se marier ne le dérangeait pas tant qu'elle savait combien il l'aimait et qu'ils étaient promis l'un à l'autre.

Mais ce n'était jamais arrivé parce qu'elle n'était pas venue sur Kodiak Island. Il avait attendu toute la journée sur la piste d'atterrissage de l'île. Puis il avait reçu le mail lui disant d'aller se faire voir et qu'elle ne voulait plus jamais lui parler. Il avait essayé de l'appeler, mais il était tombé sur son répondeur.

Sloan avait contacté le père de Leslie, qui lui avait dit qu'il devait respecter la décision de sa fille et ne pouvait pas révéler à Sloan où elle était allée. M. Cassidy lui avait quand même dit que c'était quelque part dans un autre État américain.

Sloan était retourné à Kodiak et avait passé la semaine seul, à boire et regretter le jour où il avait laissé Leslie pénétrer son cœur. Garth l'avait retrouvé dans un piteux état et lui avait fait entendre raison. Il lui avait rappelé qu'il devait se concentrer sur la remise de diplôme qui aurait lieu dans quelques mois. Puis il avait promis à Sloan qu'il l'aiderait à retrouver Leslie, même s'il devait engager un détective privé.

Quand Sloan fut diplômé, Garth était prêt à respecter sa part du marché. Mais le cœur de son frère s'était endurci. Il refusait d'aimer une femme qui ne lui faisait pas confiance. Alors, plutôt que de perdre du temps et de l'argent à chercher Leslie, il était retourné à Fairbanks et avait commencé à travailler pour l'entreprise familiale, déterminé à l'oublier et jurant de ne jamais redonner son cœur à une femme.

— Ça n'a aucun sens, Sloan !

Ces paroles acerbes le sortirent de ses rêveries. Il devait partir. Tous ces souvenirs lui revenaient.

— C'est ton opinion, Leslie, lança-t-il en se levant. Je te suggère de considérer soigneusement tes options. Quand tu l'auras fait, je suis sûr que tu en viendras à la conclusion que celle que je te propose n'est pas si mauvaise.

Il posa sa carte de visite sur son bureau.

— Tu as jusqu'à demain midi pour te décider.Puis il sortit de son bureau.

Plus tard, Leslie, furieuse, faisait les cent pas dans son appartement tout en parlant au téléphone avec Carmen.

— Tu te rends compte du culot de Sloan Outlaw ? Pour qui il se prend ?

— Hum, pour un homme qui te veut pour Noël.

Leslie se figea.

— Ce n'est pas marrant, Carmen.

— Et tu ne m'entends pas rire. J'aimerais bien qu'un homme aussi séduisant que Sloan veuille de moi comme cadeau de Noël. J'enfilerais un joli emballage avec un nœud pour qu'il me déshabille.

— Tu veux bien arrêter d'être romantique pour une fois ?

— Non. Quelqu'un t'offre une chance de vivre ça en vrai, alors que pour moi ce ne sont que des fantasmes.

— Mais, Carmen, il me veut dans son lit.

— Et alors ? Ce n'est pas comme si tu n'y avais jamais été avant.

Leslie se laissa tomber sur son canapé.

— C'était différent. Nous étions amoureux à l'époque. Ce n'est plus le cas aujourd'hui. Tout ce qu'il veut, c'est prendre sa revanche pour ce que je lui ai fait subir il y a dix ans. Il ne vaut pas mieux que Martin Longshire.

— Vraiment ? M. Longshire veut détruire ton entreprise. J'ai l'impression que Sloan Outlaw essaye de t'aider à la sauver. Réfléchis, Leslie. Il te propose une collaboration temporaire trop belle pour être vraie, selon tes dires. Tout ce que tu as à faire, c'est quelque chose dont tu as probablement envie au fond de toi.

— Carmen !

— Sois réaliste. Tu veux vraiment me faire croire que tu ne t'es pas demandé s'il était toujours aussi doué au lit ? Et, d'après ce que tu m'as raconté, il était bon. Tu as même admis que c'est pour ça que tu n'as jamais pu coucher avec un autre homme. Je parie qu'il ne sait pas que tu n'as eu aucune relation depuis lui.

— Ça ne le regarde pas.

— C'est vrai, mais je continue à penser qu'être son cadeau de Noël serait un cadeau pour toi aussi. Tu as le choix entre passer un bon moment au lit ou perdre ton entreprise. Pour moi, la décision n'est pas difficile à prendre.

Leslie réfléchit à tout ce que Carmen avait dit. Elle regarda sa montre.

— Je dois y aller, Carmen. Mon avocat doit m'appeler.

— Quand comptes-tu donner ta réponse à Sloan ?

— Demain midi.

— Je suis sûre qu'après une nuit de sommeil, tu prendras la bonne décision.

Elle était consciente que dans la tête de Carmen, cette bonne décision était d'accepter la proposition de Sloan.

— Je te rappelle plus tard, Carm.

— D'accord, mais, tu sais, la proposition de Sloan ressemble au miracle de Noël que tu espérais. À plus, Leslie.

Plus tard ce soir-là, alors que Leslie était dans son lit, toutes sortes de pensées lui traversèrent l'esprit. D'après sa discussion avec Stan, la banque ne lui accorderait pas d'extension de prêt. Elle n'avait donc plus d'autre option que celle de Sloan.

Comme Carmen, son avocat pensait que l'offre de Sloan était une aubaine, presque trop belle pour être vraie, et il avait des doutes sur les motivations de Sloan. Bien sûr, elle ne lui avait pas parlé de la condition. Cependant, pour mettre fin aux inquiétudes de Stan, elle lui avait expliqué qu'elle et Sloan étaient sortis ensemble à l'université et qu'il lui faisait une faveur. Stan avait même trouvé qu'elle avait de la chance d'avoir un ami comme lui.

Quel ami…

Elle avait connu l'ancien Sloan, et il ne se serait jamais montré aussi impitoyable. Celui qu'elle avait vu dans son bureau aujourd'hui avait toujours du charme et des manières impeccables, mais elle savait qu'il avait changé. Tout comme elle. Étant donné comment ils avaient rompu et les mensonges qu'elle avait crus le concernant, elle était surprise qu'il veuille l'aider. Et, surtout, pourquoi voudrait-il l'avoir dans son lit ? Pour elle, cela n'avait pas de sens parce qu'ils avaient toujours fait l'amour, et pas juste couché ensemble. Il y avait toujours eu une différence. Manifestement, il pensait qu'aujourd'hui il n'y en avait plus.

Mais elle avait besoin de réponses avant de pouvoir prendre sa décision finale.

Elle sortit de son lit et récupéra la carte de Sloan dans son sac à main. Il était un peu plus de 22 heures, mais autrefois c'était un oiseau de nuit. Était-ce toujours le cas ? Était-il encore à Wasilla ou était-il rentré à Fairbanks ? Elle le saurait bientôt, pensa-t-elle en composant son numéro.

— Allô ?

— Sloan, c'est Leslie.

— Oui ?

Elle avait la gorge serrée. Il avait toujours une voix sexy au téléphone.

— Il y a quelques trucs que j'ai besoin de savoir concernant ta proposition avant de prendre une décision.

— Je t'écoute

— C'est à propos de cette semaine dans ton chalet, si je décide d'accepter.

— Oui ?

— Est-ce qu'on couchera ensemble juste une fois ?

— Aurions-nous couché ensemble seulement une fois il y a dix ans, Leslie ? répondit-il du tac au tac.

— Les choses étaient différentes à l'époque, Sloan.

— J'en suis bien conscient. Ce que je veux, c'est la semaine que je n'ai pas eue. Je ne t'aurais jamais forcée à l'époque et je ne le ferai pas aujourd'hui. Je te laisserai décider quand on fera l'amour.

— Oh ? Et si je décide que je ne veux pas faire l'amour avec toi de toute la semaine ?

Elle entendit un petit rire qui provoqua un frisson chaud dans tout son corps.

— Je n'ai pas de doute sur ce qui se passera.

— Je ne suis plus la même personne, Sloan.

— Moi non plus. On pourrait trouver intéressant de découvrir ces différences.

— Tu es toujours à Wasilla ?

— Oui. Je prévois de rester jusqu'à ce que tu prennes ta décision. Si tu acceptes ma proposition, j'aurai besoin de passer un peu de temps ici pour m'assurer que Longshire me prend au sérieux. Je sais que ton entreprise ferme pour Noël vendredi. J'aimerais que tu sois prête à aller au chalet avec moi le week-end suivant. Et on restera une semaine.

— Et si j'avais quelque chose de prévu ? Si j'avais un petit copain ?

— C'est le cas ?

Elle aurait aimé pouvoir dire oui.

— Non, je n'ai pas de relation sérieuse en ce moment, et en ce qui concerne mes projets pour les fêtes…

Elle marqua une pause quand elle sentit sa gorge se resserrer. Elle évitait de penser qu'elle serait seule ce Noël.

— Avec la mort de papa, je n'ai aucun projet, finit-elle par dire avant de changer de sujet. Et ton travail ?

— Quoi ?

— Tu ne dois pas retourner travailler ?

— Non. Mes vacances ont commencé le 1er décembre. Je suis en congé jusqu'au nouvel an.

— Je vois.

— D'autres questions ?

— Oui. T'impliqueras-tu dans la gestion quotidienne de l'entreprise ?

— Non. Il n'y a aucune raison que je le fasse. Gère tes affaires comme tu le ferais si je n'étais pas impliqué. Et les vingt-cinq pour cent que je recevrai iront directement à mes œuvres de charité.

C'était une autre surprise.

— Je t'appelle demain pour te donner ma réponse. J'ai besoin de dormir pour avoir les idées claires. Bonne nuit, Sloan.

— Bonne nuit, Leslie. Fais de beaux rêves.

Elle raccrocha aussitôt. Il mettait systématiquement fin à leurs appels en disant « Fais de beaux rêves », parce qu'il savait qu'elle rêvait tout le temps de lui… et c'était toujours agréable. Le pensait-il encore ce soir ? Elle reposa son téléphone sur la table de chevet et se pelotonna sous les couvertures.

Ce qui la dérangeait plus que tout, c'était de savoir qu'elle ferait effectivement de beaux rêves où elle le verrait cette nuit. Comment aurait-il pu en être autrement alors que Carmen et Stan avaient raison ? Sloan était devenu son miracle de Noël. Cette pensée en tête, elle ferma les yeux. La réalité, c'était que Sloan Outlaw était de retour dans sa vie, et elle ne savait pas vraiment quoi en penser.

Le lendemain matin, Sloan se réveilla vers 7 heures, se doucha et s'habilla en repensant à la conversation qu'il avait eue avec Leslie la veille. Après son appel, il avait essayé de se concentrer sur une série policière à la télévision, mais se rendit vite compte que c'était impossible. Il avait toujours trouvé sa voix sexy. Avec l'âge, elle était devenue encore plus sensuelle, ce qui correspondait bien au reste de sa personne.

Il avait essayé de ne pas être contrarié par le fait qu'elle ait besoin de réfléchir. Même si elle s'était excusée et avait admis qu'elle savait aujourd'hui que Sarah avait menti, il n'arrivait pas à oublier le fait qu'elle avait d'abord cru sa colocataire. Était-ce la raison pour laquelle elle avait du mal à lui faire confiance encore aujourd'hui ? Malgré ses conditions généreuses, pensait-elle qu'il voulait s'emparer de son entreprise ? Si c'était le cas, elle l'avait mis dans la même case que Longshire.

Sloan ne voulait pas prendre la réaction de Leslie personnellement. Dans le monde des affaires, on savait qu'il ne fallait jamais se précipiter. Elle suivait simplement les règles et il n'en attendait pas moins de n'importe quel collaborateur. Mais il n'avait jamais eu l'intention de coucher avec l'un d'eux. La situation avec Leslie était inédite.

Il pensait sincèrement ce qu'il lui avait dit la veille au soir. Il ne l'avait jamais obligée à faire quoi que ce soit et ne le ferait jamais. En revanche, si elle pensait qu'ils pouvaient rester ensemble dans un chalet et ne pas partager le même lit, alors elle se berçait d'illusions. Dès qu'ils se retrouvaient seuls pour une durée plus ou moins longue, ils s'enflammaient spontanément en attendant d'exploser.

Bien qu'ils aient été séparés pendant dix ans, il avait senti la forte attirance sexuelle entre eux lors de la réception de mariage. Même Redford l'avait remarqué de l'autre côté de la salle, ce qui expliquait qu'il ne les avait pas rejoints quand il les avait vus bavarder ensemble.

Sloan avait perçu les mêmes ondes la veille dans le bureau de Leslie. Même quand ils discutaient de quelque chose d'aussi important que l'éventualité qu'elle perde son entreprise, dès que leurs regards se croisaient, le désir montait entre eux… qu'ils le veuillent ou non.

Il n'avait aucun doute sur le fait que l'attirance était réciproque. Il pouvait donc comprendre son appel pour clarifier les choses. S'il y avait bien une personne qui pouvait savoir à quel point le potentiel sexuel était fort entre eux, c'était bien elle.

Il avait retenu son souffle quand il lui avait demandé s'il y avait quelqu'un dans sa vie. Pourtant, après un véritable interrogatoire, Redford lui avait dit qu'il n'avait pas entendu parler d'un éventuel petit ami. Mais il aurait pu se tromper. Cela aurait-il été important ? Oui. Contrairement à Redford, Sloan n'avait jamais empiété sur le territoire d'un autre et il n'avait pas l'intention de commencer aujourd'hui.

Il était sur le point de quitter sa chambre d'hôtel pour aller prendre le petit déjeuner quand son portable sonna. Avant de se coucher, il avait ajouté le numéro de Leslie à sa liste de contacts et lui avait même attribué une sonnerie spéciale. Il ne voulait pas analyser la raison pour laquelle il avait fait ça.

— Oui, Leslie ?

Il regretta aussitôt ce qu'il venait de dire. Maintenant, elle savait qu'il avait enregistré son numéro.

— J'ai pris ma décision, Sloan.

— Alors ? demanda-t-il après quelques secondes.

— Nous allons devenir associés temporairement.

Pourquoi poussa-t-il un soupir de soulagement ? Il ne

voulait pas admettre qu'il n'aurait pas réussi à accepter son refus. La seule raison pour laquelle il s'était impliqué dans cette histoire, c'était parce qu'il refusait de laisser un homme comme Martin Longshire penser qu'il pouvait la tyranniser sans craindre de représailles.

— D'accord. Il faut qu'on se voie ce soir pour planifier notre stratégie. Allons dîner à 18 heures.

— Dîner ?

— Oui, dîner. Tu sais, ce repas que les gens prennent généralement en fin de journée.

— Oui, petit malin, je connais.

Sloan ne put s'empêcher de rire. Là, c'était la Leslie qu'il connaissait. Celle qui ne se laissait pas démonter devant les autres. Il avait le sentiment que Martin Longshire avait commencé à la briser quand elle n'avait pas trouvé de solution. Maintenant que Sloan lui en donnait une, elle pouvait redevenir elle-même. La femme qu'il…

Il cligna des yeux, conscient qu'il ne pouvait pas s'aventurer sur cette voie. Il n'y retournerait jamais.

— Bon, puisque tu sais ce que c'est, seras-tu libre à 18 heures ?

— Oui, mais pourquoi attendre jusque-là ? Tu peux venir à mon bureau à 17.

— Non, c'est impossible. J'ai un appel pro à 16 heures.

— Je croyais que tu étais en congé pour le reste du mois de décembre.

Le questionnait-elle ? Y aurait-il toujours un problème de confiance entre eux ?

— La réunion n'a rien à voir avec Outlaw Freight Lines. Tu peux aller dîner ou pas ? répliqua-t-il sèchement.

— Oui, dis-moi juste où tu veux qu'on se rejoigne, dit-elle sur un ton tout aussi brusque.

— À mon hôtel.

— Pardon ?

Sloan se frotta la nuque, un peu plus agité à chaque seconde qui passait.

— J'ai dit à mon hôtel, Leslie, pas dans ma chambre. Il s'avère qu'il y a un restaurant sympa, l'Elderbrae, dans l'hôtel Ghanis.

— Je sais où c'est. En fait, c'est tout près d'où je vis.

Il le savait déjà grâce à ses recherches, et c'était la raison pour laquelle il avait choisi cet établissement.

— Dans ce cas, tu n'auras pas de mal à trouver.

— Aucun.

— Bien. À tout à l'heure.

- 5 -

Leslie entra dans l'hôtel Ghanis et regarda autour d'elle. Elle n'aurait pas dû être surprise que Sloan séjourne dans l'hôtel le plus élégant de Wasilla ou qu'il veuille dîner dans l'un des restaurants les plus chics. Elle était venue à l'Elderbrae à plusieurs reprises avec son père. Selon lui, personne ne faisait de meilleurs steaks qu'eux.

Elle s'arrêta pour observer les décorations de Noël. Un immense sapin se dressait au milieu du hall. Il devait mesurer au moins six mètres de haut, était magnifiquement décoré et entouré de plus d'une centaine de poinsettias rouges. De chaque côté, il y avait deux ours polaires de taille réelle qui se tenaient sur leurs pattes de derrière. Les animaux semblaient si vrais qu'elle fit instinctivement un pas en arrière.

— Ils ne mordent pas, promis.

En regardant par-dessus son épaule, elle vit Sloan qui marchait vers elle. Elle continua à contempler le décor.

— Ils ont l'air si réels.

— C'est vrai. Je les ai vus quand je me suis enregistré et je me suis demandé s'il était dangereux de séjourner ici.

Cela la fit rire parce que s'il devait y avoir une personne habituée aux ours, c'était Sloan. Sa famille possédait un chalet sur Kodiak Island, et tout le monde savait qu'il y avait plus d'ours que d'habitants sur cette île. Pas des ours polaires, mais des grizzlys, et c'étaient les pires.

— Je n'ai eu que de bons retours sur ce qu'ils servent ici, alors j'espère que tu as faim, lança-t-il en se dirigeant vers le restaurant.

— Tout ce que tu as entendu est vrai. Papa et moi avons mangé ici quelques fois, et c'était délicieux.

À l'entrée, ils furent accueillis par un maître d'hôtel souriant. Quelques minutes plus tard, on leur indiquait leur table qui offrait une vue pittoresque sur les montagnes enneigées. Elle savait que les tables de ce côté du restaurant se payaient rubis sur l'ongle, mais la vue en valait la peine.

— C'est magnifique, finit-elle par dire en lui jetant un coup d'œil.

— Je trouve aussi, dit-il en la regardant.

Il ne s'était pas tourné vers la fenêtre, mais elle écartait la possibilité qu'ils puissent parler de deux vues différentes.

— Je suis surprise que tu ne séjournes pas à Anchorage, vu que ce n'est pas très loin.

— Je n'avais pas envie de faire le trajet de quarante-cinq minutes aller et retour quand mes affaires se font ici, à Wasilla.

Ses affaires ? Considérait-il la situation la concernant comme « une affaire » ? Cela aurait dû lui faire plaisir, même si cela semblait impersonnel.

À cet instant, une serveuse apparut pour prendre leur commande de boissons et leur présenter les menus. Quand elle repartit, Leslie leva les yeux et vit que Sloan la fixait.

— Quelque chose ne va pas ?

Il sourit, à son grand désarroi. Sloan Outlaw avait le genre de sourire qui pouvait faire défaillir une femme même quand elle était déjà assise.

— Je remarquais juste que tu n'as pas tant changé que ça.

— Bien sûr que j'ai changé, Sloan.

Il faisait peut-être référence à son apparence physique, mais elle pensait au reste. Quitter Anchorage comme elle l'avait fait et surmonter cette rupture pendant presque sept l'avaient brisée. Puis entendre Sarah se vanter que tout n'était qu'un mensonge avait causé un autre genre de douleur. Probablement la pire qu'elle n'ait jamais connue.

Non, perdre Sloan était la pire chose qui ne lui soit arrivée.

— J'ai pris deux centimètres, Sloan, dit-elle fièrement. Tu ne peux probablement pas le voir puisque je porte toujours des talons.

— Crois-moi, Leslie. J'ai remarqué tous tes changements.

Ce n'était pas ce qu'il dit mais comment il le dit, avec cette voix grave et familière, qui la fit s'immobiliser. Il fallait qu'ils changent de sujet.

— Alors, Garth et Cash sont tous les deux mariés maintenant ?

Il esquissa un sourire sincère.

— Oui. Je suis sûr que tu te souviens de la femme de Garth, Regan. Son père a piloté le jet pour nous pendant des années.

— Oui, bien sûr que je me souviens de Regan. Je l'ai rencontrée quand je suis venue dans ta famille un Noël. Je l'aimais bien.

— Eh bien, elle et Garth se sont mariés. Cash est tombé amoureux en allant dans le Wyoming pour la lecture du testament de sa mère. Lui et sa femme, Brianna, vivent là-bas. Elle est enceinte et accouchera de jumeaux dans environ deux mois.

— Des jumeaux ? Waouh ! C'est super.

— On trouve aussi. Cash fera un père merveilleux.

— Je n'arrive pas à croire qu'il a quitté l'Alaska.

— Je sais, et il a fallu qu'on s'y habitue aussi. Mais il adore l'immense domaine dont il a hérité là-bas et je ne l'ai jamais vu aussi heureux.

— Il travaille toujours pour l'entreprise familiale ?

— Oui, il gère un bureau satellite sur son ranch.

À cet instant, la serveuse revint pour enregistrer leur commande. Ils décidèrent tous les deux de prendre le steak.

— Je vois que tu l'aimes toujours bien cuit, déclara-t-il quand la serveuse s'éloigna.

— Et toi, cru, lui dit-il avec un sourire.

— Certaines choses ne changent jamais.

Elle but une gorgée de vin en pensant que la majorité des choses changeaient.

— Alors, Sloan, maintenant que j'ai accepté que tu deviennes mon associé, quel est ton plan concernant Longshire ?

Inutile de tourner autour du pot ; ils étaient là pour parler affaires.

— Le plan est déjà en place. D'ici minuit, il saura que les choses ne se passent pas comme il l'avait prévu et il devrait être assez contrarié. S'il débarque sans prévenir, je te suggère de demander à la sécurité de le mettre à la porte.

Leslie acquiesça en étudiant Sloan. Elle avait un pressentiment.

— Y a-t-il quelque chose d'autre que je devrais savoir ?

— Pour qu'il comprenne que j'étais sérieux, j'ai racheté l'une de ses compagnies.

Leslie faillit s'étouffer avec sa boisson.

— Tu as racheté son entreprise ?

— Pas la principale, Leslie. Une entreprise qu'il a achetée le mois dernier. Je l'ai découvert au cours de mes recherches sur ses projets. Apparemment, il avait une dent contre cette famille aussi. Manifestement, Longshire est rancunier.

— De quel genre d'entreprise s'agit-il ?

— C'est une entreprise familiale qui existe depuis des générations. Elle est gérée par un couple de personnes âgées et leurs enfants. Des fabricants de jouets.

— Des fabricants de jouets ?

— Oui. J'ai cru comprendre que les affaires avaient bien marché pour eux pendant des années, mais l'an dernier les ventes ont décliné, et leurs distributeurs les ont lâchés. J'ai découvert que Longshire était derrière tout ça, pour se venger de la famille.

— Pourquoi aurait-il besoin d'une usine de jouets ?

— Il n'en a pas besoin. Tout comme il n'a pas besoin d'une entreprise de cosmétiques. Il le fait parce qu'il sait qu'il peut le faire et ,à l'évidence, il aime faire de la vie des autres un enfer. Comme je l'ai dit, il est rancunier.

— Le salopard.

— Oui, et ce qui est triste, c'est qu'il n'a aucun projet pour la compagnie. Il veut juste la ruiner. Je me suis dit qu'entre de bonnes mains, l'entreprise de fabrication de jouets était un bon investissement. La première chose que je prévois de faire, c'est de reprendre la famille et les remettre à la tête de la boîte. Cela stimulera l'économie locale.

Ce que Sloan ne disait pas, mais qu'elle avait compris parce qu'elle le connaissait bien, c'était qu'il revendrait l'entreprise à la famille une fois qu'elle serait saine financièrement. Leslie prit une gorgée de vin.

— Longshire sera encore plus contrarié quand il découvrira que tu comptes la leur rendre.

— Qu'est-ce qui te fait penser que je vais faire ça ?

— Un pressentiment.

Comme il ne dit rien, elle demanda :

— Où se trouve cette compagnie ? Ici, à Wasilla ?

— Non. À North Pole.

— En Alaska ?

— Oui.

Leslie rit doucement.

— Un vieux couple dont la famille fabrique des jouets à North Pole, en Alaska. Intéressant.

— C'est aussi ce que je pense. J'ai l'intention de m'y rendre ce week-end.

— Tu m'as expliqué à quoi m'attendre avec Martin Longshire, Sloan. Maintenant, je dois savoir à quoi m'attendre avec toi.

Il leva les yeux de son plat et tomba sur le regard direct de Leslie. Au lieu de lui répondre, il désigna son verre.

— Encore un peu de vin ?

Quand elle fronça les sourcils, il la trouva mignonne.

— Pourquoi ? Ce que tu vas me dire va me donner envie de boire ?

— Non, répliqua-t-il en riant. J'ai juste remarqué que ton verre était à moitié vide.

— Merci de t'en inquiéter, mais ça va. Maintenant, tu veux bien répondre à ma question, s'il te plaît ?

— Il n'y a vraiment rien d'autre à dire, Leslie. Je pense que j'ai été clair hier au sujet de mes attentes. Je veux passer Noël avec toi. D'ailleurs, pourquoi avons-nous cette conversation ? Tu as accepté mes conditions.

— Oui, mais j'ai besoin de clarifier certaines choses.

— Comme quoi ? demanda-t-il en coupant son steak.

— Qu'as-tu prévu pour nous ?

— En dehors d'espérer faire l'amour chaque jour et

chaque heure, en utilisant tous les positions connues et inconnues ?

Sloan sut que, pour la deuxième fois en peu de temps, il avait choqué Leslie.

— Tu bases ton emploi du temps de cette semaine sur la supposition que je tomberai à tes pieds ?

— Non, je base mon emploi du temps sur la supposition que tu partageras mon lit, rétorqua-t-il avant de respirer profondément. Écoute, Leslie, on peut ressasser le problème autant qu'on le veut, cela ne nous mènera nulle part. Tu crois que tu ne coucheras pas avec moi, et moi, je pense que si. Nous verrons bien comment les choses tourneront. Il faut juste que tu me fasses confiance.

— Te faire confiance ?

— Oui. À une époque, tu me faisais confiance, mais du jour au lendemain, sans que ce soit ma faute, tu as arrêté de le faire.

Elle se raidit.

— Comment pourrais-je avoir confiance en un homme qui m'a dit qu'il me voulait dans son lit ?

— À une époque, tu appréciais mon honnêteté. Tu aurais préféré que je ne te le dise pas ?

— J'aurais préféré que tu ne veuilles pas de *moi* pour Noël.

— Qu'est-ce que tu veux pour Noël, Leslie ?

Il ne pouvait s'empêcher d'être curieux. Elle se mordilla la lèvre inférieure, ce qui eut aussitôt un effet sur son entrejambe.

Elle gardait les yeux rivés sur son verre.

— Je n'ai pas beaucoup pensé à Noël, Sloan, puisque ce sera le premier sans papa. Nous passions toujours les fêtes ensemble. La seule exception a été l'année où j'étais avec toi et ta famille.

Quand Leslie leva les yeux, il la vit… cette profonde tristesse.

— Même quand je vivais à Washington, soit papa venait pour passer les fêtes avec moi et tante Ella, soit je rentrais à la maison. Maintenant que tante Ella et papa sont tous les deux décédés, ce sera mon premier Noël seule. Alors je voudrais juste pouvoir supporter cette journée.

Sloan ne dit rien et prit une gorgée de vin. Il se rappelait que si les fêtes étaient devenues importantes pour lui, c'était seulement à cause d'elle. Noël était la fête préférée de Leslie, et tout son entourage le savait. Pour lui, ses frères et sa sœur, cela n'avait pas la même signification.

Les Outlaw l'avaient découvert quand Sloan avait ramené Leslie chez eux lors de leurs vacances universitaires. Tout d'abord, elle avait été atterrée parce qu'ils n'avaient pas prévu de mettre un sapin de Noël ou toute autre décoration. Il ne lui avait pas fallu longtemps pour rallier la famille (sauf Bart) à sa cause. La veille de Noël, ils étaient sortis acheter un sapin et de quoi l'orner. Sa façon d'être était une nouveauté pour eux, et ils étaient aussitôt tombés amoureux d'elle. Après sa visite, les Outlaw avaient fait un sapin de Noël chaque année.

L'idée qu'elle passe les fêtes seule le perturbait. Après leur semaine au chalet, que ferait-elle pendant les quelques jours précédant Noël ? Et pendant la semaine entre Noël et le jour de l'an ? Il n'aurait pas dû s'en soucier, mais c'était comme ça.

Il pouvait inviter Leslie à passer Noël avec sa famille. Comme tous les ans, les Outlaw seraient à Denver avec leurs cousins, les Westmoreland. Ils y resteraient jusqu'au jour de l'an, puisqu'ils donnaient un bal de charité ce jour-là.

D'un côté, il ne voulait pas la réintégrer dans sa vie

comme ça. Il ne voulait pas faire croire à ses frères et sa sœur qu'ils entretenaient plus qu'une relation professionnelle. De l'autre, il ne pouvait pas oublier leur passé et ne voulait pas qu'elle passe les fêtes seule.

- 6 -

Le lendemain, Leslie leva les yeux du document sur son bureau en entendant l'agitation de l'autre côté de la porte. Elle se raidit quand elle reconnut l'une des voix juste avant que la porte ne s'ouvre brusquement et qu'elle découvre Martin Longshire. Il était très en colère.

— Vous ne vous en tirerez pas comme ça. Vous êtes bien naïve de croire qu'un ex-petit ami peut sauver votre compagnie.

Elle se demanda comment il savait qu'elle et Sloan étaient sortis ensemble. Elle se leva et croisa les bras, mais, avant qu'elle ne puisse dire quoi que ce soit, Beverly apparut derrière lui.

— Voulez-vous que j'appelle la sécurité, mademoiselle Cassidy ?

— S'il n'est pas parti dans cinq minutes, alors oui.

Beverly regarda Longshire comme si elle n'était pas convaincue que laisser Leslie avec lui était une bonne idée.

— Ça ira, Beverly. Il sera bientôt parti.

— Tu parles !

Ignorant cette intervention, Leslie continua.

— Cinq minutes, Beverly. Si cela vous rassure, demandez aux agents de sécurité de se tenir prêts, juste au cas où.

— Bonne idée, répondit la secrétaire en souriant.

Elle s'éloigna en laissant la porte ouverte. Comme la première fois, Longshire la fit claquer.

— Formulez vos réclamations et partez. Vous avez cinq minutes.

Il s'avança jusqu'au bureau et pendant un instant elle imagina qu'il allait l'attraper, mais non.

— Vous avez commis une erreur en impliquant Sloan Outlaw. Et il en a fait une en me volant l'une de mes entreprises. Vous ne vous en sortirez pas comme ça. Je vais vous détruire, tous les deux.

Longshire se retourna et quitta son bureau. Quand il avait ouvert la porte, Leslie avait vu deux membres de son équipe de sécurité qui attendaient pour l'escorter hors du bâtiment.

Elle prit une profonde inspiration en se rasseyant dans son fauteuil. Beverly était dans l'encadrement de la porte.

— Vous allez bien ?

— Oui, ça va.

Peu de temps après le départ de Beverly, Leslie sortit son téléphone de son sac et appela Sloan. Quand ils s'étaient séparés la veille au soir, il lui avait demandé de l'appeler si Longshire se montrait aujourd'hui.

— Oui, Leslie ?

Elle sentit son estomac se nouer en l'entendant prononcer son nom. Pendant le dîner, même s'ils s'étaient mis d'accord sur un certain nombre de points, l'attirance physique entre eux avait été faramineuse.

— Martin Longshire vient de partir et il a proféré des menaces.

— Contre toi ?

Leslie entendit la colère dans sa voix.

— Contre tous les deux, Sloan. Il a dit qu'il nous détruirait. Il y a autre chose qui m'a surprise.

— Quoi ?

— Il sait que tu es mon ex-petit ami.

— Hum, je me demande comment.

— Je ne sais pas. Je suppose qu'il a enquêté pour comprendre pourquoi tu m'es venu en aide.

— Peu importe. Il a reçu le message. Il a compris qu'il gâche son temps en essayant de te prendre ton entreprise.

— Combien de temps restes-tu dans les parages ?

— Je prends l'avion samedi.

— Oh.

Elle se demanda pourquoi elle était déçue.

— Cassidy Cosmetics ferme vendredi, c'est ça ?

— Oui, pourquoi ?

— Tu ne voudrais pas t'envoler pour North Pole avec moi pour rencontrer les fabricants de jouets ?

— Tu veux que je t'accompagne ? lança Leslie, surprise.

— Pourquoi pas ? Je ne vais y passer que deux ou trois jours. Et, avant que tu ne stresses, laisse-moi préciser que je m'assurerai qu'on ait des chambres séparées à l'hôtel. Il me semble que tu n'y as jamais été… à moins que ça ait changé au cours des dix dernières années.

— Non, je ne suis jamais allée à North Pole.

— Tu en as toujours eu envie, donc c'est l'occasion, Leslie. Bien sûr, si tu crains de ne pas pouvoir te contrôler en ma présence, je comprendrai.

— Bien sûr que si, Sloan.

— Est-ce que ça veut dire que tu viens ?

Leslie se rappela que, quand ils s'étaient rencontrés, il n'arrivait pas à croire qu'elle n'ait jamais vu North Pole. Il pensait que tous les Alaskains y étaient allés au moins une fois dans leur enfance. Elle lui avait expliqué que même si ce n'était pas l'envie qui lui manquait, ils n'avaient jamais eu le temps de s'y rendre. Ses parents travaillaient beaucoup pour faire marcher l'entreprise et ils voyageaient rarement loin de Wasilla. Aujourd'hui, Sloan lui donnait une occasion de s'y rendre. Avec lui. Devait-elle accepter ?

Pourquoi pas ? Ne venait-elle pas de lui dire qu'elle ne craignait pas de perdre le contrôle avec lui ? Ce qu'ils avaient partagé dans le passé n'existait plus. Elle avait tout gâché et ils avaient tous les deux tourné la page. D'ailleurs, n'allaient-ils pas bientôt passer une semaine ensemble dans son chalet, de toute façon ?

— Oui, Sloan. J'adorerais venir avec toi. Merci pour l'invitation.

— Je passe te prendre samedi matin à 6 heures.

— Très bien. Tu auras besoin de mon adresse. Je ne vis plus dans la maison de mon père. Je l'ai vendue.

— Je sais où tu vis aujourd'hui.

Leslie fronça les sourcils, ennuyée de voir que Sloan et Martin Longshire en savaient autant sur elle.

— Tu t'es levé tôt, Sloan.

Ce dernier rit doucement en sortant de l'hôtel pour rejoindre sa voiture de location.

— Je m'en vais, Cole.

Le cousin de Sloan, Cole Westmoreland, était un ancien Texas Ranger qui vivait avec sa femme et leurs trois enfants dans le Montana. Par la suite, Cole avait rejoint un autre cousin, Quade Westmoreland, qui avait travaillé pour un service spécial dédié à la protection du président, pour fonder un réseau de compagnies de sécurité.

— Ah bon ? Où vas-tu ? demanda Cole.

— À North Pole.

— Tu plaisantes ?

— Non, répondit Sloan en mettant son sac dans le coffre de la voiture. J'ai acheté une usine de jouets là-bas.

— Je vois. Et maintenant, tu vas me dire qu'elle est gérée par un couple de petits vieux qui s'appellent Kringle ?

— Elle est gérée par un couple de personnes âgées, oui, mais leur nom de famille est Yule.

— Bien sûr.

Son cousin ne le croyait pas. Inutile d'ajouter que M. Yule s'appelait Rudolph.

— Je t'appelle parce que j'ai une mission pour toi.

— Laquelle ?

— J'aimerais que tu enquêtes sur une personne du nom de Martin Longshire.

— Je dois chercher quelque chose en particulier ?

— Je ne sais pas trop. J'ai contrecarré ses projets de racheter deux entreprises et il est connu pour être rancunier. Je veux me tenir prêt.

— Je vais creuser pour voir s'il y a quelque chose dans son passé qu'on pourrait utiliser contre lui.

— Je suis sûr que s'il y a quelque chose, tu le trouveras. Tu es le meilleur dans ton domaine.

Cole se mit à rire.

— Si j'étais si fort, je découvrirais pourquoi ton père refuse de considérer les Westmoreland comme sa famille. Difficile de nier les gènes forts des Westmoreland.

Sloan savait que c'était la vérité. Non seulement les hommes Westmoreland ressemblaient aux hommes Outlaw, mais leur cousine Bailey et sa sœur, Charm, avaient aussi beaucoup de points communs.

— La mère de Charm, Claudia, nous a persuadés de ne pas chercher plus loin. Elle a senti que c'était une intrusion dans l'intimité de papa et que, quand il serait prêt à nous dire pourquoi il y était opposé, il le ferait.

Sloan et ses frères s'étaient mis d'accord pour ne pas laisser leur père interférer dans leurs relations avec les

Westmoreland. Au fil des années, ils avaient tissé un lien fort.

— Tu vas piloter ton avion en carton pour aller jusqu'à North Pole ? demanda Cole.

— Oui, répondit Sloan avec un petit rire. Un jour, je te laisserai prendre ma place.

Sloan savait que Cole avait son brevet de pilote. En plus de l'entreprise de sécurité, Cole possédait un service d'hélicoptère qui proposait aux locaux des trajets entre les diverses montagnes de Bozeman, dans le Montana.

Après avoir raccroché, Sloan songea à la femme qu'il verrait dans quelques minutes. Celle qui avait occupé ses pensées pendant la majeure partie de la nuit. Il essayait de garder la tête froide en ce qui concernait Leslie Cassidy. Chat échaudé craint l'eau froide. Mais l'idée qu'elle se retrouve seule pour les fêtes l'emportait sur l'envie de garder ses distances.

Sloan n'arrivait pas à imaginer une telle solitude parce qu'il avait toujours eu ses frères et sa sœur. Ils savaient tous que leur père, même s'il ne l'admettrait jamais, comme eux, avait adoré vivre dans une maison animée. Cependant, quand ils avaient grandi et que Bart avait commencé à essayer de les manipuler, ils avaient tous déménagé. Tous, sauf Charm. Elle adorait leur père et arrivait à voir au-delà de ses défauts. D'ailleurs, comme sa mère, Charm savait comment le prendre.

En arrivant devant le jardin de Leslie, Sloan remarqua qu'il avait encore plus neigé dans ce coin cette nuit. Il espérait que cela ne retarderait pas le décollage de son avion.

Il frotta ses mains gantées l'une contre l'autre et resserra son écharpe autour de son cou avant de sortir de la voiture. Impossible de vivre en Alaska et ne pas être habitué au froid et à la neige. C'était un mode de vie, mais il n'y avait pas d'autre endroit où il aurait préféré être. Il avait voyagé dans la plupart des États américains et, même s'il avait aimé en visiter certains, aucun lieu ne ressemblait à l'Alaska.

Les mains enfoncées dans les poches de son manteau long, il regardait autour de lui. Il devait y avoir au moins quatre-vingt-dix centimètres de neige, peut-être plus. Mais c'était très beau.

Sloan aimait bien la maison de Leslie. Elle se trouvait dans un cul-de-sac avec quatre autres maisons, séparées les unes des autres par une distance appréciable. Il était soulagé qu'elle n'ait pas demandé comment il savait où elle vivait. Sinon, il aurait dû avouer qu'il avait cherché un maximum de renseignements personnels la concernant.

Elle avait quitté la maison de son père après son décès. Sloan se souvenait qu'elle était grande, bien trop pour une personne seule. Celle-ci était parfaite pour elle.

Il avait appris, grâce à ses recherches, que depuis son retour en Alaska elle s'était remonté les manches et avait travaillé dur aux côtés de son père. Le gros des affaires de Cassidy Cosmetics était en Alaska. Il se demandait pourquoi Lester Cassidy ne s'était jamais étendu vers les autres États.

Il appuya sur le bouton de la sonnette et fut surpris de voir Leslie ouvrir la porte immédiatement. Il la dévisagea automatiquement de la tête aux pieds. Comment avait-il pu oublier comme elle était belle dès le matin ? Il fut soudainement empli d'une énorme dose de désir, à un degré qu'il ne voulait pas et dont il n'avait pas besoin.

— Bonjour, Sloan. Entre. Il me faut juste prendre mon sac de voyage et mon manteau, dit-elle en s'éloignant.

Sloan acquiesça, incapable de faire quoi que ce soit

d'autre. Elle portait un pantalon skinny en velours côtelé bordeaux, un pull gris clair et des bottes noires.

Il était si subjugué par la beauté du corps de Leslie qu'il ne pouvait s'empêcher de rester dans l'encadrement de la porte et la contempler. Le simple fait d'observer ses fesses bouger était excitant, et voir sa taille fine et toutes ces courbes l'avait paralysé.

Elle jeta un coup d'œil par-dessus son épaule, s'arrêta et se retourna avec un air interrogateur.

— Quelque chose ne va pas ?

Il prit une profonde inspiration et joua les idiots.

— Qu'est-ce qui te fait penser ça ?

Elle mit les mains dans les poches de son pantalon.

— Tu restes là, la porte ouverte, laissant la chaleur s'échapper.

— Oh ! fit-il en entrant et refermant rapidement la porte derrière lui.

Quand elle disparut dans une pièce qu'il supposa être sa chambre, il étudia le décor pour éviter de penser à l'endroit où elle dormait. Elle avait décoré la maison pour les fêtes et avait un joli sapin. Il s'en approcha quand un élément attira son attention. C'était celui qu'il lui avait offert quand ils sortaient ensemble. Il était surpris qu'elle l'ait toujours.

— Je suis prête.

Sloan se retourna. Il avait oublié comment elle s'habillait chaudement de la tête aux pieds. Elle était mignonne avec son chapeau de fourrure et le visage caché par une écharpe assortie. Puis il y avait son gros manteau de laine.

— D'accord, allons-y, dit-il en attrapant son sac.

- 7 -

— Tu peux souffler, Leslie.

Elle regarda Sloan et ne put retenir un petit rire. Elle n'avait jamais aimé les petits avions, et même s'il pilotait très bien la nervosité lui nouait l'estomac.

C'était le pilote de la famille qui lui avait appris, et aujourd'hui Sloan avait son propre avion, un Cessna qui lui permettait de se rendre où il voulait dans les États-Unis.

— Il ne neigeait pas quand on a décollé, mais c'est différent maintenant, fit-elle remarquer.

— C'est léger. Mon bébé peut affronter ça.

Pourquoi se rappela-t-elle à cet instant qu'il lui avait dit la même chose la première fois qu'ils avaient fait l'amour ? Elle était vierge, et, quand elle l'avait vu nu (surtout la partie sous la ceinture), son expression avait dû la trahir. Il s'était avancé vers elle avec sa démarche sexy, l'avait touchée entre les jambes et dit : « Mon bébé peut affronter ça. »

— Leslie ?

— Oui ?

— Je t'ai demandé si tu avais bien dormi.

Leslie supposa qu'il lui avait posé cette question pendant que son esprit était occupé par ses souvenirs.

— Oui. Je n'avais pas aussi bien dormi depuis la mort de papa. C'était agréable de savoir que mon entreprise ne me serait pas enlevée. Je te suis vraiment reconnaissante.

— Je ne veux pas de ta gratitude, Leslie.

Elle ne dit rien parce qu'elle savait ce qu'il voulait. Il avait été clair. Il la voulait, elle… pour Noël… dans son lit. Elle devait changer de sujet.

— Est-ce vrai que ta famille a trouvé des parents dont vous ignoriez l'existence dans d'autres États ?

— Qui t'a dit ça ?

Elle ne lui avouerait pas que c'était Keosha. Il aurait su qu'elle avait posé des questions à son sujet.

— Je crois que tu l'as mentionné lors de l'une de nos conversations.

— Oui, mais ce n'est pas nous qui les avons trouvés, plutôt eux. Les Westmoreland avaient des éléments qui les ont amenés à croire que leur arrière-grand-père, Raphael Westmoreland, avait eu un enfant illégitime. Ils ont engagé un détective privé pour déterminer si c'était vrai, et l'enquête les a menés à notre porte.

— Et vous êtes sûrs qu'ils sont de votre famille ?

— Tu ne poserais pas la question si tu nous avais vus ensemble. Nous partageons certains gènes forts des Westmoreland. Presque chaque Westmoreland a un cousin Outlaw qui lui ressemble. La similitude est si troublante que Cash a échangé sa place avec Bane Westmoreland lors d'une opération sous couverture du gouvernement.

— Alors il y a un Westmoreland qui te ressemble ?

Elle n'arrivait pas à imaginer un autre homme avec des traits aussi sexy.

— Oui. Derringer. Nous sommes honnêtement très similaires, mais je suis sûr que tu seras capable de nous différencier.

Leslie réfléchit à ce qu'il venait de dire. Venait-il de suggérer qu'elle rencontrerait son cousin un jour ? Elle ne voyait vraiment pas comment c'était possible.

— Vous vous entendez bien ?

— Oui, et c'est ça le plus bizarre. Même si nous nous sommes rencontrés il n'y a que cinq ans, nous nous comportons comme si nous nous connaissions depuis toujours. Beaucoup de Westmoreland vivent dans le Colorado, au Texas, en Californie, dans le Montana, en Géorgie ou en Caroline du Nord. As-tu déjà entendu parler de Thorn Westmoreland ?

— Bien sûr. Il est concepteur de motos et fait de la course.

— Oui, et c'est un cousin. Et te rappelles-tu avoir lu il y a quelques années qu'une Américaine avait épousé un cheikh du Moyen-Orient ?

— Oui. Ça avait fait la une de plusieurs magazines. Je crois qu'elle était médecin.

— Eh bien c'était Delaney Westmoreland. La sœur de Thorn. Maintenant, elle est reine, puisque son mari, Jamal Ari Yasir, est devenu roi. Elle ne viendra pas aux États-Unis cette année puisqu'elle est enceinte.

— Vraiment ?

— Oui, elle attend des jumeaux. Ils ont déjà deux enfants et ont attendu plusieurs années avant de décider d'en faire un autre. J'ai entendu dire qu'ils en ont toujours voulu au moins quatre. Ils les auront.

Il marqua une pause pour actionner l'un des boutons.

— J'ai remarqué que tu avais un roman de Rock Mason sur ta table basse.

— Oui, et alors ?

— C'est un cousin aussi. Son vrai nom est Stone Westmoreland.

— Sérieux ? Je suis allée à une séance de dédicace de Rock Mason à Howard. J'ai toujours son autographe.

Puis elle demanda :

— Que pense ton père de cette nouvelle branche de la famille ?

— Bart est dans une sorte de déni. Il refuse de croire que son grand-père a été adopté et affirme que nous sommes des Outlaw, pas des Westmoreland.

— Même après avoir vu vos ressemblances ?

— Oui. C'est très étrange. Mais cela n'a pas beaucoup d'importance, puisque nous, on les accepte.

— Il doit y avoir une raison à sa réaction.

— Peut-être ou peut-être pas. Tu as rencontré papa et je t'ai souvent dit comme il pouvait être entêté. Bart aime contrôler toutes les situations, mais il ne peut pas contrôler celle-là. Mes frères, ma sœur et moi sommes des adultes et nous refusons de laisser papa nous dicter quoi faire. (Sloan rit doucement.) De toute façon, il passe presque tout son temps à courtiser Claudia.

— La mère de Charm ?

— Oui. C'est la seule femme qui a refusé de l'épouser.

Il tendit la main pour ajuster un contrôle vers le plafond.

— Nous atterrirons à l'aéroport de Fairbanks dans moins de trente minutes.

Elle savait qu'ils loueraient une voiture à l'aéroport pour rouler jusqu'à North Pole.

— À quelle distance de Fairbanks se trouve North Pole ?

— Vingt minutes. Et je préfère te prévenir : l'atterrissage sera un peu brutal puisqu'il y a beaucoup de neige au sol. La piste a été dégelée, donc ça devrait aller.

Elle le regarda et prit une inspiration nerveuse.

— D'accord, Sloan. Je te crois sur parole.

Deux heures plus tard, Sloan et Leslie s'étaient enregistrés à l'hôtel de North Pole. L'atterrissage de l'avion fut exactement comme il l'avait prédit, mais elle ne s'était pas plainte. Une voiture de location les attendait, et ils s'étaient rendus au seul hôtel de la ville.

Comme il l'avait dit à Leslie, ils avaient des chambres séparées, mais l'une à côté de l'autre. Elle avait eu une expression indéchiffrable quand il lui avait dit qu'ils dîneraient à 17 heures avec les Yule. Elle s'était contentée de hausser un sourcil en entendant le nom de famille du couple avant d'entrer dans sa chambre.

Il traversa la pièce et regarda par la fenêtre, les mains dans les poches. Même si une épaisse couche de neige couvrait presque tout, il était facile de voir que North Pole, en Alaska, avec une population d'un peu plus de deux mille habitants, était un beau petit village. L'un de ses plus chers souvenirs était sa visite de la ville quand il était enfant avec sa classe. Il se souvenait de l'immense boutique de cadeaux dans la Maison du Père Noël.

Il s'écarta de la fenêtre et s'approcha de son sac pour en sortir ses affaires. Il était excité à l'idée de partager North Pole avec Leslie. Et elle ne savait pas que l'avoir assise à côté de lui dans le cockpit avait représenté une terrible tentation. Pour commencer, elle portait ce parfum qu'il aimait tant. Il avait aussi remarqué qu'elle faisait la conversation quand elle était nerveuse. Il s'était dit que ce vol par mauvais temps était à l'origine de sa nervosité.

Était-ce la raison pour laquelle il avait parlé de sa famille plus qu'il ne l'aurait fait normalement avec quelqu'un qui n'était pas un ami proche ? D'accord, elle avait déjà rencontré tout le monde et avait été considérée comme une amie proche de la famille à l'époque. Il ne la considérait plus comme telle aujourd'hui. Cependant, comment devait-il faire référence à une femme pour laquelle il avait parcouru presque cinq mille kilomètres ?

Une femme à qui il avait beaucoup pensé depuis qu'il l'avait revue ?

Chaque fois qu'il regardait sa bouche, il se remémorait la douceur de ses lèvres. Dès qu'il voyait ses mains, il se souvenait de ses caresses et de ce qu'il lui avait appris à faire à certains endroits. Quand ils faisaient l'amour à l'époque, il avait atteint un niveau d'extase qu'il n'avait jamais connu avant et, pour être honnête, n'avait jamais retrouvé après elle.

Il était sorti avec beaucoup de femmes au cours des années, mais aucune n'avait pu satisfaire ses besoins, ses désirs et ses fantasmes comme Leslie. Mais, grâce à elle, il avait retenu une leçon importante : ne jamais donner son cœur à une femme ou on pouvait être sûr qu'elle le briserait.

Il se passa la main sur le visage. Leslie ne signifiait plus rien pour lui désormais, et il n'avait rien fait de plus pour elle qu'il ne l'aurait fait pour quelqu'un d'autre dans sa situation. Les Yule en étaient un parfait exemple. Mais, d'un autre côté, il ne voulait pas les Yule pour Noël. Il ne pensait pas à eux au moment de se coucher ou quand il se réveillait. Ce n'était pas les Yule qui occupaient ses pensées pendant le vol, et s'il était si impatient d'être à 17 heures, cela n'avait rien à voir avec le fait de rencontrer les Yule. Il voulait juste retrouver Leslie.

Chaque muscle de son corps se contracta. Il devait arrêter tout de suite avant que son attirance pour elle ne soit hors de contrôle. Il devait se souvenir de la douleur qu'elle lui avait causée quand elle était partie sans laisser de trace. Partie à cause d'un mensonge qu'elle avait cru. Comment avait-elle honnêtement pensé qu'il avait pu la tromper comme Sarah l'avait déclaré ? Ses paroles d'amour et ses actes n'avaient-ils rien prouvé ? Manifestement non.

Il regarda sa montre. Il allait se reposer un peu. Avec un peu de chance, d'ici l'heure du dîner, il aurait retrouvé la totale maîtrise de ses sens.

— Comment ça se passe entre Sloan et toi ?

Leslie s'assit sur le bord du lit.

— Pourquoi faut-il que tu donnes l'impression qu'on forme un couple, Carmen ?

— C'est peut-être un vœu de ma part.

— Ne nous aventurons pas sur cette voie.

— Tu as donc pris l'avion jusqu'à North Pole avec lui. Je ne savais même pas que cet endroit existait. Je croyais que c'était un mythe.

Leslie sourit en se levant pour s'approcher de la fenêtre.

— Je suis sûre que beaucoup de gens croient la même chose, mais cette ville existe bien. C'est ici qu'arrivent toutes les lettres pour le Père Noël, ce qui explique que leur bureau de poste est le plus populaire du monde. J'imagine qu'ils sont assez occupés à cette période de l'année.

— Je vais ajouter cet endroit à ma liste de choses à voir.

— OK, et la prochaine fois que tu viens en Alaska, je m'assurerai qu'on y aille. C'est un joli petit village avec une ambiance de Noël fantastique. Je regarde par la fenêtre de ma chambre d'hôtel là, et le tableau est parfait. Même avec toute cette neige.

— S'il te plaît, prends des photos, la supplia Carmen.

— Promis, répondit Leslie en riant.

— Vu que tu es alaskaine, je suis étonnée que ce soit la première fois pour toi.

Sloan lui avait dit la même chose lors de leur rencontre. Il l'avait taquinée en lui disant qu'il allait lui retirer son passeport alaskain.

— Papa était toujours trop occupé et il y a plus de cinq

cents kilomètres entre Wasilla et North Pole. Il n'avait pas le temps. Quand il prenait des vacances, c'était pour aller voir tante Ella.

— C'est donc ta première fois et tu fais ça avec Sloan.

— Tu essayes encore de nous faire passer pour un couple, Carm.

— Je ne peux pas m'en empêcher. Comment tes employés ont-ils réagi quand tu leur as dit que tu garderais l'entreprise ?

— Ils étaient heureux. Certains d'entre eux travaillent pour mes parents depuis l'époque où ils ont créé la société, il y a plus de trente ans.

— Je suis contente que les choses aient si bien tourné, Leslie. Tu devrais être éternellement reconnaissante à Sloan.

— Et je le serai. On peut changer de sujet ?

— Je croyais que c'était déjà le cas. Ce n'est pas ma faute si toutes les conversations reviennent à Sloan Outlaw.

Leslie regarda sa montre.

— J'aimerais faire une sieste avant le dîner.

— D'accord. Quand partez-vous pour le chalet de Sloan ?

Évidemment, Carmen lui rappela ce détail.

— Dans une semaine.

— Tu vas bien t'amuser.

— Comment peux-tu le savoir ?

— Parce que Sloan est un gentil garçon.

— Tu ne l'as jamais rencontré, Carm.

— J'en ai eu un aperçu avant qu'il ne quitte le mariage. D'ailleurs, selon moi, il a prouvé sa gentillesse en sauvant ton entreprise. Et encore une chose, Les.

— Quoi ?

— Il y a quelque chose que tu as tendance à oublier.

— Ah bon ?

— Tu as blessé Sloan quand tu as cru les mensonges de cette fille. Lui ne t'a pas blessée. Alors, de mon point de vue, il serait légitime qu'il ait un peu de rancœur à ce sujet. On se rappelle plus tard.

- 8 -

Sloan frappa à la porte de la chambre de Leslie et, quand elle l'ouvrit, il essaya de rester stoïque, ce qui fut bien difficile. Pourquoi fallait-il qu'elle soit si belle dans ce tailleur-pantalon en velours rouge ? Son blazer semblait coupé sur mesure et cette couleur était parfaite pour la saison des fêtes. Ses boucles d'oreilles pendantes mettaient en valeur sa coupe de cheveux et lui donnaient une allure sexy.

— Tu es jolie, lui déclara-t-il quand il fut certain d'être en toute possession de ses moyens.

— Merci. Il me faut juste récupérer mon manteau.

Même si elle ne l'avait pas invité à entrer, elle laissa la porte ouverte, alors il resta dans l'encadrement de la porte et la regarda prendre son manteau de laine sur son lit. Le lit dans lequel elle dormirait ce soir. Il pouvait l'imaginer sur le côté, dans sa position préférée. Il l'aimait aussi quand elle se mettait comme ça, surtout quand ils dormaient en cuillère, les fesses de Leslie plaquées contre son entrejambe.

— Je suis prête, Sloan.

Elle était venue se planter devant lui pendant que ses pensées étaient à des millions de kilomètres. Enfin, en vérité, elles n'étaient pas plus loin que ce lit. Après avoir refermé la porte, ils avancèrent côte à côte vers l'ascenseur.

— Où dînons-nous ? s'enquit-elle.

— Je te l'ai déjà dit, avec les Yule.

Elle se tourna vers lui, et à l'instant où leurs regards se croisèrent, il sentit son estomac se nouer.

— Je n'ai pas demandé avec qui, mais où.

— On dîne chez eux.

— Oh.

— Cela te pose un problème ?

— Non.

— Comme je te l'ai dit, ils sont âgés et j'ai cru comprendre que Mme Yule aimait cuisiner et tenait à nous préparer le repas.

— C'est gentil de sa part.

Ils ne dirent rien pendant le court trajet jusqu'au rez-de-chaussée. Pour Sloan, ce n'était pas plus mal.

— Mon avocat m'a appelée il y a une heure, dit-elle en sortant de l'ascenseur.

Il lui tint la porte. Il faisait déjà nuit dehors, mais la neige avait arrêté de tomber.

— Et ?

— Et il a dit que les papiers que ton avocat lui avait envoyés semblaient conformes.

— Tu ne t'y attendais pas, Leslie ? Je voulais juste t'aider, pas te piquer ton entreprise.

— Je le sais, Sloan. J'aimerais bien que tu n'analyses pas tout ce que je dis pour en faire une affaire de confiance.

Quand ils atteignirent la voiture, il lui ouvrit la portière.

— Si je le fais, peut-être qu'il faudrait que tu te demandes pourquoi.

— Et peut-être qu'il faudrait que tu agisses comme si tu acceptais mes excuses comme tu as affirmé le faire.

Sloan ne réagit pas.

— Bienvenue. Faites comme chez vous.

— Merci.

Leslie ne put s'empêcher de fixer le gros bonhomme à la barbe blanche et en salopette qui leur ouvrit. Elle écarquilla les yeux : il ressemblait tellement à…

— Je sais ce que vous pensez, dit Rudolph Yule avec un immense sourire. La raison de ma ressemblance avec le Père Noël est délibérée. À cette période de l'année, je me fais passer pour le vieil homme jovial ici à North Pole. Tout comme l'ont fait mon père, mon grand-père et mon arrière-grand-père. Et un jour, je suppose que mon fils aîné en fera de même. Je pense qu'on peut dire que c'est une tradition dans la famille Yule depuis des générations.

— Qui était le Père Noël ici il y a vingt-trois ans ? demanda Sloan.

Il se tenait à côté d'elle et, quand il l'effleura accidentellement, un frisson la parcourut.

— C'était papa. Il est décédé il y a douze ans.

— Désolé de l'entendre. J'ai pris une photo avec lui à la boutique de cadeaux quand j'avais dix ans. Je l'ai toujours.

Rudolph Yule émit un rire franc qui fit bouger son ventre.

— Probablement comme un million d'autres gamins. Vous n'imaginez pas le nombre d'adultes qui ont pris une photo avec papa ou grand-papa et amènent aujourd'hui leurs enfants pour faire pareil. Papa et grand-papa ont laissé un grand vide à combler. Venez dans le salon vous asseoir près du feu. Mon épouse est heureuse de vous recevoir pour dîner.

— Nous sommes ravis d'être ici, dit Sloan en posant sa main dans le creux du dos de Leslie.

Elle sentit son cœur s'emballer et, quand elle le regarda, elle sut qu'il ressentait la même chose. Mais il ne retira pas sa main.

Dans l'immense pièce, Leslie vit ce qu'elle pensa être la plus grande cheminée qu'elle n'avait jamais vue. Elle rendait l'ensemble chaleureux et accueillant. Ce qui retint vraiment son attention fut l'énorme sapin de Noël superbement décoré. Il devait mesurer quatre mètres de haut et était orné de milliers de lumières scintillantes.

— Ce sapin est somptueux.

— Une centaine d'écoliers d'un peu partout en Alaska sont venus ici en sortie scolaire la semaine avant Thanksgiving pour m'aider à décorer le sapin du Père Noël, dit une vieille dame qui entra dans la pièce.

Elle prit tour à tour Leslie et Sloan dans ses bras, se montrant tout aussi amicale que son mari. Leslie se dit qu'elle ressemblait en tout point à l'image qu'elle se faisait de la Mère Noël. Elle portait une robe rouge avec un tablier blanc, et son visage rond et ses pommettes hautes allaient parfaitement avec ses cheveux gris.

— J'espère que vous avez faim, dit Mme Yule.

— Oui, répondit Sloan. Ça sent divinement bon.

— C'est du ragoût d'élan.

— J'adore le ragoût d'élan, dit Leslie en suivant les Yule dans la salle à manger. Ma mère en faisait tout le temps.

Il y avait une longue table qui pouvait accueillir au moins vingt convives.

— Vous avez une grande famille ? demanda Leslie.

— Oui. Rudy et moi avons dix enfants et six petits-enfants. Ils travaillent tous dans l'usine de jouets et sont impatients de vous rencontrer demain lors de votre visite.

— Je suis impatiente aussi, répondit Leslie avec un grand sourire.

Toujours galant, Sloan lui tira sa chaise avant de s'asseoir à côté d'elle. Mme Yule avait fait des petits pains qui étaient si bons qu'ils fondaient presque dans la bouche. Même le vin, produit dans une ville voisine, était succulent. Et pour le dessert, il y avait un gâteau de Noël.

Comme il s'agissait d'un dîner d'affaires, les Yule s'assirent et remercièrent avec effusion Sloan d'être venu à leur rescousse et d'avoir sauvé leur entreprise. Ils admirent n'avoir été mis au courant de la tentative de rachat hostile par Martin Longshire que quand il était déjà trop tard pour agir.

— J'ai cru comprendre qu'il en avait après vous pour des raisons personnelles, fit remarquer Leslie.

— C'est vrai, répondit Mme Yule. Il l'a fait pour prendre sa revanche sur Merry.

— Mary ? demanda Sloan.

— Merry, pas Mary. C'est notre fille aînée et seul membre de la famille qui ne travaille pas pour l'entreprise familiale. Elle a toujours voulu développer ses talents d'artiste et, il y a plusieurs années, elle a eu l'opportunité d'aller dans une école d'art à Paris. C'est là qu'elle a rencontré Martin Longshire. Il y gérait les affaires de ses parents.

M. Yule prit le relais pour raconter la suite de l'histoire.

— Il a vu Merry à une soirée et l'a convoitée. Mais à l'époque, elle avait déjà rencontré Paul et leur relation était sérieuse. J'ai cru comprendre qu'il avait même essayé de les faire rompre, mais en vain. Merry a fini par épouser Paul. Ils vivent toujours à Paris et ont trois beaux enfants adultes.

— Et vous pensez que c'est la raison pour laquelle il a voulu vous prendre votre entreprise ? s'enquit Leslie.

— Oh ! nous savons que c'est pour ça. Après le rachat, il a contacté Merry et lui a dit ce qu'il avait fait et pourquoi. Il aurait même tenté de détruire l'entreprise de Paul sans y parvenir. La famille de Paul est aussi riche que

Longshire. Paul nous aurait aidés, mais comme nous vous l'avons dit, nous avons été au courant trop tard pour réagir.

La vieille dame se tourna vers Sloan.

— C'est pourquoi nous sommes heureux que vous soyez intervenu, monsieur Outlaw.

— C'est Sloan, rappelez-vous, dit-il en souriant.

Il assura alors au couple qu'il travaillerait avec eux pour développer leur affaire et étendre leur marché.

Leslie n'avait jamais vu le côté homme d'affaires de Sloan et devait admettre qu'elle s'était méfiée de son offre.

Mais l'entendre expliquer comment il pouvait les aider lui permettait de le voir au travers des yeux des Yule. Ils prenaient sa proposition pour ce qu'elle était : un désir sincère d'aider des personnes dans le besoin. Ils étaient bienveillants et n'avaient pas mis en doute ses intentions. Il était évident qu'ils appréciaient son aide, surtout après avoir eu affaire à quelqu'un comme Martin Longshire.

Il était fascinant d'entendre comment les Yule et leur famille construisaient des jouets tout au long de l'année, stockant les marchandises pour avoir des articles prêts à être livrés dès la semaine précédant Thanksgiving. Ils semblaient être rodés, et Leslie écoutait attentivement Sloan leur faire des suggestions. Sa large connaissance de divers *business models* était impressionnante.

Pendant que M. Yule montrait à Sloan sa collection de trains miniatures, Leslie proposa son aide à Mme Yule pour débarrasser la table. La cuisine était aussi grande que l'autre pièce, mais Leslie imagina que quand autant d'enfants vivaient ici il fallait beaucoup de place pour cuisiner.

— Je trouve que vous et M. Outlaw faites un très beau couple. Vous ferez de magnifiques bébés.

Leslie faillit trébucher.

— Oh ! vous vous trompez. Sloan et moi ne sommes pas ensemble.

— Vous devriez. Savez-vous ce que je vois quand je vous regarde tous les deux ?

— Non. Quoi ? demanda-t-elle, curieuse de savoir.

— L'éternité.

L'éternité ? Leslie ne savait pas trop comment elle pouvait déceler cela, mais décida de ne pas poser la question et de changer de sujet en la questionnant sur les endroits à visiter. Le premier que Mme Yule suggéra fut la Maison du Père Noël, où il y avait une boutique qui vendait leurs jouets.

En continuant à nettoyer la table, Leslie ne put s'empêcher de repenser à ce que Mme Yule lui avait dit sur Sloan et elle.

— Alors, que penses-tu des Yule ? demanda Sloan tandis qu'ils quittaient leur maison.

— Je les aime bien. Ils te sont reconnaissants d'avoir sauvé leur entreprise des griffes de Longshire. Et savoir qu'il s'en est pris à leur compagnie pour la même raison qu'il s'en est pris à la mienne, parce qu'il y a longtemps, une femme qu'il convoitait n'a pas voulu de lui, est très triste. Comment peut-on être aussi ignoble ?

— Aucune idée. Il porte la rancune à un autre niveau, ça, c'est sûr. (Sloan regarda le ciel.) Quelle belle nuit, tu ne trouves pas ?

— Oui. Le ciel est si clair qu'on y voit plein d'étoiles. C'est comme si on pouvait tendre les bras pour les toucher.

— Selon M. Yule, c'est la meilleure nuit pour observer des aurores boréales.

— Ah oui ?

— Oui, dit-il en ouvrant sa portière. Tu veux aller les

voir ? M. Yule m'a donné des indications pour un point d'observation idéal.

La plupart des Alaskains savaient que Fairbanks et North Pole étaient les meilleurs endroits de l'État pour observer les aurores boréales, puisque ces deux villes étaient situées à l'intérieur de l'ovale auroral.

— À quelle heure apparaîtront-elles ?

— Un peu après minuit ?

Cela voulait dire qu'ils allaient rester assis ensemble dans une voiture pendant une heure, ce qu'ils n'avaient pas fait depuis l'époque de la fac.

— À Wasilla, on ne perçoit que des lueurs, ce qui est loin de ce qu'on peut voir dans cette région de l'Alaska. J'aimerais beaucoup les observer d'ici. D'ailleurs, je suis sûre qu'on ne sera pas les seuls.

Cette dernière remarque suggérait-elle qu'être garée seule avec lui était un problème ? Dans ce cas, Sloan ne mentionnerait pas le fait que le lieu que M. Yule lui avait suggéré était très isolé et qu'il n'y aurait personne d'autre.

— Je suis impatient de visiter l'endroit où sont fabriqués les jouets demain, dit-il en changeant de sujet.

— Moi aussi. Merci de m'avoir invitée à t'accompagner, Sloan.

D'un côté, il aurait préféré qu'elle ne le remercie pas pour tout ce qu'il faisait. Mais comment se sentirait-il si elle ne montrait aucune gratitude ? Il connaissait Leslie, et l'une des raisons pour lesquelles il était tombé amoureux d'elle était que pour elle la gentillesse était très importante.

Tandis qu'ils roulaient dans les rues de North Pole, elle fit remarquer que chaque rue portait un nom relatif à Noël. Il y avait Mistletoe Road, Snowman Lane et Kris Kringle Drive, pour n'en nommer que quelques-unes.

Le silence se prolongea un peu trop à son goût à un feu de signalisation.

— Il y a un endroit que j'ai visité il y a quelques années qui s'appelle Christmas, en Floride.

— C'est une vraie ville ?

— Oui, répondit-il en riant. Une petite, mais une vraie ville. Pas très loin d'Orlando. Il y a cet immense sapin de Noël à l'entrée de la ville qui reste décoré toute l'année. Certains habitants gardent même les décorations lumineuses sur leurs maisons.

— Ça doit revenir cher.

Sloan retourna son attention sur la route quand le feu passa au vert. C'était le bon moment parce qu'il n'avait pas pu résister à l'envie de regarder sa bouche et se souvenir le nombre de fois où il l'avait embrassée.

— Je suppose, mais on peut espérer que la compagnie d'électricité leur fait un prix parce qu'ils font de la publicité pour la ville.

— J'espère aussi.

Il quitta la seule grande route de la ville et se dirigea vers une zone plus rurale.

— Je n'ai jamais été dans un endroit aussi sombre.

— Les lampadaires te manquent déjà ?

— Oui, je suis une citadine, alors j'y suis habituée.

— Et c'est une autre raison pour laquelle tu ne verras jamais aussi bien les aurores boréales que dans cette région. C'est une zone rurale. Il n'y a pas ça à Wasilla.

— C'est vrai, dit-elle en se penchant pour contempler le ciel par le pare-brise. C'est encore plus beau ici.

Quelques minutes plus tard, il suivait les dernières instructions que lui avait données M. Yule. Il faisait si sombre qu'il dut mettre les pleins phares pour voir devant lui. Puis il arrêta la voiture.

— On y est.

— Où sont les autres ? demanda-t-elle en regardant autour d'eux.

— Quels autres ?

— Tu as dit que c'était une bonne nuit pour observer les aurores boréales et que c'était l'endroit idéal.

— En effet.

— J'ai pensé qu'il y aurait d'autres personnes garées ici.

— Non, il n'y a personne d'autre. C'est un terrain privé et nous sommes seuls.

- 9 -

Ils étaient seuls…

Leslie se demanda pourquoi cette pensée la dérangeait tant. Ils étaient déjà seuls pendant le vol, mais là, c'était différent. Ils ne s'étaient pas retrouvés dans une voiture garée au milieu de nulle part dans la nuit depuis des années.

La pleine lune dans le ciel leur fournissait un peu de lumière. Du coin de l'œil, elle vit Sloan s'appuyer contre le repose-tête. Elle soupira. Partager une voiture sur un parking isolé avec Sloan Outlaw n'était pas une bonne idée.

Elle était sur le point de suggérer d'oublier cette séance d'observation des aurores boréales quand il lui demanda :

— As-tu déjà pensé à développer ton entreprise au-delà de l'Alaska, Leslie ?

La question de Sloan lui fit réaliser que l'attirance sexuelle qu'elle ressentait ne devait pas être réciproque. La seule chose qui préoccupait Sloan était les affaires. Cela aurait dû lui faire plaisir, mais elle ne pouvait pas s'empêcher d'être un peu déçue. À une époque, être dans une voiture garée avec lui signifiait automatiquement une seule chose. Lui disait-il que cette époque était révolue ?

— Je n'ai pas eu le temps d'y réfléchir. Mais papa y pensait. Il réfléchissait à tester le marché avec une gamme exclusive à Hollywood.

— Hollywood ?

— Oui. Il y a plusieurs maquilleurs professionnels

là-bas qui n'utilisent que notre marque. Nous leur envoyons les produits directement. Pourquoi ?

— Simple curiosité. Comme je le disais aux Yule tout à l'heure, les entreprises qui ne travaillent qu'en Alaska ratent un marché important.

— Je finirai par le faire. Après la mort de papa, je me suis concentrée sur le fait de garder la société. J'ai eu vent des intentions de Martin Longshire le lendemain des funérailles. Contrairement à ce qu'il a fait avec les Yule, avec moi, il n'a pas gardé ses plans secrets.

Elle se rappela qu'elle n'avait jamais demandé à Sloan comment il avait su que Cassidy Cosmetics était en proie à un rachat hostile.

— Comment as-tu su ce que Longshire voulait faire ?

Il alluma le chauffage de la voiture. Elle apprécia l'initiative et remarqua que ses frissons avaient disparu.

— Lors d'une conversation avec Redford à la fête de mariage de Tyler et Keosha. Manifestement, il a couché avec une des employés de Longshire qui a partagé ses plans.

— Je vois.

Quand le silence s'installa, elle décida de continuer la conversation.

— Alors ? Quels sont tes projets pour Noël ?

Sloan pensa que ce ne serait pas une bonne idée de lui dire que c'était elle, son projet. Elle savait déjà qu'il la voulait pour Noël. Mais il ne pouvait pas nier que cela allait plus loin. Après avoir passé une semaine ensemble au chalet, elle serait seule pour les fêtes.

Depuis plusieurs jours, il essayait de se convaincre qu'il s'en fichait, pour finir par accepter que ce n'était pas le cas. Aussi absurde que cela puisse paraître, il voulait qu'elle passe les fêtes avec lui. Ce serait son premier Noël sans son père et il ne voulait pas l'imaginer triste et seule.

— Je t'ai parlé de mes cousins, les Westmoreland.

— Oui.

— Depuis qu'on a fait leur connaissance, on a pris l'habitude de passer les fêtes avec eux.

— Pourquoi ?

Il ne fut pas surpris qu'elle lui pose cette question, parce qu'elle savait que leur famille était considérée comme peu sociable et froide autrefois, à l'image de Bart.

— Nous avons beaucoup de points communs et aimons passer du temps ensemble. D'ailleurs, leur organisation caritative tient un énorme événement chaque année à la période des fêtes. C'est devenu un moment fort pour créer du lien familial.

Il espérait qu'elle finirait par le constater par elle-même. Quand elle retint soudainement son souffle, il suivit son regard et vit ce qui avait attiré son attention. Les aurores boréales. Des voiles de couleur emplissaient le ciel. Il se fit la même réflexion qu'à chaque fois qu'il en voyait : c'était vraiment puissant. Il s'était toujours senti chanceux d'être né dans un État où on pouvait assister à un tel spectacle.

— Il faut que je sorte, dit Leslie en ouvrant la portière.

Sloan fit de même. M. Yule avait raison : d'ici, c'était absolument magnifique.

Leslie et lui se tenaient côte à côte devant la voiture. Il la sentit frissonner et la vit resserrer son manteau et son écharpe, les yeux toujours rivés sur le ciel.

— Sublime.

Sloan était d'accord. Cependant, ce n'était pas le ciel qu'il regardait. Elle était aussi belle que les aurores boréales. Les couleurs du ciel semblaient mettre en valeur ses traits.

— Oui, c'est beau, dit-il en levant les yeux.

Il ne voulait pas dévoiler ses pensées.

— M. Yule avait raison, fit-il remarquer. C'est le meilleur endroit pour les voir.

Quand elle frissonna à nouveau, il passa instinctivement son bras autour d'elle pour partager sa chaleur. Sans un mot, ils restèrent ensemble pour observer le ciel.

Sloan ne savait pas trop combien de temps était passé, mais la température avait encore baissé. Ils devaient rentrer dans la voiture, mais il remarqua qu'elle le fixait.

À cet instant, il se produisit quelque chose de complètement inattendu. Il oublia temporairement qu'elle lui avait brisé le cœur. Qu'elle était la raison pour laquelle il refusait de retomber amoureux. Il se souvint des autres fois où ils s'étaient rendus dans un endroit isolé et étaient sortis de la voiture pour s'embrasser.

Ils n'avaient jamais partagé un baiser sous les aurores boréales. Pourquoi avait-il envie de le faire maintenant ? Il se dit qu'il devait la lâcher et suggérer de retourner dans la voiture. Mais, pour une raison inconnue, il ne le fit pas et céda à la tentation de se pencher pour capturer sa bouche avec la sienne.

À l'instant où leurs lèvres se touchèrent, le goût qu'il pensait avoir oublié revint dans tout son corps.

Dix ans plus tôt, Leslie et lui étaient bien plus jeunes, insouciants et amoureux. Aujourd'hui, ils étaient plus âgés, sérieux et il n'y avait plus d'amour. Mais cela n'empêcha pas ses mains gantées de bouger sur ses épaules pendant que sa bouche se délectait. Et, quand ses doigts descendirent dans son dos, il sentit sa chaleur même à travers ses gants et le manteau de Leslie.

Elle lui rendait son baiser. Elle appréciait autant que lui les retrouvailles de leurs bouches. Quand sa langue s'empara de la sienne, il essaya de se convaincre qu'il n'était pas en train de reprendre ses marques. Il profitait juste de l'instant. Savourant son goût. Mais il savait que ça allait plus loin quand il lui suça la langue avec un désir qu'il ressentit aussitôt entre ses jambes. La serrant dans ses bras, il faillit gémir quand, malgré leurs manteaux épais, il sentit son érection dure et solide se presser contre ses cuisses.

Impossible de dire combien de temps ils seraient restés là à s'embrasser dans le froid glacial sous les aurores boréales s'ils n'avaient pas entendu le cri d'un élan.

Il rompit le baiser et la lâcha.

— Je pense qu'il vaut mieux qu'on retourne dans la voiture, Leslie.

Quand elle poussa un long soupir et acquiesça, il la raccompagna de son côté de la voiture et lui ouvrit la portière.

— Merci.

— Je t'en prie.

Après être monté à son tour, il fit démarrer le moteur pour réchauffer l'habitacle. Il voulait faire monter la température. Il imagina la tirer sur ses genoux et l'embrasser pendant que ses mains ouvriraient son manteau pour la toucher partout.

— Je suis prête à rentrer à l'hôtel, Sloan.

Il n'était pas surpris qu'elle regrette et veuille mettre fin à cette soirée. À l'évidence, ce baiser l'avait autant bouleversée que lui.

— Bien.

— Et, Sloan ?

Il leva les yeux vers elle, pensant qu'elle allait lui dire que ce baiser avait été une erreur.

— Oui, Leslie ?

— Merci d'avoir partagé les aurores boréales avec moi, dit-elle en un murmure. J'ai beaucoup aimé.

Il fut tenté de lui demander si elle avait aussi aimé le reste, mais il se ravisa.

— Inutile de me remercier.

En quittant leur point d'observation, il sut qu'il garderait longtemps en lui ce souvenir du baiser qu'ils avaient partagé sous les aurores boréales.

- 10 -

Sloan la fixait-elle plus que d'habitude ? Surtout sa bouche ? C'était la question que se posait Leslie alors qu'ils arrivaient à l'usine de jouets Yuletide le lendemain matin.

Elle avait eu la même impression pendant le petit déjeuner. Plus d'une fois, elle avait levé les yeux et l'avait trouvé en train de la fixer. Précisément, de fixer sa bouche. Se remémorait-il le baiser qu'ils avaient partagé la veille ?

Même si elle ne s'y attendait pas, elle n'était pas surprise de s'être laissé emporter. Sloan avait toujours très bien embrassé, et visiblement ça n'avait pas changé, ou en mieux.

Il était plus âgé, plus expérimenté, et ses lèvres communiquaient une passion qu'elle n'avait jamais connue avant. L'intensité de leur baiser l'avait empêchée de plonger dans un sommeil paisible à leur retour à l'hôtel. Elle avait passé la majeure partie de la nuit à revivre cet instant.

En marchant à côté de Sloan, elle se demanda s'il avait eu du mal à dormir lui aussi. Probablement pas. Elle était certaine qu'il avait embrassé beaucoup de femmes depuis elle et se demanda s'il les avait comparées à elle.

Elle se posa aussi une autre question. Leur baiser lui avait-il rappelé l'époque où ils étaient ensemble ? Le regrettait-il ? Si c'était le cas, il ne pouvait s'en prendre qu'à lui-même puisque c'était lui qui l'avait embrassée.

Pas elle. Mais elle l'avait suivi. Il avait toujours fait ce qu'il voulait d'elle, surtout avec ses baisers.

Ses caresses étaient une autre de ses faiblesses, se dit-elle quand il toucha son bras pour l'inviter à avancer.

— C'est immense, dit-elle dans l'entrée.

Elle lui jeta un coup d'œil rapide. Il était très séduisant ce matin. Mais Sloan l'était toujours.

— Oui.

Sloan tapa à la porte qui s'ouvrit immédiatement et révéla un M. Yule jovial et souriant.

— Bienvenue à l'atelier du Père Noël, dit-il en s'écartant pour les laisser entrer.

À l'instant où elle passa le seuil de la porte, Leslie observa l'ensemble de la salle. Même si les elfes étaient remplacés par des gens normaux occupés à remplir des cartons, cela lui rappela l'image qu'elle se faisait de l'atelier du Père Noël. Tout le monde portait des bonnets rouges avec de la fourrure blanche. Il y avait un autre sapin de Noël décoré et un troupeau de rennes à taille réelle qui semblaient observer la chaîne pour donner leur approbation.

— C'est la zone d'emballage. Ensuite, j'aimerais vous montrer où tout est fabriqué, dit M. Yule, excité. Tous nos jouets sont en bois.

— Pas de plastique ? demanda Leslie, surprise

— Non, répondit M. Yule en ouvrant une immense porte. Le bois est plus durable et écologique. Cependant, comme c'est une matière plus lourde, cela pose un problème majeur au niveau des frais de livraison.

— Problème résolu, intervint Sloan.

Leslie le regarda.

— Comment ça ?

— Comme ma famille possède une société de transport, le coût de livraison ne sera plus un souci.

— Je vois.

Comme elle s'y attendait, il prenait en main l'entreprise pour s'assurer qu'ils pourraient tenir bon si Longshire décidait de s'en reprendre à eux.

M. Yule consulta sa montre.

— Je dois vous quitter pour endosser mon rôle à la Maison du Père Noël. Passez donc me voir. Mon fils aîné, Garland, va continuer à vous faire la visite.

— Garland ? répéta Leslie qui s'étonna de ce prénom faisant référence aux guirlandes qu'on utilisait pour décorer le sapin.

— Oui, Garland, affirma M. Yule en riant. J'ai aussi des fils qui s'appellent Cane, Kris, Nicholas et Sleigh. On vous a parlé de notre fille Merry hier soir. Il y a aussi Holly, Star, Noel et Angel.

Garland, un quinquagénaire de stature plus petite que son père et dont la barbe n'était pas aussi massive et blanche, les guida à travers le reste du bâtiment. Ils observèrent comment les jouets étaient fabriqués, puis, dans une autre salle, comment ils étaient peints à la main.

À la fin de la visite, Leslie et Sloan rencontrèrent les autres enfants et petits-enfants adultes de la famille Yule, qui travaillaient tous à l'usine et qui portaient tous des noms en relation avec Noël. Ils étaient reconnaissants envers Sloan pour avoir sauvé l'entreprise familiale.

— Alors, qu'en penses-tu ? demanda Sloan à Leslie quand ils furent de retour dans la voiture.

— Je pense que cette entreprise est bien gérée, et même si la plupart des employés sont de la même famille, ils ont l'air de bien travailler ensemble.

— C'est ce que je me dis aussi. Il est évident qu'ils sont fiers de ce que leur famille produit.

Quand ni l'un ni l'autre ne sembla avoir autre chose

à ajouter, elle se dit que ce serait le bon moment pour aborder le sujet qu'ils évitaient jusqu'ici : leur baiser. Bien qu'elle ne le regrette pas, elle savait que c'était quelque chose qu'ils ne devraient pas réitérer.

— Je crois qu'il faut qu'on parle de ce baiser, Sloan.

— Ah ?

— Ça ne devrait plus se reproduire.

Il émit un petit rire doux.

— Ça se reproduira, Leslie. Mais, si ça te permet de te sentir mieux, je te laisserai prendre l'initiative la prochaine fois.

— Alors je n'ai pas à m'inquiéter. Ça n'arrivera plus.

— OK.

OK ?

— Qu'est-ce que c'est censé vouloir dire ?

— OK, ça veut dire que je ne suis ni d'accord ni pas d'accord. Ce qui doit arriver arrivera.

Il se gara sur le parking de la Maison du Père Noël et éteignit le moteur.

— On part tôt demain matin.

— Je croyais que notre avion ne décollait pas avant midi.

— Oui, mais je dois passer à Fairbanks pour des papiers.

— À ton bureau ?

— Non, chez moi, répondit-il avant de se tourner sur son siège pour se mettre face à elle. Cela te pose un problème ?

— Ça devrait ?

— Je ne vois pas pourquoi, puisqu'on n'y restera que quelques minutes.

Inutile de lui dire que beaucoup de choses pouvaient se produire en seulement quelques minutes.

— Dans exactement une semaine, nous serons en train de passer une semaine ensemble au chalet sur Kodiak

Island. J'espère qu'être seule avec moi ne te rend pas nerveuse.

Elle leva les yeux au plafond.

— Je suis actuellement seule avec toi, Sloan. Je l'étais dans l'avion et je le serai encore pour le trajet de retour.

Sloan sourit. Elle ressentit toutes sortes de sensations au creux du ventre. Elle prit une brève respiration et se retourna pour ouvrir la portière.

— Je m'en occupe.

Il ouvrit la sienne et courut pour contourner la voiture.

— Merci.

— Je t'en prie, dit-il en lui prenant la main pour l'aider à sortir.

À l'instant où leurs doigts se touchèrent, elle ressentit sa chaleur, même s'ils portaient tous les deux des gants. Il avait fortement neigé pendant la nuit et il neigeait encore avec des températures négatives. Malgré le fait qu'il faisait un froid de canard, une sorte de feu brûlait en elle. Inutile d'être un génie pour savoir qu'elle avait un problème avec Sloan.

Elle avait peut-être eu les yeux plus gros que le ventre.

Sloan contempla la Maison du Père Noël. Elle lui paraissait bien plus grande que dans ses souvenirs, et quand il posa la question à leur guide, la jeune femme lui expliqua qu'avec les années elle avait presque doublé de taille.

Il remarqua que beaucoup de parents avec leurs enfants se dirigeaient vers l'endroit où M. Yule les attendait en Père Noël. Quand Leslie se rendit au magasin de cadeaux, il la suivit sans réfléchir.

— Je veux acheter l'un de ses sets de trains pour Elan.

— Qui est Elan ?

— Le neveu de Carmen. Il a neuf ans.

Cela ne lui disait rien, puisqu'il ne savait pas non plus qui était Carmen. Elle dut voir l'air perplexe sur son visage.

— Carmen était ma colocataire à Howard. Je la considère aujourd'hui comme ma meilleure amie. Elle m'a accompagnée au mariage de Tyler et Keosha.

— Elle vit en Alaska ?

— Mon Dieu, non. Elle déteste le froid, mais j'ai réussi à la convaincre de passer Thanksgiving avec moi. Ça n'a pas été facile, crois-moi. Malgré la météo, on a passé dix jours sympas ensemble, raconta Leslie avec le sourire. Elle assure qu'elle n'a toujours pas dégelé.

Il y avait toujours eu quelque chose dans le sourire de Leslie… Il était convaincu que c'était ce qui avait attisé son intérêt au départ.

— Et elle a donc un neveu de neuf ans ?

— Oui. Le fils de sa sœur. Je pense qu'il adorera ce train.

Il vit qu'il n'en restait que deux sur les étalages, alors il en attrapa rapidement un.

— C'est bon.

— Merci, dit-elle en se dirigeant vers la caisse. J'aimerais bien qu'ils s'occupent de l'envoi pour moi aussi.

Elle régla rapidement son achat et remplit les papiers pour la livraison.

— Maintenant, allons voir le Père Noël, dit-il en lui prenant la main. Je suis impatient de savoir si tu as été sage.

Elle éclata de rire.

— Toi qui admets que tu t'attirais toujours des ennuis quand tu étais petit et dont le nom de famille est Outlaw, tu es curieux de savoir si *moi*, j'ai été sage ?

Il ne put s'empêcher de rire lui aussi.

Tandis qu'ils attendaient dans la queue pour voir le Père

Noël, une petite fille curieuse, qui devait avoir environ cinq ans et se tenait devant eux, demanda :

— Où est votre fils ou votre fille ?

— On n'en a pas. Je suis là pour voir le Père Noël.

— Oh. Tu as été vilaine ?

— Non, je n'ai pas été vilaine, répondit Leslie.

Sloan toussa pour étouffer un rire.

La gamine allait poser une autre question à Leslie quand sa mère lui adressa un sourire gêné et fit taire sa fille.

— Je vois que tu as toujours la cote auprès des enfants, chuchota Sloan.

— Et je les aime toujours.

Il ne dit rien alors qu'il se rappelait le nombre de fois où il s'était imaginé avoir des enfants avec elle. Si les choses avaient tourné comme il l'envisageait à l'époque, elle serait aujourd'hui la mère de ses bébés.

Il chassa rapidement cette pensée de son esprit. C'était un rêve qui avait été anéanti et ne serait jamais ressuscité.

Ce soir-là, avant d'aller se coucher, il appela Leslie pour lui dire qu'il avait changé d'avis concernant le détour par Fairbanks. Ce qu'il ne lui avait pas révélé, c'était que pendant qu'il passait du temps avec elle, aujourd'hui, il avait ressenti des choses qu'il ne voulait pas ressentir. Des émotions qu'elle suscitait en lui.

La meilleure chose à faire était de ramener Leslie à Wasilla. Il avait besoin de se préparer mentalement à leur semaine ensemble sur Kodiak Island. Puis il y avait quelques détails dont il devait s'occuper concernant l'entreprise de Leslie et l'usine de jouets Yuletide.

Et il y avait Martin Longshire.

Sloan avait déjà reçu un appel de Cole qui lui avait appris que Longshire fouinait dans ses affaires. Des protections avaient été mises en place, et Sloan avait l'intention de traquer chacun de ses mouvements. Il resterait à Wasilla et travaillerait de sa chambre d'hôtel au lieu de retourner à Fairbanks. Ça n'avait pas vraiment de sens de faire des allers-retours alors qu'il devrait revenir à Wasilla à la fin de la semaine pour Leslie.

Il était déterminé à ne pas avoir de contact avec elle pendant la semaine qui arrivait. Garder ses distances durant quelques jours l'aiderait à mettre de l'ordre dans sa tête.

Il refusait de laisser Leslie Cassidy lui embrouiller l'esprit à nouveau.

Leslie observa Sloan garer la voiture à l'aéroport. Depuis qu'ils avaient quitté l'hôtel, il ne lui avait pas dit grand-chose. Cela faisait un contraste saisissant avec la veille. Elle avait remarqué son changement d'humeur le soir quand il l'avait ramenée à l'hôtel.

— Merci, dit-elle après qu'il avait ouvert sa portière.

Il s'éloignait déjà, se dirigeant vers le bureau pour remplir les papiers pour le vol.

La veille, il ne l'avait pas invitée à dîner avec lui, ce qui n'était pas plus mal. Elle avait commandé son repas auprès du *room service* et regardé un film de Noël. Ensuite, elle avait pris une douche et s'était couchée. Sloan l'avait alors appelée pour lui dire qu'il ne passerait pas par Fairbanks finalement. Elle ne lui avait pas demandé pourquoi il avait changé d'avis.

Contrairement à leur précédent vol au cours duquel ils s'étaient engagés dans un flot de conversation dans le cockpit, le silence régna.

Plus d'une fois, elle s'était surprise à le fixer pendant qu'il pilotait l'avion dans un ciel peu clément. Il neigeait plus fort qu'à leur arrivée à North Pole, et elle devinait que Sloan était concentré.

Quand l'avion plongea de manière inattendue, elle retint sons souffle.

— Ça va, Leslie ?

Elle acquiesça, essayant de ne pas se souvenir que c'était ce qu'il lui demandait après l'amour. Il avait toujours été important pour lui de savoir que l'intensité de leurs rapports lui convenait et qu'elle appréciait autant que lui.

— Oui, Sloan. Ça va.

Il regarda de nouveau devant lui, et elle continua à l'observer, incapable de détourner les yeux. À cet instant, elle eut la sensation d'avoir perdu quelque chose d'important, fut prise d'un sentiment de regret extrême. Ce n'était pas la première fois depuis qu'elle avait découvert la vérité, mais cela la frappait aujourd'hui plus que jamais.

Pourquoi ? Était-ce parce que ces quelques jours passés avec Sloan lui avaient fait réaliser ce qu'elle avait perdu ? Puis il y avait ce baiser qu'ils avaient partagé. Elle prit une profonde inspiration.

Refusant de le contempler plus longtemps, elle réfléchit au programme de la semaine suivante, quand elle serait avec lui au chalet. Contrairement à la dernière fois où il lui avait demandé de passer une semaine avec lui, dix ans plus tôt, elle appréhendait.

Parce qu'il l'avait invitée pour une seule raison : conclure. Coucher avec elle, si cela arrivait, serait un point final. Il l'avait aimée. Elle connaissait Sloan. Il avait tourné la page de leur histoire, comme il le lui avait dit, mais ils avaient besoin d'un chapitre final. Il n'y aurait pas de fin heureuse, juste une fin.

Sloan lui avait dit qu'il avait mis fin à sa relation avec

sa mère après avoir découvert que Barbie n'était qu'une femme vénale.

Bart n'avait pas fait de procès à Barbie pour la garde de Sloan. Il s'était contenté de lui donner assez d'argent pour qu'elle puisse garder le même train de vie pour le restant de ses jours. Malheureusement, elle ne savait pas gérer ses finances. Sloan avait eu de ses nouvelles à plusieurs reprises au cours des années. Elle avait réussi à le contacter sans que Bart le sache. Mais elle n'avait pas appelé pour prendre des nouvelles de son fils. Elle voulait qu'il demande de l'argent à Bart. Quand Sloan avait refusé, elle l'avait insulté et lui avait dit qu'elle était contente qu'il ne fasse plus partie de sa vie.

Sloan avait aussi raconté à Leslie comment il était allé voir Barbie alors qu'il venait d'entrer à l'université, après avoir appris où elle vivait. Il lui avait donné un chèque qui représentait toutes les économies qu'il avait sur son compte et qui approchait les cinquante mille dollars, en déclarant qu'il ne voulait plus jamais la revoir. Cette entrevue avec sa mère ce jour-là avait été un point final.

Aujourd'hui, Leslie se disait qu'elle était un autre point final qu'il devait poser. Mais, même s'il ne le savait pas, elle en avait besoin aussi. Alors seulement, elle pourrait continuer sa vie.

- 11 -

Samedi matin, Sloan arriva chez Leslie comme prévu. Depuis qu'ils s'étaient quittés lundi, il s'était plongé dans le travail pour mettre en place des mesures de précaution au cas où ils détecteraient un indice de représailles de la part de Longshire. Il avait aussi réuni les membres de son comité pour leur donner son avis sur Yuletide et ses recommandations pour la nouvelle année. Il avait proposé plusieurs idées, dont une pour lancer l'entreprise de fabrication de jouets sur le marché international.

Même en ayant de quoi s'occuper, il avait quand même réussi à penser à Leslie. Et pas qu'un peu.

Il serra son manteau autour de lui et sonna à la porte, se souvenant qu'il se trouvait au même endroit au même moment une semaine plus tôt. Comment une femme à qui il n'avait pas eu affaire depuis dix ans pouvait-elle avoir pris une place aussi régulière dans sa vie ? Heureusement pour lui, c'était temporaire. Après leur semaine ensemble, elle ressortirait de sa vie et de sa tête.

La porte s'ouvrit.

— Bonjour, Sloan.

Avant qu'il n'ait le temps de répondre, Leslie sortit, et il recula instinctivement.

— Tu es prête ? demanda-t-il en la regardant fermer sa porte à clé.

— Oui.

Puis elle se dirigea vers la voiture, un sac sur l'épaule et sa valise derrière elle.

Il la suivit et ouvrit le coffre pour y ranger ses bagages à côté des siens avant de lui ouvrir sa portière.

— Merci.

— Je t'en prie.

Il devait se ressaisir. Il pensait contrôler la situation, et basiquement c'était le cas… jusqu'à ce qu'elle ouvre cette porte. La voir lui avait fait quelque chose, mais il n'arrivait pas trop à savoir quoi. Tout ce qu'il savait, c'était que son cœur s'était mis à battre rapidement dans sa poitrine. Et c'était toujours le cas.

Il s'installa derrière le volant et la contempla. Elle était belle. Elle sentait bon.

— Tu as tout ce qu'il te faut ?

— Oui.

Elle regardait droit devant elle, refusant de se tourner vers lui. Mais il ne pouvait pas s'empêcher de l'étudier. Qu'y avait-il chez elle ce matin qui attirait son attention ? Qui attisait son désir ?

Comme la dernière fois, elle était couverte de la tête aux pieds. Un manteau en laine, des gants, des bottes et un chapeau de fourrure sur la tête. Alors quoi ?

Alors qu'il réfléchissait à ce dilemme, elle le dévisagea.

— Quelque chose ne va pas ?

La seule chose qui n'allait pas, c'était qu'elle lui avait manqué.

— Sloan ?

— Non. Tout va bien. Je réfléchissais juste à un truc.

— Quoi ?

Il rompit le contact visuel et fit démarrer la voiture.

— Rien.

Sloan recula dans l'allée. Cette semaine risquait d'être un défi plus grand qu'il ne se l'était imaginé.

Leslie observa Sloan pendant qu'il conduisait.

Ils allaient passer toute une semaine ensemble, et s'il pensait qu'il allait l'ignorer comme il l'avait fait pendant tout le trajet de North Pole à Wasilla, il se trompait.

— J'aimerais bien avoir un arbre. Un petit, ça m'irait, dit-elle quand il arrêta la voiture à un feu de signalisation.

— De quel genre d'arbre parles-tu ?

Elle souriait et se fichait qu'il ne sourie pas lui aussi.

— Un sapin de Noël, bien sûr. Je ne peux pas imaginer passer une semaine dans un endroit sans décoration de Noël.

— Je pensais que tu avais dit que tu ne fêterais pas Noël cette année.

— Je t'ai dit que ce serait le premier sans mon père et que je n'avais encore rien prévu. Je crois que papa voudrait que je continue à apprécier les fêtes, alors c'est ce que j'ai l'intention de faire. Il y a Internet au chalet ?

— Oui. Nous avons notre propre relais, puisque cette partie de l'île est assez isolée. Le plus proche voisin est Walker, à Hemlock Row, à plus de trente kilomètres, alors on le partage avec lui.

— Walker Rafferty ?

— Oui. Tu te souviens de lui ?

Quelle femme aurait pu oublier l'ancien acteur de Hollywood ? Quand elle avait passé Noël dans la famille de Sloan, elle l'avait brièvement rencontré.

— Oui. Comment va-t-il ?

Elle se souvenait que sa femme et son fils avaient été tués dans un accident de voiture, raison pour laquelle il avait quitté Hollywood et était revenu en Alaska.

— Walker va bien. Il s'est remarié et a des jumeaux.

— C'est merveilleux. Qui a-t-il épousé ?

— Bailey. C'est une Westmoreland de Denver.

Leslie s'enfonça dans son siège pour l'écouter lui raconter comment ils s'étaient rencontrés et la magnifique famille qu'ils formaient aujourd'hui. Elle trouva que c'était une très jolie histoire d'amour, du genre de celles qu'elle ne connaîtrait jamais. Cela faisait longtemps que cette pensée la dérangeait, mais c'était encore plus vrai à cet instant.

— C'est fantastique, Sloan, dit Leslie en pénétrant dans le chalet et tournant sur elle-même dans l'immense salon. C'est beaucoup plus grand que ce que j'avais imaginé.

Sloan entra avec leurs bagages. Elle avait enlevé son manteau, dévoilant un jean et un pull couleur chocolat qui dessinait bien ses formes arrondies.

— Je te fais visiter ?

— Oui.

Il lui fit faire le tour de l'immense chalet aux cinq chambres et quatre salles de bains, situé dans les montagnes, près du détroit de Chelikhov.

Chaque chambre possédait une immense cheminée en pierre et une magnifique vue sur la rivière. La cuisine, la salle à manger et le séjour étaient gigantesques.

Leslie sembla encore plus impressionnée par le mur mobile qui donnait sur un tunnel souterrain. Sloan ne savait pas trop pourquoi son grand-père avait construit ce passage secret ni pourquoi une armoire vitrée contenait à peu près tous les types d'armes qui existaient.

Sloan jeta un coup d'œil à sa montre.

— Avant qu'on manque de lumière, j'aimerais aller chercher du bois pour la cheminée.

— Tu as besoin d'aide ?

— Non, je m'en occupe.

Il fit quelques allers-retours pour remplir la caisse de bois avant de sentir une odeur de cuisine. Ils n'avaient pas parlé de ce qu'ils mangeraient, même s'il lui avait dit qu'il avait fait en sorte que le réfrigérateur et le congélateur soient remplis avant leur arrivée. Sloan savait que Leslie aimait cuisiner et qu'elle le faisait bien.

— Ça sent bon, dit-il en entrant dans la maison, les bras chargés de bûches.

— J'ai regardé dans le frigo et les placards, et j'ai vu qu'il y avait tout ce dont j'avais besoin pour préparer un chili, une salade et des petits pains. J'ai écouté le bulletin météo et ils prévoient de la neige dès ce soir.

— Cela ne me surprend pas.

Kodiak Island était connue non seulement pour ses ours, mais aussi pour son temps rigoureux.

— J'ai pris la chambre en face de la tienne, Sloan.

C'était sa façon de l'informer qu'ils ne partageraient pas le même lit ce soir.

— Choisis celle que tu veux, Leslie.

— Elles sont toutes belles.

— Je suis surpris que tu penses ça, vu qu'elles ont toutes été décorées pour les hommes de la famille.

— Et Charm ?

— Charm vient rarement. C'est trop isolé pour elle. Elle ne va pas plus loin que le ranch de Walker quand elle vient sur Kodiak Island. Elle lui rend visite assez souvent. Elle et Bailey ont forgé un lien fort, et Charm est tombée amoureuse des jumeaux. Elle n'a jamais eu beaucoup de contact avec des bébés avant.

Il regarda par la fenêtre. Contrairement à Fairbanks, où les jours ne duraient généralement que quatre heures, ils duraient six heures à Kodiak. Mais il faisait déjà nuit.

— Il neige déjà et fort, dit-il.

— Tu crois que l'électricité va tomber en panne ?

— C'est toujours possible, mais nous avons un groupe électrogène. Tout va bien se passer.

C'était vrai, et il avait l'intention de lui montrer à quel point avant de quitter les lieux.

— Tu es bien silencieuse, Leslie.

Elle regarda Sloan de l'autre côté de la table à manger. C'était amusant qu'il dise ça. Quand il était passé la prendre chez elle, il n'avait presque rien dit. Mais elle était déterminée à ne pas le laisser gâcher ce moment au chalet. Ignorant son attitude maussade, elle avait alimenté la conversation, même quand ses réponses se limitaient à un grognement nonchalant.

Son attitude tiède avait commencé à changer quand ils avaient atterri sur Kodiak Island. Une fois dans la voiture de location, il lui avait parlé de l'époque où le chalet était devenu une place forte contre des malfaiteurs déterminés à kidnapper la femme de son cousin Bane. Puis Sloan avait pris une route qu'il avait qualifiée de pittoresque. Sa conversation s'était limitée à ça depuis qu'elle était montée dans sa voiture.

Et maintenant, il voulait poursuivre la discussion ?

— J'ai assez parlé pour aujourd'hui, Sloan. Je ne voudrais pas abuser de ton hospitalité puisque tu étais d'humeur pas très chaleureuse aujourd'hui.

— Je te présente mes excuses. J'ai été assez préoccupé par le travail cette semaine. Je ne t'ai pas donné de nouvelles.

Cela n'avait pas dérangé Leslie. Elle avait besoin de temps pour mettre de l'ordre dans ses idées et prendre du recul. Alors, sans le savoir, il lui avait rendu service.

— As-tu bien avancé ?

— Oui. Je voulais un plan pour aider les Yule. Ils gèrent bien, mais j'ai des projets pour développer leur entreprise.

— Je suis sûre qu'ils apprécieront.

Quand il se leva de table et se dirigea vers le comptoir pour remplir sa tasse de café, elle ne put s'empêcher de remarquer comme son jean lui allait bien. Quand il s'était agenouillé devant la cheminée, elle avait apprécié la manière dont il moulait ses cuisses musclées. Des cuisses dont elle se souvenait très bien dans un contexte très intime.

Elle l'avait toujours trouvé beau en pull car cela mettait en valeur son torse large. Un torse qu'elle avait léché un nombre incalculable de fois de haut en bas. Il était particulièrement séduisant dans celui qu'il portait aujourd'hui. La couleur brun clair mettait en valeur le noir de ses yeux. Il avait beaucoup changé physiquement. Il était plus musclé et…

— Tu reveux du café, Leslie ?

Il l'observait par-dessus son épaule. Il avait dû voir qu'elle le fixait.

— Non, merci. Je suis bien là.

— Oui, Leslie, dit-il avec un sourire en coin. Tu es très bien.

Elle aurait aimé que Sloan n'ait pas cette capacité à la séduire juste avec quelques mots.

— Alors que prévois-tu pour le reste de la journée ? demanda Sloan en revenant s'asseoir à table.

— Lire. J'ai apporté ma liseuse et elle contient plusieurs livres que je n'ai pas encore commencés. J'espère qu'on pourra trouver un sapin demain.

— Cela ne devrait pas être un problème. Il y a des Fraser sur la propriété.

— Alors on doit se lever tôt.

— Oui, à condition qu'il ne neige pas.

Il prit une gorgée de café, puis lui jeta un regard qui lui donna un frisson sensuel dans le dos.

— Il faut que je te dise quelque chose, Leslie. Une information qui sera vitale quand nous ferons l'amour.

Quand nous ferons l'amour ? Leslie se demanda quelle partie de « Je ne coucherai pas avec toi cette semaine » il n'avait pas comprise. Elle lui avait expliqué, assez clairement selon elle, que la seule chose qu'il aurait pendant cette semaine, c'était sa compagnie.

— Faut-il que je me répète, Sloan ? Je ne coucherai pas avec toi.

— Laisse-moi quand même te poser ma question.

— Quelle est ta question ? s'enquit-elle, à la fois contrariée et curieuse.

— C'était quand la dernière fois que tu as fait l'amour avec un homme ?

Il était inimaginable qu'elle lui dise que la dernière fois, c'était avec lui.

— Pourquoi veux-tu le savoir ?

Elle craignit que le baiser qu'ils avaient partagé l'ait trahie. Avait-il trouvé qu'elle embrassait toujours de la même manière ?

— Leslie ?

— Même si j'avais accepté de coucher avec toi cette semaine, Sloan, dit-elle en se levant, la réponse à cette question serait que ça ne te concerne pas. Je ne te demande pas quand tu as fait l'amour à une femme pour la dernière fois.

— Tu peux si ça t'intéresse.

— Ce n'est pas le cas.

Elle remplit le lave-vaisselle et se retourna.

— À demain matin, Sloan.

Elle sentit la chaleur de son regard dans son dos quand elle sortit de la cuisine.

- 12 -

Sloan s'appuya contre un grand arbre alors qu'il regardait Leslie marcher autour des sapins Fraser à la recherche du spécimen idéal pour être décoré. Quand il s'était réveillé ce matin, il avait espéré qu'elle avait mis de côté son projet de décoration de Noël. Mais elle s'était levée, habillée et avait même préparé le petit déjeuner quand il était entré dans la cuisine.

Les pancakes et les œufs au bacon étaient délicieux. Mais il ne voulait pas qu'elle croie qu'elle devait préparer tous les repas, alors il lui avait dit qu'ils partageraient cette tâche. Elle lui avait répondu que la cuisine ne la dérangeait pas puisqu'elle adorait ça et que depuis la mort de son père elle n'avait personne pour qui cuisiner.

Les voilà donc sur une partie de la propriété où poussaient des sapins de Noël. Elle en avait examiné au moins cinq, mais n'avait pas encore fait son choix. Il se rappela qu'elle avait dit qu'elle en voudrait un petit, mais aucun des arbres ne correspondait à cette description.

Comme d'habitude, elle était habillée pour le froid, mais cela ne l'empêchait pas d'imaginer ce qu'elle portait en dessous. Il aurait donné n'importe quoi pour pouvoir la déshabiller à leur retour au chalet.

La veille, après avoir observé le balancement de ses hanches quand elle était sortie de la cuisine, il n'avait plus eu de nouvelles d'elle de toute la nuit.

Il était resté debout pendant des heures, à savourer un verre de vin devant une émission télévisée sur la police. Quand il s'était retiré dans sa chambre, il avait vu de la lumière sous sa porte, ce qui lui avait indiqué que, même si elle ne faisait pas de bruit, elle ne dormait pas encore. Comme il n'avait pas entendu le son de la télé, il avait pensé qu'elle lisait.

Il jeta un coup d'œil à sa montre.

— Il te faut combien de temps pour choisir un sapin ?

Elle se tourna vers lui avec un sourire auquel il ne s'attendait pas et qui lui réchauffa le cœur.

— Il fait trop froid ici pour toi, Sloan ?

— Tu sais bien que non.

Pour lui, plus il faisait froid, mieux c'était. Mais, appuyé contre cet arbre les yeux rivés sur elle, il se souvenait d'une autre fois où il l'avait accompagnée dans une ferme à sapins de Noël. C'était un dimanche, et il y avait peu de monde. Il avait failli lui proposer un petit câlin coquin derrière les branches.

Repenser à ce jour lui rappela la première fois où ils s'étaient rencontrés. Il faisait extrêmement froid à Anchorage alors que Redford et lui se rendaient en cours. Leslie traversait la cour en courant et lui était rentrée dedans. Elle serait tombée s'il ne l'avait pas rattrapée. Ils allaient continuer leur chemin quand elle avait enlevé son chapeau de fourrure pour s'excuser et le remercier avec un large sourire.

À l'instant où il l'avait regardée dans les yeux, il était convaincu d'être tombé amoureux. Elle était ensuite repartie en courant avant qu'il n'ait le moindre renseignement sur elle, pas même son nom. Il avait pensé à elle constamment. Ses yeux et son sourire occupaient ses rêves. Et, juste quand il pensait ne plus jamais la revoir, elle était réapparue.

Son visage se trouvait sur un prospectus pour une collecte de don pour acheter des jouets pour les enfants dans le besoin. Il avait donné de l'argent, mais aussi de son temps. Il avait rejoint son association pour être avec elle. Il avait d'abord pensé que son attirance pour elle était purement physique. Mais, en apprenant à la connaître, il avait accepté qu'il y eût plus que ça.

— Voilà, Sloan. C'est celui-ci que je veux.

Sa voix le ramena au présent. Son choix correspondait à son préféré.

— Tu es sûre ?

— Oui, sûre, répondit-elle avec un sourire radieux.

Il acquiesça et ramassa la scie à ses pieds. Il avait du mal à croire qu'elle allait se donner la peine de décorer un sapin pour en profiter une semaine. Puis il réalisa quelque chose.

— Nous n'avons pas de décorations ici.

— Pas de problème. J'ai apporté les miennes.

Honnêtement, il n'était même pas surpris.

Leslie laissa Sloan installer le sapin près de la fenêtre dans le salon du chalet. C'était exactement ce qu'il lui fallait pour égayer son humeur. Hier après le dîner, elle avait pris une douche et s'était couchée, mais ne s'était pas endormie. Elle avait sorti sa liseuse électronique. Au bruit de la télévision dans le séjour, elle avait facilement deviné que Sloan aimait toujours les reportages sur les forces de police.

Même s'il avait essayé d'être discret, elle l'avait entendu marcher dans le couloir. Elle avait retenu son souffle en espérant qu'il ne frappe pas à sa porte. Ce qu'il n'avait pas fait.

Quand elle s'était réveillée, elle avait découvert qu'il ne neigeait pas. Elle avait donc voulu se dépêcher pour s'habiller et aller chercher un sapin. Comme Sloan n'était pas encore debout, elle avait décidé de descendre et préparer le petit déjeuner, convaincue que l'odeur du bacon le réveillerait. Cela avait marché. Il était arrivé dans la cuisine, tout habillé, mais avec encore cette tête endormie et sexy.

— C'est comme ça que tu le veux ?

Elle cligna des yeux, se rappelant les autres fois, pendant qu'ils faisaient l'amour, où il la taquinait sans relâche. Il frottait son sexe en érection partout contre elle, entre ses jambes. Puis, tandis qu'il la pénétrait, il lui demandait : « C'est comme ça que tu le veux ? » Cela la rendait folle. Elle soulevait alors son bassin pour qu'il s'enfonce en elle et lui montrer qu'elle savait bien comment elle le voulait.

— Leslie ?

— Oui, cet endroit ira. J'aime qu'il soit devant la fenêtre.

— Dois-je te rappeler que nous sommes au milieu de nulle part, à des kilomètres de la civilisation ? Les seules personnes qui pourraient remarquer des guirlandes lumineuses sont des ours.

— Merci pour le rappel, Sloan.

Elle ne voyait rien d'amusant, mais lui riait à gorge déployée. Il lui avait dit que la propriété était à l'épreuve des ours. En plus d'une clôture électrique, il y avait des détecteurs qui émettaient des odeurs et des sons que les ours détestaient. Et puis, la plupart des ours hibernaient en hiver.

— Maintenant que le sapin est où tu le veux, je vais m'asseoir et me détendre avec une bière, dit-il.

— Tu ne vas pas m'aider à le décorer ?

— Non. Tu feras mieux que moi. Je vais me contenter de te regarder.

Leslie ne savait pas trop comment réagir. Savoir que les yeux de Sloan seraient rivés sur elle n'était pas très confortable. Il pouvait la regarder d'une façon qui lui donnait le sentiment d'être nue.

— Je ne suis pas sûre d'aimer l'idée que tu restes assis là à m'observer. Tu n'as rien de mieux à faire ?

— Si.

— Alors fais-le.

Un sourire étira ses lèvres.

— Je ne peux pas.

Pourquoi se sentit-elle soudainement si intensément attirée par lui ?

— Et pourquoi pas ?

— Parce que ce que je veux vraiment, c'est toi, Leslie.

Quand Sloan quitta le salon et se dirigea vers la cuisine pour aller se chercher une bière, il ne put s'empêcher de sourire en repensant à l'expression de Leslie. Il lui avait dit la vérité : il avait envie d'elle, mais il se contenterait de rester assis là et boire sa bière pendant qu'il contemplerait son corps en action. Il avait décapsulé sa bouteille quand son téléphone sonna. C'était Garth. Il sortit son portable de sa poche de derrière et décrocha.

— Oui, Garth ?

— J'ai appris que tu étais au chalet.

— Oui. Je suis arrivé hier.

— Tu es passé à Hemlock Row pour voir Walker et Bailey ?

Sloan prit une gorgée de bière.

— Je n'ai pas eu le temps. Je voulais m'installer avant la nuit.

— Bonne idée.

À cet instant, Sloan entendit Leslie lui demander de lui apporter une bière. Sans réfléchir, il lui répondit à voix haute.

— Pas de problème

— Je comprends que tu n'es pas seul, Sloan.

La remarque de Garth lui fit réaliser son erreur. Mais c'était un homme adulte qui pouvait inviter qui il voulait.

— Non, je ne suis pas seul.

Et parce qu'il savait d'expérience que Garth avait un don pour découvrir tout ce qu'il voulait connaître, Sloan décida de lui faciliter la tâche.

— J'ai invité Leslie à se joindre à moi.

— Leslie Cassidy ?

— Oui, Leslie Cassidy, dit Sloan comme s'il pouvait y avoir une autre Leslie.

— Est-ce que ça veut dire que vous êtes…

— Non ! lâcha Sloan d'une voix ferme. Leslie et moi ne nous sommes pas remis ensemble. Je sais combien elle aime Noël, et avec la mort de son père, elle n'a plus de famille avec qui passer les fêtes. Je ne voyais pas de raison de ne pas lui proposer de venir avec moi au chalet cette semaine.

Sloan savait que le silence de Garth signifiait qu'il analysait ses propos.

— Je ne pourrais jamais retomber amoureux de Leslie, ajouta-t-il pour s'assurer que Garth ne prenne pas une mauvaise direction.

— Alors vous êtes simplement amis.

Sloan fronça les sourcils. *Amis ? Pas tout à fait.*

— En toute honnêteté, Garth, je ne peux pas vraiment dire que je la considère comme une amie. Elle n'est qu'une collaboratrice professionnelle. Ce n'est pas la première fois que j'invite un associé au chalet.

— Oui, mais les autres étaient de notre famille, comme Cole, Quade et les autres Westmoreland. Aucune femme n'a passé du temps avec toi au chalet avant, Sloan.

— Comment le sais-tu ?

— Je le sais, c'est tout. Tu nies ?

C'était dans ce genre de moment qu'il aurait aimé que son frère ne le connaisse pas aussi bien.

— Il n'y a rien entre Leslie et moi, Garth.

— Si tu le dis.

— Je le dis, et il n'y a aucune raison pour que je ne le fasse pas, dit Sloan, prêt à raccrocher.

— J'espère que tu sais ce que tu fais.

— Crois-moi, Garth, je sais exactement ce que je fais.

— J'espère juste que quoi que tu aies en tête, cela ne te reviendra pas en pleine figure.

— C'est-à-dire ?

— Si tu retombes amoureux d'elle. Je sais combien tu l'as aimée.

C'était Garth qui l'avait aidé à remonter la pente après le départ de Leslie.

— Cela n'arrivera pas. Il est impossible que je puisse ou veuille l'aimer à nouveau.

— Je crois que tu as peut-être oublié quelque chose.

— Quoi ?

— Tu aurais dû dire à Leslie que son amie t'avait dragué, Sloan. Si tu l'avais fait, elle n'aurait probablement pas cru son mensonge. Personnellement, je trouve que vous êtes aussi fautifs l'un que l'autre.

Vous êtes aussi fautifs l'un que l'autre…

Peu de temps après, Sloan réfléchissait aux paroles de

Garth, assis sur le canapé, buvant lentement sa bière en observant Leslie décorer le sapin. Elle l'ignorait délibérément, mais cela lui était égal parce que lui ne l'ignorait pas. Loin de là. Il était assis, les jambes tendues devant lui, et ne pouvait détourner son regard d'elle. Il étudiait chacun de ses mouvements.

Elle n'essayait pas d'attirer son attention. En fait, il aurait pu parier qu'elle aurait préféré qu'il ne soit pas assis là. Surtout sans rien dire et en feignant d'écouter la musique de Noël qui venait du téléphone de Leslie pendant qu'elle était occupée à pendre des décorations. D'où pouvaient bien venir tous ces trucs ?

— Tu fronces les sourcils, Sloan. Tu n'aimes pas la forme que prend mon sapin jusqu'ici ?

— Si, si, c'est joli, dit-il comme s'il s'était concentré sur le sapin pendant tout ce temps. Je me demandais juste d'où venaient tous ces machins. Il te restait tout ça après avoir décoré ton propre sapin ?

— Non.

— Alors tu en as racheté.

C'était plus une affirmation qu'une question, puisque c'était un raisonnement logique.

— Exactement. Il n'y avait presque que des décorations dans ma valise.

— Tu n'as pas parlé de sapin jusqu'à ce qu'on soit sur la route pour l'aéroport hier. Qu'est-ce qui t'a fait penser que j'accepterais ?

— Je ne voyais pas de raison pour que tu t'y opposes.

Oui, il comprenait son raisonnement. Dans le passé, il était connu pour céder à tous ces désirs. Elle n'était pas très exigeante puisque la plupart du temps elle demandait juste de l'aide pour les autres. Mais, dès qu'elle le faisait, il aurait remué ciel et terre pour lui donner ce qu'elle voulait. Mais c'était avant. Pourquoi penserait-elle que c'était encore pareil aujourd'hui ?

— Tu pourrais au moins appuyer sur l'interrupteur. J'ai fini, dit-elle, le sortant de ses pensées.

Elle contemplait le sapin avec un immense sourire, comme si elle était très fière. Sloan fit dévier son regard d'elle à l'arbre. Il était magnifique.

— Tu le déferas avant qu'on reparte ? dit-il en se levant pour se diriger vers l'interrupteur.

— Bien sûr, mais je ne prévois pas de ramener tout ça avec moi à Wasilla.

— Que comptes-tu en faire ?

— Les laisser ici. Si quelqu'un d'autre dans ta famille décide de passer du temps ici vers les fêtes et veut avoir un sapin de Noël, il aura les décorations pour le faire. C'est ma participation.

Il ne voyait pas qui ferait ça, mais décida de lui laisser penser ce qu'elle voulait. Il éteignit les lumières et observa son sourire s'élargir tandis que le sapin prenait vie.

Il n'était pas surchargé. Chaque décoration était à sa place, et les lumières étaient à couper le souffle. À cet instant, il aurait aimé qu'il n'y ait pas que des ours qui puissent admirer son travail. Toute personne qui aurait vu ce sapin aurait été impatiente d'être à Noël.

— C'est beau, non, Sloan ?

Il la regarda. Les lumières clignotantes semblaient dire : « Regarde-moi. » Et il regardait.

— Il me manque juste un minuteur, ajouta-t-elle.

— Un minuteur ?

— Oui. Pour pouvoir programmer les lumières pour qu'elles s'allument et s'éteignent à une certaine heure. Là, on va devoir le faire manuellement.

— Ce n'est pas un problème.

— Contente que tu le prennes comme ça. Je t'attribue cette tâche puisque tu ne m'as pas aidée à le décorer.

Il allait lui dire qu'elle avait la charge de tout ce qui concernait cet arbre puisque c'était son idée, mais il ne voulait pas gâcher ce moment.

— Veux-tu que je prépare le dîner, ou tiens-tu à cuisiner tous les repas cette semaine ?

Ils avaient mangé les restes de chili au déjeuner, et il lui avait dit plus d'une fois comme il l'avait apprécié. Mais le petit déjeuner avait été très bon lui aussi.

— J'aimerais préparer le dîner si cela ne te dérange pas. Mais si tu veux passer du temps en cuisine avec ou sans moi, n'hésite pas à me le dire.

Elle n'avait pas de souci à se faire. S'il avait été seul ici, il se serait contenté de repas faciles qu'il aurait pu préparer rapidement. Mais il n'était pas seul, et Leslie adorait cuisiner et avait le don pour transformer un plat simple en chef-d'œuvre.

Peu de temps plus tard, il était de nouveau assis devant le sapin de Noël à regarder les lumières clignotantes pendant que ses oreilles percevaient les bruits des mouvements de Leslie qui préparait le dîner dans la cuisine. Il ne voulait pas penser que si les choses ne s'étaient pas terminées entre eux dix ans plus tôt, le scénario pourrait être le même… ils passeraient Noël ensemble ici, au chalet. Peut-être avec deux ou trois enfants. Elle aurait probablement un poste au sein de Outlaw Freight Lines ou lui chez Cassidy Cosmetics. Ils auraient certainement réussi à gérer les deux ensemble.

Quand ils étaient amoureux, ils n'avaient jamais parlé de mariage. Il avait juste pensé que c'était une conclusion évidente et qu'elle voyait les choses de la même façon. La demander en mariage au chalet aurait été une surprise pour elle, mais il voulait le faire depuis longtemps. Pour lui, ils avaient l'éternité devant eux. C'était ce qu'il pensait, mais surtout ce qu'il désirait du plus profond de son âme.

Sloan prit une longue inspiration pour essayer de reprendre le contrôle de ses pensées et d'accepter qu'aucun de ses plans ne se réaliserait. Il n'avait jamais eu l'occasion de lui faire sa demande et il n'y avait pas d'éternité pour eux. Il aurait aimé pouvoir oublier leur passé et agir avec elle comme avec n'importe quel autre collègue de travail. Comme il l'avait dit à Garth, Leslie n'était pas le premier collaborateur qu'il invitait au chalet.

Mais Garth avait raison quand il avait fait remarquer que ce n'était pas pareil. Sloan et Leslie avaient un passé commun. Une histoire personnelle. Il ne voulait pas penser à la réaction qu'aurait eue Garth s'il avait su pourquoi elle passait la semaine ici, et la condition que Sloan avait posée pour sauver son entreprise.

Vous êtes aussi fautifs l'un que l'autre…

Il passa la main sur son visage, se sentant idiot. Il avait eu des espoirs concernant cette semaine et comment elle était censée se dérouler. D'accord, Leslie avait dit qu'elle ne coucherait pas avec lui, mais il avait senti l'attirance qu'il y avait toujours entre eux, et il comptait sur le fait qu'elle la ressentait aussi.Son frère avait raison. Il était autant à blâmer qu'elle pour leur rupture. Elle aurait dû lui faire confiance, mais il aurait aussi dû la mettre au courant de la situation quand il avait senti que cette confiance risquait d'être mise à l'épreuve.

Il se leva et commença à faire les cent pas, plongé dans ses pensées. Peu de temps plus tard, il sut qu'il n'avait pas le choix. Pendant le dîner, il lui dirait de préparer ses valises ce soir pour qu'il la ramène à Wasilla le lendemain matin. Il ne pouvait plus lui imposer son plan de la mettre dans son lit. C'était une vengeance qu'il refusait de mettre à exécution à partir de maintenant.

Mais que pouvait-il faire pour lui éviter de passer les fêtes seule ?

À cet instant, il décida qu'il valait mieux que Leslie passe les fêtes seule plutôt qu'une semaine ici, seule avec lui, pour toutes ces mauvaises raisons.

- 13 -

Leslie regarda Sloan de l'autre côté de la table. Elle avait préparé du saumon avec du chou et des pommes de terre. Elle avait même fait une tarte aux baies pour le dessert. Même s'il semblait apprécier le dîner, il ne disait pas grand-chose. Elle sentait bien qu'il y avait un problème, mais elle ne savait pas du tout lequel. Elle se gardait bien d'essayer de comprendre Sloan ou son humeur.

Après avoir décoré le sapin, elle se sentait bien. Elle n'avait pas envie que Sloan lui gâche sa soirée en provoquant une dispute. Après le dîner, elle ferait ce qu'elle avait fait la veille et qu'elle comptait faire tous les autres soirs, c'est-à-dire se rendre dans sa chambre, prendre une douche, puis se coucher avec sa liseuse.

— J'ai pris une décision, Leslie.

Elle leva les yeux de la tranche de pain qu'elle était en train de beurrer.

— À quel propos ?

— À propos de toi. Je ne t'imposerai plus la condition qui t'a poussée à être ici cette semaine.

Que voulait-il dire exactement ?

— C'est-à-dire, Sloan ?

— C'est-à-dire que tu dois faire ta valise ce soir, parce que je te ramène à Wasilla demain matin. Cela n'impactera pas notre collaboration professionnelle, mais je dois admettre que ce que je t'avais demandé était injuste.

Oui, ça l'était, et elle se demandait ce qui lui avait fait en prendre conscience.

— Comme je te l'ai dit, Sloan, je ne comptais pas coucher avec toi de toute façon.

— J'espérais te séduire.

Leslie se renfrogna. Il semblait si confiant. À l'époque où elle était sa petite amie, il n'avait jamais eu à la convaincre pour avoir quoi que ce soit, parce qu'elle avait toujours été enthousiaste et prête à partager son lit. Mais c'était avant. Et aujourd'hui il voulait qu'elle parte, si bien qu'elle ne connaîtrait jamais l'entendue de ses talents de séduction.

— Je vais faire ma valise ce soir et je serai prête à partir dans la matinée, dit-elle en se levant.

Après avoir marché jusqu'à l'évier pour débarrasser la vaisselle, elle sortit de la cuisine.

Décidant de se doucher avant de faire sa valise, elle commença à se déshabiller. Elle aimait ce chalet, et même si elle n'avait pas du tout envie de quitter cet endroit, c'était peut-être mieux comme ça. Manifestement, c'était ce que pensait Sloan.

Dans l'intimité de la douche, pendant que l'eau coulait en cascade sur son corps nu, elle ferma les yeux et se remémora les fois où elle et Sloan s'étaient douchés ensemble, comment il la touchait partout, éprouvant rapidement un désir sexuel qu'elle n'avait pas connu depuis des années.

Elle adorait prendre une douche avec lui. La dernière fois, c'était dans une chambre d'hôtel, la nuit avant qu'il parte pour préparer le chalet pour les vacances de printemps. Comme elle avait un examen, elle ne l'avait pas accompagné.

Comme Redford et Tyler étaient les colocataires de Sloan, et Sarah la sienne, ils n'avaient de l'intimité que quand Sloan leur réservait une chambre d'hôtel, ce qu'il faisait souvent.

Le père de Leslie avait été déçu quand elle lui avait dit qu'elle passerait les vacances de printemps avec Sloan au lieu de rentrer à la maison, mais il avait compris. Il savait combien elle aimait Sloan et, après l'avoir rencontré, il était convaincu que Sloan l'aimait aussi.

En sortant de la douche, elle se sécha en pensant que Sloan ne saurait jamais comme il avait été dur de décorer le sapin sous ses yeux. Elle avait essayé de l'ignorer, mais elle était consciente de sa présence, percevant son parfum masculin et son aura.

Avait-il senti la forte attirance sexuelle entre eux, lui aussi ? Était-ce la raison pour laquelle il avait décidé de la ramener chez elle ? Avait-il trouvé que la séduire était à double tranchant ? Ressentait-il la tentation lui aussi ?

Ce qui l'avait fait changer d'avis n'était pas important. Il ne voulait plus d'elle ici, et elle ne voulait pas rester.

Mais, en enfilant sa chemise de nuit, elle savait que c'était un mensonge. En fait, elle attendait avec impatience cette semaine avec lui. Elle aimait le chalet, elle aimait le sapin, elle aimait le fait de pouvoir oublier un temps les problèmes de Cassidy Cosmetics et faire quelque chose qu'elle n'avait pas fait depuis longtemps : lire pour le plaisir.

Elle n'avait pas envie de penser à son retour chez elle pour passer le reste des fêtes seule. C'était sa nouvelle vie, et elle devrait s'y habituer.

Leslie sortit sa valise de sous son lit et entendit frapper à la porte. Elle se demanda si Sloan avait encore changé d'avis et décidé de ne pas attendre le matin pour la ramener.

— Une minute.

Elle attrapa son peignoir sur son lit, l'enfila et serra la

ceinture autour de sa taille avant d'ouvrir la porte. Sloan se tenait là, l'air renfrogné.

— Qu'est-ce que tu veux, Sloan ?

— Oublie ta valise. Je ne peux pas te ramener chez toi.

— Et pourquoi ça ? demanda-t-elle, les bras croisés.

— Walker vient d'appeler. Au cas où je n'avais pas fait attention aux bulletins météo, il voulait m'informer qu'une violente tempête de neige se dirige vers nous. La pire que la région ait connue depuis des années.

Sloan pensait que Leslie serait contrariée par cette annonce, mais, au lieu de la déception, il vit de l'inquiétude sur son visage.

— Y a-t-il quelque chose que nous devons faire ce soir, Sloan ? Es-tu sûr que le groupe électrogène va marcher ? Sais-tu combien de temps la tempête va durer ? Avons-nous assez de bûches pour la cheminée ? Est-ce que…

— Waouh, Leslie. Ralentis. Ça ira. Oui, le groupe électrogène va marcher. Je ne sais pas combien de temps la tempête va durer, mais j'espère qu'elle sera passée d'ici quelques jours. Oui, il y a plein de bois coupé, et oui, il y a quelques trucs qu'on doit faire pour se préparer.

— Quoi ?

— Je vais rentrer la voiture au garage et couvrir tout ce qui doit être protégé. J'aimerais que tu fasses le tour du chalet et rassembles les bougies et les allumettes. Il y a aussi des piles et des batteries de téléphones portables dans le placard au bout du couloir.

— D'accord.

— Et comme il vaut mieux ne pas faire tourner un groupe électrogène toute la nuit, on devra dormir devant la cheminée pour ne pas avoir froid. Cela signifie qu'on doit récupérer des sacs de couchage et des couvertures dans le placard de l'entrée.

— Des sacs de couchage séparés, bien sûr.

— Bien sûr, dit-il quelque peu ennuyé qu'elle pense qu'il pourrait profiter de la situation.

— Donne-moi quelques minutes pour me rhabiller et je m'occupe de tout ça.

Une heure plus tard, Sloan avait fait toutes les corvées à l'extérieur et avait aussi rapporté plus de bois pour la cheminée. Il avait remarqué que la neige avait déjà commencé à tomber et qu'un vent venant du détroit se renforçait. Il avait déjà vécu de grosses tempêtes de neige. On ne peut pas vivre en Alaska sans en connaître quelques-unes, mais il avait le pressentiment que celle qui se dirigeait vers eux était violente.

Tandis qu'il était accroupi pour rajouter du bois dans la caisse près de la cheminée, il entendait Leslie s'agiter dans la cuisine. Il ne pouvait pas s'empêcher de repenser à la Leslie fraîchement douchée qui avait ouvert sa porte un peu plus tôt. Elle sentait bon et était encore plus belle en peignoir. C'était la première fois qu'il la voyait dans cette tenue. À une époque, elle était à l'aise en ne portant quasiment rien en sa compagnie et même rien du tout après la douche. Il avait remarqué durant l'un de ses allers-retours pour rapporter du bois dans la maison qu'elle avait opté pour un pantalon de jogging et un sweat-shirt. Elle était jolie là-dedans aussi.

— J'ai sorti des bouteilles d'eau du placard et les ai mises dans l'une des glacières pleine de glace, Sloan.

Il leva les yeux et vit le sujet de ses pensées près de lui.

— Bonne idée. Je suis content que tu l'aies eue.

— Vois-tu autre chose que tu veux que je fasse ?

Il rompit le contact visuel pour remuer le feu.

— Je ne vois rien d'autre pour le moment.

Son téléphone sonna. Il se leva et le sortit de sa poche.

— Oui, Garth ?

— Regan et moi, on regarde les infos sur la chaîne météo. On dirait qu'un temps bien pourri se dirige vers vous. Vous êtes prêts à vous barricader quelque temps ?

— Aussi prêts qu'on peut l'être, Garth. Ça ira pour Leslie et moi.

Il la vit lever les sourcils. Cela la dérangeait-il que Garth sache qu'elle était là avec lui ?

— Bien, soyez prudents. Je vous rappelle demain, dit Garth.

— Le vent souffle assez fort dehors. Si tu n'arrives pas à nous joindre, ce sera que les relais ne le supportent pas.

— D'accord, je m'en souviendrai. Je vais appeler Walker, Bailey et les jumeaux maintenant. Passe le bonjour à Leslie.

Sloan raccrocha et rangea son téléphone dans sa poche.

— Garth te passe le bonjour.

— Il sait que je suis ici ?

— Oui. Je n'aurais pas dû le lui dire ?

— Pas de souci. Je vais nous faire du chocolat chaud.

Elle se souvenait qu'il aimait ça.

— Merci. J'ai le sentiment que ça va être une nuit chocolat chaud.

— Moi aussi.

Il la regarda se retourner pour se rendre à la cuisine.

Sloan se frotta le visage. Une tempête de neige turbulente se dirigeait vers eux et il fallait qu'il se retrouve coincé ici seul avec Leslie.

- 14 -

Les bruits de portes qui s'ouvraient et se fermaient réveillèrent Leslie. Elle resta allongée un instant avant de se souvenir de la soirée de la veille et de comment ils s'étaient préparés à la tempête qui arrivait. Elle bondit hors du lit et courut jusqu'à la fenêtre. La neige tombait et avait déjà déposé une épaisse couche de poudreuse. Leslie discernait à peine le paysage au-delà de l'endroit où se trouvait l'abri de jardin.

Après avoir préparé deux tasses de chocolat chaud, ils s'étaient affairés aux préparatifs. Elle l'avait suivi dans ce que Sloan appelait le tunnel souterrain. Pour Leslie, cela ressemblait plus à un repère masculin avec une pièce à vivre dans lequel on trouvait un téléviseur à écran plat, un bar et un mur sur lequel étaient alignées des bouteilles de vin.

Pour ne pas trop solliciter le groupe électrogène, ils avaient débranché tous les appareils et s'étaient assurés que les portes étaient bien fermées. Puis ils avaient installé des couvertures et des sacs de couchage devant la cheminée.

Il était près de 2 heures du matin quand ils s'étaient rendus dans leurs chambres respectives. À peine sa tête avait-elle touché l'oreiller qu'elle s'était endormie.

Elle se rapprocha du lit pour attraper son téléphone sur la table de chevet. Elle était soulagée de voir qu'il marchait toujours. Sloan l'avait avertie que même avec le relais ils pourraient perdre la connexion à cause des vents forts. Pour le moment, ce n'était pas le cas, même s'il lui fallut plus de temps que d'habitude pour se connecter à l'appli de météo. La température avait chuté de dix degrés par rapport au moment où elle s'était couchée.

Quand elle entendit une autre porte s'ouvrir et se refermer, elle sut que Sloan était déjà debout. Elle regarda l'horloge et vit qu'il était presque 9 heures. Elle avait oublié de mettre son réveil à 7 heures.

Elle fit rapidement le lit, puis se précipita dans la salle de bains pour sa douche matinale en espérant que Sloan avait préparé le café.

Au départ, Sloan comptait la ramener à Wasilla aujourd'hui. Maintenant, ils étaient bloqués et devaient faire avec. Puisque le chalet était prêt à affronter le pire, il allait probablement l'ignorer. Il n'avait déjà pas grand-chose à lui dire la veille, même pendant qu'ils s'affairaient ensemble.

Quelques minutes plus tard, douchée et habillée, elle se dirigeait vers la cuisine quand elle sentit l'odeur du café. En entrant dans la pièce, elle le vit appuyé contre le comptoir en train de boire une tasse.

— Bonjour, Sloan.

— Bonjour, Leslie. J'ai préparé tes flocons d'avoine.

— Tu n'étais pas obligé.

— Je me suis rappelé que tu aimais bien ça.

Elle alla prendre un bol dans le placard, en essayant de ne pas remarquer comme il était charmant dans son pantalon de sport et son sweat-shirt à l'effigie de Outlaw Freight Lines. Il lui avait donné un T-shirt de la gamme plusieurs années plus tôt. Il était bien deux tailles trop grand, et pendant des années ça avait été sa tenue préférée pour dormir.

— Tu t'es levé tôt.

— Je crois que je n'ai même pas dormi. J'ai ressassé les trucs que j'aurais dû faire. Alors je me suis levé et j'ai rempli les baignoires des salles de bains d'eau et je suis sorti plusieurs fois pour m'assurer que les tuyaux étaient suffisamment protégés.

— Je vois, dit-elle en venant s'asseoir à table avec son bol de flocons d'avoine et un bocal de raisins secs.

Elle fut surprise de voir Sloan la rejoindre après avoir rempli sa tasse.

— Tu sais que tu as lancé une mode chez mes frères et ma sœur avec ça ?

— Les flocons d'avoine aux raisins secs ?

— Oui. C'est devenu le petit déjeuner préféré de Charm. Elle en fait même manger au vieux.

Leslie ne put s'empêcher de sourire.

— C'est très sain. Même toi, tu aimais bien.

— Juste pour faire comme toi. À l'époque, j'aimais tout ce que tu aimais.

Elle ne savait pas quoi dire. Sloan s'assit en face d'elle et but son café. Il semblait de meilleure humeur que la veille.

Même si elle était très tentée de le regarder, elle s'en empêcha. Personne n'était plus sexy que Sloan Outlaw quand il était mal rasé. Le simple fait de s'imaginer passer la main sur sa joue envoya une vague de chaleur entre ses cuisses.

— Pourquoi n'es-tu pas retournée en Alaska après avoir fini tes études à Howard, Leslie ? s'enquit-il, la sortant de ses pensées.

Elle leva brusquement les yeux. Voulait-il vraiment aborder ce sujet ? Pourquoi ?

— Tante Ella prenait de l'âge et, comme elle avait fait une mauvaise chute qui a demandé plusieurs mois de rééducation, papa a pensé que ma présence auprès d'elle était bien plus importante que mon retour à la maison.

Leslie avait fini par se convaincre qu'elle croyait à cette version de l'histoire.

Inutile de lui dire que, même après le rétablissement de sa tante, elle ne s'était pas précipitée pour revenir en Alaska parce qu'elle avait toujours le cœur brisé. Ce n'est que quand elle avait découvert la vérité sur les mensonges de Sarah qu'elle avait envisagé de rentrer. Elle savait qu'elle ne pourrait pas continuer comme si de rien n'était sans chercher à contacter Sloan pour lui présenter des excuses.

— Tu as aimé vivre dans la capitale ?

— C'était intéressant et très différent. Ça m'a toujours amusée de voir comme les gens paniquaient dès que la température baissait. Et leurs grosses tempêtes de neige ne sont rien comparées aux nôtres, ça, c'est sûr. Mais il y avait plus de beaux jours que de mauvais, et c'est un bel endroit.

Elle marqua une pause pour boire du café.

— Je suis sûre que maintenant que tu as un frère qui est sénateur des États-Unis, tu t'y rends souvent.

— Pas tant que ça. Le strict nécessaire. Jess habite un joli endroit à Potomac. Et je suis d'accord pour la météo. Le fait que ce soit proche de New York est sympa aussi.

Il ne dit plus rien pendant un moment. Leslie n'entendait plus que le hurlement du vent et le bruissement de la neige qui tombait. Il n'était même pas encore midi, mais c'était comme s'il faisait nuit. Elle allait se lever pour déposer son bol vide dans l'évier quand les paroles de Sloan l'arrêtèrent.

— Il faut que je sache quelque chose, Leslie.

Elle devinait au ton de sa voix que c'était sérieux.

— Que veux-tu savoir, Sloan ? demanda-t-elle après avoir pris une grande inspiration.

Il la regarda dans les yeux.

— Comment as-tu pu penser que je t'avais trompée avec Sarah ?

Sloan avait envie de se mordre la langue pour avoir posé cette question alors qu'il s'était répété pendant des années qu'il s'en fichait et c'était toujours le cas. Il aurait fait n'importe quoi pour éviter de repenser à l'appel de Cole juste avant l'aube, concernant Martin Longshire.

Comme Sloan l'avait soupçonné, il essayait de s'en prendre à plusieurs de ses entreprises. Il avait suffi à Sloan de passer deux coups de téléphone à ses avocats pour retourner la situation contre Longshire à nouveau. Cette fois, Sloan n'avait laissé aucun doute sur le fait que, comparé à lui, Longshire était pauvre. Craignant que Sloan ne se venge avec un contre-achat, les actionnaires de Longshire Industries avaient exigé que Longshire cède la direction immédiatement et prenne une retraite anticipée. C'était basiquement le même genre d'ultimatum que celui que le conseil d'Outlaw Freight Lines avait soumis à Bart.

— À l'époque, ça m'a paru assez évident, dit Leslie. Tu ne répondais pas à mes appels. Et Sarah avait ce qui me semblait être la preuve que tu lui envoyais des messages et l'appelais alors que tu ne le faisais pas avec moi. Les SMS qu'elle m'a laissée lire étaient censés être de toi et la suppliaient de ne pas me raconter ce qui s'était passé cette nuit-là entre vous et qui avait été une erreur. J'ai vu les messages, Sloan. Qu'étais-je supposée croire ?

Il essaya de ne pas laisser entendre la colère dans sa voix.

— Tu aurais dû croire que, quoi que disaient ces messages, il était impossible que j'aie couché avec elle.

— Quand tu n'as pas répondu à mon appel, j'ai refusé de le croire… jusqu'à ce qu'elle me montre des preuves.

— Ces messages et la liste d'appels ne prouvaient rien. On peut mettre n'importe quel nom dans sa liste de contacts.

— Tu penses que je ne le savais pas ? C'est pour ça que j'ai essayé de t'appeler. Mais je n'ai pas réussi à te joindre.

— La raison pour laquelle tu n'as pas pu me contacter, c'est parce qu'il n'y avait pas de réseau au chalet. Je n'ai tout simplement pas reçu ton appel. Mais quoi qu'il en soit, poursuivit-il, je ne peux pas reposer toute la faute sur toi, Leslie, parce que j'aurais dû t'en parler.

— Me parler de quoi ?

Sloan hésita avant de lui répondre.

— Du fait que Sarah m'avait déjà fait des avances.

— Quoi ? ! Et tu ne me l'as jamais dit ?

— Je ne t'en ai pas parlé parce que j'ai pensé que j'avais géré la situation. La première fois qu'elle l'a fait, j'ai cru qu'elle voulait juste flirter.

— Qu'est-ce qu'elle a fait exactement ?

— Elle m'a pincé les fesses. C'est arrivé à l'anniversaire que Keosha avait organisé pour Tyler. J'ai pensé que Sarah avait trop bu. Mais un jour, je suis passé à votre appart et tu n'étais pas là. Elle m'a invité à entrer pour t'attendre et m'a dit que tu étais juste allée faire une course. C'est là qu'elle a commencé à me draguer. Et cette fois, elle était sobre.

Leslie croisa les bras.

— Et qu'est-ce qu'elle a fait au juste ?

Il aurait préféré que ses bras placés ainsi ne révèlent pas cette poitrine qu'il avait l'habitude de lécher.

— Sloan ? Qu'est-ce qu'elle a fait ?

Il s'efforça de se reconcentrer sur sa question.

— Elle a essayé de m'embrasser. Ça m'a énervé et je lui ai dit avec des termes très clairs que je n'appréciais pas et qu'elle ne devait plus jamais le faire. Elle s'est mise à pleurer et s'est excusée en me disant qu'elle ne savait pas ce qui lui avait pris et m'a promis que ça n'arriverait plus. Elle m'a demandé de ne pas t'en parler parce qu'elle ne voulait pas gâcher votre amitié.

Des flammes apparurent dans les yeux de Leslie.

— Elle aurait effectivement perdu mon amitié. Je peux comprendre que tu aies ignoré cette fois où elle était ivre, mais pas la fois où elle a essayé de t'embrasser. Tu aurais dû me le dire, Sloan.

— Je t'ai dit pourquoi je ne l'ai pas fait. Elle s'est mise à pleurer et s'excuser, Leslie. Elle a dit que ça n'arriverait plus et je l'ai crue. Je l'ai croisée quelques fois après ça quand je venais te voir, et elle n'a jamais rien retenté. En fait, elle m'évitait même. Je n'avais aucune raison de penser qu'elle ferait quoi que ce soit de sournois.

— Et pourtant, c'est ce qu'elle a fait, rétorqua-t-elle. Tu aurais dû me le dire. Je me serais au moins préparée aux mensonges. À cause de toi, je ne l'étais pas, et tu as eu l'audace de te mettre en colère parce que je l'ai crue ?

— Oui, je pensais que tu aurais dû me faire confiance.

— Mais il n'y avait aucune raison pour que je ne la croie pas, Sloan. Elle s'est probablement sentie enhardie en sachant que tu ne m'avais rien dit, comme elle te l'avait demandé. Ce qui explique pourquoi elle a décidé d'aller plus loin. Ces messages ne sont pas ce qui m'a fait rompre avec toi et quitter l'école. Ce qui m'a blessée plus que tout, c'est de trouver sa culotte.

Il fronça les sourcils et se redressa sur sa chaise.

— Quelle culotte ?

— *Sa* culotte. D'après Sarah, le week-end où je suis

partie avec l'équipe de débat, tu lui as proposé de venir chez toi quand tu es passé au café où elle travaillait à l'heure de la fermeture. Au lieu de la raccompagner à notre appartement, tu l'as amenée quelque part pour boire un verre. Elle a dit que vous aviez un peu trop bu et décidé de dessoûler dans le parking plutôt que de rentrer immédiatement. Elle a dit qu'une chose en amenant une autre, vous vous étiez retrouvés à vous envoyer en l'air dans ta voiture.

— Et tu l'as crue ? demanda-t-il, incrédule.

— Non, pas avant qu'elle me dise où trouver sa culotte. Dans ta voiture. Et je l'ai trouvée, Sloan. Elle était exactement là où elle m'avait dit qu'elle était… coincée sous le coussin de la banquette arrière.

Sloan fixa Leslie. Il n'était pas au courant de cette partie de l'histoire. Comment était-ce possible alors que Sarah n'était jamais montée dans sa voiture ? Quand il était parti pour le chalet, il l'avait laissée à Leslie. Elle l'avait conduit à l'aéroport et, trois jours plus tard, l'avait utilisée pour se rendre au même endroit. Elle devait la laisser garée pour prendre l'avion et le rejoindre à Kodiak.

— Si c'est vrai, je ne sais absolument pas comment elle a atterri là. C'est toi qui avais ma voiture quand je suis parti. L'as-tu amenée quelque part ?

— Non.

— Alors elle a dû prendre les clés sans que tu le saches.

Il la vit respirer profondément.

— Je suppose que c'est ce qu'elle a fait, Sloan. Tout ce que je sais, c'est que le soir où je suis tombée sur elle à L.A., elle avait bu, et c'est là qu'elle m'a raconté la vérité. Elle voulait que je sache que les messages et la culotte avaient été utilisés délibérément pour nous faire rompre et elle semblait même assez contente d'elle. Sarah ne semblait avoir aucun remords et ne m'a pas dit pourquoi elle avait fait ça. J'aurais aimé que tu me dises qu'elle t'avait dragué. Tu ne l'as pas fait, et j'ai été prise au dépourvu.

— Tu n'étais pas obligée de quitter la ville sans me dire où tu allais, Leslie. Tu aurais dû venir me voir pour qu'on discute.

Elle ne dit rien pendant une minute.

— J'ai ressenti le besoin de partir, Sloan. Sarah affirmait que la seule raison pour laquelle elle me mettait au courant de ce que vous aviez fait était parce que cette époque lui manquait et que, si elle était enceinte, le bébé serait de toi.

— Quoi ? !

— Oui, c'est ce qu'elle m'a dit. Et la simple idée qu'elle porte ton enfant m'était insupportable. J'ai refusé de rester plus longtemps pour savoir si elle était enceinte ou pas.

Les mensonges de Sarah allaient plus loin qu'il ne le pensait. Pendant tout ce temps, il avait cru que Leslie était partie à cause des faux messages et appels.

— Quand as-tu appris qu'elle ne portait pas mon enfant ?

— Je me suis dit que c'était faux quand Keosha n'a jamais rien dit à ce sujet quand je lui parlais d'elle.

— Keosha était au courant de l'étendue des mensonges ?

— Non. Je ne lui ai raconté que l'histoire des messages et des coups de téléphone. Je lui ai fait promettre de ne plus jamais mentionner ton nom dans nos conversations.

Sloan se frotta la nuque, sentant la tension qui s'y accumulait. Il avait demandé à Tyler et Redford de faire la même promesse concernant Leslie. Elle se leva en silence, et il la regarda porter son bol dans l'évier et le rincer avant de le ranger dans le lave-vaisselle. Puis, sans lui jeter le moindre regard, elle sortit de la cuisine.

Sloan ouvrit la bouche pour l'appeler, mais la referma

aussitôt. Elle avait raison, et il n'avait rien à dire. Il aurait dû l'informer du comportement de Sarah. Et, parce qu'il ne l'avait pas fait, elle n'avait pas su la personne vile qu'était réellement Sarah Olsen.

Bon sang, il n'était pas au courant. Il croyait honnêtement que Sarah regrettait ses actes. Il se trompait. Il savait qu'il ne pouvait pas en vouloir à Leslie de s'être laissé berner, parce que finalement, lui aussi avait été dupé.

- 15 -

Leslie entra dans sa chambre et referma la porte derrière elle avant de se mettre à faire les cent pas. Elle était décontenancée d'apprendre que Sarah avait dragué Sloan et qu'il ne le lui avait pas dit. D'accord, la première fois pouvait être due à l'alcool, mais la deuxième était un drapeau rouge dont il aurait dû lui parler.

Elle entendit frapper, mais prit son temps avant de s'approcher parce qu'elle n'était pas sûre d'avoir envie de voir Sloan. Elle ouvrit la porte.

— Qu'est-ce qu'il y a, Sloan ?

— Maintenant, c'est moi qui te dois des excuses, Leslie. Je suis désolé.

Elle perçut vraiment le regret dans sa voix et les traits de son visage. Elle n'avait pas très envie d'accepter ses excuses, mais après tout il avait accepté les siennes. Puis elle ne pouvait pas oublier le fait qu'il ne savait rien de cette histoire de culotte ni de prétendue grossesse. Elle espérait qu'il comprenait maintenant pourquoi elle avait été blessée au point de ressentir le besoin de mettre de la distance entre eux. Pourquoi elle était allée jusqu'à interdire à son père de lui dire où elle était partie.

— J'accepte tes excuses, Sloan. On dirait qu'on aurait pu tous les deux réagir différemment.

Et cela leur avait coûté dix ans. Mais peut-être que rester ensemble n'était pas leur destin. Peut-être qu'il n'était censé occuper son cœur que quelque temps. Un temps révolu et qui ne reviendrait jamais. Elle pensait qu'il le savait aussi.

— Acceptes-tu sincèrement mes excuses, Leslie ?

— Autant que tu as accepté les miennes au mariage.

Il n'avait peut-être pas accepté sincèrement ses excuses, mais elle pensait que lui demander de recoucher avec lui était déjà une revanche suffisante. Rien ne pouvait la convaincre que sauver son entreprise n'était pas sincère. Il n'aurait pas été si loin.

— Maintenant, si cela ne te dérange pas, il y a un livre que j'aimerais finir.

— Tu veux préparer quelque chose pour le dîner de ce soir, ou tu préfères que je m'en occupe ?

— Je le ferai plus tard.

— D'accord.

Il s'éloigna, et elle ferma la porte. Leslie avait à peine fait quelques pas que la lumière tremblota avant de s'éteindre pendant presque une minute. Quand elle revint, elle sut que le groupe électrogène avec prit la relève. Mais, comme Sloan le lui avait dit, il devait être éteint la nuit. Cela voulait dire que pour avoir chaud ils devraient partager un espace devant la cheminée ce soir. Elle ne savait pas trop qu'en penser.Elle espérait que le temps s'améliorerait d'ici demain pour pouvoir rentrer chez elle. Elle ne voulait pas passer plus de temps que nécessaire avec Sloan et elle était sûre qu'il en pensait de même.

Sloan leva la tête quand Leslie entra dans le séjour.

— Je vois que l'électricité a été coupée.

— Ouais, répondit-il en suivant ses yeux qui regardaient par la fenêtre.

Les vents violents rabattaient la glace contre les vitres.

On se serait cru dans un mauvais film. Il s'attendait à un temps épouvantable, mais pas à ce point.

— Je suis surpris qu'elle ait tenu aussi longtemps, fit-il remarquer.

— Tu sais combien de temps va durer la tempête ?

— Aucune idée. Et le relais ne marche pas, ce qui veut dire qu'on ne peut ni passer ni recevoir d'appels. Le dernier bulletin météo que j'ai vu indiquait que le pire de la tempête était à venir. Pour préserver le générateur, il faut qu'on l'éteigne vers 19 heures.

— Alors je vais aller préparer le dîner.

— Et pendant que tu fais ça, je vais sortir pour vérifier que tout est toujours bien protégé.

— Tu vas vraiment sortir par ce temps, Sloan ? demanda Leslie, incrédule, les mains sur ses hanches.

Il essaya de ne pas remarquer comme elle était belle en jean et sweat-shirt.

— Oui. Le vent est si fort qu'il a pu emporter des trucs, et je dois vérifier ça tant qu'il y a un peu de lumière.

Il se dirigea vers le placard de l'entrée et sortit son manteau, son bonnet et ses gants.

— Tu en as pour combien de temps ?

— Pas plus d'une vingtaine de minutes. Je serai rentré avant que tu ne te rendes compte de mon absence.

— S'il te plaît, sois prudent.

Était-ce de l'inquiétude qu'il percevait dans sa voix ? Il lui sourit, en espérant que cela la rassure.

— Promis, dit-il en mettant ses gants. Rends-moi service et prépare-moi une tasse de chocolat chaud pour mon retour.

— Je peux faire mieux que ça. Je préparerai des sandwichs pour l'accompagner.

Il leva ses deux pouces tandis qu'il se dirigeait vers la

porte, se préparant à affronter le froid. L'une des idées brillantes de Maverick avait été de poser des planches chauffantes devant la porte. Ainsi, la neige ne bloquait pas l'ouverture ou la fermeture.

À l'instant où il mit un pied dehors, la température glaciale le pénétra en plein cœur. Il se dirigea vers l'endroit où se trouvaient les tuyaux pour s'assurer qu'ils étaient toujours convenablement protégés. Il faisait un froid de canard, et il se dit que s'il pensait à Leslie, à son apparence et son odeur, cela le réchaufferait de l'intérieur.

Après avoir vérifié les tuyaux et des machines pour s'assurer qu'elles continueraient à supporter le vent et la neige, il retournait vers la maison quand il remarqua qu'une énorme branche d'arbre était tombée, trop près du groupe électrogène à son goût. Il décida de la déplacer, mais elle était plus lourde qu'il ne le pensait. Même si cela lui prit plus de temps que prévu, il la tira finalement à une distance qu'il trouvait sûre.

Il allait rentrer au chalet quand une autre grosse branche se rompit et se dirigea vers lui comme un missile. En se baissant, il glissa sur une plaque de verglas et atterrit sur le dos, assommé. Il lui fallut quelques minutes pour retrouver assez de forces pour se mettre à genoux. C'est là qu'il sentit une douleur lancinante à la tête et réalisa qu'il n'avait pas esquivé assez vite. La branche l'avait heurté sur le côté de la tête.

Il était déterminé à retourner au chalet même s'il avait très mal. Il se leva non sans difficulté, mais sa tête tournait. Quand il se sentit faiblir, il se força à continuer à marcher alors que la neige s'épaississait encore autour de lui.

Sloan savait que le chalet n'était pas loin. S'il pouvait juste ignorer le froid et la douleur, ça irait. Il faisait de plus en plus sombre et il n'était pas sûr d'avancer dans la bonne direction. La neige l'empêchait presque de voir devant lui, mais il devait continuer à bouger avec l'espoir qu'il allait vers l'est et pas l'ouest.

À cet instant, sa seule certitude était qu'il mourait de froid. Alors il pensa à Leslie. En imaginant qu'il pourrait ne plus jamais la revoir, sa douleur à la tête se transféra à sa poitrine, tout près de son cœur, sans qu'il sache vraiment pourquoi.

Il avança encore, tremblant de tout son corps, et pourtant déterminé à trouver son chemin jusqu'à Leslie.

Leslie s'arrêta de faire les cent pas assez longtemps pour regarder l'heure. Il n'y avait aucun bruit dans le chalet, à l'exception de celui de la neige qui battait les fenêtres. Il commençait à faire nuit. Sloan avait dit que cela ne lui prendrait pas plus de vingt minutes et cela faisait presque une heure qu'il était parti. Pourquoi n'était-il pas encore revenu ?

Elle regarda les tasses de chocolat chaud et les deux sandwichs enveloppés dans de la cellophane. Le chocolat était froid, et quand il reviendrait, elle devrait en refaire. Cela ne la dérangerait pas ; elle voulait juste qu'il soit sain et sauf. Elle se dirigea vers la fenêtre du salon et pressa son visage contre la vitre. Elle voyait à peine au-delà du porche à cause de la neige. Après un nouveau coup d'œil à sa montre, elle décida de laisser encore dix minutes à Sloan. S'il n'était pas revenu d'ici là, elle partirait à sa recherche.

Leslie se remit à tourner en rond, de plus en plus inquiète à chaque minute, d'autant plus que le vent semblait toujours plus violent. Décidant de ne pas attendre plus longtemps, elle alla prendre ses bottes, son manteau, son chapeau et ses gants ainsi qu'une lampe de poche dans le placard de l'entrée.

Saisie par la température glaciale à l'instant où elle ouvrit la porte, elle fut tentée de rentrer à l'intérieur. Elle ne voyait rien, mais refusait de faire demi-tour.

Elle cria son nom, mais découvrit rapidement que sa voix était étouffée par le vent. Elle hésita avant de s'éloigner du porche en se tenant à la rambarde. Le vent était si fort qu'elle était convaincue qu'il pourrait l'emporter.

Heureusement qu'elle avait la lampe torche. Elle aurait aimé que Sloan la prenne avec lui. Mais, contrairement à maintenant, il faisait encore jour quand il avait quitté le chalet. Elle s'immobilisa quand elle crut entendre quelque chose.

Que lui avait dit Sloan à propos des ours ? Il avait affirmé que sa propriété était protégée et que la plupart hibernaient pendant l'hiver. Même si le bruit qu'elle avait entendu n'était pas un ours, cela devait être un animal. Comme un élan. Un élan très hostile. Ou un énorme bison.

Refusant de céder à ses peurs, elle se remit à marcher, pour ne pas laisser ses pieds geler. Elle appela de nouveau Sloan aussi fort qu'elle pouvait. Ses sourcils se levèrent quand elle crut entendre un grognement venant de la direction où elle avait entendu quelque chose quelques secondes plus tôt. Elle avait le sentiment que ce n'était pas un animal, mais Sloan. Elle cria encore son nom et, comme elle n'entendit aucune réponse, elle brava les intempéries pour avancer dans cette direction.

Quelques instants plus tard, elle le trouva, appuyé contre un arbre. Quand elle riva la torche sur son visage, elle vit une blessure près de son œil gauche.

— Sloan ! Que s'est-il passé ?

— J'ai été frappé à la tête par une branche, puis j'ai

glissé et je suis tombé, expliqua-t-il d'une voix tremblante et indistincte. Il faut que je rentre au chalet. Je suis gelé.

Elle voyait bien qu'il n'exagérait pas.

— Appuie-toi contre moi. On va rentrer ensemble.

— Je suis trop lourd, Leslie.

— Non, alors fais ce que je te dis, Sloan.

Le ton de sa voix avait dû le convaincre. Elle passa alors ses bras autour de lui, et il s'appuya contre elle. Quand ils commencèrent à marcher, elle ralentit pour s'adapter à son rythme.

— Tu es sûre qu'on va dans la bonne direction ?

— Affirmatif.

— Tu as semé des miettes de pain sur ton chemin ?

Leslie ne put s'empêcher de sourire. À la fac, plus d'une fois, elle s'était perdue sur le campus. Pour plaisanter, Sloan lui avait suggéré de faire comme le Petit Poucet.

— Pas cette fois.

Un peu plus tard, elle dit :

— Nous y sommes.

— Nous y sommes ?

Elle entendit la surprise et la gratitude dans sa voix.

— Oui, Sloan, nous y sommes.

Une fois qu'ils passèrent la porte du chalet, Leslie sut que son travail ne faisait que commencer. La première chose qu'elle devait faire était de réchauffer Sloan et examiner sa blessure. Il était resté dehors pendant longtemps, et elle devait vérifier s'il était en hypothermie ou avait des engelures. Elle était contente d'avoir été scout dans sa jeunesse.

Ils allèrent jusqu'au canapé. Elle regarda la bosse sur sa tête, puis courut chercher la trousse de premier secours dans la cuisine. Elle lui fit prendre deux aspirines pour la douleur et constata qu'il n'avait pas d'engelure. Mais il fallait qu'elle le réchauffe.

Il l'aida à lui enlever ses vêtements, et elle se déshabilla rapidement à son tour. La pudeur n'avait pas sa place, puisqu'ils s'étaient déjà vus nus un nombre incalculable de fois. L'important, c'était de se sécher le plus rapidement possible pour partager leur chaleur corporelle.

Par chance, le feu flambait. Ils se glissèrent dans un sac de couchage devant la cheminée. Elle aurait aimé pouvoir ignorer le corps nu qui tremblait si fort, plaqué contre le sien. Avec un peu de chance, la chaleur de leurs corps mettrait fin à l'hypothermie. Elle avait jeté un rapide coup d'œil à la blessure sur le côté de sa tête. Pour s'assurer qu'il n'avait pas de commotion, elle devait le réveiller régulièrement.

Le contact de son corps ferme contre son dos et de ses bras autour de sa taille était réconfortant. Elle ne voulait pas penser à ce qui aurait pu se passer si elle n'était pas partie à sa recherche. À sa façon de trembler, il avait encore froid, mais son corps commençait à se réchauffer.

Il la serra dans ses bras et remua légèrement pour murmurer à son oreille :

— Merci, Leslie.

Sa voix enrouée éveilla certaines parties d'elle.

— Ne dis rien, Sloan.

Elle resta là, blottie dans ses bras dans le sac de couchage, tandis qu'ils continuaient de partager leur chaleur. Face à la cheminée, elle observa le bois enflammé pendant un long moment, essayant de se souvenir la dernière fois qu'elle avait dormi nue dans ses bras. C'était la veille du jour où il était parti pour préparer ce même chalet pour leur semaine de vacances. Ils avaient fait l'amour pendant une grande partie de la nuit et encore le matin avant qu'elle l'amène à l'aéroport. C'était aussi la dernière fois où elle l'avait vu avant le mariage de Tyler et Keosha.

Leslie repensa à tout ce qu'ils avaient découvert depuis qu'ils étaient ici sur ce qui s'était passé dix ans plus tôt. Elle croyait qu'il était au courant de certains mensonges, alors que ce n'était pas le cas. Mais, surtout, ils avaient réalisé tous les deux qu'ils avaient leur part de responsabilité dans leur rupture. Ils avaient été manipulés par Sarah, et Leslie sentit la colère monter en elle juste en y pensant.

Elle se demandait à quoi pensait Sloan. Se souvenait-il lui aussi de la dernière fois où leurs corps avaient été si proches ? Quand elle entendit sa respiration régulière, elle sut qu'il s'était endormi, donc il ne réfléchissait pas.

Leslie aurait aimé pouvoir en dire autant, mais elle ne pouvait pas s'empêcher de se poser des questions. Et si elle n'était pas partie chercher Sloan ? Et s'il avait été blessé plus grièvement ? Et s'il avait été gelé et avait eu besoin de soins médicaux d'urgence qu'elle n'aurait pas pu lui prodiguer et que personne n'aurait pu les atteindre par ce temps ? Et si…

Elle ferma les yeux, ne voulant pas penser à tout ce qui aurait pu mal tourner. Elle se concentra sur toutes les choses positives. Il était de retour au chalet, sain et sauf.

Ils avaient peut-être été séparés pendant dix ans, mais elle savait que certaines choses n'avaient pas changé. Comme son amour pour lui.

Oui, elle aimait toujours Sloan, et il avait fallu qu'elle soit à deux doigts de le perdre pour le comprendre. Elle se rendait compte aussi qu'elle l'avait abandonné dix ans plus tôt exactement comme sa mère l'avait fait quand il était petit. Il avait partagé avec Leslie ses sentiments à ce sujet, même s'il reconnaissait que sa vie était meilleure sans sa génitrice.

Et Leslie avait conscience qu'il ne pourrait pas lui faire confiance après ce qui s'était passé. Elle aurait tant aimé avoir plus de temps avec Sloan, mais elle savait que ce ne serait pas le cas. Elle n'avait aucun doute sur le fait que, quand la météo serait plus clémente, il la ramènerait à Wasilla comme prévu. Elle en était convaincue et, même si elle aurait aimé qu'il en soit autrement, elle l'acceptait. Elle apprécierait ces moments passés avec lui le temps de la tempête.

- 16 -

Sloan ouvrit lentement les yeux et parcourut du regard la femme qui dormait blottie contre lui dans le sac de couchage. Elle était plaquée contre lui en position de la cuillère, et il avait une jambe sur sa cuisse. Elle sentait bon et était nue. Mais lui aussi. Comment cela avait-il pu arriver alors que Leslie avait été claire sur le fait qu'ils auraient des sacs de couchage séparés ? Et, surtout, comment avait-il pu dormir nu avec elle toute la nuit sans…

Soudain, les souvenirs de la veille lui revinrent. Leslie l'avait réveillé périodiquement pour s'assurer qu'il n'ait pas de commotion. Il se rappelait même qu'elle lui avait redonné une aspirine et de l'eau à chaque réveil. Puis il s'était rendormi.

À l'évidence, son esprit était vraiment embrouillé pour ne pas réaliser que Leslie dormait nue avec lui. Il savait que le partage de la chaleur corporelle était le meilleur moyen de lutter contre l'hypothermie, mais il n'aurait sincèrement pas pensé qu'elle serait allée si loin. Elle l'avait pourtant fait. La preuve : elle dormait dans ses bras sans rien sur elle.

Chassant cette pensée de son esprit, il regarda vers la fenêtre. Il entendait encore le vent hurler, et il semblait que la neige tombait toujours aussi fort. Le groupe électrogène s'était remis en marche pour les douze prochaines heures.

— Tu es réveillé ?

Quand il baissa les yeux sur Leslie, toutes sortes de sensations flottèrent dans sa poitrine. Il avait oublié comme elle était sexy le matin.

— Oui, je suis réveillé.

Elle remua pour être face à lui.

— Comment te sens-tu ? Pas trop mal à la tête ?

Avant qu'il n'ait le temps de répondre, elle tendit le bras pour poser le dos de sa main contre son front. Il se rappela que c'était encore une chose qu'elle avait faite de nombreuses fois au cours de la nuit, pour vérifier sa température. En ce qui concernait comment il se sentait, ce n'était pas sa tête qui lancinait, mais la partie entre ses jambes et pressée contre elle. Elle ne pouvait pas ne pas sentir son érection… vu qu'ils étaient tous les deux entièrement nus.

— Non, ça va. En fait, je me sens beaucoup mieux, dit-il en essayant de sembler convaincant.

— C'est l'heure de ton aspirine, dit-elle en attrapant le flacon de cachet sur la table basse avec une bouteille d'eau.

Son mouvement fit bouger leurs corps, mais il réussit à garder sa jambe sur la sienne. Et il semblait que son érection était elle aussi déterminée à ne pas bouger.

— Je pense que je vais survivre, dit-il avec un sourire.

— Tant mieux. Maintenant je vais aller m'occuper de ce chocolat chaud que tu n'as pas pu apprécier hier. J'ai jeté les sandwichs, mais je serai contente de te faire une omelette.

Le repas qu'il avait raté la veille était oublié. Ses pensées étaient concentrées sur ce qu'il pouvait savourer ce matin. À cet instant.

— Tu peux attendre une minute pour le chocolat chaud et l'omelette ? Il faut que je te demande quelque chose.

Un air inquiet apparut dans ses yeux. Pensait-elle

sincèrement qu'il lui demanderait de coucher avec lui ? Si elle s'en souvenait, quand ils faisaient l'amour, c'était parce que l'attirance sexuelle entre eux était irrésistible. Il était attiré par elle là et l'alchimie était forte. Mais il n'était pas sûr que ce soit réciproque.

— Que veux-tu me demander, Sloan ?

Il prit une profonde inspiration.

— Je veux savoir ce qui t'a poussée à partir à ma recherche.

Elle détourna le regard et le dirigea vers la fenêtre sans rien dire pendant un moment.

— Tu étais parti depuis plus longtemps que tu ne l'avais dit. J'étais inquiète. Soit j'allais voir ce qui te retenait si longtemps, soit je continuais à faire les cent pas. J'ai choisi la première solution.

— Mais c'était la tempête dehors, Les.

Il réalisa alors qu'il l'avait appelée comme il l'appelait quand ils étaient ensemble. C'était Les et pas Leslie.

— Je le sais. J'ai essayé de me convaincre que tu pouvais te débrouiller tout seul, mais je savais aussi qu'avec ce vent et cette neige, n'importe quoi pouvait arriver.

Elle marqua une pause avant de poursuivre :

— Tu aurais peut-être pu rentrer au chalet, mais je ne pouvais pas prendre le risque que tu n'y arrives pas.

Il s'efforça de ne pas s'appesantir sur la tristesse qu'il entendit dans sa voix et vit dans ses yeux. Il préféra se concentrer sur sa bouche en se souvenant de son goût.

— Je ne sais pas si j'aurais pu revenir. J'avais très mal à la tête et j'avais de plus en plus de difficultés à faire bouger mon corps à cause du froid. Bon sang, je ne savais même pas si j'allais dans la bonne direction. Je regrette que tu aies mis ta vie en danger, mais je suis heureux que tu aies été là quand j'ai eu besoin de toi.

— Tout comme tu as été là pour moi et mon entreprise quand j'ai eu besoin de toi, Sloan, dit-elle d'une voix douce.

Ses mots lui firent réaliser qu'ils avaient été présents l'un pour l'autre quand c'était le plus important. Il ne voulait pas penser à ce qui aurait pu se passer s'il avait été seul au chalet comme il l'avait prévu au départ et que la tempête avait frappé. Il ne voulait pas non plus penser à ce qui serait arrivé à Leslie et son entreprise si Redford ne lui avait pas parlé de ce qui se tramait. Les issues potentielles le firent frissonner.

— Tu as encore froid. Je ferais mieux d'aller faire ce chocolat chaud, dit-elle en bougeant pour se lever et ramasser ses vêtements.

— Pas encore, dit-il, pas prêt à accepter de la distance entre eux ou leurs corps.

Elle lui jeta un coup d'œil. Leurs regards se fixèrent puis, comme si elle venait de remarquer son érection pressée contre sa cuisse, elle dit :

— Tu sais pourquoi nous sommes nus dans ce sac de couchage, n'est-ce pas ?

— Oui. Parce que j'avais besoin de la chaleur de ton corps hier soir.

Il approcha sa bouche de la sienne avant d'ajouter :

— Le problème c'est que j'ai encore besoin de ta chaleur, Les. Mais cette fois, pour une raison totalement différente.

Puis il se pencha et l'embrassa.

Leslie savait qu'elle aurait dû rompre ce baiser, se dégager des bras de Sloan et s'habiller pour se rendre à la cuisine. Mais elle n'en avait pas envie. Tout ce à quoi elle pensait, c'était qu'elle aurait pu le perdre. Elle essaya d'ignorer qu'elle ne l'avait déjà pas vraiment. Peu importait ce qu'il ressentait pour elle, elle savait ce qu'elle ressentait pour lui, et c'était tout ce qui comptait.

Alors au lieu de s'écarter, elle se blottit dans ses bras pendant qu'il lui donnait un baiser fougueux et sensuel. Un baiser qui lui fit enrouler les bras autour de son cou et l'embrasser comme si sa vie en dépendait.

Chaque muscle de son corps semblait prendre vie sous l'assaut de sa bouche. C'était différent du baiser qu'ils avaient partagé à North Pole sous les lumières des aurores boréales. Il y avait quelque chose de plus sensuel dans la façon dont sa bouche prenait la sienne en faisant glisser sa langue contre la sienne comme s'il pensait qu'elle lui appartenait. Elle sentit alors ses bras se resserrer autour d'elle tandis que le baiser l'enflammait.

Sans s'en rendre compte, ils étaient sortis du sac de couchage. Quand la main de Sloan vint caresser ses tétons, elle ne put retenir un gémissement. Tout au fond de son esprit, elle pensa à toutes les autres fois où ils avaient fait l'amour, mais elle les ignora. L'époque était différente. Mais l'homme était le même. Ce qu'elle ressentait aujourd'hui était même plus puissant. Sloan lui donnait un baiser long, un baiser fort. Il faisait battre son cœur de désir si fort qu'elle se sentait se noyer.

La veille, elle avait accepté le fait qu'elle l'aimait toujours. Et, à la lueur de ce nouveau jour, elle savait qu'elle n'avait jamais désiré Sloan Outlaw plus qu'à cet instant. Peu importait qu'il n'y ait pas d'avenir pour eux, ou que, lorsque le temps se calmerait, il voudrait toujours la ramener chez elle. Présentement, elle voulait que Sloan lui offre le summum du plaisir sexuel.

Elle rompit le baiser, et leurs regards restèrent rivés l'un à l'autre pendant qu'ils s'efforçaient de reprendre leur souffle. Les yeux qui la sondaient étaient sombres, pleins de sensualité et d'un désir qu'elle n'avait jamais vu. Ce Sloan avait dix ans de plus, ce qui signifiait qu'avec les années, son désir, ses envies et ses besoins avaient changé. Saurait-elle y faire avec cet homme plus expérimenté ? Mais une question plus importante encore la taraudait : saurait-elle le satisfaire ?

Il attrapa son poignet et le porta à ses lèvres pour y déposer un baiser. Ne la lâchant pas du regard, et comme s'il avait lu dans ses pensées, il dit :

— J'ai envie de toi, Leslie. Je te veux plus que toute autre femme. Ça n'a pas changé.

Ses paroles parvinrent à calmer sa nervosité et apaiser son esprit tourmenté. Pourtant, elle sentait la chaleur en elle. Était-ce son imagination ou leurs cœurs battaient-ils à l'unisson ? Elle aurait pu lui dire qu'elle le désirait plus que tout autre homme et qu'elle n'avait connu personne depuis lui. Mais elle se dit qu'il n'avait pas besoin de le savoir pour le moment… et peut-être même à jamais.

— Tu es sûr, Sloan ? Tu as dit que tu me voulais pour Noël, mais nous savons tous les deux que, quand tu l'as fait, c'était pour de mauvaises raisons.

— Je te veux toujours pour Noël, mais maintenant c'est pour de bonnes raisons. Ce que je devrais te demander, c'est si tu as envie de moi. Tu as envie de moi, Les ? lui demanda-t-il en passant le bout de ses doigts de sa joue à son cou.

Son contact suscita une soif profonde en elle, et elle vit dans ses yeux un désir qui accéléra son rythme cardiaque. Pourquoi l'appelait-il Les ? Ne savait-il pas qu'il ravivait les souvenirs d'une époque où ce simple mot envoyait dans son corps un tourbillon de désir ?

— Les ?

— Oui, j'ai envie de toi, Sloan.

— Et pas à cause du traumatisme de cette nuit, hein ?

Qu'essayait-il de lui faire dire ? C'était plutôt elle qui aurait dû lui poser cette question étant donné l'énorme érection qui se pressait contre sa cuisse.

— As-tu envie de moi à cause de cette nuit ?

Elle devait connaître la réponse autant que lui.

— Non, ce n'est pas ça et je ne veux pas que ça le soit pour toi non plus.

Elle se mordilla la lèvre inférieure, presque trop effrayée pour poser la question, mais elle le fit quand même.

— Alors qu'est-ce que c'est ?

Il approcha les doigts de son menton pour le caresser délicatement, et cela faillit la faire craquer. Cela augmenta la chaleur qui se répandait dans son corps.

— Il s'agit de deux personnes qui comptaient l'une pour l'autre dans le passé et qui ont laissé quelqu'un détruire ce qu'ils avaient. Ils se désirent pour la bonne raison.

Elle réfléchit aux mots qu'il avait choisis et remarqua qu'il ne faisait aucune promesse pour la suite.

— Et quelle est cette raison, Sloan ?

— Maintenant que nous savons tous les deux la vérité sur ce qui s'est passé il y a dix ans, cette vérité nous a libérés.

Sloan pensait ce qu'il avait dit à Leslie. Ils étaient désormais libérés des mensonges, de la colère et du ressentiment. Cependant, à sa manière de le regarder, il devinait qu'elle ne comprenait pas vraiment l'ampleur de ce que cela signifiait.

Il voyait ses yeux circonspects rivés sur lui. Il ne voyait qu'un moyen pour l'aider à comprendre : lui faire une démonstration qui balayerait tous les doutes, de chaque côté, sur la direction qu'ils prendraient. Avec un peu de chance, d'ici la fin de la tempête, ils sauraient tous les deux.

Tandis qu'il la contemplait, il pouvait littéralement sentir le sang couler dans ses veines. Il releva les yeux vers son visage quand il entendit un changement dans sa respiration. À cet instant, il sut qu'elle se sentait aussi attirée par lui que lui par elle.

— Qu'avons-nous à perdre en essayant, Les ?

Il plaqua aussitôt sa bouche sur la sienne. Il prit son temps, la savourant, appréciant le goût qu'il avait mis des années à oublier. Il se demandait maintenant si c'était vraiment le cas.

Penchant la tête pour explorer sa bouche, il gémit quand sa langue toucha la sienne. Ils exploraient leurs bouches avec une urgence à la fois écrasante et agréable. Il sentit sa main dans son dos. Sa chaleur l'apaisa et l'enflamma en même temps. Il éloigna brièvement sa bouche pour respirer.

Quand il rompit de nouveau le baiser, la pièce sembla vibrer autour d'eux, et elle frissonna. Il avait la tête qui tournait légèrement, et cela n'avait rien à voir avec le coup qu'il avait reçu la veille. C'était à cause de Leslie. Seulement Leslie. Sa bouche avait la capacité de le faire chavirer de désir.

Sloan prit une profonde inspiration et sentit son parfum, cette odeur unique. Elle lui avait manqué. Il la sentit à nouveau en la regardant dans les yeux. Quand il la vit se mordiller la lèvre inférieure, il sut ce qu'elle faisait et pourquoi. Initialement, elle rechignait à lui dire ce qu'elle voulait quand ils faisaient l'amour, mais avec le temps elle avait pris de l'assurance. Là, on aurait dit qu'elle ne se sentait pas assez à l'aise pour le faire. Il avait bien l'intention d'y remédier.

— À quel point as-tu envie de moi, Les ? J'ai besoin de savoir si tu me veux autant que je te veux.

Son expression devint sérieuse, et quand elle déglutit, il vit comme son pouls battait vite dans sa gorge.

— À quel point me désires-tu, Sloan ?

Il tendit la main et caressa sa joue avec son pouce.

— J'ai tellement envie de toi que j'ai mal partout, surtout dans le bas-ventre.

Il vit les flammes dans ses yeux. Au lieu de se mordre les lèvres, elle y passa la langue.

— Et j'ai tellement envie de toi que j'ai mal moi aussi. Surtout entre mes cuisses.

Ce n'est pas ce qu'elle avait dit, mais plutôt comment elle l'avait dit qui comptait, un ton qu'il n'avait pas entendu depuis des années. Un ton empli d'un désir qu'il avait appris à connaître et apprécier parce qu'il lui avait toujours été destiné. Dès qu'il l'entendit, il se mit à genoux pour ouvrir un compartiment secret dans la table basse et sortir une boîte de préservatifs.

À une époque, il y avait cinq frères Outlaw sexuellement actifs, et ils venaient rarement seuls au chalet. Évidemment, il arrivait qu'ils ne le fassent pas dans leur chambre et il valait mieux être prudent. Maintenant que Garth et Cash étaient mariés, il revenait à Sloan, Jess et Maverick de remplir les stocks quand c'était nécessaire.

Même si Sloan n'avait jamais amené une femme ici, participer à cette cause pour s'assurer qu'ils en avaient toujours sous la main ne le dérangeait pas. Aujourd'hui, il était content de les trouver. Il savait que les yeux de Leslie étaient rivés sur lui pendant qu'il se protégeait. Elle lui avait dit un jour qu'elle adorait le voir faire et que ça l'excitait. Il voulait qu'elle soit plus qu'excitée. Il voulait qu'elle soit bouillante, pressée et débordante de désir.

Sloan se tourna alors vers elle, plaça son corps au-dessus du sien en s'accoudant pour la regarder, ravi de ce qui allait se produire.

— J'aime toujours les préliminaires, Leslie. Tu sais ce que ça veut dire, hein ?

Elle acquiesça en se léchant de nouveau les lèvres.

— Oui, je sais.

— Alors profite comme j'ai l'intention de profiter de toi.

- 17 -

Il y avait tant de désir dans les yeux de Sloan que cela aurait pu arrêter Leslie s'il ne reflétait pas le sien. Elle ne voulait pas prêter attention aux questions qui occupaient son esprit, la principale étant : où cela les mènerait-il ?

À cet instant, la seule destination était le plaisir. D'un côté, elle savait qu'elle aurait dû mettre fin à cette folie, mais, d'un autre, elle était incapable de s'arrêter. Elle n'avait pas été consumée par cette passion depuis des années. Dix ans, pour être exacte. Maintenant, elle était prête et n'avait aucun doute sur le fait que Sloan Outlaw serait à la hauteur. Elle l'avait observé. Elle avait vu la taille de son érection quand il avait enfilé le préservatif. Lui aussi était prêt.

Elle avait eu envie de le toucher, de mettre ses mains autour de son sexe pour lui montrer combien elle le désirait. L'idée qu'après avoir fait l'amour rien ne changerait entre elle et Sloan lui était égale. Quand le temps s'améliorerait, il la ramènerait chez elle. La seule différence était qu'elle emporterait des souvenirs de ce moment avec lui. Une journée de plaisir dans ses bras, dans ce chalet et devant une cheminée chaude et accueillante.

Toutes pensées quittèrent son esprit quand il se mit à caresser délicatement ses plis intimes avant de les écarter. Elle ferma les yeux lorsqu'elle sentit un doigt, puis un autre, entrer en elle. Il commença à remuer en elle au point où elle ne put retenir un petit cri.Il déposa ensuite des baisers brûlants et mouillés le long de l'intérieur de sa cuisse, et Leslie gémit. Puis, lorsque le bout de sa langue la toucha, elle leva instinctivement le bassin. Il l'attrapa par les hanches pour la maintenir en place et la pénétra de sa langue. La passion se répandit dans tout son corps, aiguisant sa conscience de tout ce qu'il lui faisait, comment et combien cela lui avait manqué.

Elle le sentit écarter ses cuisses tandis que sa bouche et sa langue continuaient à faire monter son plaisir et lui couper le souffle. Il se comportait comme son nom de famille le suggérait. Un hors-la-loi. Pire encore, il ressemblait plus à un desperado, un bandit impitoyable.

Il devait avoir senti que son corps se préparait à exploser parce qu'il bougea la langue de telle manière que ses muscles se contractèrent juste une seconde avant qu'elle ne crie son nom.

— Sloan !

En ouvrant les yeux, elle sut qu'il n'en avait pas encore fini avec elle. Il lui donna raison quand il se mit à lécher son corps, remontant vers sa poitrine, en faisant un bref arrêt sur son nombril. Elle savait où il allait et essaya d'anticiper l'impact. Mais rien n'aurait pu la préparer à la sensation d'un téton aspiré dans sa bouche. Ce qu'il faisait à ses seins submergea tous ses sens, la faisant presque jouir une deuxième fois. Ne se souvenait-il pas comme ses seins étaient sensibles ?

Elle était sûre qu'il s'en souvenait très bien, et il lui disait que non seulement il se souvenait, mais qu'il comptait bien en profiter. Il lui donna raison quand il saisit un téton et qu'elle émit un gémissement grave. La chaleur mouillée de sa langue la dévora. Il agissait comme si elle était la meilleure chose qu'il avait eue dans la bouche depuis longtemps.

Des picotements apparurent dans la plante de ses pieds et commencèrent à remonter. Reconnaissant cette sensation, elle contracta ses muscles internes pour empêcher l'orgasme de venir, mais découvrit que c'était inutile. Elle ne pouvait pas le retenir. Après avoir pris une grande inspiration, elle cria de nouveau son nom, mais il ne la lâcha pas jusqu'à ce que son dernier gémissement quitte ses lèvres. Leslie était convaincue que Sloan essayait de la tuer, mais, si elle mourait, ce serait la plus agréable des morts.

— Le meilleur est à venir, bébé, susurra-t-il en couvrant son corps avec le sien. Ouvre les yeux et regarde-moi, Les.

Leslie obéit et le regarda. C'était toujours comme ça quand ils faisaient l'amour. Il voulait qu'ils se regardent au moment où il la pénétrait. L'idée qu'il veuille faire les choses de la même façon lui procura un plaisir intense. Elle lutta pour ne pas lui dire qu'elle l'aimait. Cela ne servirait à rien, puisque ce n'était pas réciproque. La dernière chose qu'elle voulait, c'était qu'il regrette ce qu'ils partageaient. Il n'y avait eu aucune promesse. Elle avait ce qu'elle voulait et lui aussi.

— Es-tu bien concentrée sur nous, Les ? lui demanda-t-il en entrant en elle et s'enfonçant plus loin qu'elle ne l'avait jamais senti.

— Oui, je suis concentrée sur nous, murmura-t-elle.

— Bien.

Il commença à bouger d'avant en arrière. D'abord lentement, puis plus vite. Quand elle souleva le bassin pour venir à sa rencontre, il s'enfonça plus fort et plus loin. Le seul bruit dans la pièce, autre que celui des bûches qui craquaient dans la cheminée, était leur respiration rapide.

Et, comme si cette torture ne suffisait pas, il se pencha pour lui embrasser le visage, commençant par les joues et finissant par ses lèvres.

Quand elle ouvrit la bouche pour pousser un cri, il la captura avec ses lèvres au moment où ses mains saisirent ses hanches pour s'enfoncer plus profondément en elle. Quand il libéra enfin sa bouche, elle hurla tandis qu'un autre orgasme la traversait. Il ne s'arrêta pas, continuant ses va-et-vient comme s'il n'en avait pas eu assez.

Quand il cria lui aussi son nom, le son résonna dans ses oreilles. De nombreux spasmes agitèrent leurs corps pendant que leurs cris de plaisir se mêlaient. Pourtant, il ne la lâcha pas. Il la garda dans ses bras en restant complètement en elle.

Elle se sentait satisfaite et se fichait qu'il la serre comme ça. À cet instant, elle n'aurait voulu être nulle part ailleurs.

La tempête de neige ne se calmait pas. Mais lui non plus, songea Sloan, tandis qu'il se glissait une nouvelle fois dans le corps de Leslie. Faire l'amour une première fois et savourer l'expérience de rester allongés là, leurs corps toujours intimement connectés, n'avait fait qu'alimenter son désir. Il en voulait plus.

Plus tôt, ils avaient finalement pris le temps d'aller jusqu'à la cuisine pour déjeuner, après avoir fait l'amour toute la matinée. Puis après ça, ils étaient revenus à leur place devant la cheminée pour faire l'amour, encore et encore. La voir déshabillée avait fait sortir la bête en lui, et il avait fini par lécher chaque centimètre carré de son corps, déterminé à assouvir un autre genre de faim.

Les yeux plongés dans les siens tandis qu'il lui faisait l'amour, il suivait ce rythme parfait que leurs corps semblaient connaître. C'était comme s'il y avait un accord tacite qui disait qu'ils pouvaient continuer comme ça le reste de la journée et même toute la nuit. Ils n'avaient aucune raison de s'arrêter tant que le désir était fort et qu'il restait des préservatifs.

Il était donc là, entre les deux plus belles jambes de la terre, tenant ces petites fesses parfaites. Dans ses yeux, il voyait qu'elle ressentait tout ce qu'il ressentait. Plus que tout, il voulait qu'elle sache combien il savourait ce qu'elle partageait généreusement avec lui.

En plongeant dans son regard sombre et intense, des souvenirs d'autres fois où ils avaient fait l'amour l'envahirent. Ils étaient jeunes et ne savaient probablement pas ce qu'ils faisaient la plupart du temps, mais aujourd'hui, à chaque mouvement, il savait exactement. Il était à l'endroit parfait. En elle. Sentant ses muscles se contracter autour de lui. Bon sang, il sentait même son érection grossir en elle. Ses gémissements indiquaient qu'elle le sentait aussi.

Il se pencha, rompant le contact visuel pour l'embrasser dans le cou, la lécher, frotter son nez contre elle, apprécier son parfum, le goût de sa peau, tout chez elle.

— Sloan…

Il leva la tête pour la regarder de nouveau dans les yeux, sans s'arrêter de bouger. Son corps semblait s'adapter à lui et cela rendit son érection encore plus dure, son excitation encore plus forte.

Sloan sentait que c'était sur le point d'arriver, mais refusait de se laisser aller. Il ne jouissait que si Leslie venait avec lui. Il accéléra le rythme et identifia l'instant où elle allait exploser ; il l'entendit dans son cri, le sentit dans son corps alors qu'il était agité de soubresauts et de frissons sous le sien. Ce n'est que lorsqu'elle finit par jouir qu'il jouit à son tour. C'était tellement bon. Fantastique.

Quand les tremblements quittèrent leurs corps, il se

pencha et l'embrassa pour qu'elle sache combien il avait aimé lui faire l'amour. Il sortit d'elle et prit son corps nu dans ses bras pour savourer le contact de sa peau alors qu'elle se blottissait contre lui. Les bras autour de sa taille comme s'il ne la laisserait jamais partir, il ferma les yeux et s'endormit.

- 18 -

— La tempête a fini par passer, dit Leslie, debout devant la fenêtre.

Le vent avait cessé, et il ne neigeait plus.

— Après presque trois jours sans interruption, il était temps, tu ne crois pas ? dit Sloan en venant se placer à côté d'elle.

Elle le regarda. Ces derniers jours avaient été merveilleux. Pas juste le temps qu'ils avaient passé à s'envoyer en l'air au lit, devant la cheminée ou dans la douche, mais ces moments passés ensemble, à discuter en prenant un chocolat chaud ou un petit repas, ou juste blottis dans les bras l'un de l'autre sur le canapé.

Il lui avait parlé de plusieurs de ses entreprises et de ses projets. Il lui avait aussi rapporté l'appel qu'il avait reçu trois jours plus tôt concernant Martin Longshire et les dispositions qu'il avait prises à son encontre pour que ce dernier comprenne qu'il était sérieux. Elle était bien consciente qu'il n'y avait pas d'autre solution. Longshire ne savait pas minimiser les pertes et tourner la page. Sloan lui avait aussi parlé de ses cousins Westmoreland, et elle commençait donc à les connaître à travers ses dires. Le seul sujet qu'ils n'avaient pas abordé, et sur lequel elle avait des doutes, c'était leur relation.

— Maintenant qu'il a arrêté de neiger, cela veut-il dire que tu es prêt à me ramener à Wasilla, Sloan ?

Elle voulait être fixée puisqu'il n'avait rien dit qui indiquait qu'il avait changé d'avis.

Il se tourna vers elle et l'attrapa par la taille.

— Tu veux toujours partir ?

— Si je me souviens bien, c'était ton idée. Tu étais pressé que je m'en aille.

— Mais c'était avant…

Quand il ne finit pas sa phrase, elle décida de la terminer pour lui.

— Avant quoi ? Notre marathon de sexe sur deux jours ?

Il se renfrogna.

— C'était plus que ça, et tu le sais.

— Vraiment, Sloan ? Je ne me souviens pas t'avoir entendu le dire.

— Eh bien, je le dis maintenant, dit-il en se retournant pour s'éloigner.

Cela ne suffisait pas à Leslie.

— Dis-moi en quoi c'était plus, Sloan.

Il arrêta de marcher et se tourna vers elle à nouveau.

— Pourquoi veux-tu en parler maintenant, Leslie ? Pourquoi ne pouvons-nous pas simplement continuer à profiter de cet instant ?

Elle se mordit la lèvre pour se retenir de dire ce qu'elle pensait.

— Je suppose que rien ne nous en empêche.

— Bien.

Leslie doutait qu'il sache combien elle était blessée. Il y avait un certain nombre de raisons pour lesquelles ils ne pourraient pas profiter de l'instant sans décider ce qu'il adviendrait d'eux à partir de maintenant. En gros, il venait de lui confirmer ses craintes. Ces deux derniers jours, ils s'étaient envoyés en l'air pour toutes ces années où ils avaient été séparés, mais sans réel projet pour avancer ensemble au-delà de cette semaine. Elle n'avait été qu'une occupation pendant la tempête. Elle le pressentait, mais elle avait espéré qu'il avait fini par voir les choses différemment. Même s'il avait admis qu'il avait sa part de responsabilité dans leur rupture, il n'était pas prêt pour une réconciliation. Il n'était prêt que pour le sexe.

— Maintenant que les routes semblent dégagées, je dois aller chez Walker. Je lui ai parlé tout à l'heure et il a un fusible dont j'ai besoin pour le tableau électrique du tunnel. Tu peux rester ici jusqu'à ce que je revienne ?

Elle plaqua un sourire sur son visage.

— Oui, bien sûr. Ça ira.

Vingt minutes plus tard, Leslie était devant la fenêtre et regardait Sloan s'éloigner en voiture. Il n'avait même pas pris la peine de lui proposer de l'accompagner. Ce n'était pas comme si Walker et elle ne s'étaient jamais rencontrés. D'ailleurs, elle aurait adoré faire la connaissance de sa femme et voir leurs jumeaux. Manifestement, Sloan considérait que Leslie n'en était pas digne.

À cet instant, elle sut ce qu'elle devait faire. Elle attrapa son téléphone sur la table et fut contente de voir qu'il remarchait. Elle commanda un taxi pour la conduire à l'aéroport. Une part d'elle refusait de penser qu'elle refaisait exactement la même chose que dix ans plus tôt, c'est-à-dire s'enfuir sans l'affronter. D'une certaine façon, c'était vrai, mais cette fois ce n'était pas à cause d'un mensonge qu'elle croyait. C'était à cause de la vérité qu'elle connaissait. Elle l'aimait, mais il ne l'aimait pas.

Acceptant la vérité, elle devait faire ses valises pour être prête quand la voiture arriverait en espérant qu'elle serait partie avant le retour de Sloan.

Il était évident qu'il n'était pas prêt à prendre une décision. Dix ans plus tôt, le seul moyen qu'elle avait trouvé pour en finir avec lui avait été de couper les ponts. Pour protéger son cœur, elle n'avait pas d'autre choix que de le quitter une nouvelle fois.

Sloan entra dans le chalet. Il s'était absenté plus longtemps qu'il ne le pensait, parce qu'une partie du toit de la grange de Walker s'était effondrée sous le poids de la neige. Sloan l'avait aidé à faire des réparations temporaires avant que le couvreur ne puisse venir le lendemain.

Il remarqua que même s'il faisait nuit dehors, il n'y avait pas de lumières allumées à l'intérieur du chalet. Leslie était-elle dans sa chambre en train de lire, maintenant que l'électricité était revenue ? Il lui avait envoyé un message pour l'informer qu'il aurait du retard.

Bailey lui avait passé un savon parce qu'il n'avait pas invité Leslie alors qu'elle aurait adoré faire sa connaissance. Quand il avait dit à Bailey qu'il ne l'avait pas amenée parce qu'il n'y avait pas de raison pour qu'elles se rencontrent, il avait soudainement réalisé ce que ses paroles signifiaient.

Ce n'était pas vrai, et il le savait.

Quand il était parti chez Walker, il fuyait délibérément les émotions auxquelles il n'était pas prêt à faire face. Des émotions que Leslie l'avait forcé à affronter. Il ne pouvait s'empêcher de se remémorer des extraits de la conversation qu'ils avaient eue juste avant… – *Cela veut*-il dire que tu es prêt à me ramener à *Wasilla, Sloan ?*

— *Tu veux toujours partir ?*

— *Si je me souviens bien, c'était ton idée. Tu étais pressé que je m'en aille.*

— *Mais c'était avant…*

— *Avant quoi ? Notre marathon de sexe sur deux jours ?*

— C'était plus que ça, et tu le sais.

— Vraiment, Sloan ? Je ne me souviens pas t'avoir entendu le dire.

— Eh bien, je le dis maintenant.

— Dis-moi en quoi c'était plus, Sloan.

Il avait été incapable de le lui dire à ce moment-là. Il avait donc trouvé une excuse pour partir. Pour s'échapper en mettant de la distance entre eux… ce qui lui avait donné l'occasion de réfléchir et accepter certaines choses.

Maintenant, il pouvait lui dire ce qu'il aurait dû lui avouer pendant ces deux jours où ils avaient fait l'amour. Ce qu'il aurait dû lui dire quand elle lui avait posé la question avant qu'il ne quitte le chalet. Il pouvait lui dire que lui faire l'amour était bien plus qu'un marathon du sexe, parce qu'il l'aimait.

Elle lui avait fait comprendre qu'il n'avait jamais cessé de l'aimer. Que c'était pour ça qu'il l'avait protégée d'un type comme Martin Longshire. Pour ça qu'il voulait passer du temps avec elle au chalet. Pour ça qu'il avait fini par voir que son invitation au chalet était basée sur de mauvaises raisons et que la ramener à Wasilla était la meilleure chose à faire.

Maintenant, il devait lui dire pourquoi il ne voulait plus la ramener à Wasilla. Il avait besoin du reste de la semaine pour lui montrer que le temps qu'ils passaient ensemble était plus que du sexe. Il était question d'amour inconditionnel. De vouloir faire sa vie avec elle. Partager tout avec elle. Avoir des enfants avec elle. Il sourit en imaginant une petite fille aussi belle que sa mère.

Il allait traverser le salon, impatiente de voir Leslie, quand il prit conscience qu'elle avait enlevé toutes les décorations de Noël et les avait rangées dans un carton près du sapin. Pourquoi avait-elle fait ça alors qu'ils avaient encore deux jours à passer ensemble au chalet ?

Il sentit ses cheveux se dresser sur sa nuque tandis qu'il s'approchait de l'arbre. Il remarqua alors un message posé sur une branche. Il l'attrapa et le lut.

Sloan, je retourne à Wasilla. Merci pour ce moment merveilleux au chalet. J'espère que tu as eu ce que tu voulais pour Noël.

Leslie

Sloan froissa le papier dans sa main et se dirigea vers sa chambre pour faire son sac. Si Leslie Cassidy pensait qu'elle pouvait le fuir une deuxième fois, alors il avait l'intention de lui prouver qu'elle se trompait.

Il était en train de ranger ses affaires quand son téléphone sonna. Il le sortit de la poche de sa veste, en espérant que c'était Leslie, mais soupira de déception quand il vit que le nom de Cole.

— Qu'est-ce qu'il y a, Cole ?

— J'appelle pour deux raisons. D'abord, je voulais m'assurer que tu allais bien. On a entendu parler de cette grosse tempête de neige et on s'est inquiétés parce qu'on ne pouvait pas vous contacter, toi, Walker et Bailey.

— On a survécu, répondit-il, décidant de ne pas mentionner son accident.

Quelle chance que Leslie ait été ici avec lui.

— Heureux de l'entendre. L'autre raison de mon appel, c'est Martin Longshire.

— S'il te plaît, ne me dis pas que Longshire a refusé de se retirer et que je dois racheter son entreprise.

Cole rit doucement.

— Non, ce n'est pas ça. J'ai appris que, même si ça

ne l'enchante pas, il va se retirer et prévoit de retourner à Paris.

— Bon débarras. Alors c'est quoi le problème ?

— Au cours de mes recherches sur lui, je suis tombé sur des trucs qui méritaient qu'on creuse. J'ai trouvé quelque chose d'intéressant, mais je ne suis pas sûr que tu veuilles le savoir.

— Quoi ? demanda Sloan en se remettant à plier bagage.

Il mit l'appel en haut-parleur pour avoir les mains libres et pouvoir mettre ses affaires dans son sac.

— Tu savais qu'il y a quelques années, Longshire entretenait secrètement une certaine jeune femme ?

— Pourquoi cela pourrait-il m'intéresser, Cole ?

— Parce que cette femme était Sarah Olsen, la colocataire de Leslie Cassidy.

Sloan s'immobilisa.

— Mince.

- 19 -

— Tu es partie en laissant Sloan Outlaw sans explication une deuxième fois, Leslie ?

C'était bien le genre de Carmen d'en faire tout un plat.

— Crois-moi, il a eu ce qu'il voulait de moi. Tu te souviens : il me voulait comme cadeau pour Noël.

Elle ne prit pas la peine de mentionner qu'elle avait elle aussi pris ce qu'elle voulait de sa part, même si elle n'avait pas réalisé que c'était ce qu'elle souhaitait. Il lui avait suffi d'une journée dans les bras de Sloan pour prendre conscience de ce qu'elle avait manqué ces dix dernières années. Pour être honnête, elle n'en avait pas eu assez.

— Et s'il vient te voir ?

— Il ne le fera pas. Il n'a aucune raison de le faire. D'ailleurs, cela fait presque deux jours et je n'ai eu aucune nouvelle de sa part. Pas même un coup de téléphone.

Elle avait reçu un message le jour où elle l'avait quitté, l'informant qu'il rentrerait plus tard que prévu au chalet parce qu'il aidait Walker. Elle n'avait pas répondu parce qu'elle était occupée à faire ses valises.

— Tu sais ce qu'on dit, Carmen. Loin des yeux, loin du cœur. Je suppose que, puisque c'est mon associé, je finirai par le voir quand le bureau rouvrira en janvier.

— Et ça te convient ?

Elle ouvrit la bouche pour mentir et découvrit qu'elle n'en était pas capable. C'était Carmen. Sa meilleure amie. Celle qui connaissait tous ses secrets. La plupart en tout cas. Carmen savait combien Leslie avait aimé Sloan avant et se doutait probablement qu'elle l'aimait encore aujourd'hui.

— Ça n'a pas d'importance. Sloan a été clair sur le fait que tout ce que nous avons partagé cette fois était sexuel.

— Mais tu m'as dit qu'il avait affirmé que c'était plus.

— Oui, c'est ce qu'il a dit, mais il n'a pas su m'expliquer comment, alors ça ne compte pas, Carmen.

— Eh bien, au moins, vous savez tous les deux à quel point Sarah Olsen vous a trompés.

— Oui, maintenant, je sais qu'il y a des choses qu'il ne savait pas.

— Je me demande comment Sarah peut supporter la personne qu'elle est après avoir fait ça.

— Tu étais là ce soir-là dans cette boîte de nuit et tu l'as entendue s'en vanter. Même si elle avait bu, elle ne donnait pas l'impression d'avoir de remords. Alors je doute que ça ait changé depuis, dit Leslie avant de jeter un coup d'œil à sa montre. Bon, Carmen, il faut que j'aille finir ma lessive.

— D'accord. Et tu n'as toujours rien de prévu pour les fêtes.

— Non, répondit-elle en regardant le sapin de Noël. Je pense que je vais rester tranquille ici.

— Tu sais que tu es la bienvenue si tu veux m'accompagner chez ma sœur à Atlanta. Elle adorerait te revoir. Et Elan a reçu le colis que tu lui as envoyé. Il est impatient de l'ouvrir à Noël.

— Je suis contente. Merci pour l'invitation, mais ça ira.

Quelques heures plus tard, elle avait terminé sa lessive et pris un bain. Elle avait mis le pyjama de Noël que

Carmen lui avait offert l'année précédente. Elle s'était même octroyé le temps de faire des brownies de Noël et une plaque de cookies. Elle aimait l'odeur sucrée qui emplissait la maison.

Leslie allait monter à l'étage pour chercher sa liseuse et finir le livre qu'elle avait commencé au chalet quand elle entendit la sonnette retentir. Elle se figea ; elle se doutait de qui cela pouvait être, ce qui provoqua des petits picotements dans tout son corps.

Elle voulait ignorer la sonnette, mais la personne frappa lourdement à la porte. L'air renfrogné, elle décida d'aller ouvrir pour voir ce que Sloan pouvait bien vouloir. Quand elle ouvrit brusquement la porte, un bouquet de roses apparut devant son nez, mais elle reconnut la main qui le tenait.

— Qu'est-ce que tu veux, Sloan ?

— C'est une question lourde de sens, Les.

— Non, et pour toi, c'est Leslie.

— Puis-je entrer pour qu'on discute ? demanda-t-il comme s'il n'avait rien entendu.

— Pourquoi ?

— Je pense qu'il faut qu'on clarifie quelques détails. Et il fait un froid de canard.

— Et alors ? Tu aimes le froid.

— J'aimais le froid. Cet épisode au chalet m'a fait changer d'avis. Alors je peux entrer ?

Décidant qu'elle ne voulait pas qu'il gèle devant chez elle, elle s'écarta du passage pour le laisser entrer.

Il jeta un coup d'œil au sapin.

— Il est très joli.

Elle croisa les bras.

— Tu l'as déjà vu, Sloan.

— Oui, dit-il en humant l'air. Ça sent bon. Tu fais des gâteaux ?

— Oui.

Il ne partirait pas avant de lui avoir dit ce pour quoi il était venu. Elle le trouvait irrésistible, et ce n'était pas bon.

— Ça te dérange si je retire mon manteau, Leslie ?

Elle ne voulait pas se montrer impolie, d'autant plus qu'il avait utilisé son prénom en entier.

— Donne-le-moi. Je vais le pendre. Je suis sûre que ce que tu as à me dire ne prendra pas longtemps.

Après avoir rangé son manteau dans le placard, elle se dirigea vers le salon et il la suivit.

Leslie lui proposa de prendre place dans un fauteuil et elle s'assit sur le canapé.

— Alors, de quoi veux-tu me parler, Sloan ?

Quand il s'installa, son jean moula les cuisses qu'elle se souvint avoir chevauchées.

— J'ai une question sur Sarah Olsen.

Elle se demanda pourquoi il ramenait ce sujet sur le tapis.

— Quoi ?

— Savais-tu que quand vous étiez colocataires, et plus spécifiquement quand toi et moi, nous étions ensemble, Sarah et Martin Longshire entretenaient une relation ?

— Tu plaisantes ?

— Non, je ne plaisante pas.

— Tu crois qu'il a un rapport avec notre rupture ?

Sloan la regarda dans les yeux.

— Je ne crois pas, je le sais. J'ai rendu visite à Sarah et elle m'a tout avoué.

— Elle était sobre ?

— Oui. Elle était prête à tout pour sauver son boulot, mais elle a quand même été virée.

— Je ne comprends pas.

— Tu connais le vieux dicton : « Qui sème le vent récolte la tempête » ? Après avoir appris que Sarah avait eu une relation avec Longshire, j'ai demandé à Cole d'enquêter. Imagine ma surprise en découvrant qu'elle vivait à L.A. et avait un poste pépère de commerciale dans une boîte de production de films dont je suis commanditaire. Imagine *sa* surprise quand elle est entrée dans la salle de conférences et m'a trouvé là.

— Et ?

— Et elle a avoué tout ce qu'elle a fait pour nous faire rompre et a dit que Longshire l'avait payée pour s'assurer que nous mettions fin à notre relation. Il voulait se venger de ton père et de ta mère décédée en te faisant souffrir.

Leslie se leva, trop furieuse pour rester assise, et se mit à faire les cent pas.

— Je n'avais rien à voir avec ce qui s'est passé entre lui et mes parents. Il n'avait pas le droit de s'en prendre à moi.

— Non. Tout comme il n'avait pas le droit de s'en prendre aux Yule parce que leur fille avait repoussé ses avances. Mais il l'a fait quand même. Cet homme est cinglé. Sarah était désolée et espérait que, puisque c'était arrivé il y a longtemps, je pourrais lui pardonner et tourner la page.

— Que lui as-tu dit ?

— Honnêtement, je n'ai ressenti aucun regret pour elle. Alors je lui ai dit que je ne pouvais pas oublier et qu'une personne avec une telle tendance à la tromperie n'était pas le genre de personne avec qui nous voulions travailler. Je l'ai licenciée sur-le-champ.

Leslie revint s'asseoir sur le canapé. Elle aurait aimé se sentir triste pour Sarah, mais elle ne pouvait que se souvenir d'à quel point Sarah s'était montrée cruelle ce soir-là en boîte de nuit.

— Je suis sûre qu'elle trouvera un autre travail.

— Pas à L.A. Cependant, je lui ai suggéré de suivre son ex à Paris. D'après Cole, maintenant que Longshire a dû renoncer à son poste de directeur, il a déménagé là-bas.

Sloan regarda Leslie se lever et se remettre à tourner en rond. Même dans son pyjama rouge et vert avec des motifs de Pères Noël, de rennes, de sapins et de bougies, il la trouvait mignonne. Il trouvait aussi, comme toujours, qu'elle avait une silhouette folle.

Le simple fait de la regarder bouger ranimait son désir, mais il était conscient que leur relation ne devait pas se limiter au sexe. Parce qu'il y avait plus, et il avait la lourde tâche de l'en convaincre.

Elle s'arrêta soudainement et se tourna vers lui.

— J'aurais dû me douter de quelque chose. Si tu te souviens, je t'ai dit que, quand Longshire était venu à mon bureau, il savait que tu avais été mon petit ami. On s'est demandé tous les deux comment il était au courant alors qu'on ne s'était pas parlé depuis dix ans.

— Avec du recul et considérant ce que tu m'as raconté sur la relation de Longshire avec tes parents, ça ne m'étonne pas qu'il s'en soit pris à nous, dit Sloan.

— Comment ça ?

— Il était fiancé à ta mère, mais elle s'est enfuie et a épousé ton père, c'est ça ?

— Oui.

— Alors quelle meilleure revanche que de faire subir quelque chose de similaire à sa fille ?

Il vit que Leslie ne le suivait plus.

— J'avais pour projet de te demander en mariage au cours de cette semaine au chalet pour les vacances de printemps.

— Quoi ? ! Vraiment ?

— Oui, répondit-il en voyant la surprise sur son visage. C'était mon plan. J'avais même acheté la bague. Je m'étais dit qu'on pourrait se marier après avoir été diplômés.

— Tu voulais m'épouser ?

— Bien sûr que je voulais t'épouser, Leslie. Je t'aimais et je croyais que tu m'aimais. Je pensais que le mariage était la prochaine étape.

— M-mais tu n'as jamais parlé de mariage. On n'a jamais évoqué le sujet. Je ne savais pas du tout que tu voulais un avenir avec moi.

Il se pencha en avant pour être sûr qu'elle comprenne.

— C'est apparemment une autre erreur que j'ai commise ; ne pas m'assurer que tu savais ce que je ressentais. Mais pour ma défense, tu m'as dit de nombreuses fois que tu m'aimais, et je t'ai dit très souvent que je t'aimais. J'ai pensé que même si tu ne te doutais pas que j'allais te faire ma demande, tu imaginais que je voulais que notre relation continue après les études. Je n'avais pas l'intention de te lâcher, Leslie.

— Mais comment Sarah a-t-elle su que tu allais me demander en mariage ? Tu le lui as dit ?

— Non. Mais j'étais tellement heureux que j'en ai parlé à Keosha, Tyler et Redford. Je voulais surtout que Keosha le sache pour que je connaisse la taille pour la bague.

Il vint s'asseoir sur le canapé.

— J'ai parlé avec Keosha hier et elle a admis que, dans l'excitation, elle l'avait évoqué avec Sarah. À l'époque, elle ignorait tout de sa duplicité. Quand Sarah l'a dit à Longshire, il a peut-être pensé que blesser la fille de ses ennemis serait la vengeance ultime.

— Évidemment. Et même après que ça a marché, il

n'en avait pas fini avec moi et a voulu encore se venger après la mort de Papa.

Soudainement, un immense sourire illumina son visage.

— Que trouves-tu amusant ? s'étonna Sloan.

— Pas surprenant que Martin Longshire ait été hors de lui le jour où il est venu à mon bureau après avoir découvert l'identité de mon nouvel associé. Me voler mon entreprise était censé être la vengeance ultime. Comment penses-tu qu'il s'est senti en apprenant que l'homme qui ruinait ses projets était celui qu'il m'avait empêchée d'épouser dix ans plus tôt ? Il pensait que je ne serais plus jamais avec lui.

Sloan se leva et traversa la pièce pour se placer devant elle.

— Et c'est là qu'il a commis une erreur, Leslie. Parce que peu importe comment les choses ont fini entre nous, je n'aurais pas pu rester en retrait en découvrant que tu avais des problèmes. À l'évidence, cet homme ne connaît rien au véritable amour.

Leslie leva la tête pour le regarder.

— Et toi oui ?

— Je pense, oui. Je crois que même les gens amoureux commettent des erreurs. Et quand ils en font, ils devraient les avouer, admettre qu'ils se sont trompés et s'excuser. J'ai eu tort de te laisser au chalet sans te demander de m'accompagner chez Walker, et je m'en excuse.

— Pourquoi ? s'enquit-elle doucement.

Il rompit le contact visuel une minute. Quand il revint vers elle, il sut qu'il fallait qu'il essaye d'expliquer ce qu'il ressentait.

— Me quitter comme tu l'as fait il y a dix ans m'a profondément blessé, Leslie. Il m'a fallu des années pour m'en remettre et il y a eu des jours où je n'étais pas sûr que c'était le cas. Pourtant, quand j'ai découvert ce que Longshire prévoyait de faire, j'ai su que je devais t'aider. Mais, pour protéger mon cœur, je me suis convaincu que je le faisais pour un genre de vengeance personnelle. C'est pour ça que je t'ai imposé cette semaine avec moi au chalet. Mais comme tu le sais, ajouta-t-il après avoir enfoncé les mains dans ses poches, les choses ne se sont pas passées comme prévu.

— On a couché ensemble, Sloan, intervint-elle. C'est ce que tu voulais.

— Oui, mais j'étais supposé rester émotionnellement détaché, et je n'en ai pas été capable. Quand on a fait l'amour, je l'ai su.

— Su quoi ?

— Que j'avais encore des sentiments profonds pour toi. Que je t'aimais toujours. Quand je l'ai compris, je me suis senti vulnérable. J'ai quitté le chalet et suis allé voir Walker pour mettre de la distance entre nous et me donner l'occasion de réfléchir à ce que je ressentais. Quand je suis revenu, tu avais disparu.

— Je ne pouvais pas rester au chalet plus longtemps, Sloan, dit-elle d'une voix douce. Faire l'amour avec toi m'a fait réaliser que je t'aimais toujours aussi. Mais j'ai pensé que ce n'était pas réciproque et je devais protéger mon cœur. Je pensais que ce qu'on avait partagé n'était qu'un marathon du sexe.

— Je t'ai dit qu'il y avait plus que ça.

— Oui, mais tu n'as jamais défini ce « plus », Sloan, et j'avais besoin de savoir.

Il s'accroupit devant elle et la prit entre ses bras.

— Alors laisse-moi le définir maintenant, Leslie. « Plus », ça veut dire ne pas être simplement partenaires au lit. Ça signifie que tu dois savoir que tu es la femme que j'aime, la seule femme que je pourrai jamais aimer. La femme que je veux dans ma vie pour l'éternité. « Plus », ça veut dire partager ma vie avec toi, fonder une famille avec toi et te voir porter mon nom. Toutes ces choses que je voulais te donner il y a dix ans, je veux toujours te les donner avec la promesse que je t'aimerai toujours. Cela aura peut-être pris dix ans, mais je crois qu'on mérite notre fin heureuse.

Leslie refoula des larmes en entendant les paroles de Sloan. Il l'aimait et, dix ans plus tôt, il avait l'intention de la demander en mariage. Il l'aimait toujours aujourd'hui.

— Leslie ?

Elle savait que c'était le moment de lui dire ce qu'elle ressentait.

— Je t'aime, Sloan. Même pendant toutes ces années où on a été séparés et où je croyais que tu m'avais trompée, je t'aimais encore. C'est pour ça que je n'ai jamais pu m'engager avec un autre homme. Pendant tout ce temps, tu es le seul homme avec qui j'ai couché.

Elle vit la surprise sur son visage. Il se releva.

— Tu es sérieuse ?

— Oui, je suis sérieuse. L'idée qu'un autre homme me fasse l'amour me rebutait. C'est probablement pour ça que j'étais aussi enthousiaste quand on a fait l'amour pendant deux jours presque sans interruption. Je rattrapais le temps perdu.

— Et ça a marché ? Tu as rattrapé le temps perdu ? demanda-t-il, un sourire au coin des lèvres.

Leslie lui retourna son sourire.

— Disons juste que j'ai essayé, dit-elle en se levant pour passer les bras autour de son cou. Je t'aime, Sloan. Je t'aime tellement.

Elle plaqua ses lèvres sur les siennes. Serrant ses bras autour d'elle, il approfondit leur baiser. L'érection qui se pressait contre son entrejambe disait tout.

— À y repenser, le plan de Martin Longshire a échoué et nous sommes de nouveau ensemble. À la fin, l'amour gagne.

Sloan caressa sa joue en la regardant dans les yeux.

— Oui, ma chérie, l'amour gagne. Notre amour gagne.

Leslie observa Sloan faire un pas en arrière, mettre un genou à terre et lui prendre la main.

— Je suis sur le point de faire ce que j'avais l'intention de faire il y a dix ans. Veux-tu m'épouser, Leslie ?

Elle plaqua la main sur son cœur, choquée et sans voix. Mais il ne lui fallut pas longtemps pour la retrouver.

— Oui ! Oui ! Oui, je veux t'épouser.

— Et tu ne me feras pas attendre, hein ? demanda-t-il en glissant une bague à son doigt.

Elle était émerveillée par sa beauté.

— Non, je ne te ferai pas attendre.

— Bien. Et la raison pour laquelle ça m'a pris deux jours de venir ici, c'est parce que en allant à L.A. pour interroger Sarah, j'en ai profité pour acheter ta bague. J'ai décidé que je pouvais me permettre d'en prendre une plus chère que celle que j'avais prévu de te donner il y a dix ans. Je l'ai toujours et je la donnerai à notre fille pour son seizième anniversaire.

Leslie éclata de rire.

— Aux seize ans de notre fille ? Tu vois loin, on dirait ?

— Oui, dit-il en la serrant dans ses bras. J'adorerais avoir une petite fille aussi belle que sa mère.

Elle secoua la tête avec un grand sourire.

— Si tu le dis.

— Je le dis, et je suis impatient d'annoncer nos

fiançailles à la famille. Ils vont presque tous à Denver ce week-end pour passer les fêtes avec nos cousins, les Westmoreland. J'aimerais que tu viennes avec moi. Veux-tu rencontrer mes cousins et passer Noël et le jour de l'an avec moi, Leslie ?

— J'adorerais ça, Sloan. Et tu sais ce que j'aimerais d'autre ?

— Quoi, bébé ?

— Que tu me fasses l'amour.

Sloan fit tourner Leslie dans ses bras.

— De quel côté se trouve ta chambre, ma douce ?

— À l'étage. Première porte à droite.

Il monta les marches deux à deux. Elle tremblait quand il la posa sur le lit.

Il jeta un coup d'œil à la pièce pendant qu'il retirait ses bottes.

— Jolie chambre. Je vois que tu aimes toujours le jaune.

— Mmm, dit-elle en passant le bout de son doigt le long de son jean. Là, Sloan Outlaw, ce que j'aime, c'est toi, et plus que tout, je te veux en moi.

— Je suis heureux d'accéder à ta requête, répondit-il en se levant.

Il se déshabilla rapidement, puis retourna au lit pour lui enlever son pyjama. Elle sentit la chaleur l'envahir alors qu'il étudiait son corps nu. Elle prit une profonde inspiration quand il posa les mains sur ses seins.

— Sloan…

Elle soupira son nom tandis qu'il se penchait et commençait à déposer des baisers le long de sa joue et de son cou.

— On garde les préliminaires pour plus tard. J'ai besoin de te sentir en moi maintenant, Sloan.

Leslie avait rêvé de lui chaque nuit depuis son départ du chalet, même sans le vouloir.

— Je vais t'écouter cette fois, mais tu sais ce que je pense des préliminaires.

Oui, elle savait. Il appelait ça des préliminaires, mais elle trouvait que c'était de la torture pour les sens. Elle le regarda attraper son pantalon pour prendre un préservatif dont il déchira l'emballage pendant qu'elle admirait son torse. Elle avait accepté depuis longtemps le fait que Sloan Outlaw était extrêmement bien foutu et viril. Et, à son regard et ce qu'elle voyait entre ses jambes, il était définitivement excité.

— Tu vas me devoir un paquet de préliminaires, Les.

L'entendre utiliser ce surnom lui fit serrer les bras autour de son cou.

— Ça ne me pose aucun problème, Sloan.

— Bien.

Non, *ça*, c'était bien, pensa-t-elle en déposant des baisers légers autour de sa bouche. Puis il la fit s'allonger sur le dos et se positionna au-dessus d'elle tout en lui écartant les jambes avec son genou.

Sa virilité effleura son pubis et les palpitations qu'elle ressentit lui firent fermer les yeux.

— Regarde-moi, Les. Je veux que tu me voies autant que tu me sens.

Elle rouvrit les yeux en grand et le regarda, et ce qu'elle vit dans les profondeurs de son regard lui coupa le souffle. Elle vit l'amour, aussi profond qu'il pouvait être, et elle sut que ses propres yeux exprimaient la même chose.

Puis il la pénétra lentement, comme s'il avait besoin de sentir chaque centimètre tandis qu'il s'enfonçait en elle. Son ventre ferme et couvert de poils se plaqua contre elle alors qu'il avançait de plus en plus loin, jusqu'à ce que leurs corps soient si imbriqués l'un dans l'autre que rien n'aurait pu passer entre eux.

Ils sourirent. Puis il commença à faire de lents va-et-vient alors qu'elle faisait descendre ses bras de son cou à ses épaules où elle enfonça les ongles dans sa peau. Si cela lui fit mal, il ne le montra pas. Il se contenta d'accélérer le rythme.

Il se pencha pour capturer sa bouche et l'embrassa si bien que leurs langues furent presque hors de contrôle. Chaque fois qu'elle soulevait le bassin, il s'enfonçait en elle en attrapant ses hanches.

Elle laissa échapper un cri au moment précis où il poussa un grognement grave et guttural, et elle sut que ce n'était que le début de l'éternité.

- 20 -

— Tu vas dormir toute la matinée, bébé ? chuchota Sloan près de l'oreille de Leslie.

Il regarda par la fenêtre et vit qu'il neigeait. Pas surprenant. Ils étaient en Alaska après tout.

Il revint à Leslie et l'observa tandis qu'elle ouvrait lentement les yeux. Quand ses lèvres s'étirèrent pour afficher un sourire, il sentit monter le désir.

— Je suis épuisée, répondit-elle en refermant les yeux.

Il n'en doutait pas. Après tout, à part quand ils avaient dîné, ils étaient restés au lit à faire l'amour toute la nuit. En lui caressant la joue, son amour pour elle envahit chaque cellule de son corps.

— Tu veux que je te prépare des flocons d'avoine ?

Elle ouvrit les yeux et afficha un air sérieux.

— Interdit d'entrer dans ma cuisine, Sloan Outlaw.

Il rit doucement.

— Pourquoi ? Quel mal pourrais-je faire ?

— Je ne veux pas le découvrir, dit-elle avant de regarder par la fenêtre. Il fait jour.

— Oui, et la journée ne dure que quatre heures. Je pensais qu'on pourrait passer quelques appels. Je suis impatient de dire à tout le monde que j'épouse la plus belle femme du monde.

— Oh ! Sloan.

Elle le prit dans ses bras, et il l'attira contre lui pour

lui donner un long baiser enivrant. Sans la lâcher, Sloan saisit son téléphone et commença à passer des appels. Avec une si grande famille, tout ce qu'il avait à faire c'était appeler des personnes particulières qui transmettraient l'information au reste du monde. Bien sûr, ce fut Charm qui posa le plus de questions. Il ne pouvait s'empêcher de sourire.

— Oui, Charm, Leslie et moi sommes de nouveau ensemble, et tu as raison. Ce n'est pas trop tôt. Oui. Je dirai à Leslie comme tu es heureuse d'avoir une autre sœur et qu'elle est la bienvenue dans la famille.

En regardant Leslie, il sut qu'elle l'écoutait en retenant ses larmes. Elle avait peut-être perdu son père, mais elle avait gagné une immense famille qui l'adorerait et l'aimerait autant que lui. Quand il mit fin à sa conversation avec son cousin Dillon, il reposa son téléphone et s'allongea dans le lit.

— Dis-moi à quoi tu penses, bébé.

Il vit une larme couler sur sa joue et se pencha pour la lécher.

— D'abord, tu sauves mon entreprise, puis tu me demandes de devenir ta femme et maintenant tu partages ta famille avec moi. Je me sens si spéciale grâce à toi, Sloan.

— C'est parce que tu es spéciale. Je pense qu'avoir été séparés aussi longtemps nous a appris à ne rien tenir pour acquis. Tu es très importante pour moi et j'ai bien l'intention de passer le restant de mes jours à te montrer combien je t'aime.

Il pencha la tête et l'embrassa en pensant qu'il ne pourrait jamais lui prouver assez souvent ce qu'elle signifiait pour lui. Comme ils étaient déjà nus, il ne lui fallut pas longtemps pour attraper la boîte de préservatifs qu'il avait posée sur la table de chevet et se préparer à lui faire l'amour.

Ils avaient décidé qu'ils commenceraient à essayer de faire un bébé après le mariage. Et, puisqu'ils avaient l'intention de se marier en juin quand il ne ferait plus froid, cela voulait dire qu'à cette époque dans un an ils feraient des bébés.

Il lui avait déjà dit qu'elle était ce qu'il voulait pour Noël cette année, et il lui avait appris ce qu'il voudrait pour Noël prochain : qu'elle soit enceinte.

Il l'embrassa, commençant par la bouche et descendant sur son corps en s'arrêtant pour tirer sur les bouts durcis de ses tétons et savourer son nombril. Elle tremblait à chaque coup de langue. Le simple fait de goûter sa peau faisait monter son désir. Et, quand il arriva à la zone entre ses jambes et enfouit la tête entre elles, une soif intense se répandit en lui. Sa langue lui montra combien il avait envie d'elle, et il ne fallut pas longtemps au corps de Leslie pour réagir avec un orgasme exceptionnel.

— Sloan !

Il remonta à sa bouche, la prenant avec une urgence qu'il ressentait jusque dans ses orteils. Puis, en s'écartant, il soutint son regard tout en se glissant en elle.

— Tu me dois toujours de nombreux préliminaires et j'ai bien l'intention de les avoir, Les.

Ses muscles internes se contractèrent autour de lui alors qu'il commençait les va-et-vient en elle.

— Je t'aime, bébé.

— Je t'aime aussi, dit-elle en passant ses mains sur les muscles de son dos.

Ses caresses le rendirent plus dur encore, et au son qu'elle faisait, elle aimait ça. Il rompit le contact visuel pour se pencher et lécher son cou, ses épaules, son menton, pour enfin revenir à ses lèvres. Le plaisir explosa entre eux avec un orgasme partagé qui l'ébranla. Elle se raccrocha à lui comme il se raccrochait à elle, et il sut à cet instant qu'il avait définitivement obtenu ce qu'il voulait pour Noël.

Un cadeau magnifique nommé Leslie.

— Alors, qu'est-ce que tu en penses ? demanda Sloan, en prenant Leslie à part après l'avoir présentée aux membres de sa famille qu'elle ne connaissait pas encore.

— Tu avais raison. Toi et ton cousin Derringer vous ressemblez beaucoup, mais j'ai réussi à vous différencier.

— Je n'en doutais pas.

— J'espère que tu ne t'attends pas à ce que je me souvienne de tous les noms. C'est une grande famille et tu as de la chance d'en faire partie. Tout le monde est si gentil et ils sont sincèrement heureux pour nous.

— Bien sûr. Un Outlaw de plus qui ne sera plus célibataire.

Leslie regarda la salle qui accueillait le bal de charité des Westmoreland. Elle avait du mal à croire le nombre de personnes présentes. La plupart étaient arrivées la veille de Noël, comme eux, et tout le monde séjournait sur la propriété des Westmoreland. Il y avait plein de chambres. Elle et Sloan étaient installés à l'auberge. C'était un ranch dont Jason Westmoreland et sa femme, Bella, avaient hérité et qu'ils avaient transformé en Bed and Breakfast. Leslie aimait bien Bella, mais en fait elle aimait toutes les femmes de cette famille, qu'elles soient nées Westmoreland ou le soient devenues par alliance.

Le frère de Sloan, Garth, et son épouse, Regan, avaient annoncé qu'ils attendaient un bébé pour le printemps, mais leur avaient garanti que leur enfant arriverait avant le mariage. La veille, ils avaient appris que sa cousine Delaney avait donné naissance à des jumeaux.

Mais le clou de la soirée avait été quand son cousin Bane et sa femme, Crystal, avaient annoncé qu'elle était enceinte. Et si la prédiction du médecin était vraie, ils allaient avoir des triplés pour la seconde fois. Ils seraient le premier couple Westmoreland à accomplir un tel exploit, et ils semblaient sincèrement enchantés par cette nouvelle. D'après Sloan, ils voulaient une grande famille.

Tout le monde adora la bague de fiançailles de Leslie et pensa qu'elle et Sloan formaient un très beau couple. Leslie ne pouvait qu'être d'accord.

— Est-ce que je t'ai dit aujourd'hui que je t'aimais ? dit Sloan pour retenir son attention.

— Oui, mais tu peux toujours me le redire, répondit-elle en lui souriant.

— Je t'aime, Leslie Cassidy, future Leslie Outlaw.

Elle ne put s'empêcher d'afficher un sourire encore plus grand.

— Je t'aime.

Ne portant aucune attention aux personnes autour d'eux, Sloan la prit dans ses bras pour l'embrasser.

Épilogue

Un mariage en juin

Devant une audience composée de la famille et des amis, Sloan accepta l'alliance que lui tendait Garth, son témoin. Puis il se tourna vers sa future épouse et glissa l'anneau à son doigt tout en répétant les mots que le pasteur lui avait demandé d'apprendre.

— Par cet anneau, je t'épouse.

Une fois l'alliance en place, il porta sa main à ses lèvres, scellant son vœu d'un baiser. Il se fichait que ça ne fasse pas partie du programme. Il créait ses proches règles. Cependant, il se tint bien quand elle lui passa la bague au doigt. Il remarqua qu'elle portait le cadeau qu'il lui avait fait pour le mariage, un bracelet vintage dont les cristaux colorés et les diamants lui rappelaient le moment qu'ils avaient passé sous les aurores boréales. Des émotions fortes le frappèrent en réalisant qu'il épousait enfin la femme qu'il avait toujours aimée.

Il attendait la partie de la cérémonie qui les déclarait mari et femme pour pouvoir embrasser son épouse. Il l'embrasserait comme il voulait, et personne ne pourrait l'arrêter. Il la trouvait trop belle dans sa robe de mariée en dentelle et satin blancs.

Son cœur avait failli s'arrêter de battre quand elle était entrée dans l'église au bras de M. Yule. Ils étaient restés en contact et avaient formé une amitié sincère au cours des six derniers mois. En plus de travailler pour Cassidy Cosmetics, Sloan avait incité Leslie à l'assister dans la gestion de ses autres sociétés. Pour le moment, ils vivaient entre Wasilla et Fairbanks. Elle préparait l'une de ses jeunes cadres à prendre plus de responsabilités, puisque la gamme de cosmétiques allait s'étendre dans les autres États américains.

— Et par les pouvoirs qui me sont conférés par ce grand État de l'Alaska, je vous déclare désormais mari et femme.

Sloan n'attendit pas que le pasteur lui en donne la permission. Il attrapa Leslie et l'attira dans ses bras pour lui donner le seul genre de baiser qu'ils partageraient à jamais. Long, profond et possessif. Personne ne les interrompit, et il ne lâcha la bouche de Leslie que quand cela lui convint.

Il jeta un coup d'œil au pasteur qui ne semblait pas du tout dérangé par la démonstration d'affection de Sloan. En fait, le révérend Cross affichait un large sourire.

— Je vous présente Sloan et Leslie Outlaw, déclara-t-il devant l'assemblée.

Sous les applaudissements et les hourras, Sloan souleva Leslie et la porta jusqu'au parvis de l'église. Une fois dehors, il la reposa sur ses pieds et la serra dans ses bras.

Quand il libéra ses lèvres, elle murmura :

— Tu es vraiment un vilain garçon, Sloan Outlaw.

— C'est possible, mais je t'appartiens. Totalement et complètement, madame Outlaw.

Puis il la reprit dans ses bras pour l'embrasser.

— On voit que Sloan aime t'embrasser, ma belle, chuchota Carmen en se penchant vers Leslie à la fin de la séance photo du mariage.

— Et j'adore l'embrasser aussi, répondit la jeune mariée avec un sourire radieux.

— Évidemment. Vous donnez l'impression de ne pas pouvoir vous détacher l'un de l'autre, dit son amie en regardant autour d'elles.

Leslie suivit son regard et vit où il atterrit : sur Redford Saint-James, à qui le photographe donnait des indications pour la séance photo de Sloan avec son témoin et ses garçons d'honneur. Leslie commença à paniquer.

Elle connaissait Redford depuis aussi longtemps qu'elle connaissait Sloan puisqu'elle les avait rencontrés le même jour sur le campus de l'université. Redford était connu à la fac pour être un collectionneur de femmes et, selon Sloan, il n'avait pas changé. Il était peut-être même pire aujourd'hui.

— Carmen, je pense qu'il faut que je te mette en garde concernant Redford, dit Leslie en espérant qu'il n'était pas trop tard.

Elle avait déjà remarqué comme sa meilleure amie semblait hypnotisée par Redford la veille pendant la répétition du mariage.

— Je suis au courant, Leslie. Tu n'as pas besoin de me prévenir. Mais tu pourrais semer une graine dans l'oreille de Sloan pour qu'il mette Redford en garde contre moi.

— Pourquoi ? lui demanda Leslie, perplexe.

Un large sourire s'étendit sur les lèvres de Carmen.

— Parce que Redford Saint-James est l'homme que j'ai l'intention d'épouser. Ton petit mari arrive. On se retrouve à la réception.

Leslie regarda Carmen s'éloigner pour rejoindre

Redford. *Épouser ? Redford ?* Elle espérait que son amie n'avait pas les yeux plus gros que le ventre, mais c'était son impression.

— Ça va, ma douce ? s'enquit Sloan en la prenant dans ses bras.

— Oui, je vais très bien.

Elle décida qu'elle lui parlerait de Carmen plus tard. Là, la seule chose qu'elle voulait faire, c'était se concentrer sur cet homme. Son Outlaw qui lui donnerait tout un tas de petits Outlaw. Elle avait l'impression qu'elle était entrée dans la famille idéale. Non seulement il y avait une grossesse annoncée presque chaque mois, mais les Outlaw et les Westmoreland avaient un truc avec les grossesses multiples. Garth et Regan avaient eu un petit garçon, et Cash et Brianna avait des jumeaux. Sloan avait dit à tout le monde pour plaisanter que Leslie et lui donneraient à Bart une première petite-fille Outlaw.

— Prête pour ta lune de miel d'un mois ? lui demanda Sloan.

— Tu es sûr de vouloir faire toute cette route en voiture ?

— J'en suis sûr, répondit-il en riant doucement.

Ils commenceraient par un voyage en voiture de l'Alaska jusqu'au reste des États-Unis en passant par le Canada. Quand ils étaient à l'université, ils parlaient toujours de faire ce road-trip. Quand ils atteindraient New York, ils troqueraient la voiture de location pour un jet privé, et Sloan les conduirait au Bélize où ils passeraient le reste du mois.

— Prêt pour aller à la réception de notre mariage ? Rien ne commencera avant notre arrivée.

— Ils peuvent attendre une minute, dit-il avant de la prendre dans ses bras pour l'embrasser encore une fois.

JOANNE ROCK

Ce rancher si troublant

Traduction française de
NATALIA DELYS

PASSIONS

HARLEQUIN

Titre original :
THE RANCHER'S RECKONING

- 1 -

Répondez, s'il vous plaît. Je pense que vous êtes le père du bébé d'Arielle Martin. Cet enfant est âgé de six mois et sa mère est décédée peu de temps après lui avoir donné naissance.

Assise derrière le bureau du Bed and Breakfast de Royal où elle avait posé ses valises, la journaliste d'investigation Sierra Morgan relut le texto qu'elle venait de taper.*Est*-ce trop direct ? s'interrogea-t-elle.

Sierra grimaça. Ce message était digne de la réputation qui était souvent faite aux journalistes, à savoir celle d'être prêts à tout pour parvenir à leurs fins !

Oui, mais voilà... Sierra était effectivement prête à tout pour élucider le mystère de ce bébé sans papa !

S'obligeant à patienter encore avant d'appuyer sur « Envoyer », Sierra fit tourner nonchalamment un globe du début du XXe siècle posé sur une pile de livres anciens. Cela faisait des mois qu'elle résidait au Cimarron Rose, dans l'objectif de résoudre le mystère entourant le petit Micah, ce bébé qui avait été retrouvé abandonné sur le parking du Royal Memorial Hospital.

À l'époque, Sierra venait d'arriver à Royal dans le but de réaliser un reportage sur le Texas Cattleman's Club, pour le magazine *America*. Cela faisait, en effet, dix ans que le fameux club acceptait des femmes dans ses rangs, ce qui valait bien un article ! Après s'être rendue au gala célébrant cet événement, Sierra s'était attelée à l'écriture de son article. C'était alors qu'était tombée la nouvelle qu'un enfant avait été abandonné sur le parking de l'hôpital…

Or, comme tout bon reporter, Sierra était curieuse et obstinée ! Mieux valait que l'on pense que c'était cela qui la poussait à s'intéresser à Micah, et non des raisons beaucoup plus personnelles…

Il s'était avéré que si cet enfant avait été retrouvé sur le parking de l'hôpital, c'était parce que sa tante, Ève Martin, qui en prenait soin, avait fait un malaise et avait été hospitalisée. La mère du bébé, Arielle Martin, était, quant à elle, décédée d'une crise cardiaque un mois seulement après avoir donné naissance à son fils. Ève Martin n'avait, hélas, pas été en mesure de donner la moindre indication sur le père du bébé, car sa sœur était morte sans avoir révélé son identité…

Cela faisait donc maintenant cinq mois que Sierra enquêtait en s'appuyant sur le journal intime d'Arielle Martin.

Elle fit pivoter le fauteuil et avisa le planisphère vintage qui décorait l'un des murs de sa chambre. Ses yeux se posèrent sur la France où le propriétaire de ranch, Colt Black, avait repris un domaine viticole… Colt Black, vers qui convergeaient tous ses soupçons…

Malheureusement, celui-ci ignorait obstinément tous les textos et messages vocaux de Sierra.

La jeune femme était persuadée qu'elle avait trouvé l'identité du père de Micah, mais, pour en avoir le cœur net, il fallait absolument qu'il lui réponde !

Serrant son portable entre ses doigts, Sierra posa son regard sur les mots qu'elle venait d'écrire…

Directs ou pas… le jeu en valait la chandelle !

Elle appuya sur « Envoyer ».

Sierra ne savait que trop bien ce qu'on ressent quand

on est un enfant abandonné… C'était une blessure qu'on portait toujours en soi et qu'elle ne souhaitait à personne. Voilà pourquoi elle avait à cœur de protéger le petit bébé de six mois à qui elle rendait très souvent visite.

D'une façon ou d'une autre, Colt Black finirait bien par lui répondre !

Jamais un retour au pays ne lui avait procuré aussi peu de plaisir…

Colt Black ne prenait même pas la peine de regarder par la vitre du luxueux SUV dont il avait loué les services à l'aéroport afin de gagner le centre-ville de Royal…

Cela faisait pourtant quinze mois qu'il avait quitté le Texas. Il s'était donc attendu à éprouver un peu de réconfort en retrouvant sa terre natale, après avoir passé plus d'un an en Occitanie, dans le sud-ouest de la France.

Il n'en était rien.

Il sortit son téléphone de la poche de sa veste pour relire la série de textos que lui avait envoyés la journaliste Sierra Morgan. Il n'avait jamais entendu parler de cette femme avant d'effectuer des recherches sur elle, la veille au soir, après avoir reçu ce dernier message dévastateur :

Répondez, s'il vous plaît. Je pense que vous êtes le père du bébé d'Arielle Martin. Cet enfant est âgé de six mois et sa mère est décédée peu de temps après lui avoir donné naissance.

Il avait beau avoir lu ce message une centaine de fois, sa poitrine se serrait encore douloureusement quand il posait les yeux dessus.

S'il avait ignoré les précédents textos de Sierra Morgan, ainsi que les messages qu'elle avait laissés sur sa messagerie, c'était parce qu'il avait cru qu'il s'agissait d'une journaliste avide de scoops, en quête de potins pour la *Royal Gazette* !

Mais, lorsqu'il avait vu le nom d'Arielle Martin apparaître dans le dernier message, il avait tout lâché séance tenante.

Littéralement parlant !

Quand il avait pris connaissance du message, il se trouvait dans la salle de dégustation de son exploitation, en train de goûter le cru d'un concurrent voisin…

La teneur du texto lui avait alors fait l'effet d'un coup de poignard en pleine poitrine !

Avait-il engendré un enfant sans le savoir ?

D'après Sierra Morgan, Arielle était morte après lui avoir donné naissance et le bébé s'était retrouvé orphelin…

Colt n'en revenait toujours pas.

Était-il le père de cet enfant ? se demandait-il sans cesse.

Il n'avait partagé qu'une seule nuit avec Arielle…

Si cet enfant était de lui, il ne se le pardonnerait jamais !

Il ne fallut qu'une dizaine de minutes au chauffeur du SUV pour gagner le centre-ville. Colt connaissait le Cimarron Rose, institution sans prétention qui existait depuis des lustres et avait été reprise depuis peu par Natalie Valentine. Dans un de ses messages, la journaliste avait précisé s'y être installée.

Évidemment, Colt ne l'avait pas appelée après avoir pris connaissance de son message. Il était bien trop dévasté pour discuter avec quiconque. Cela ne l'avait pas empêché, en revanche, de réserver le premier vol pour Royal !

Et voilà qu'il se retrouvait devant le Cimarron Rose, sans s'être annoncé, à… – il dut consulter sa montre, le décalage horaire l'ayant totalement déphasé – 10 heures du matin !

Le SUV emprunta le chemin en gravier qui passait

sous une porte cochère. Le bâtiment couleur ivoire coiffé d'un toit rouge brillant avait une allure accueillante avec ses colonnes et sa terrasse couverte garnie de plantes.

Après avoir payé le chauffeur, Colt descendit de voiture et marcha vers la porte d'entrée qui était entrouverte.

— Bonjour ? fit-il en frappant légèrement contre le battant.

Une odeur de café et de cannelle précéda un bruit de pas et une voix féminine.

— Entrez…, répondit cette voix. Natalie est sortie, mais je…

Une jolie blonde élancée ouvrit prestement la porte.

De grands yeux vert émeraude se heurtèrent à ceux de Colt. Les longs cheveux blonds de la jeune femme tombaient en pagaille sur un T-shirt noir affichant une tasse de café et les mots « Écrivain accro à la caféine ». Elle portait un pantalon de pyjama à rayures roses et des chaussons en flanelle grise aux pieds.

— Vous devez être Sierra, parvint-il enfin à articuler, se rendant compte qu'il avait pris un temps infini à détailler la jeune femme de la tête aux pieds. Je suis Colt Black.

La jeune femme cilla, semblant elle-même s'extirper de l'inspection approfondie qu'elle venait de faire de son visiteur. La surprise se peignit sur son visage.

— Vous… ici ?

Colt l'observa.

Elle le prenait sans doute pour le pire des goujats, puisqu'il n'avait pas répondu à ses messages…

À moins qu'elle ne soit en train de saliver à la pensée de pouvoir décrocher un scoop !

— Oui, je suis là… bien que très en retard, dit-il sèchement.

Il fit un pas en avant, déterminé à garder son calme tant qu'il n'avait pas déterminé à qui il avait affaire.

— Puis-je entrer ?

La jeune femme recula pour le laisser passer.

— Bien sûr. J'avais hâte de m'entretenir avec vous, mais je ne vous attendais pas aussi vite…

Son regard vert ne le lâcha pas tandis que Colt pénétrait dans l'entrée et déposait son sac de voyage en cuir sur un banc.

— Puis-je vous offrir un café ? reprit-elle. Ou un thé ?

Sierra fit un geste vers un comptoir à petit déjeuner sur lequel trônaient une machine à café, une bouilloire et diverses viennoiseries. Elle récupéra un mug et but une gorgée de café tout en le scrutant par-dessus le rebord.

— Non, merci. Je suis suffisamment nerveux comme ça. Votre message… Et une nuit blanche…

Il n'avait pu s'empêcher d'utiliser un ton mordant.

Sierra l'observa en haussant un sourcil.

— J'ai estimé que le sort d'un bébé était suffisamment important pour ne pas perdre davantage de temps en prenant mille précautions.

Ses yeux lançaient des éclairs.

Colt la jaugea avec méfiance. Était-elle réellement si préoccupée par la situation de ce bébé ? N'était-elle pas plutôt motivée par l'envie de débusquer un scoop ?

S'il voulait éviter d'être le sujet de son prochain article, mieux valait qu'il reste sur ses gardes…

— Vous êtes allée droit au but, en effet, répliqua-t-il en jetant un œil dans le petit salon vide de tout hôte. Pourriez-vous m'expliquer comment vous êtes arrivée jusqu'à moi ? Suis-je le sujet d'un de vos prochains articles ? Je crois savoir que vous écrivez pour le magazine *America*.

— Pas en ce moment, non, affirma-t-elle. Et même

s'il m'arrive de faire des piges pour le journal local, je n'écris plus rien sur Micah, par respect pour Ève Martin et son neveu.

— J'ai du mal à le croire… Plusieurs articles sur ce bébé sont déjà parus.

Colt avait fait des recherches sur Internet pendant son vol transatlantique.

— J'ai écrit des articles afin d'obtenir des pistes sur le père de l'enfant, indiqua Sierra. Si je dois encore écrire à ce sujet, ce sera pour informer d'une fin heureuse à cette histoire. Et je ne le ferai qu'avec la permission du père. Ce qui m'intéresse, c'est d'élucider ce drame humain. J'étais présente quand Micah a été découvert…

Son ton accusateur alerta Colt. Elle semblait vraiment très impliquée…

— Mais je suis là maintenant, argua-t-il.

Il avait besoin de savoir si ce bébé était bien de lui.

— Je suis prêt à rencontrer cet enfant, annonça-t-il, ainsi que la famille d'Arielle. Et à faire un test ADN accéléré…

Sierra posa la main sur son bras pour l'empêcher de poursuivre.

— Personne ne souhaite davantage que moi résoudre cette affaire, lui dit-elle, mais je pense que nous devrions sans doute commencer par partager ce que nous savons, avant que vous envisagiez de rencontrer Micah…

Sierra parut réaliser qu'elle avait laissé un peu trop longtemps sa main sur le bras de son interlocuteur, car elle la retira d'un geste brusque.

— Peut-on aller dehors ? proposa-t-elle. J'ai besoin de prendre l'air.

— Comme vous voudrez, lâcha-t-il un peu sèchement.

J'ai besoin d'avoir des réponses à mes interrogations. Alors le plus tôt sera le mieux !

Sierra se hérissa et redressa les épaules avant de poser son mug sur le comptoir.

— Cela fait des semaines que j'essaye d'entrer en contact avec vous, répliqua-t-elle en croisant les bras sur sa poitrine. Et avant cela, j'ai passé des mois à enquêter à partir du journal intime d'Arielle Martin, afin de déterminer l'identité du père de Micah… Alors, croyez-moi, je suis moi aussi très impatiente d'obtenir les réponses aux questions qui restent en suspens !

Colt faillit lui reprocher de ne pas avoir été plus explicite dès le départ… Si elle lui avait envoyé ce texto deux semaines plus tôt, il serait venu à Royal beaucoup plus tôt !

Il préféra néanmoins s'abstenir. Sans la femme qui se tenait face à lui, il ne saurait même pas qu'Arielle avait donné naissance à un enfant…

— Oui, vous avez raison, mademoiselle Morgan, concéda-t-il. Veuillez excuser mes manières un peu brutales… Je suis furieux contre moi-même à l'idée que j'aie pu laisser Arielle dans une situation délicate…

Aucun mot n'était assez juste pour décrire les regrets qui seraient les siens s'il s'avérait qu'il était bien le père de cet enfant. L'importance d'assumer ses responsabilités lui avait, en effet, été inculquée depuis son plus jeune âge. C'était une valeur primordiale dans la famille Black. L'autre valeur fondamentale étant la famille elle-même, une institution à laquelle Colt avait tourné le dos en quittant les États-Unis, quinze mois plus tôt…

— Je comprends que la situation soit difficile à intégrer, déclara Sierra. Croyez-moi, j'aurais préféré que mon texto soit moins direct.

Son ton s'était radouci. Elle marcha vers la cuisine.

— Suivez-moi… Sortons un peu. Et appelez-moi Sierra, je vous en prie.

Colt lui emboîta le pas. Dans la cuisine, un flyer pour un festival local attira son regard. Le Wine and Roses Festival… Cet intitulé éveilla l'intérêt du vigneron novice qu'il était, même s'il était probable qu'il serait probablement reparti pour la France d'ici la tenue de cet événement.

Il suivit Sierra qui descendit les marches de la terrasse pour gagner une pelouse ombragée par les branchages d'un chêne vénérable. Un banc en fer forgé était niché entre des buissons d'azalées flamboyantes.

La brise faisait voleter les longs cheveux de Sierra qui rejoignit le banc sur lequel elle s'assit.

Colt prit place à l'autre bout. Le vent amena à ses narines des effluves du parfum de la jeune femme mêlé à celui des azalées.

— Pour nous faire gagner du temps, commença Colt, je dois vous dire que j'ai déjà lu tout ce que j'ai pu trouver en ligne sur le décès soudain d'Arielle. Je n'ai jamais rencontré sa sœur Ève, mais j'ai cru comprendre qu'elle était la tutrice légale du bébé, c'est bien ça ?

— De Micah, précisa Sierra, d'un ton curieusement protecteur. Oui, vous avez raison, mais Ève Martin a été hospitalisée pour des problèmes cardiaques. Il a donc semblé préférable pour Micah qu'il puisse rester auprès de Camilla Wentworth – Cammie – la femme qu'il l'a trouvé.

Le cœur de Colt se serra à la pensée que l'enfant qui avait peut-être le même sang que lui était confié à la garde d'une parfaite étrangère.

— Il faut que je le voie, décréta-t-il tandis que ses doigts se resserraient sur l'accoudoir du banc. Cet enfant mérite d'avoir un foyer…

— Et il en aura un, affirma Sierra avec feu. Le meilleur

foyer qui soit ! Ève m'a confié la mission de rechercher le père de Micah et elle m'a autorisée à m'appuyer sur le journal intime d'Arielle. De maigres indices m'ont permis de supputer que vous pourriez être le père de Micah. Alors, si vous le voulez bien, j'aimerais que vous me racontiez quels ont été vos liens avec Arielle…

— Votre texto ne laissait pas entendre que vous n'en n'étiez qu'à l'étape des supputations, lui fit remarquer Colt.

Il s'appuya au dossier du banc et l'observa.

Sierra serra les lèvres avant de reprendre la parole.

— J'ai fait ce qu'il fallait pour obtenir des réponses. Mais j'ai comme l'impression que, bien que vous soyez venu de loin, vous n'êtes pas très disposé à expliquer comment vous connaissiez Arielle…

Colt pressa ses tempes entre ses doigts. Il n'était en rien tenu de révéler à cette femme des détails intimes de sa vie. Il pouvait simplement la planter là et partir en quête de Cammie Wentworth par ses propres moyens. Cela dit, sans doute était-il plus sage de régler cela maintenant, avant de se retrouver face à cet enfant qui était peut-être le sien.

— Nous n'avons passé que très peu de temps ensemble, lâcha-t-il finalement. Nous nous sommes rencontrés juste avant que je ne parte pour la France. J'étais à cette époque bouleversé par le décès de mon grand-père et j'aspirais à réaliser un rêve qui lui était cher : celui de reprendre un domaine viticole. Je me rends compte néanmoins que mon chagrin est une piètre excuse pour justifier ma négligence envers Arielle…

Il étudia le visage de Sierra sur lequel se déplaçaient les ombres mouvantes des feuillages à travers lesquels le soleil tentait de percer.

— Savez-vous si quelqu'un d'autre revendique la paternité du… de Micah ?

— Personne, répondit Sierra en ôtant ses chaussons pour replier ses jambes en tailleur. Comme le journal d'Arielle ne vous mentionnait pas, j'ai basé mon enquête sur des indices extrêmement ténus.

Colt resta silencieux. Les remords qui le tenaillaient s'étaient mués en un sentiment d'urgence, reléguant au second plan son agacement face aux méthodes quelque peu brutales de Sierra. Il devait déterminer si Micah était vraiment son fils… Alors si Sierra pouvait l'y aider, soit !

La perspective de se découvrir père le terrifiait.

Sa vie serait amenée à changer radicalement et… immédiatement !

— Alors je vous suis grandement redevable de m'avoir trouvé, Sierra. Je ne sais comment je pourrai un jour vous remercier !

Sierra se perdit dans le regard bleu empreint de gravité de Colt Black, cherchant à le sonder.

Pouvait-elle se fier à ce qu'il racontait de sa rencontre avec Arielle ? Bien évidemment, les tests ADN constitueraient une preuve irréfutable, et s'il était bien le père, Sierra s'effacerait pour permettre à Micah de retrouver son papa.

Cela dit, tant qu'elle n'en était pas sûre, Sierra se sentait tenue de rester présente et attentive, de façon que Cammie ne gaspille pas son temps avec un homme qui n'avait peut-être aucun lien de parenté avec Micah !

Ève, quant à elle, avait plus ou moins jeté l'éponge, estimant que le père ne serait jamais retrouvé. La tante de Micah se consacrait donc pleinement à sa rééducation physique, dans l'objectif d'accueillir Micah chez elle de façon définitive…

Quoi qu'il en soit, Sierra avait bien l'intention de poursuivre ses investigations sur Colt. Elle voulait s'assurer qu'il était un homme de confiance. Le genre d'homme qui pourrait offrir à Micah un véritable foyer…

Car il ne suffisait pas d'être séduisant pour être honnête ! se disait-elle. Eh oui, elle devait bien avouer que Colt avait beaucoup de charme. Qu'elle le remarque ne manquait pas de la surprendre, elle qui pensait avoir définitivement renoncé aux hommes pour se concentrer sur sa carrière…

Colt était grand et bien bâti. Il en imposait, certes, mais davantage par son attitude sérieuse et intense que par sa corpulence. Oui, vraiment, c'était un homme très attirant ! Son costume en flanelle grise fait sur mesure, tout comme la montre en argent qu'il arborait à son poignet, indiquaient à la fois qu'il était à l'aise financièrement et qu'il prenait soin de son image.

Cependant, les cernes sous ses yeux et ses cheveux décoiffés témoignaient du fait qu'il avait peu dormi depuis qu'il avait appris la fameuse nouvelle… Ces marques de désarroi attiraient Sierra davantage que son apparence physique, car elles étaient la preuve que cette histoire ne le laissait pas indifférent.

La détermination qu'elle lisait dans les yeux du jeune homme la rassérénait. Elle s'était tant inquiétée, au cours des derniers mois, au sujet de l'avenir de Micah…

— Vous ne me devez rien, finit-elle par dire. Le fait que Micah puisse retrouver sa famille sera pour moi la plus belle des récompenses.

Une fois ce mystère résolu, elle pourrait enfin s'atteler à la mission qui l'avait amenée à Royal, à savoir écrire un livre sur l'histoire du Texas Cattleman's Club.

Certes, ce projet la comblerait certainement d'un point de vue professionnel, mais d'un point de vue strictement personnel, elle regretterait probablement les visites fréquentes qu'elle avait rendues ces derniers mois au petit Micah. Celui-ci occupait désormais une place toute particulière dans son cœur.

— Vous disiez qu'Arielle n'avait pas mentionné mon nom dans son journal…, dit Colt en passant la main dans ses cheveux. Alors comment êtes-vous arrivée jusqu'à moi ?

— Arielle avait mentionné plusieurs fois la Colt Room en marge de son journal, expliqua Sierra.

Elle faisait référence au bar à cocktails du Texas Cattleman's Club que l'un des ancêtres de Colt avait créé et qui avait été récemment rénové aux frais de Colt lui-même.

— À côté de l'une de ces références, Arielle avait dessiné un petit cœur, reprit Sierra. J'ai d'abord pensé que c'était là qu'elle avait rencontré le père de son enfant.

Colt fronça les sourcils.

— C'était un indice bien mince, commenta-t-il.

— Attendez… L'initiale du deuxième prénom de Micah est C. Juste un C ! Je me suis dit, alors, que c'était sans doute une référence au prénom du papa…

Sierra avait passé des heures à compulser le journal d'Arielle à la recherche d'indices, obsédée chaque jour un peu plus par ce mystère.

— C'est incroyable que vous ayez fait le lien avec moi, marmonna Colt en se frottant le visage avec ses mains. J'étais tellement absorbé par mon projet de domaine viticole que je n'ai pas repris contact avec Arielle. Tout ce temps, j'aurais dû être ici, à Royal, pour la soutenir pendant sa grossesse.

À l'entendre, Colt semblait pétri de remords.

Des remords qui ne feraient pas avancer la situation, songea Sierra.

— Vous êtes là maintenant, le rassura-t-elle. Je dois

dire que vous avez fait vite, une fois que j'ai mis toutes mes cartes sur la table !

Elle se laissa aller davantage contre le dossier du banc et ramena ses genoux contre sa poitrine avant d'entourer ses jambes de ses bras.

— Après avoir découvert votre implication dans la rénovation de la Colt Room et réalisé que vous aviez quitté le pays peu de temps après qu'Arielle ne tombe enceinte, j'ai eu l'intuition que vous pourriez être le père…

— Vos premiers messages étaient assez imprécis, fit remarquer Colt. J'en ai regardé certains, mais, après avoir fait quelques recherches sur vous sur Internet, je me suis dit que vous étiez juste en quête de ragots sur le Texas Cattleman's Club afin d'écrire un article.

Les lèvres de Sierra esquissèrent un sourire amer.

— Je constate que vous souscrivez à l'idée communément répandue que les journalistes sont tous des vautours !

— Qu'étais-je censé penser ? Jamais il ne m'a traversé l'esprit que vous m'écriviez pour m'annoncer que j'étais – sous toute réserve – père !

Colt sauta soudain sur ses pieds.

— Il faut que j'y aille, décréta-t-il. Je veux voir cet enfant. Et faire un test ADN.

Sierra se leva à son tour, quelque peu déstabilisée qu'un papa potentiel pour le petit Micah paraisse disposé à en assumer la responsabilité, une fois sa paternité confirmée.

La fin éventuelle de son implication dans cette affaire la rendait nerveuse.

— Attendez… Vous pouvez faire un test ADN au Royal Memorial Hospital. Je dois vous préciser néanmoins que les tests réalisés dans des délais accélérés sont extrêmement chers. Mais, avant tout, laissez-moi vous accompagner auprès de Micah…

Colt la dévisagea de ses yeux bleus empreints de gravité. Sierra se sentit soumise à un examen approfondi, comme s'il la jaugeait. Soudain, elle se sentit presque nue dans son fin pantalon de pyjama et son T-shirt !

— Je payerai un test accéléré, ce n'est pas un problème, déclara Colt. Je me rendrai à l'hôpital après avoir vu Micah. C'est gentil à vous de me proposer de m'accompagner, mais vous en avez déjà beaucoup fait…

Il parlait de façon saccadée, articulant chaque mot avec clarté. Était-ce parce qu'il venait de passer du temps à l'étranger ? s'interrogea Sierra.

— Je n'ai même pas raconté à Cammie que je vous avais contacté…, argua-t-elle.

La jeune femme ressentait au plus profond d'elle-même le besoin d'assister à cette rencontre. Elle tenait à être présente pour accompagner Micah dans cette étape décisive.

— Et puis il faut aussi prévenir Ève, la tante de Micah, que vous êtes à Royal, reprit-elle. Quoi qu'il en soit, si vous souhaitez rencontrer Micah aujourd'hui, j'aimerais beaucoup être présente.

Tandis que Colt Black paraissait peser le pour et le contre, Sierra se demanda comment le jeune homme gérerait le fait de devenir papa d'un bébé de six mois du jour au lendemain… Serait-il comblé de joie, ou bien cela le plongerait-il dans des abîmes de stress et d'inquiétude ?

Colt finit par hocher la tête affirmativement.

— D'accord, je vous remercie de m'accompagner.

— Super ! fit Sierra en marchant vers la maison. Accordez-moi dix minutes, le temps de me changer et d'appeler Cammie pour lui annoncer notre visite.

Elle était déjà dans la cuisine lorsque la voix de Colt derrière elle la fit stopper net.

— Sierra… j'ai encore quelque chose à vous demander…

Elle se retourna. La large carrure du jeune homme emplissait l'embrasure de la porte-fenêtre.

— Allez-y…

Appuyant sa hanche contre la cuisinière, elle essaya d'imaginer Colt en train de bercer un bébé.

L'image qui apparut alors dans son esprit titilla ses ovaires déficients… Ce qui ne fit que lui rappeler pourquoi elle prenait soin d'éviter toute relation amoureuse !

— Est-ce qu'il me ressemble ? lui demanda Colt en la transperçant de son regard azur.

Cette simple question la déstabilisa totalement, et elle dut se retenir de poser les mains sur ses organes reproducteurs. Car c'était son instinct maternel contrarié que Colt avait réveillé sans le savoir !

Sierra fit de son mieux pour ravaler la blessure qu'elle ne s'était pas autorisée à ressentir ces dernières années.

— Je trouve que oui, répondit-elle avec douceur avant de battre en retraite vers sa chambre.

Il fallait qu'elle se ressaisisse !

Elle devait garder un œil sur Colt Black jusqu'à ce qu'elle soit sûre qu'il était bien le père de Micah.

Et d'ailleurs, si tel était le cas, il n'était pas du tout certain que Colt soit en mesure de prendre soin d'un bébé !

Elle ne le lâcherait pas d'une semelle tant qu'elle ne serait pas convaincue que l'enfant serait en sécurité avec lui.

- 2 -

Installé dans le fauteuil passager de la Mini de Sierra, Colt n'arrivait pas étendre les jambes sans heurter la boîte à gants.

Il appréciait néanmoins que la jeune femme l'accompagne pour cette visite décisive chez Drake et Cammie. Il lui apparaissait dorénavant évident que Sierra avait joué un rôle primordial dans les recherches qui avaient permis de déterminer l'identité du père de Micah.

Si Ève Martin, la tante de Micah, avait autorisé Sierra à utiliser le journal intime d'Arielle pour mener l'enquête, alors c'était probablement que Sierra était une personne digne de confiance.

L'avoir à ses côtés lors de cette visite lui faciliterait donc la tâche…

Après avoir annoncé leur venue à Cammie, Sierra avait également contacté Ève pour l'informer de l'arrivée de Colt à Royal et de son intention de se soumettre sans tarder à un test ADN. Ève avait donné son accord pour rencontrer Colt dès le lendemain afin de s'entretenir avec lui de la situation. De toute évidence, la tante de Micah était très impliquée dans la vie du petit garçon.

— Avez-vous déjà rencontré Cammie ? s'enquit Sierra, tandis que la voiture pénétrait dans un quartier résidentiel. Ou Drake Rhodes ?

La jeune femme baissa le volume de la radio qui diffusait de la musique country.

— Je ne crois pas les avoir rencontrés, mais j'ai déjà eu affaire au père de Cammie.

Colt n'avait pas trouvé Tobias Wentworth très sympathique lorsque, cinq ans plus tôt, il lui avait rendu visite dans son ranch pour faire l'acquisition d'un cheval. À en croire la rumeur, néanmoins, le caractère de Wentworth s'était considérablement adouci depuis son dernier mariage…

— J'espère que Cammie sait s'y prendre avec les enfants, ajouta Colt.

Il regretta aussitôt ces paroles. Celles-ci ne faisaient que le renvoyer à ses propres insuffisances. Il avait failli à son devoir envers Arielle. Failli également à son devoir envers sa propre progéniture…

Cette pensée le dévastait d'autant plus qu'il se rappelait l'importance cruciale que son bien-aimé grand-père accordait à sa famille. C'était pour rendre hommage à ce dernier que Colt s'escrimait depuis un an à faire de la Royal Black Winery un succès.

Mais quel était le sens de tous ces efforts si Colt avait, pendant tout ce temps, renié la chair de sa chair ?

— Cammie est formidable avec Micah, affirma Sierra. Elle l'a été dès le premier jour. Vous savez, j'étais présente au Royal Memorial Hospital lorsque Cammie a trouvé Micah sur le parking. J'ai tout de suite vu qu'elle craquait totalement pour le bout de chou…

Craquerait-il lui aussi pour Micah ? ne put s'empêcher de se demander Colt.

Il sentit le sang tambouriner dans ses tempes en songeant qu'il n'avait pas la moindre idée de la façon dont il fallait se comporter avec un tout jeune enfant. Il aurait besoin d'aide… De l'assistance d'une nounou certainement.

Pour autant, il ne serait sûrement pas le genre de père à déléguer à quelqu'un d'autre l'éducation de son enfant !

Colt avait perdu ses deux parents dans le crash d'un avion, alors qu'il n'était qu'un gamin. Par conséquent, c'était son grand-père qui l'avait élevé, et bien que Colt fût très attaché à lui, il ne comprenait que trop bien à quel point il était important de faire partie d'une famille. L'existence de Colt avait été tellement marquée par l'absence de ses parents…

— A-t-elle de l'aide ? demanda-t-il à voix haute.

— Oui… La demi-sœur de Drake vit là aussi. Elle peut donc s'occuper de Micah de temps à autre. Et puis Ève et moi leur rendons souvent visite et proposons parfois nos services en tant que baby-sitters.

Colt crut percevoir dans sa voix une note de tristesse. Mais cette fois, plutôt quc de s'interroger avec suspicion sur les réelles motivations de la journaliste, il repoussa ses interrogations à plus tard. S'il avait des difficultés pour trouver une nounou, il pourrait toujours proposer à Sierra de lui donner un coup de main de façon temporaire…

Son attention se porta sur les doigts de la jeune femme qui tambourinaient sur le volant, tandis qu'elle manœuvrait dans Royal avec autant d'aisance que si elle y avait toujours vécu.

Elle s'était changée et avait passé un jean noir et un pull gris qui laissait une de ses épaules nue. Sierra était diablement séduisante… Non pas que Colt soit intéressé, mais il ne pouvait nier sa beauté. Et il avait envie d'en savoir plus sur elle…

Il s'apprêtait à lui poser une question lorsqu'elle quitta soudain la route principale pour tourner à gauche.

— Nous y voici, annonça-t-elle en se garant devant

une belle demeure de deux étages ceinte par une terrasse couverte.

Elle releva ses lunettes de soleil sur sa tête et se tourna vers lui.

— Êtes-vous prêt ? s'enquit-elle. Vous êtes bien calme…

— Vous n'écrirez pas d'article sur cette visite, n'est-ce pas ?

Colt avait besoin d'en avoir le cœur net, avant de pénétrer dans cette maison. Il avait un souvenir si traumatisant des journalistes qui avaient assailli la maison de son grand-père après la mort de ses parents ! L'intérêt vorace des médias n'avait fait que rendre plus difficile encore cette période déjà profondément éprouvante.

— Vous avez dit que vous n'écririez plus rien sans avoir obtenu la permission du père de Micah, ajouta-t-il. Je suis cependant tout à fait conscient que les habitants de Royal meurent certainement d'envie d'en connaître l'identité… Les nouvelles vont vite dans les petites villes comme Royal !

Colt savait pertinemment que, quoi que fasse Sierra Morgan, il se retrouverait tôt ou tard soumis au jugement de l'opinion publique. Mais la visite qu'il s'apprêtait à faire était trop importante… trop intime, pour qu'il se laisse distraire par la présence d'une journaliste.

— Je travaille pour la *Royal Gazette*, pas pour un journal à scandale, rétorqua Sierra. Rassurez-vous… Je n'écrirai rien sur Micah et vous tant que vous n'aurez pas apporté la preuve que vous en êtes le père, et tant que vous ne m'aurez pas proposé de vous interviewer.

Colt l'observa. Il avait peut-être tort de lui faire confiance, mais, sous le feu de ses yeux verts, il suivit son intuition et décida de la croire. De toute façon, il était bien trop nerveux à la pensée de se retrouver face à son fils potentiel pour s'inquiéter davantage.

— Merci, dit-il avec un geste sec de la tête.

Ils descendirent du véhicule. Sierra le précéda et remonta l'allée pavée qui menait à la maison. Elle paraissait parfaitement à son aise ici… Ce n'était pas une surprise… à l'en croire, elle venait souvent.

N'était-il pas étrange qu'une jeune femme s'implique autant auprès d'un bébé, pour la seule et unique raison qu'elle avait été présente au moment où il avait été trouvé ?

Colt ne pouvait s'empêcher de s'interroger…

Ravalant ses questionnements, il s'efforça de détourner son attention de la silhouette de Sierra. De ses cheveux blonds voletant dans l'air printanier.

Il ne devait se préoccuper que d'une seule chose…

Sa rencontre imminente avec l'enfant qui était peut-être son fils.

Se faisait-elle des idées, ou était-ce bien le poids du regard de Colt qu'elle sentait dans son dos pendant qu'elle montait les marches ?

Sierra refusa de s'appesantir sur cette éventualité et tenta de se concentrer sur ce qui allait suivre…

Elle se doutait qu'il devait être difficile pour Cammie d'accueillir chez elle un homme susceptible d'être le père de Micah. Cammie s'était, en effet, beaucoup attachée à l'enfant, et Sierra devinait qu'elle serait probablement prête à le garder de façon permanente.

Son estomac se noua à la pensée des souffrances éventuelles que la résolution de cette affaire pourrait engendrer…

Elle appuya sur la sonnette et rongea son frein. Colt ne se tenait pas très près, mais elle avait une conscience aiguë de sa présence derrière clle. De la senteur épicée de son after-shave… Du frottement de la doublure de sa veste contre le coton de sa chemise. De la chaleur qui émanait de lui et irradiait jusqu'à elle…

La porte s'ouvrit heureusement avant que ses pensées puissent poursuivre leur cours ô combien dangereux !

La silhouette gracieuse et svelte de Cammie Wentworth se dessina dans l'embrasure de la porte.

— Bonjour, Sierra, dit-elle avant de tourner les yeux vers Colt. Bonjour, je suis Cammie Wentworth…

Prenant la main qu'elle lui tendait, Colt fit un signe de tête.

— Colt Black. Merci de nous recevoir aussi vite.

— Je vous en prie, répondit Cammie avec un sourire poli. Si Sierra estime qu'il y a une forte chance que vous soyez le père de Micah, alors il est normal que nous vous recevions aussi vite que possible. Vous savez, les talents d'enquêtrice de Sierra rivalisent avec ceux de la police !

Elle ouvrit davantage la porte et recula pour les laisser entrer. Puis, elle conduisit ses visiteurs jusqu'au salon dont la décoration était dominée par une immense toile représentant un paysage australien.

Sierra mourait d'envie d'aller chercher Micah dans sa chambre. D'abord, parce qu'elle adorait le prendre dans ses bras, mais aussi parce qu'elle était impatiente de vérifier si le petit garçon ressemblait autant à Colt qu'elle le pensait… Cela dit, elle n'était pas la tutrice de Micah et elle n'était pas chez elle, alors elle prit son mal en patience pendant que Cammie posait à Colt les questions qu'elle-même avait posées un peu plus tôt. À savoir, où il se trouvait ces derniers mois, pourquoi il ne s'était pas manifesté plus tôt et comment il avait rencontré Arielle…

Sierra coulait un regard vers le couloir qui menait à

la chambre de Micah lorsqu'elle entendit quelque chose que Colt ne lui avait pas dit tout à l'heure…

— … nous nous sommes rencontrés parce que Arielle m'a proposé un rendez-vous pour me parler d'une terre que je possède dans les environs de Royal. La propriété du vieux Fenwick…

— Le ranch de Violetta Ford ! intervint Sierra.

Elle se demanda ce que Colt savait de cette vieille fille rebelle qui s'était fait passer pour un homme – Vincent Fenwick – afin de pouvoir intégrer le Texas Cattleman's Club…

Cette histoire faisait partie d'une foule d'anecdotes croustillantes que Sierra avait découvertes en se renseignant sur l'historique du club. Autant de raisons qui la poussaient à écrire un livre sur cette saga…

Colt se tourna vers elle l'air surpris.

— Vous connaissez cette histoire ? Arielle me l'a racontée ce soir-là… L'unique soirée que nous ayons passée ensemble… Moi, j'ignorais tout de cette affaire. J'avais juste fait l'acquisition de ce terrain pour réaliser un investissement.

L'instinct journalistique de Sierra se réveilla et son cerveau se mit en ébullition. Elle se demandait comment elle pourrait avoir accès à cet endroit… Emmalou Hilliard, une habitante de Royal âgée de quatre-vingt-dix-neuf ans, qui avait été autrefois cow-girl dans le ranch de Violetta Ford, avait raconté à Sierra que Violetta tenait un journal intime. Selon elle, ce journal était caché quelque part dans le ranch. Sierra aurait tout donné pour mettre la main dessus afin de nourrir le livre qu'elle projetait d'écrire !

Cammie se pencha en avant et s'adressa à Colt.

— Savez-vous que Sierra a entrepris de reprendre le travail mené par Arielle pour déterrer les secrets enfouis du Texas Cattleman's Club ? Sierra a déjà aidé à résoudre le mystère entourant la mère biologique de Harmon Wentworth.

Sierra adressa à Cammie un sourire reconnaissant. Elle appréciait que celle-ci fasse allusion à ses investigations comme à quelque chose d'utile, et non d'intrusif. Cela n'avait pas toujours été le cas… Elle se souvenait des nombreuses fois où Cammie avait tenté de l'éviter, convaincue qu'elle était uniquement en quête d'un scoop. Il avait fallu du temps à Sierra pour gagner sa confiance.

— C'est gentil, Cammie, dit-elle, mais c'est Tate Wentworth qui a réussi à avoir le fin mot de l'histoire, précisa-t-elle.

Cammie n'était pas proche de son petit-cousin, Tate Wentworth, mais elle n'ignorait pas que c'était ce dernier qui, après avoir volé des pages du journal d'Arielle Martin, avait découvert la liaison que Violetta Ford avait eue avec Dean Wentworth, le père de Harmon.

— Peut-être, renchérit Cammie, mais c'est toi qui n'as rien lâché avant de tirer au clair toute cette histoire.

— Intéressant, commenta Colt en se focalisant sur Sierra. Je ne savais pas que Harmon avait été adopté !

Sierra croisa les bras, mal à l'aise d'être le centre de l'attention, alors qu'ils étaient ici pour une affaire bien plus urgente…

— Depuis que je suis à Royal, je n'ai pas uniquement passé mon temps à vous pourchasser, admit-elle. Je fais des recherches sur le Texas Cattleman's Club, avec pour projet d'écrire un livre. C'est une des raisons pour lesquelles j'ai cessé de collaborer avec le magazine *America*. L'autre étant que je souhaitais me mettre en quête du père de Micah.

Soucieuse de dissuader Colt et Cammie de poursuivre cette discussion, Sierra sauta sur ses pieds.

— Cammie, es-tu d'accord pour que Colt rencontre Micah ? demanda-t-elle tout de go.

La spontanéité et la franchise de Sierra lui avaient ouvert bien des portes dans le cadre professionnel. D'un point de vue relationnel, en revanche, ces traits de caractère lui avaient souvent joué des tours…

Cammie ne parut pas s'offusquer de son intervention.

Elle hocha la tête lentement, avec un air solennel.

— Bien sûr que je suis d'accord. Je n'avais jamais rencontré Colt, mais je croisais souvent son grand-père au Texas Cattleman's Club.

Elle se tourna vers le jeune homme, et son expression s'adoucit.

— Je vous présente toutes mes condoléances, reprit-elle. Clyde Black était un homme que j'appréciais beaucoup.

— Merci de votre sollicitude, répondit Colt en sentant une boule se former dans sa gorge.

Cammie se leva et s'éloigna dans le couloir.

— Je vais chercher Micah, annonça-t-elle.

— Alors si je comprends bien, commença Colt, une fois Cammie partie, vous êtes meilleure détective que les professionnels de la police ?

Sierra haussa les épaules. Elle se mit à faire les cent pas dans le salon, cherchant à apaiser la tension qui l'avait envahie, sans qu'elle sache exactement pourquoi.

— Le journalisme d'investigation implique de nombreuses recherches, expliqua-t-elle. Il ne s'agit pas seulement d'écrire…

Elle se demanda si Colt était vraiment intéressé par le sujet ou s'il lui posait cette question pour se distraire l'esprit avant sa rencontre imminente avec Micah.

Se pouvait-il qu'il soit nerveux ?

— Je passe le plus clair de mon temps à traquer des indices, ajouta-t-elle.

— Et maintenant vous allez écrire un livre…

Les yeux bleus de Colt ne la lâchaient pas tandis qu'elle décrivait des cercles autour du canapé.

— Est-ce que cela va vous occuper autant que l'énigme que vous venez probablement de résoudre ?

De toute évidence, Colt s'efforçait de lui faire la conversation… Et pourtant, l'attention qu'il lui portait – son intérêt, même – éveillait en elle quelque chose qui était resté en sommeil depuis longtemps.

Une simple attirance physique, à n'en pas douter…

Oui, mais voilà…

Sierra n'était pas habituée à ce que l'attention d'un homme mette tous ses sens en éveil.

Elle s'efforça de se concentrer sur la question qu'il venait de lui poser.

— Je l'espère bien.

Elle aurait grandement besoin de s'occuper l'esprit une fois que le mystère entourant le petit Micah serait résolu pour de bon. Cammie ne serait pas la seule à éprouver un grand vide quand le petit garçon sortirait de leur vie…

— Je n'aurais pas entrepris ce projet si je n'étais pas persuadée qu'il y a matière à découvertes.

Elle marchait de plus en plus vite. Mais que diable faisait Cammie ?

— Et que pensez-vous donc mettre à jour ?

Colt se leva et lui barra la route au moment où elle s'apprêtait à passer devant l'ottomane sur laquelle il avait pris place.

— Des secrets que les gens préféreraient laisser enfouis ?

poursuivit-il. Des scandales qui ne feraient que blesser des membres du club, s'ils venaient à sortir au grand jour ?

Sierra recula d'un pas devant la lueur accusatrice qui brillait dans son regard. Ils étaient si proches qu'elle sentait la chaleur du corps du jeune homme irradier jusqu'à elle et faire naître des frissons le long de ses bras et de son dos.

— Je croyais que vous vous sentiez redevable envers moi de vous avoir informé de l'existence de Micah, murmura-t-elle en levant la tête pour affronter son regard. En fait, vous êtes déjà convaincu que je me lance dans une entreprise de destruction, alors que je n'ai même pas commencé à écrire ce livre…

Ils se jaugèrent en silence pendant quelques secondes, se frôlant presque, lorsque la voix de Cammie mit fin à ce tête-à-tête hostile.

— Nous voici, annonça-t-elle. Colt, je vous présente, Micah, le fils d'Arielle…

Pendant une fraction de seconde, Colt eut l'impression de revivre cet instant lorsque, enfant, il était tombé de la cage à poules et avait eu le souffle totalement coupé…

Le temps sembla s'arrêter, à l'instar de sa respiration, et il se sentit incapable de bouger, de penser, ni même de comprendre ce qui était en train de se passer.

Comme dans un rêve, il vit Cammie Wentworth s'avancer vers lui avec un bébé aux cheveux sombres dans les bras…

L'enfant était adorable, avec ses grands yeux vifs et un sourire joyeux aux lèvres tandis qu'il agrippait les orteils de l'un de ses pieds nus. Il portait un body bleu en coton imprimé de petites voitures.

Colt se secoua. Était-il en train de rêver, ou bien était-ce la réalité ?

Il n'avait toujours pas bougé quand Sierra posa la main sur son bras.

— Vous avez vu comme il est mignon ? dit-elle d'une voix émerveillée. Il est chaque jour plus adorable, vous savez.

Le contact subtil des doigts de la jeune femme sur son bras ramena Colt à la réalité. Sierra dégageait en permanence une telle énergie qu'elle avait réussi, en le touchant, à dissiper son état d'inertie.

— Puis-je le prendre ? demanda-t-il tout à coup, se surprenant lui-même.

Il n'avait aucune expérience avec les enfants, encore moins avec les bébés…

Mais peu importait, car le moment était exceptionnel.

Eh oui… Il avait su, dès qu'il avait posé les yeux sur lui, que cet enfant était le sien !

En dehors de son teint plus foncé et de ses yeux bruns qui l'observaient avec curiosité, le petit garçon était le portrait craché du bébé que Colt avait été.

Étant lui-même devenu orphelin à un très jeune âge, il refusait que son fils ressente à son tour le sentiment douloureux d'avoir été abandonné. C'était le grand-père de Colt qui avait assumé à la fois le rôle du père, et celui de la mère… C'était maintenant au tour de Colt de prendre cette responsabilité et de remplir le vide laissé par l'absence de deux parents, en faisant en sorte que cet enfant en ait au moins un…

— Bien sûr, acquiesça Cammie en s'approchant de lui.

Sierra s'avança aussi en continuant à s'extasier et à parler à Micah. Celui-ci la récompensa d'un beau sourire édenté avant de lâcher son pied et de gigoter.

— C'est un véritable petit ver de terre, déclara-t-elle

en souriant tandis que Colt prenait l'enfant des bras de Cammie.

Cette fois encore, la terre parut s'arrêter de tourner lorsqu'il plongea pour la première fois ses yeux dans ceux du bébé…

— Bonjour, Micah, dit-il avec douceur.

Il se sentait submergé… C'était toute sa vie qui basculait d'un seul coup !

Toutes ses anciennes priorités s'effaçaient à mesure qu'une nouvelle réalité se dessinait autour de ce petit être qui, il le ressentait au plus profond de lui-même, était son fils.

Micah C… pour Micah Colt !

Aucun doute n'était permis !

Micah porta une main à sa bouche et mordilla ses doigts tout en observant Colt.

Celui-ci se dirigea vers l'une des portes-fenêtres du salon dans l'intention d'étudier les traits du bébé à la lumière du jour.

Il ressentait le besoin de mémoriser chaque détail du visage du bébé.

De *son* bébé. *Son* fils !

Dans sa vision périphérique, Colt vit Sierra qui discutait avec Cammie.

De quoi discutaient les deux femmes ?

De la possibilité qu'il soit le père de Micah ?

Ou du fait qu'il soit prêt à payer une grosse somme d'argent pour faire réaliser un test ADN accéléré ?

En chemin, Colt avait appelé l'hôpital afin de se renseigner. Pour une somme assez exorbitante, il pouvait obtenir les résultats d'un test ADN sous vingt-quatre heures.

Le jeune homme aurait apprécié de pouvoir garder encore le petit Micah dans ses bras, mais il était conscient qu'il devait se hâter de faire les démarches nécessaires, de façon à pouvoir le récupérer pour de bon.

Ainsi, plus tôt il se rendrait au Royal Memorial Hospital, plus tôt il pourrait prouver sa paternité et emmener Micah vivre avec lui.

— Alors, que comptez-vous faire ? s'enquit la voix de Sierra dans son dos.

La jeune femme s'était approchée et caressait la joue de Micah du dos de ses doigts.

Le bébé cilla plusieurs fois, comme si la douce caresse avait le pouvoir de le faire sombrer dans le sommeil.

— Je me rends de ce pas au Royal Memorial, annonça Colt en détachant les yeux du visage de Micah pour les poser sur celui de la jeune femme. Je vais appeler un taxi.

L'expression extasiée de Sierra l'interpella. Elle semblait vraiment très attachée au bébé. Elle ne s'en était, certes, pas cachée, mais Colt réalisa précisément en cet instant à quel point ses sentiments pour le petit étaient puissants.

Une tendresse incommensurable teintait son regard.

Tant mieux ! songea-t-il. Il pourrait ainsi lui confier sans arrière-pensée la garde de Micah, s'il avait besoin d'une baby-sitter dans les semaines à venir…

Oui, mais attention…, se dit-il. S'il lui permettait d'entrer dans leur vie, Sierra n'en profiterait-elle pas pour tenter de dénicher secrets et potins destinés à alimenter le livre qu'elle projetait d'écrire ?

— L'hôpital est sur la route du Bed and Breakfast, précisa la jeune femme. Je peux vous y déposer en rentrant.

Colt acquiesça avant de se diriger vers Cammie à qui il confia à nouveau Micah.

— Merci beaucoup, Cammie, de m'avoir laissé le voir.

— Vous allez faire le test ADN ? demanda-t-elle en calant le petit sur sa hanche.

— Tout à fait. Au plus vite.

Galvanisé par cet objectif, Colt prenait néanmoins conscience qu'il allait avoir une tonne de choses à organiser. À commencer par se faire expédier ses affaires depuis la France, étant donné qu'il ne retournerait pas là-bas avant un ou deux mois !

Tiens… peut-être pourrait-il finalement assister au Wine and Roses Festival !

— Si le résultat du test est celui espéré, reprit-il, je m'entretiendrai avec la sœur d'Arielle et l'assistante sociale qui accompagne Micah, de manière à pouvoir assumer mon rôle de père dès que possible. Avec un peu de chance, je reviendrai vous voir demain…

— Si tôt ? s'étonna Cammie, dont le regard un peu inquiet allait de Colt à Sierra.

— Ce ne sera jamais assez tôt pour moi, répondit Colt.

Il espérait que Cammie comprendrait le besoin qui l'animait d'établir rapidement un lien paternel avec son fils.

— Je ne sais comment vous remercier d'avoir si bien pris soin de Micah, ajouta-t-il. Je ne pourrai jamais rattraper les mois perdus depuis sa naissance, alors, si le test confirme que je suis son père, je tiens à commencer au plus vite une nouvelle vie avec mon fils.

- 3 -

Combien de cercles devrait-elle encore décrire dans sa chambre avant que ses pas ne finissent par trouer le tapis ?

Sûrement pas beaucoup !

Cela faisait, en effet, près d'une heure que Sierra rongeait son frein dans sa chambre du Cimarron Rose, dans l'attente de nouvelles de Colt.

Qu'attendait-il pour lui envoyer un texto ?

Ou pour l'appeler ?

Bon sang, au point où elle en était, elle était prête à se contenter de signaux de fumée !

Elle voulait juste connaître le résultat du test ADN !

Est-ce que Colt avait décidé de l'ignorer, maintenant qu'elle l'avait mis en relation avec Micah ? se demandait-elle. Peut-être le jeune homme estimait-il qu'elle ne lui servait désormais plus à rien…

Certes, elle comprenait qu'il puisse considérer le résultat du test comme une information privée… Il n'avait aucune obligation de l'informer du résultat. Et ce même si elle s'était dévouée corps et âme pour retrouver le père de Micah, dès l'instant où, ce fameux jour, elle avait posé les yeux sur l'enfant qui avait été retrouvé dans son porte-bébé, sur le parking du Memorial Hospital.

Mais quand même… Ne méritait-elle pas, au moins, de savoir si Colt en était ou non le père ? De façon à pouvoir reprendre ses recherches, s'il ne l'était pas !

Elle s'arrêta devant la fenêtre et observa le jardin où elle s'était assise avec Colt, la veille… Depuis cet instant, le jeune homme n'avait pas quitté ses pensées.

En raison de sa paternité potentielle, bien sûr ! tentait-elle de se convaincre. Pas parce que Colt éveillait son intérêt avec son regard grave et sa silhouette bien bâtie…

Sierra frappa de son poing le montant de la fenêtre, priant pour que son téléphone sonne.

Pour que Colt lui donne des nouvelles !

Plus de vingt-quatre heures s'étaient écoulées depuis qu'elle l'avait déposé devant l'hôpital… Il avait certainement récupéré les résultats du test ADN à l'heure qu'il était !

Renonçant à dompter son impatience, Sierra se remit à faire les cent pas, son téléphone à la main. Elle relut tous les messages qu'elle avait envoyés à Colt depuis une semaine, jusqu'au plus récent. Celui qui avait incité le jeune homme à sauter dans le premier avion… Il n'avait pas répondu à ce message, et elle avait été interloquée de le retrouver sur le pas de sa porte dès le lendemain !

Comme mus par un instinct propre, ses pouces se mirent à tapoter sur le clavier.

> Pourriez-vous m'informer de ce que vous avez pu apprendre concernant votre éventuel lien de parenté avec Micah ? Je veux m'assurer que j'ai bien retrouvé son père. Si ce n'est pas vous, alors je dois reprendre mes recherches…

Sierra appuya sur « Envoyer » avant de se laisser le temps de changer d'avis. Puis, après un soupir, elle jeta le portable sur le lit à baldaquin où il atterrit silencieusement.

Est-ce que Colt allait lui répondre ?

Le jeune homme ne comprenait sans doute pas à quel point la quête du père de Micah lui tenait à cœur, à elle qui avait grandi sans connaître l'identité de ses parents biologiques. Il était important qu'elle sache ce qu'il en était, car plus le temps passait, plus les indices s'estomperaient. C'était ce qui lui était arrivé, en tant qu'enfant abandonnée. Ses parents adoptifs n'avaient pas entamé de réelles recherches avant ses douze ans. C'était elle qui les en avait convaincus, arguant que c'était important pour elle.

Mais douze années avaient passé et…

Bip. Bip.

Son téléphone s'alluma et fit vibrer le matelas.

Sierra se précipita sur l'appareil et découvrit avec stupéfaction qu'il s'agissait d'un appel entrant et non de la réception d'un texto. Le nom de Colt s'affichait sur l'écran…

— Colt ? Alors ?

Sierra n'avait pas réalisé jusqu'à cet instant à quel point elle était inquiète à l'idée que Micah ne soit pas le fils du jeune homme…

Et lui ? Comment le prendrait-il ?

Serait-il déçu ou bien soulagé ?

— Le test ADN est positif, déclara Colt d'une voix neutre.

À ces mots, la gorge de Sierra se serra, et des pensées en vrac se bousculèrent dans son esprit.

Colt l'appelait-il seulement par politesse ?

Lui permettrait-il de revoir Micah ?

Comment Cammie et Ève allaient-elles prendre la nouvelle ?

Elle se laissa tomber sur le lit, consciente qu'elle devait avancer prudemment si elle voulait continuer à passer du temps avec le petit garçon auquel elle s'était tant attachée. Son cœur se serrait à la pensée d'être exclue définitivement de la vie de Micah.

— Vous le pressentiez, n'est-ce pas ? dit-elle à Colt, se

souvenant à quel point il avait semblé confiant lorsqu'il avait quitté la maison de Cammie. Toutes mes félicitations, Colt. Micah a de la chance de vous avoir pour papa.

Elle avait lu dans les yeux du jeune homme sa détermination à devenir un bon père. Malgré tout, le changement radical que cette révélation allait produire sur son existence devait le perturber terriblement.

— Merci, répondit-il d'une voix sans timbre. Je ne suis pas sûr que Micah soit d'accord avec vous. Il n'a pas cessé de pleurer pendant le trajet entre la maison de Cammie et le ranch.

Ainsi, Colt avait déjà récupéré son fils…, songea Sierra.

— Ce n'est pas simple, dit-elle, mais les bébés pleurent beaucoup. Rien de plus normal. C'est un grand bouleversement pour Micah.

Elle tentait de rassurer Colt, même si elle éprouvait elle-même une certaine inquiétude et le besoin de constater de visu que le petit garçon se portait bien.

— Est-ce qu'il va mieux maintenant ?

— Il a fini par s'endormir. Je dois avouer que même si Cammie et Ève m'ont remis quatre pages d'instructions et de conseils, je suis terrifié à la perspective qu'il se réveille bientôt…

Un sourire recourba les lèvres de Sierra à l'idée de ce grand jeune homme, terrorisé par un bébé !

— Je serais ravie de pouvoir vous apporter un peu de soutien moral en cette première journée où vous exercez votre rôle de papa…

Sierra essayait de se convaincre qu'elle faisait cette offre uniquement pour s'assurer que Colt avait tout ce qu'il lui fallait pour prendre soin de son petit garçon…

Pour autant, il lui fallait bien admettre que le jeune

homme n'avait pas quitté ses pensées depuis la veille. Il avait éveillé son intérêt de façon certaine.

Il avait allumé une étincelle…

— Vous feriez ça ?

Son ton était davantage méfiant que reconnaissant, ce qui fit se dresser Sierra sur ses ergots.

— Pourquoi cela est-il si difficile à croire ? Ce n'est pas parce que je suis journaliste que je suis insensible aux enfants. Les journalistes aussi ont un cœur, ne vous en déplaise ! Et l'instinct maternel !

Elle regretta ces derniers mots aussitôt après les avoir prononcés.

Oui, mais voilà… Son incapacité à avoir un enfant la minait. Mais, bien évidemment, Colt n'avait pas connaissance de ce détail !

— Vous avez raison, reconnut-il en laissant échapper un soupir. Je suis tellement obnubilé par la façon dont je dois me comporter avec un bébé que j'oublie un peu vite que tout le monde n'est pas aussi effrayé que moi.

Sierra fixait ses pieds sur le tapis tressé, attendant de savoir si Colt voulait ou non de sa présence. Son regard se posa sur le globe ancien qui trônait sur le bureau en chêne et se focalisa sur l'Europe…

Pas étonnant que Colt se sente aujourd'hui complètement submergé par son nouveau rôle de papa ! Trois jours plus tôt, il déambulait dans ses vignes situées au nord de Toulouse, ignorant totalement qu'il avait engendré un fils de l'autre côté de l'hémisphère…

— Vous êtes toujours là ? s'enquit Colt.

— Oui. Je n'insisterai pas davantage. Je ne peux pas vous obliger à me faire confiance.

De l'index, elle fit pivoter le globe, faisant disparaître de sa vue l'autre foyer de Colt.

— Ce n'est pas un problème de confiance.

— Ah bon ? Cela fait cinq mois que je suis à Royal et que j'ai gagné la confiance des gens d'ici. Vous, vous ne me connaissez pas… je peux donc comprendre vos réticences.

Dès son arrivée à Royal, elle avait dû se battre pour se faire accepter. Elle avait ainsi dû gagner la confiance de Cammie… Mais aussi celle de Haley Lopez, la policière qui était intervenue lorsque Micah avait été trouvé. De Harmon Wentworth, qui ne savait pas qui était sa mère biologique… Sierra avait ainsi repris les recherches entamées par Arielle Martin et communiqué le résultat à Harmon…

Sierra aimait à croire qu'elle les avait tous aidés, d'une façon ou d'une autre. Malheureusement, aux yeux de Colt, elle n'était qu'une journaliste indigne de confiance. Une paria cherchant à déterrer des secrets inavouables.

— Vous avez affirmé que vous n'écririez pas d'article, Sierra, et je vous crois.

Colt semblait sincère.

— Alors qu'est-ce qui vous retient d'accepter l'aide que je vous propose ! s'emporta-t-elle, exaspérée. Vous savez que Micah est perturbé par les récents changements ! Vous-même vous sentez en terrain inconnu aujourd'hui… Imaginez alors un peu ce que Micah doit ressentir !

— Je me sens effectivement en terrain inconnu… Et je me sens aussi attiré par vous.

Cet aveu inopiné prit Sierra totalement au dépourvu. Elle s'agrippa à la couette comme à une corde de sécurité et attendit de retrouver la maîtrise d'elle-même.

— Oh ! je…

Elle chercha ses mots, mais n'en trouva point. Elle était totalement déstabilisée, car, même si elle avait perçu de l'électricité entre eux, elle ne se doutait pas que Colt aborderait le sujet aussi directement.

— Pour cette raison, passer du temps ensemble n'est pas anodin, reprit le jeune homme. Cela dit, je vous assure que je ne tenterai rien…

La détermination inébranlable qui perçait dans sa voix n'était guère flatteuse pour Sierra, mais celle-ci comprenait malgré tout les réticences de Colt. Sa vie venait d'être bouleversée et il se devait d'assumer, du jour au lendemain, une très lourde responsabilité ! Qu'il veuille se focaliser entièrement sur son enfant n'avait donc rien d'étonnant.

Néanmoins, Sierra ne pouvait s'empêcher d'éprouver un brin de déception… Ce qui n'avait aucun sens, puisqu'elle s'était promis d'éviter tout imbroglio romantique ! Hors de question qu'elle se retrouve dans la situation de devoir avouer à un homme qu'elle ne pouvait pas avoir d'enfants…

— D'accord, je comprends, souffla-t-elle avec une conscience aiguë de la respiration et des variations de la voix de Colt à l'autre bout du fil. Toutefois, mon offre tient toujours.

Colt poussa un long soupir de soulagement.

— Merci beaucoup, Sierra. Micah et moi sommes au ranch du vieux Fenwick. Je serai heureux du soutien que vous pourrez m'apporter.

La mention du ranch du vieux Fenwick raviva l'intérêt de Sierra pour cet endroit. Car c'était là que le journal de Violetta était censé être caché. Bien évidemment, elle ne se mettrait pas en quête du journal aujourd'hui, alors que Colt avait besoin de son aide pour s'occuper de Micah.

D'ailleurs, elle détestait l'idée que ses investigations puissent donner raison à Colt, qui avait déjà une piètre opinion des journalistes…

Bref. Elle se préoccuperait de ça plus tard !

Il était inenvisageable qu'elle laisse passer l'occasion de revoir Micah et de le rassurer par sa présence.

— Je serai là d'ici une heure, annonça-t-elle en se dirigeant vers son placard pour chercher de quoi remplacer son pyjama.

Et sur quoi, contre toute attente, jeta-t-elle son dévolu ? Sur une jolie tenue féminine…

Même si Colt et elle ne se laissaient pas emporter par leur attirance mutuelle, Sierra ne pouvait nier que celle-ci existait. En présence de Colt, elle sentait tous ses sens s'exacerber. Cela faisait quatre ans qu'elle avait mis fin à sa dernière relation amoureuse afin de se consacrer à sa carrière et d'écarter les sentiments conflictuels qu'elle éprouvait par rapport à son corps et à la maternité. Ces quatre longues années sans la présence d'un homme à ses côtés ne lui avaient pas paru si difficiles… Pourtant, à la perspective de passer du temps avec Colt, elle ressentait douloureusement chacune de ces années écoulées sans qu'un homme ne la touche…

Enfin… tant qu'elle continuerait à faire fi de l'alchimie entre Colt et elle, tout irait bien !

Si elle voulait avoir l'occasion de retourner au ranch Fenwick par la suite pour se mettre en quête du fameux journal, il était primordial qu'elle conserve des relations cordiales avec Colt Black.

Le regard fixé sur Micah profondément endormi dans un lit parapluie installé au beau milieu du salon, Colt laissa l'énormité du moment le submerger.

Voilà qu'il se retrouvait au ranch Fenwick, seul avec… son fils !

Combien de fois devrait-il se répéter cela intérieurement pour s'habituer à cette nouvelle réalité ? L'idée qu'il avait engendré un enfant lui paraissait encore totalement irréelle…

Ses doigts se resserrèrent sur le rebord du lit. Il se demanda comment aurait réagi son grand-père, Clyde Black, s'il avait pu voir Colt assumer cette toute nouvelle responsabilité…

Colt avait brièvement envisagé de s'installer avec Micah dans la maison où il avait grandi auprès de sa grand-mère, pour finalement abandonner cette idée. Son grand-père était décédé depuis un an, mais la maison de Black Ranch lui paraissait encore douloureusement vide, sans la présence aimée…

Certes, la maison principale du ranch Fenwick était plus petite, mais Colt avait fait entreprendre des travaux de rénovation pendant qu'il se trouvait en France. Les travaux intérieurs, qui avaient concerné la salle à manger, le salon, la cuisine et trois chambres, étaient pratiquement terminés. Colt appréciait l'idée de s'installer dans ces pièces toutes neuves et propres, le parfait symbole d'un nouveau départ pour Micah et lui.

Un coup léger frappé à la porte de la maison le tira de sa rêverie. Il se leva et, en marchant vers l'entrée, distingua la silhouette menue de Sierra à travers la porte vitrée.

Son rythme cardiaque s'accéléra, ce qui eut le don de l'agacer. Bon sang ! Il était hors de question qu'il se laisse aller à l'attirance qu'il ressentait pour Sierra. Il n'en avait pas le droit.

Il était loin, en effet, d'avoir surmonté la peine que lui inspirait le fait d'avoir abandonné Arielle, après cette unique nuit passée en sa compagnie… L'image de la jeune femme, enceinte et esseulée, ne cessait de le hanter.

Se préparant à canaliser l'inévitable poussée de désir qui allait surgir, Colt ouvrit la porte.

Il se heurta au visage souriant de Sierra, vêtue d'une jupe en jean et d'un chemisier turquoise bordé de perles. La jeune femme portait un sac de courses réutilisable d'où émergeait une baguette de pain.

— Heureusement que vous m'avez entendue frapper ! s'exclama-t-elle. Je ne voulais pas sonner, de peur que Micah ne soit en train de faire la sieste…

Son regard vert passa au-delà de Colt pour fureter dans la pièce.

— Est-ce qu'il dort encore ?

En guise de réponse, un long gémissement aigu parvint à leurs oreilles.

Colt se raidit, mais, avant qu'il ait eu le temps de réagir, Sierra pénétra d'autorité dans la maison.

— Je peux aller le chercher ? demanda-t-elle en posant son sac sur le meuble de l'entrée.

— Bien sûr. Je suis sûr que Micah sera heureux de voir un visage familier…

Il s'écarta pour la laisser passer, se sentant soudainement gauche et désarmé.

— J'ai vraiment besoin de suivre des cours accélérés pour apprendre à m'occuper d'un bébé, déclara-t-il. Certes, je peux toujours appeler Cammie en cas de problème, mais vous observer pendant que vous prenez soin de Micah pourrait certainement me donner quelques pistes sur la façon dont il faut s'y prendre avec un tout jeune enfant…

Colt se demanda si Sierra avait entendu ne serait-ce qu'un mot de ce qu'il venait de dire. Car, dès qu'il lui avait donné le feu vert, elle était passée devant lui dans un tourbillon turquoise, tout en murmurant des mots de sollicitude destinés à apaiser les plaintes de Micah.

Le jeune homme referma la porte et la suivit jusqu'au salon.

— Eh bien alors, qu'est-ce t'arrive, mon chéri ? roucoula Sierra en soulevant Micah de son lit pour le caler contre son épaule. Tout va bien, tout va bien…

Tout en parlant, elle caressait doucement le dos de l'enfant.

— Tu vas voir, tu vas beaucoup te plaire dans cette maison avec ton papa…

Papa.

Entendre ce mot fit chanceler Colt.

Il vit une larme rouler sur la joue rebondie de son fils. Celui-ci avait cessé de gémir, probablement distrait par les mots que Sierra lui chuchotait.

Spontanément, Colt passa le dos de ses doigts sur la joue du bébé pour effacer la larme, tandis que Micah se cambrait pour mieux voir le visage de Sierra. En poussant de ses mains sur les épaules de la jeune femme, ses doigts se refermèrent sur une poignée de cheveux blonds.

— Est-ce qu'il vous fait mal ? demanda Colt en se plaçant derrière Sierra pour s'emparer d'un petit poing.

Il hésitait. Devait-il essayer de desserrer les doigts de Micah pour libérer les cheveux de Sierra ?

Celle-ci tourna la tête pour le regarder par-dessus son épaule. Jamais Colt ne s'était retrouvé aussi près d'elle…

C'est alors qu'il prit conscience de plusieurs choses en même temps…

D'abord, il nota combien les cheveux de Sierra étaient soyeux. Des mèches chatouillaient le dos de sa main tandis qu'il tentait d'empêcher Micah de les lui arracher. Cela lui donna envie d'enfouir lui-même ses mains dans la longue chevelure blonde…

Ensuite, le parfum de la jeune femme vint taquiner ses narines. Une fragrance de fleur d'oranger plus précisément – avec une pointe un peu épicée.

Enfin, il se focalisa sur ses lèvres pleines et écarlates qui le firent saliver…

La situation était d'autant plus perturbante que Sierra ne détournait pas le regard. Elle semblait, elle aussi, complètement impuissante à lutter contre la force magnétique qui les poussait l'un vers l'autre.

— Euh, souffla-t-elle enfin, peut-être devrais-je aller le changer…

— Je sais le faire, vous savez, assura Colt, heureux qu'elle mette fin à ce moment de gêne. Cammie m'a montré comment m'y prendre. Ève Martin et elle m'ont prodigué tout un tas de conseils avant de me donner le feu vert pour emmener Micah.

Il prit le bébé des bras de Sierra en s'ingéniant à ne pas la toucher.

— Comme vous voudrez, dit-elle.

Elle suspendit son souffle quand l'avant-bras de Colt effleura l'un de ses seins.

Colt serra les dents en sentant une décharge électrique remonter dans son bras.

— La chambre de Micah est en haut, déclara-t-il de façon abrupte, avant de se diriger vers l'escalier d'un pas déterminé.

Il crut entendre Sierra dire quelque chose au sujet des provisions qu'elle avait apportées, ou bien du dîner, mais il était trop occupé à s'enfuir pour répondre.

À quoi pensait-il ! Il devait se focaliser sur son fils, et non sur la journaliste incroyablement attirante qui lui avait permis de retrouver Micah !

— Ne t'inquiète pas, mon grand, murmura-t-il à ce dernier qui mordillait son index tout en le contemplant de ses grands yeux. On va s'en sortir, je te le promets…

Le bébé pouvait-il ressentir son manque d'entraînement ? s'interrogea le jeune homme.

Comme il pénétrait dans la chambre qu'il avait décidé de transformer en nurserie, il capta le regard pensif de Micah. Celui-ci semblait se demander pourquoi Colt l'avait enlevé des bras de la jeune femme affectueuse qui l'avait porté un peu plus tôt.

— Elle ne va pas rester, tu sais, expliqua-t-il à son fils en l'allongeant sur la table à langer.

Colt avait passé la nuit précédente à acheter en ligne tout l'équipement nécessaire à l'éducation d'un jeune enfant. La plupart du matériel avait été livré le matin même.

— Alors ne t'attache pas trop à elle, ajouta-t-il.

Micah fronça les sourcils et frappa de sa main l'épais matelas à langer, comme s'il voulait exprimer son désaccord.

Colt lui tendit un hochet et se concentra sur la tâche à accomplir.

— Je te comprends, soupira-t-il. Je n'ai pas hâte qu'elle s'en aille, moi non plus.

Pas parce qu'il était attiré par Sierra, non, non…

Il aurait de loin préféré ne pas ressentir cette attraction irrésistible à chaque fois qu'ils se trouvaient dans la même pièce. Cependant, il était bon que Micah puisse avoir un visage familier auprès de lui, le temps qu'il s'habitue à son papa… C'était le moins que Colt puisse faire pour son fils. Il avait à cœur de compenser son absence au cours des premiers mois de sa vie.

— Ba-bou, bredouilla Micah pendant que Colt finissait de le changer.

L'enfant l'observait avec une certaine gravité…

Certes, Colt n'ignorait pas qu'un bébé de six mois n'était pas en mesure d'émettre de jugement, mais il se sentait presque embarrassé sous le poids de ce regard.

Mais…, cet air sérieux, sans doute Micah le tenait-il de lui-même ! songea-t-il. Car combien de fois, au cours de sa vie, lui avait-on fait remarquer qu'il était trop sérieux !

Il fixa la couche propre sur le ventre de Micah qui ne cessait de gigoter, avant de lui enfiler un body tout propre avec des éléphants.

Colt ne pouvait nier qu'il avait toujours envisagé la vie de façon méthodique et pragmatique. « Il va falloir que tu t'amuses un peu, mon garçon. Trouve ce qui t'apporte de la joie. » Ces paroles de son grand-père, il pouvait encore les entendre. C'était ce conseil qui l'avait poussé à s'installer en France afin de réaliser le rêve du vieil homme…

Celui de posséder un vignoble.

Même s'il éprouvait de la fierté et une certaine satisfaction à l'idée d'avoir réussi dans cette entreprise, ce projet ne lui avait pas pour autant apporté de la joie, car ce n'était pas son rêve à lui, qu'il avait accompli.

Quoi qu'il en soit, l'idée que Micah puisse être génétiquement prédisposé à être aussi sérieux que son papa le troublait beaucoup…

Un son aigu en provenance de la porte fit sursauter à la fois le père et le fils. Apparut alors dans l'encadrement un lapin en peluche de couleur bleue, doté de grandes oreilles duveteuses.

Lentement, le lapin s'abaissa pour révéler le visage de Sierra.

Micah gloussa de plaisir.

Tandis que le rire totalement craquant de son fils emplissait la pièce, Colt se fit la remarque que Sierra Morgan savait se montrer drôle et enjouée en présence de Micah. Elle était dotée de la personnalité idéale pour accompagner l'enfant dans son adaptation à son nouvel environnement.

En outre, Sierra était intelligente, attentionnée et sexy… même si cela n'entrait aucunement en ligne de compte !

— Comment ça s'est passé ? s'enquit-elle en entrant dans la chambre.

Elle tendit le lapin en peluche à Micah.

— Il a l'air heureux !

Les yeux de Colt se promenèrent sur elle. Il ignorait comment il gérerait le fait de la côtoyer régulièrement, s'il arrivait à la convaincre de l'aider à prendre soin de Micah.

— C'est vous qui l'amusez, pas moi, reconnut le jeune homme.

Il souleva Micah dans ses bras et l'installa contre sa poitrine.

— C'est la raison pour laquelle, reprit-il, j'aimerais que vous réfléchissiez à un arrangement entre nous, qui consisterait à rester auprès de Micah, le temps qu'il s'habitue à vivre avec moi…

Les sourcils pâles de Sierra se haussèrent.

— Quelle sorte d'arrangement ?

— Je sais que vous voulez écrire un livre sur le Texas Cattleman's Club… Alors je me demandais si vous accepteriez, temporairement, de travailler sur ce projet de chez moi. Vous pourriez ainsi passer du temps avec Micah.

Le petit garçon commençait à s'agiter. Colt tenta de le repositionner, mais Sierra le lui prit des bras.

Son parfum de fleur d'oranger vint chatouiller les narines de Colt.

— Comme le ferait une nounou ? lança-t-elle. Je serais ravie de faire du baby-sitting. Je l'ai déjà fait pour aider Cammie. Micah me connaît… il n'aurait donc pas à s'habituer à une personne étrangère.

Colt grimaça en songeant qu'il était cet étranger. Il lui fallait pourtant bien admettre que c'était la vérité. Il était un étranger pour son propre fils !

— J'ai besoin de davantage d'aide que Cammie, expliqua-t-il. Tout au moins pendant les prochaines semaines… J'ai du pain sur la planche, vous savez, car je veux que cette maison soit totalement sécurisée pour un jeune enfant. Et comme vous avez pu le constater, j'ai encore beaucoup à apprendre sur la façon dont on s'occupe d'un bébé…

— Vous vous en sortez très bien, si l'on considère la rapidité avec laquelle vous avez dû assumer votre tout nouveau statut de père.

Tout en parlant, Sierra se déplaçait dans la pièce pour distraire Micah. Elle lui montra d'abord le mobile qui tournoyait au-dessus du berceau avant de lui faire admirer le jardin par la fenêtre.

— Je vous dédommagerai, bien sûr, ajouta Colt.

Il réalisait qu'il voulait par-dessus tout que ce soit Sierra qui prenne soin de Micah. Il ne voulait qu'elle… Cette femme était formidable avec son fils. De plus, son caractère enjoué faciliterait l'adaptation de Micah à son nouvel environnement.

— Il y a plein de place dans cette maison, argua-t-il encore.

Sierra tourna brusquement la tête vers lui.

— Vous voulez que j'emménage ici ?

Quelque chose dans la façon dont elle posa cette question mit Colt sur ses gardes. Il se souvint alors des soupçons qu'il avait eus la concernant… En raison de la profession qu'elle exerçait, il devait s'appliquer à garder ses distances.

OK…, songea-t-il. Mais, quoi qu'il en soit, la vérité sur

le fait qu'il était le père de Micah allait éclater au grand jour tôt ou tard… Or, il n'avait rien d'autre à cacher !

— Au moins pour deux ou trois semaines, précisa-t-il. Un mois, peut-être.

Il espérait ne pas paraître trop insistant.

Micah lové contre elle, Sierra l'observait avec une certaine méfiance, sans se laisser distraire par le bébé qui empoignait ses mèches dorées et tirait énergiquement dessus.

Colt se sentit alors prêt à accepter n'importe quelle exigence que Sierra pourrait avoir. Il ferait tout pour la convaincre d'accepter son offre. Micah avait besoin d'elle !

— Juste le temps pour moi de m'habituer à mon rôle de père… Et puis vous pourrez m'aider à dénicher la nounou idéale !

De la réserve persistait dans les yeux verts de Sierra.

— Vous l'avez dit vous-même, Sierra, reprit-il. Micah vous connaît… Votre présence le rassurera beaucoup, le temps de cette transition.

L'expression de la jeune femme s'adoucit. Elle semblait résolue à faire fi de ses réticences pour le bien-être de Micah.

— Dans ce cas, Colt, comment pourrais-je refuser votre proposition…

Un sourire lent se dessina sur les lèvres de Sierra.

Soulagé, Colt balaya les doutes qu'il avait pu concevoir.

Pour autant, l'attirance mutuelle qu'ils avaient l'un pour l'autre était susceptible de poser problème, à un moment ou un autre. Était-ce la raison pour laquelle la jeune femme avait tant hésité ? se demanda-t-il.

Tout en suivant Sierra qui sortait de la nurserie, Colt

ne put s'empêcher de poser son regard sur le balancement langoureux de ses hanches…

Il soupira.

Le doute n'était pas permis. Les prochaines semaines allaient s'avérer délicates…

- 4 -

Après avoir habillé Micah, Sierra enfouit le visage dans son cou pour humer son parfum. Il n'y avait pas d'odeur plus délicieuse que celle d'un bébé sortant du bain !

Elle embrassa le dessus de son crâne, là où ses cheveux humides faisaient des boucles.

Colt l'avait aidée à donner le bain à son fils, et tous deux avaient fini complètement trempés ! C'était la raison pour laquelle Sierra portait maintenant l'un des T-shirts du jeune homme. Le vêtement dégageait l'autre nouveau parfum favori de Sierra… celui de Colt, aux fragrances de bois de santal.

Sierra avait accepté le T-shirt que lui avait proposé son nouveau colocataire. Ce dernier avait ensuite déguerpi en arguant qu'il devait préparer le dîner.

Colt avait sans doute senti, lui aussi, l'atmosphère chargée qui s'était installée entre eux… Pour autant, Sierra ne pouvait décemment refuser de dîner en sa compagnie, étant donné que c'était elle qui avait apporté du pain et des victuailles !

Lorsqu'elle était arrivée chez Colt, la jeune femme s'était attendue à devoir le supplier pour qu'il la laisse interagir à sa guise avec Micah. Quelle n'avait donc pas été sa surprise lorsque le jeune homme lui avait proposé, ou plutôt, l'avait suppliée de jouer le rôle de nounou auprès de Micah pendant les semaines à venir…

Cette idée la ravissait, bien évidemment, car elle adorait le fils de Colt. Néanmoins, elle avait conscience qu'il serait d'autant plus difficile pour elle de s'en séparer lorsque Colt aurait trouvé une nourrice à plein temps.

Comme si les choses n'étaient déjà pas suffisamment compliquées, il y avait de l'attirance entre Colt et elle, attirance que le jeune homme avait lui-même reconnue. Une alchimie tellement forte qu'elle l'avait fait fuir, après les rires et la proximité qu'ils avaient connue en donnant coude à coude le bain à Micah.

Sierra serra le bébé plus fort contre elle. Si seulement Micah pouvait rester avec eux toute la soirée pour faire diversion, ce serait parfait ! Hélas, Colt avait prévu de dîner seulement après avoir couché son fils…

La perspective de passer du temps en la seule compagnie du papa hyper sexy de Micah rendait Sierra terriblement nerveuse.

— On va aller voir ton papa, murmura-t-elle en chatouillant de son nez la tempe de l'enfant.

Serrant dans ses petites mains son lapin en peluche, le petit émit un gloussement ravi. Il semblait sur le point de s'endormir, ses paupières devenant de plus en plus lourdes.

Sierra sortit de la nurserie que Colt était parvenu à équiper du jour au lendemain et descendit l'escalier de la vieille ferme. Le ranch Fenwick avait été rénové de fond en comble au cours des derniers mois. Le principal changement avait été la transformation du rez-de-chaussée en un vaste espace ouvert. Sierra essaya de deviner où se trouvaient les murs, à l'époque où Violetta Ford habitait ici, mais elle avait du mal à imaginer une organisation de l'espace différente.

Un feu flambait dans l'antique cheminée, conférant à la salle de séjour une ambiance douillette et chaleureuse.

Sierra remarqua que de la vaisselle blanche avait été disposée sur la solide table en bois, au centre de laquelle trônait un vase d'azalées roses.

Colt s'affairait au-dessus d'une marmite dans l'espace cuisine.

À quand remontait la dernière fois qu'un homme avait cuisiné pour elle ? se demanda Sierra. Elle se souvenait vaguement d'un ancien petit ami qui avait fait réchauffer de la soupe en boîte, un jour où elle était malade… Certes, elle lui en avait été reconnaissante, mais voir Colt se fendre en quatre pour elle lui faisait une tout autre impression !

Enfin… s'il faisait cela, c'était uniquement parce qu'elle avait accepté de s'occuper de Micah. Elle ne devait pas s'imaginer autre chose, et surtout pas une intention romantique…

— Je ne sais pas ce que vous cuisinez, dit-elle, mais cela sent rudement bon !

Elle huma les effluves appétissants, cherchant à deviner quel plat Colt concoctait.

Celui-ci éteignit le feu sous la marmite.

— Le coq au vin est l'un des seuls plats français que j'ai appris à cuisiner pendant mon séjour en France. C'est un incontournable de la cuisine française.

Il se tourna vers Sierra et tendit les bras pour prendre Micah. Leurs bras se frôlèrent au passage.

Une décharge électrique traversa le corps de Sierra qui fit de son mieux pour se concentrer sur les mots de Colt.

— Vous m'impressionnez, admit-elle. Je dois avouer que moi, je ne sais absolument pas cuisiner. Tout au plus suis-je capable d'appuyer sur le bouton de mon four micro-ondes pour faire décongeler un plat préparé !

Colt laissa échapper un rire. Il cala Micah contre lui et recula d'un pas.

— Ce que vous me dites me rend un peu plus confiant quant à mes talents de cuisinier.

Ses yeux bleus s'attachèrent à ceux de Sierra, tandis qu'ils se faisaient face sous une lampe de style industriel.

— Il est temps de se mettre à table, non ? proposa Colt. Mais allons coucher Micah d'abord… Cammie m'a donné des horaires assez précis, je vais aller vérifier…

— C'est inutile, je pense que nous pouvons effectivement tenter d'aller le coucher ensemble.

Le petit Micah avait posé la tête sur l'épaule de son papa, comme s'il était trop las pour la maintenir droite. En étudiant leurs visages si proches l'un de l'autre, Sierra eut la confirmation de la ressemblance entre le père et le fils. La forme des yeux était la même… Tout comme l'implantation des cheveux au niveau des tempes…

— Regardez…, reprit Sierra, on dirait qu'il va s'endormir d'un moment à l'autre.

— Qu'en penses-tu, mon grand ? souffla Colt en posant la joue contre la tête de son fils. Tu veux tester ton nouveau petit lit ?

Les paupières lourdes, Micah serrait l'oreille de son lapin en peluche entre ses petits doigts.

— J'ai comme l'impression que c'est un oui, fit Sierra.

Comme ils gravissaient ensemble les marches menant au premier étage, Sierra essaya de ne pas s'appesantir sur le caractère intime de ce moment. Elle empêcha donc son regard de fureter dans le couloir à la recherche de la chambre de Colt.

Elle avait toujours du mal à réaliser qu'elle allait emménager ici pour plusieurs semaines !

— Êtes-vous certaine qu'il sera bien ici, seul dans sa chambre ? lui demanda Colt. J'ai lu des informations contradictoires à ce sujet sur Internet.

La nurserie, dont les murs bleu pâle étaient décorés de tableaux représentant le ranch Fenwick, semblait avoir servi autrefois de chambre d'adulte. Néanmoins, Colt avait fait son maximum pour que la pièce soit accueillante pour un jeune enfant, en l'équipant de tout le matériel nécessaire, agrémenté d'une multitude de jouets flambant neufs.

Et il n'avait disposé que de vingt-quatre heures pour réaliser cet exploit !

— Cammie venait juste d'installer Micah dans sa propre chambre, déclara Sierra, je pense donc que tout ira bien. S'il pleure, nous pourrons toujours le faire dormir dans l'une de nos chambres, dans son lit parapluie.

Elle s'interrompit en rougissant. N'allait-elle pas un peu vite en besogne ? Il n'était pas question qu'elle passe déjà la nuit ici !

— Enfin, pas cette nuit évidemment, se reprit-elle, mais quand je serai là, il pourra dormir avec moi si cela fonctionne mieux.

Elle ne sut pas si Colt s'était rendu compte de son embarras. Son expression était redevenue grave.

— En ce qui me concerne, plus tôt vous pourrez emménager, mieux ce sera, déclara-t-il. Cela dit, je comprends très bien que vous ne soyez pas prête à rester avec nous dès ce soir.

Sierra sentit sa bouche s'assécher à la pensée du temps qu'elle allait passer sous le même toit que cet homme magnétique qui cuisinait pour elle et respectait ce qu'elle pouvait apporter à un enfant…

Toutes ces années durant lesquelles elle avait repoussé les attraits du confort domestique lui revenaient en boomerang dans la figure !

— Voyons comment il réagit, proposa-t-elle, cherchant à se recentrer sur Micah, et non sur la sensation de trouble qui l'avait envahie. Si, après le dîner, il ne s'est toujours pas endormi, nous aviserons.

— C'est une bonne idée, acquiesça Colt.

Il se tourna vers le lit.

— Bon, comment s'y prend-on ? Faut-il le bercer ?

— S'il paraît contrarié, alors, oui, il peut être judicieux de le bercer. Mais là, il semble plutôt de bonne composition, alors vous pouvez essayer de l'allonger doucement sur le dos…

Elle n'était pas une experte, mais elle s'était beaucoup documentée avant de garder Micah, soucieuse d'adopter les bons gestes.

— Le lapin, en revanche, ne doit pas rester dans le lit avec lui, reprit-elle en retirant doucement la peluche des mains de Micah.

Colt se rapprocha du lit, puis se tourna à nouveau vers Sierra.

— Doit-on baisser la lumière ? Mettre le mobile en marche ?

— Je m'en occupe.

Elle réprima un sourire en le voyant si soucieux d'accomplir au mieux la routine du coucher de Micah.

Rien de plus normal, se dit-elle. Si elle avait été en mesure d'avoir des enfants, elle aurait probablement agi de la même façon. Son cœur se serra tandis qu'elle mettait en marche un mobile garni de chevaux colorés. Les notes rassurantes d'une berceuse se firent entendre.

Sierra alla éteindre la lumière. Seule une petite veilleuse projetait une lueur tamisée dans la chambre.

— Bonne nuit, mon grand, murmura Colt en déposant un baiser sur le front de Micah.

Puis, il se baissa pour le coucher dans son berceau.

Sierra l'observait, émue de voir le père et le fils enfin réunis.

— Avez-vous mis le babyphone en marche ?

— Oui…

Colt regardait Micah en fronçant les sourcils. Celui-ci battait des jambes, faisant craquer sa couche à chaque mouvement.

— J'ai lu qu'il ne fallait pas utiliser de draps ou de couvertures avec un bébé, mais cela paraît un peu bizarre de ne pas le couvrir…

Sierra était heureuse que Colt se focalise sur son fils, ce qui l'empêchait de remarquer le trouble qu'exprimait certainement son visage. Elle vint le rejoindre près du berceau.

— Oui, c'est vrai, acquiesça-t-elle en observant Micah dont les yeux étaient rivés au mobile qui tournait au-dessus de sa tête. Apparemment, nous avons eu beaucoup de chance, quand nous étions enfants, de survivre à la menace d'une couverture posée sur nous !

Colt se tourna pour l'étudier.

— Mieux vaut être prudent, non ?

— Bien sûr, affirma-t-elle, se disant qu'il n'avait pas dû déceler l'humour dans ses propos.

En réalité, Colt ne semblait pas être le genre d'homme à se laisser le loisir de rire et de plaisanter.

L'espace d'un instant, elle conçut l'espoir un peu frivole qu'elle pourrait peut-être amener un soupçon de légèreté dans la vie de Colt au cours des prochaines semaines…

Puis elle se rappela aussitôt que Colt n'était pas la raison de sa future présence dans cette maison !

Micah devait être le centre de toute son attention.

— Suis-je optimiste de penser qu'il va s'endormir sans difficulté ? demanda Colt en remontant le mobile.

— Pas du tout !

Détournant les yeux des bras puissants et ô combien fascinants du jeune homme, Sierra alla récupérer le récepteur du babyphone qu'elle avait aperçu sur le rebord de la fenêtre.

Colt était toujours planté devant le berceau.

— Je n'arrive pas à croire que je suis papa, lâcha-t-il en passant la main dans ses cheveux. C'est merveilleux et totalement effrayant en même temps !

Sierra ne put s'empêcher d'éprouver une pointe de jalousie. Elle aurait donné n'importe quoi pour pouvoir porter et donner naissance à un enfant !

Néanmoins, elle s'employa à le rassurer.

— Je suppose que tout parent d'un nouveau-né est un peu terrifié. De plus, vous avez eu moins de temps que la plupart des parents pour vous habituer à l'idée d'avoir un enfant.

— Je vais y arriver, souffla-t-il en s'agrippant au rebord du berceau. Je regrette toutefois que Micah n'ait pas la chance d'avoir une grande famille autour de lui… Je suis fils unique et mes parents sont décédés, tout comme Arielle.

Les muscles de sa mâchoire se durcirent. La tristesse qui perçait dans sa voix interpella Sierra. Que se serait-il passé entre Colt et Arielle, si la mère de Micah n'avait pas quitté ce monde ?

La pensée que Colt aurait pu renouer avec elle, pour le bien de son fils, donnait d'autant plus à Sierra l'impression d'être une intruse dans la vie du jeune homme.

— Mais vous êtes là, vous, son père, argua-t-elle en posant sa main sur la sienne. Et il aura toujours sa tante, Ève, et sa famille d'accueil auprès de lui…

Le ton de Sierra était amical. Réconfortant.

L'atmosphère bascula pourtant brutalement lorsque

le regard de Colt se tourna vers elle dans la pénombre. Ses yeux irradiaient une chaleur torride qui se propagea jusqu'à elle.

Devant l'expression du jeune homme, Sierra entrouvrit la bouche et sa respiration se fit plus irrégulière.

Colt ressentait-il, lui aussi, cette connexion chargée d'électricité ?

— Êtes-vous prête à dîner ? demanda-t-il.

Ses mots brisèrent le cocon intime dans lequel Sierra s'était lovée. Elle passa la langue sur ses lèvres soudain sèches.

— Avec plaisir…, parvint-elle à répondre tout en ébauchant un sourire poli.

Elle repoussa de toutes ses forces son envie de fuir cette maison pour se soustraire à la force magnétique qui l'attirait vers Colt, et contre laquelle elle ne savait comment lutter.*Tu le fais pour Micah.*

Colt ne cessait de se répéter cette phrase à mesure que le dîner avançait.

S'il avait invité la femme terriblement intelligente et sexy qui lui faisait face à s'installer chez lui, c'était uniquement pour le bien de Micah. Il avait conscience qu'il était important pour son fils d'avoir un visage familier à ses côtés, le temps de s'habituer au bouleversement de son existence.

Son fils méritait ce soutien…

Son fils méritait le meilleur !

Cela dit, la certitude qu'il avait pris la bonne décision ne l'aidait en rien à maîtriser le feu que Sierra attisait en lui, à chaque fois qu'ils se trouvaient dans la même pièce.

Au moment où il concevait cette pensée, le bois qui flambait dans l'âtre se cassa dans un craquement, comme si la chaleur qui consumait Colt s'ajoutait à celle dégagée par le feu de cheminée.

— C'est vraiment délicieux, soupira Sierra qui dégustait son coq au vin avec gourmandise. Si vous cuisinez comme ça, alors je serais ravie de partager vos repas de temps à autre !

— Je saurai m'en souvenir...

Colt appréciait l'enthousiasme avec lequel elle dévorait le plat qu'il lui avait concocté. Il appréciait aussi qu'elle s'efforce d'entretenir une conversation légère, histoire de dissiper la tension qui avait régné un peu plus tôt dans la nurserie.

— Malheureusement, le chef cuisinier que j'ai embauché à la Royal Black Winery ne m'a appris que quelques plats...

— Ah, c'est donc un chef français qui vous a enseigné cette recette ?

Elle but une gorgée du vin de Bourgogne qu'il lui avait servi.

Colt la dévorait des yeux.

Les flammes projetaient des ombres mouvantes sur sa peau claire. Elle était d'une beauté saisissante. La rougeur qui avait gagné ses joues – était-ce à cause de la chaleur du feu, ou bien à cause du vin ? – faisait ressortir le vert de ses yeux.

— Les dégustations jouent un rôle important dans le développement d'une exploitation vinicole, expliqua Colt en jouant avec le pied de son verre en cristal. Et si on associe la gastronomie à la dégustation de vin, on attire encore plus de monde. Il m'a donc paru logique d'embaucher un professionnel pour s'occuper de cet aspect de mon activité.

— Est-ce un cru que vous servez là-bas ? s'enquit Sierra en levant son verre pour admirer la robe du vin.

Moi, je ne connais rien au vin ! J'espère en apprendre un peu plus lors du Royal Wine and Roses Festival qui aura lieu à la fin du mois.

— J'ai vu de la publicité pour cet événement, renchérit Colt. Cela a l'air intéressant. Quant à ce vin, non, ce n'est pas le mien. Nous servons notre propre Royal Black Malbec… Malheureusement, je n'ai pas eu le temps d'en récupérer une caisse pour l'apporter !

Il n'avait d'ailleurs pas pris le temps de mettre grand-chose dans sa valise avant d'entreprendre ce voyage placé sous le signe de l'anxiété et de l'insomnie…

— Aviez-vous des connaissances en vin avant de vous lancer dans ce projet ? Avez-vous dû faire beaucoup de recherches ?

Sierra piqua un morceau de poulet avec sa fourchette avant de reporter toute son attention sur son interlocuteur.

— Je me suis beaucoup documenté, en effet, mais j'avais appris certaines choses avec mon grand-père.

Colt laissa les souvenirs affluer, prenant conscience qu'il était heureux de les partager avec quelqu'un.

Heureux de parler de cet homme qui avait tant compté pour lui.

— Au Black Ranch, mon grand-père possédait de nombreux tirages de photos en noir et blanc représentant de grands domaines viticoles français. Il s'agissait de photos qu'il avait prises lui-même, quand il était jeune homme et qu'il avait voyagé en France.

— Ces images vous étaient donc familières, commenta Sierra, songeuse, comme si elle retrouvait ses réflexes de journaliste. Vous avez donc toujours su que c'était son rêve, n'est-ce pas ?

Colt hocha la tête. Des remords l'étreignaient à la pensée

qu'il n'avait pas suffisamment poussé son grand-père à quitter Royal pour réaliser son rêve.

— Je savais que mon grand-père avait mis ses projets entre parenthèses afin d'élever son fils ici, à Royal. Puis, lorsque mon père a été en âge de gérer lui-même le ranch, mon grand-père a décidé qu'il était temps pour lui de passer à une nouvelle étape de sa vie. J'avais alors cinq ans. Tout était prêt pour son départ en France lorsqu'il a appris la nouvelle…

Colt fit une pause et déglutit.

— Mes parents sont décédés dans un crash d'avion, lâcha-t-il. Alors, mon grand-père a renoncé à son projet pour m'élever.

— Oh ! Colt ! s'exclama Sierra. Je suis vraiment désolée…

Sa main glissa sur la table pour venir se poser sur celle de Colt dans un geste de compassion.

— Comme cela a dû être difficile pour vous !

Le jeune homme ferma les yeux un instant pour faire le tri dans les sensations que le contact de la main de Sierra provoquait en lui. Il voulait se débarrasser de certaines, et s'imprégner des autres…

— Merci de votre sollicitude, dit-il enfin. C'est arrivé il y a bien longtemps et je me suis habitué à leur absence. En revanche, je suis encore très touché par la disparition de mon grand-père. Il est décédé avant d'avoir pu découvrir le domaine viticole que je comptais acquérir pour mener à bien le projet qui lui avait toujours tenu à cœur.

C'était parce qu'il en souffrait encore qu'il se soumettait au poids des doigts de Sierra sur les siens… Qu'il se laissait réconforter par ce geste…

— Savait-il que vous aviez ce projet ? s'enquit-elle.

— Malheureusement non, répondit Colt. Je voulais lui en faire la surprise…

Il sentit les doigts de Sierra se resserrer autour des siens. Il l'entendit émettre un soupir qui était sans nul doute un témoignage de sa compassion.

— Vous savez… cela m'a fait souffrir, mais cela m'a aussi enseigné qu'il ne fallait pas gâcher le temps qu'on passe avec les gens qu'on aime.

Lorsque Sierra retira sa main, Colt ressentit immédiatement un grand vide.

Les lèvres de la jeune femme se recourbèrent en un demi-sourire.

— Vous avez, en effet, appris la leçon, répliqua-t-elle, car vous n'avez pas perdu une minute pour débarquer quand vous avez su qu'Arielle avait eu un enfant. Vous avez mis moins de vingt-quatre heures pour arriver à Royal, prêt à rencontrer votre fils.

Elle repoussa son assiette vide et nettoyée.

Un silence s'ensuivit, seulement rompu par le crépitement du feu.

Puis par un léger gémissement de Micah diffusé par le babyphone…

Colt appréciait le regard plein d'empathie que Sierra posait sur lui. Cela lui donnait un aperçu de ce que pourrait être sa vie s'il avait une femme à ses côtés…

Cette idée lui remuait littéralement les entrailles.

Une idée sur laquelle il n'avait pas le droit de s'appesantir, lui qui avait manqué à ses obligations de père en faisant passer ses propres intérêts avant toute autre chose…

Au lieu de protéger Arielle et son enfant, il n'avait pensé qu'à lui !

— Je suis arrivé dès que j'ai pu…, déclara-t-il enfin.

La brusquerie de son ton dissipa la chaleur qui avait imprégné le regard de Sierra.

— … mais je ne sais pas combien de temps je vais rester.

Il fallait qu'il érige des barrières entre cette femme et lui. Et ce, dès maintenant !

— Que voulez-vous dire ? s'enquit Sierra en fronçant les sourcils. Dans cette maison ?

— Non… ce que je veux dire, c'est que je ne vais pas rester longtemps aux États-Unis. Dès que Micah se sera habitué à moi, je l'emmènerai vivre en France. Chez moi.

- 5 -

Sierra fit de son mieux pour ne pas réagir vivement à la bombe que Colt venait de lâcher. Depuis toujours, elle essayait de dompter sa nature impulsive, celle-ci lui ayant souvent joué des tours.

Voilà pourquoi elle s'efforça à la retenue.

Oui, mais… non, ce n'était pas possible ! Comment Colt pouvait-il envisager d'emmener Micah loin de Royal, alors que toute la ville s'était soudée, au cours des derniers mois, autour de cet enfant !

Serrant sa fourchette entre ses doigts raidis, Sierra sentit le repas qu'elle avait pourtant tant apprécié un peu plus tôt lui peser sur l'estomac.

Elle chercha les mots les plus appropriés pour commenter la nouvelle.

— J'espère que vous reconsidérerez cette décision, dit-elle enfin en reposant sa fourchette.

Elle poussa sur ses pieds pour éloigner sa chaise de la table.

— Micah a déjà connu bien des bouleversements dans sa courte vie, reprit-elle. La perte de sa mère, d'abord, puis le fait d'avoir été arraché aux personnes qui se sont occupées de lui pendant ces cinq derniers mois…

— Micah est mon fils, lui rappela Colt d'un ton sec.

Il se leva brusquement et desservit la table.

— Il doit vivre avec moi, ajouta-t-il.

Sierra se leva à son tour et s'empressa de l'aider. Elle ne voulait pas le contrarier davantage, de peur que cela ne précipite son départ de Royal.

Elle n'en était pas moins éberluée. Jamais elle n'avait imaginé que Colt pourrait vouloir quitter le pays avec son fils !

— Personne ne dit le contraire, affirma-t-elle d'un ton apaisant. Micah doit, bien entendu, vivre avec vous…

Elle posa le reste de coq au vin sur le plan de travail rustique.

— Cependant, reprit-elle précautionneusement, je suis certaine que vous serez d'accord avec moi pour dire qu'il est primordial pour un enfant de se sentir en sécurité…

Comme Colt ne répondait pas et continuait à s'affairer, elle poursuivit :

— Je suggère juste que vous y réfléchissiez… Prenez le temps de constater à quel point les habitants de Royal sont attachés à votre fils, avant de lui imposer de nouveaux bouleversements. Vous devez bien admettre que le début de son existence n'a pas été un long fleuve tranquille !

— Compris !

Les épaules tendues, Colt se pencha au-dessus de l'évier pour laver la vaisselle.

— Cependant, je prendrai la décision qui me semblera la meilleure pour mon fils et moi. Et si je considère qu'il est important de me consacrer à nouveau à la Royal Black Winery en France, alors c'est ce que je ferai !

Sierra ravala les nombreuses répliques de protestation qu'elle aurait pu opposer à cette déclaration. Elle se persuada que Colt avait beaucoup de problèmes à gérer pour le moment et qu'elle devait le laisser prendre un peu de recul.

Elle s'efforça donc d'étouffer ses propres sentiments. Il

serait toujours temps d'aborder à nouveau ce sujet sensible quand elle se sentirait plus calme.

Pourtant, alors qu'elle portait les verres à vin jusqu'à l'évier, elle ne put résister à l'envie de poser une question supplémentaire.

— Pourquoi aimez-vous davantage votre vie en France que celle que vous meniez ici ?

Elle-même n'arrivait pas du tout à envisager une existence loin de l'endroit où elle avait grandi. Certes, son métier de journaliste lui avait permis de voyager aux États-Unis, mais elle n'avait jamais éprouvé de véritable envie de découvrir le monde…

— Ne dit-on pas que les Texans reviennent toujours vers leur terre natale ?

À ces derniers mots, Colt esquissa un sourire.

— Vous remarquerez que j'ai donné le nom de ma ville natale à mon domaine viticole… Ça doit prouver que j'y suis attaché malgré tout !

Il ferma le robinet d'eau chaude avant de s'essuyer les mains avec un torchon. Puis, il appuya sa hanche contre le comptoir.

— Ce n'est pas que je préfère la campagne française à celle du Texas, mais je n'ai pas terminé ce que j'ai entrepris là-bas. Je veux concrétiser le rêve de mon grand-père.

— Je vois, se força-t-elle à dire.

En réalité, elle ne voyait pas du tout !

Cette nouvelle la contrariait terriblement. Elle réalisait soudainement que les bons moments qu'elle passait avec Micah ne dureraient pas éternellement.

— Vous comprenez bien que cela rend les choses difficiles pour moi, reprit-elle. Je vais m'occuper de Micah chaque jour avec la conscience de son départ prochain…

Colt fronça les sourcils.

— J'espère que vous n'envisagez pas de revenir sur notre arrangement, maintenant que vous connaissez mes projets…

— Bien sûr que non, répliqua-t-elle, sans réellement parvenir à masquer sa frustration.

Il lui serait certainement plus facile de persuader Colt de rester au Texas si elle vivait quelque temps sous son toit…

Elle croisa les bras et le regarda droit dans les yeux.

— Je respecterai mon engagement, déclara-t-elle. D'ailleurs, il est temps pour moi de rentrer chez moi afin de préparer mes affaires. Souhaitez-vous que je commence demain ?

Le soulagement qui se peignit sur le visage de Colt fut tellement flagrant que Sierra ne put s'empêcher d'en éprouver de la satisfaction. Ainsi, il avait besoin de son aide… Tout du moins pour le moment !

— Le plus tôt sera le mieux, répondit Colt. Voulez-vous que je vous conduise à votre B & B ? Je pourrais demander à la femme du contremaître de rester avec Micah le temps de notre absence… Je peux prendre mon pick-up, si vous voulez transporter des effets personnels.

Il se redressa et parut soudainement à Sierra beaucoup plus proche.

Sa présence la submergeait…

La bouche de Sierra s'assécha. Comment Colt pouvait-il lui faire autant d'effet alors qu'elle était si contrariée par sa décision de quitter Royal !

— Non, merci, ce n'est pas la peine. Je n'aurai pas beaucoup de bagages.

Elle fit un pas en arrière, ressentant le besoin de prendre de la distance afin de concevoir un stratagème qui lui permettrait de lutter contre cette attirance déplacée.

— Reviendrez-vous ce soir ? lui demanda-t-il, sans

la quitter des yeux. Je peux vous montrer la chambre où vous dormirez…

La pensée de se retrouver dans un lit sous le même toit que Colt parut à Sierra incroyablement intime…

Alors qu'il ne s'agissait que d'un arrangement pour le bien de Micah !

Et pourtant…

Ses joues s'échauffèrent quand elle visualisa Colt la conduisant jusqu'à sa chambre.

Elle déglutit.

— Cela ne sera pas nécessaire. Micah va passer une bonne nuit, ne vous inquiétez pas. Je vais donc rentrer au B & B. Je pourrai ainsi préparer mes affaires et revenir demain matin.

Colt l'étudia un long moment avant de hocher la tête.

Puis il se retourna pour ouvrir un tiroir duquel il sortit une clé qu'il lui tendit.

— Voici la clé de la maison. J'apprécie que vous acceptiez de m'aider, Sierra.

— Je vous en prie.

Quand elle prit la clé, leurs doigts s'effleurèrent.

Elle serra le métal froid contre sa paume, cherchant à faire disparaître les fourmillements provoqués par le contact des doigts de Colt.

— Je suis heureuse d'avoir l'opportunité de passer du temps avec Micah.

Elle ferait en sorte de profiter de chaque instant qu'il lui serait donné de partager avec le petit garçon. Elle mettrait également à profit les prochains jours pour convaincre Colt de rester à Royal…

D'abord, elle ne pouvait supporter l'idée de se séparer de Micah. Et puis elle était persuadée qu'il était bon pour cet enfant d'être entouré de l'amour de sa famille et des habitants de Royal.

Quant au père ô combien séduisant du bébé…

Rien de plus simple !

Sierra devrait s'employer à garder ses distances avec Colt, tout en vivant sous le même toit que lui !

Cela faisait quatre jours que Sierra s'était installée chez Colt en tant que nounou temporaire…

Quatre jours que Colt s'interrogeait sérieusement sur la pertinence de la décision qu'il avait prise !

Le jeune homme sortit de l'enclos à vêlage où il avait vérifié l'état de santé d'une vache qui venait de mettre bas. Il aperçut, non loin de là, Sierra accoudée à la clôture d'un pré où paissaient tranquillement des vaches et leurs veaux. La poussette de Micah était à côté d'elle. *Quelle bonne idée d'emmener Micah voir les animaux !* songea Colt. Le jeune homme avait à cœur que son fils découvre la campagne et apprécie ce cadre de vie.

De toute évidence, Micah s'amusait comme un petit fou. Bien calé dans sa poussette, le visage hilare, il cherchait à imiter le meuglement des vaches.

Malgré tout, la présence de Sierra aussi loin de la maison contrariait quelque peu Colt. N'avait-il pas passé le plus clair de son temps à l'extérieur ces derniers jours, à s'emplir les narines de l'odeur du foin coupé, dans l'objectif d'oublier le parfum épicé et subtil de Sierra ?

Car, oui, vivre sous le même toit que la jeune femme s'avérait bien plus compliqué qu'il ne l'avait imaginé !

C'était une tentation de tous les instants…

Le soir, Sierra se tenait à ses côtés dans la pénombre de la nurserie, au moment de coucher Micah. Parfois, ses cheveux effleuraient l'épaule de Colt tandis qu'ils se penchaient ensemble sur le berceau.

Le matin, il la retrouvait dans la cuisine, sexy en diable dans son short et son large T-shirt, ses lunettes sur le nez et ses cheveux rassemblés en un chignon lâche sur le dessus de son crâne.

Sierra ne faisait pas la cuisine, mais elle avait acheté des variétés exotiques de café aux saveurs encore plus subtiles que les vins qu'il produisait ! Ainsi, le jour même, elle l'avait informé qu'ils buvaient un café aux arômes caramélisés, mais Colt avait été tellement fasciné par le léger enrouement de sa voix qu'il n'avait rien retenu de ses explications. Il s'était même imaginé se réveiller à ses côtés…

Pour fuir ces visions tentatrices, il se réfugiait dans la grange dès le petit déjeuner terminé.

Et voilà qu'elle était à quelques mètres de lui, en train de rire à une facétie de Micah !

En entendant son rire rauque, Colt se raidit.

À moins que ce ne soit à cause du spectacle qu'elle lui offrait, moulée dans un pantalon de yoga qui ne cachait rien de ses courbes. Des mèches blondes s'échappaient de sa queue-de-cheval, balayant ses joues sous l'effet de la brise.

Frustré par tous ces jours passés à lutter contre le désir qu'elle lui inspirait, Colt se dirigea vers elle, comme attiré par un aimant.

Sierra leva ses yeux verts sur lui alors qu'il approchait. Dès qu'elle l'aperçut, elle se figea, tel un animal sauvage surpris à découvert et circonspect quant à la conduite à adopter.

Colt eut alors envie de répondre à cette méfiance par la persuasion de ses mains… de ses lèvres…

Il se contenta néanmoins d'enfoncer les mains dans ses poches en essayant de masquer son mécontentement.

— Est-ce qu'on vous dérange ? s'enquit Sierra en se penchant pour sortir Micah de sa poussette.

Aussitôt, l'enfant enfouit ses petits doigts potelés dans les mèches blondes de la jeune femme.

Colt en resta fasciné. Il aurait tellement aimé avoir le droit, lui aussi, d'éprouver la texture des cheveux de Sierra…

— Bien sûr que non, répondit-il d'un ton sec. J'apprécie que Micah puisse profiter du grand air.

Il tendit les bras pour prendre son fils en prenant soin de desserrer ses petits doigts pour libérer les cheveux de Sierra

— Comment va le petit veau aujourd'hui ? demanda celle-ci en mettant la main en visière devant ses yeux pour se protéger des rayons du soleil. Est-ce que sa mère a fini par l'accepter ?

Colt avait éprouvé de l'inquiétude pour une des génisses qui devait mettre bas. L'accouchement avait été difficile et l'animal avait, au départ, rejeté son veau. Colt avait expliqué la situation à Sierra, la veille, pendant le petit déjeuner.

— Tout s'est bien passé, dit-il. Un de nos meilleurs employés était présent ce matin et il a réussi à convaincre la maman de lécher son veau et de l'allaiter. Le lien a été créé et maintenant tout va bien.

— Je suis heureuse de l'entendre, commenta Sierra avec un grand sourire. Je n'aurais peut-être pas dû entreprendre cette promenade, alors qu'il est l'heure pour Micah de faire la sieste, mais je n'arrêtais pas de penser à ce veau rejeté par sa maman…

— Nous nous occupons bien de nos animaux au Black Ranch. Et nous n'employons que des ouvriers qualifiés.

Colt observait la jeune femme avec attention. Il était un peu surpris qu'elle accorde autant d'importance à cette histoire…

Sierra hocha la tête et reporta son attention sur l'enclos où s'agitaient les veaux nouveau-nés et leurs mamans. Deux d'entre eux sautillaient en tous sens, démontrant par leur sociabilité leur capacité à rejoindre bientôt le troupeau.

— C'est si amusant de les regarder, murmura-t-elle.

— Vous avez peut-être raté votre vocation, la taquina-t-il.

L'une des vaches s'était approchée de la clôture et semblait s'intéresser à Sierra.

— Vous pouvez la caresser si vous voulez. C'est une vache qui a eu beaucoup de veaux. Elle n'est pas agressive…

— Est-ce cela qui fait une bonne mère ? répliqua Sierra d'une voix soudain tendue. L'expérience ?

Elle se mit à gratter doucement l'encolure de l'animal.

Colt se rapprocha de Sierra, tout en prenant soin de faire barrière entre Micah et la vache, même s'il avait confiance en elle.

— Chez une vache, oui, ça aide…

Il chercha à voir son visage pour déchiffrer son expression, mais Sierra resta la tête tournée pendant un long moment.

Avait-il fait une gaffe ? se demanda-t-il.

Il ne la lâcha pas du regard, attendant qu'elle se ressaisisse. Enfin, elle se tourna vers lui avec un visage neutre. Quoiqu'un peu plus triste…

Le sourire rayonnant qu'elle avait arboré quelques minutes auparavant s'était bel et bien évanoui.

— Il est temps que je ramène Micah à la maison,

déclara-t-elle en s'écartant de l'enclos. Voulez-vous bien l'attacher dans sa poussette ?

Colt la suivit avec Micah.

— Est-ce que ça va ? s'enquit-il. Ai-je dit quelque chose qu'il ne fallait pas ?

— Tout va bien ! affirma-t-elle d'une voix un peu trop enjouée.

Elle se pencha sur la poussette pour dégager les sangles et permettre à Colt de déposer son fils.

— Je dois me hâter car Micah va bientôt réclamer son biberon, reprit-elle. J'ai un peu perdu la notion du temps…

— Je pourrais vous reconduire en voiture, proposa-t-il gentiment.

Il avait la sensation très nette que quelque chose n'allait pas, même si Sierra ne voulait pas l'admettre.

— Mon pick-up est juste là, ajouta-t-il en le désignant d'un geste de la main. J'y ai déjà installé un siège bébé.

Sierra parut hésiter. L'espace d'une seconde, elle sembla même tellement perturbée que Colt fut tenté de faire quelque chose de complètement stupide… comme de l'attirer contre lui pour la réconforter !

Qu'est-ce qui pouvait bien l'avoir bouleversée à ce point ? s'interrogeait-il intérieurement.

Micah frappa les épaules de son papa de ses petites mains.

— Je souhaiterais prendre un peu de temps pour rester seule, souffla finalement Sierra. Cela vous ennuie-t-il de ramener Micah à la maison ?

Elle paraissait si vulnérable que Colt décida de laisser sa curiosité de côté. En cet instant, il aurait fait n'importe quoi pour elle.

— Bien sûr.

Il était conscient qu'elle s'était davantage occupée de

Micah que lui au cours de la semaine, en grande partie parce qu'il avait cherché à fuir l'attirance qu'elle lui inspirait.

S'était-il trop reposé sur elle ?

Il éprouva un pincement de culpabilité.

— Prenez tout le temps qu'il vous faudra. Je vais donner son biberon à Micah.

— Merci.

Sa voix était enrouée. Mais il ne s'agissait pas de l'enrouement qui avait profondément troublé Colt le matin même… Non, cette fois, la voix de Sierra semblait sur le point de se briser. Colt sentit son cœur se serrer à la pensée qu'il pouvait être à l'origine de sa peine.

— Sierra, je suis désolé, souffla-t-il. Peut-être me suis-je trop reposé sur vous ces derniers jours…

Mais la jeune femme avait déjà fait volte-face et s'éloignait à grandes enjambées dans le chemin de terre qui délimitait les propriétés Black et Fenwick.

— Est-ce que tu crois qu'on doit s'inquiéter pour elle ? dit Colt à voix haute, à l'intention de Micah.

Le sang battait dans ses tempes. Il prenait conscience qu'il avait peut-être dépassé les bornes de ce que pouvait supporter une journaliste récemment intronisée nounou !

— Meuh…, répondit Micah.

Son petit visage sérieux était tourné vers l'enclos des vaches et de leurs veaux.

— Meuh, meuh…

Un sentiment de fierté inonda Colt. Certes, il s'agissait peut-être d'une heureuse coïncidence, mais pour lui c'était à n'en pas douter un éclair de génie de la part de son fils.

— Tu as raison, mon grand ! Les vaches font meuh…

Colt serra l'enfant contre lui et déposa un baiser sur son front si doux.

— Meuh, meuh, reprit Micah en posant sa tête bouclée sur l'épaule de son père.

— Oui, oui, tu as raison, concéda Colt en faisant avancer la poussette vers le pick-up, tout en maintenant l'enfant contre lui. C'est bien d'avoir du caractère…

Après avoir jeté un dernier regard par-dessus son épaule, vers les bois où Sierra s'était évanouie, Colt rangea la poussette dans le coffre de son véhicule avant d'entreprendre d'installer Micah dans son siège.

— Meuh, meuh, répétait celui-ci en se raidissant, ce qui ne facilitait pas la tâche de son papa.

— Nous devons laisser les vaches tranquilles maintenant, dit Colt d'un ton apaisant, tout en essayant de faire passer une petite jambe à travers une des sangles. On rentre à la maison !

Il avait hâte de pouvoir s'entretenir avec Sierra, une fois que Micah serait couché. Qu'est-ce qui pouvait bien la perturber ainsi ? s'interrogeait-il. Cela avait-il quelque chose à voir avec le livre qu'elle écrivait sur le Texas Cattleman's Club ? Depuis qu'elle avait emménagé chez lui, Colt ne lui avait posé aucune question sur son projet, trop occupé qu'il était à faire connaissance avec Micah et à lutter contre son attirance pour Sierra.

— Meuh, meuh !

Les plaintes de Micah se faisaient plus pressantes.

L'enfant s'énervait littéralement. Son corps était tellement raide qu'il était impossible pour Colt de l'attacher dans son siège.

— Nous reviendrons les voir demain, lui promit-il.

Colt se demandait comment un aussi petit corps pouvait se contracter avec autant de force. On aurait dit une planche !

— Mais pour le moment nous rentrons à la maison pour nous assurer que Sierra va bien.

Les yeux sombres du bébé l'observèrent et son corps se relâcha quelque peu.

— Tu veux voir Sierra ?

L'enfant était-il en capacité de reconnaître le nom de la jeune femme ?

Et pourquoi pas ! Micah venait bien de démontrer quelques minutes plus tôt qu'il était un génie !

— Je te comprends, tu sais. Moi aussi, j'ai envie de la voir.

Micah poussa un soupir résigné et se détendit contre le rembourrage en tissu de son siège. Colt put alors mettre les sangles en place et l'attacher.

Pour rentrer, il n'emprunta pas le sentier qu'avait suivi Sierra car il ne voulait pas tomber sur elle, alors qu'il lui avait promis de la laisser seule. Une fois à la maison, il donnerait un biberon à Micah et réfléchirait à la façon dont il pourrait réconforter la jeune femme.

Dans un premier temps, il pourrait préparer le dîner ce soir… Sierra avait, en effet, pris l'habitude de le rejoindre chaque soir autour d'un repas. Ce moment était pour eux l'occasion de parler de Micah… Sierra en avait ainsi beaucoup appris à Colt sur les bébés en général, et sur Micah en particulier. Elle lui avait aussi détaillé les recherches qui avaient été menées pour retrouver la mère de Micah puis, une fois que le décès de celle-ci avait été découvert, celles qui avaient été entreprises pour retrouver Colt.

Le jeune homme avait fait la paix avec le souvenir d'Arielle. Certes, il avait été contrarié que celle-ci ne l'ait pas contacté pour lui apprendre qu'elle était enceinte, mais il lui était surtout infiniment reconnaissant d'avoir mis au monde un enfant aussi extraordinaire que Micah…

Grâce aux conseils de Sierra, Colt avait appris, au fil des jours, à s'occuper de son fils.

Ce soir, cependant, toute son attention serait tournée vers Sierra.

Peut-être pourrait-il l'aider à trouver un moyen de se détendre… Il avait peut-être une idée qui pourrait lui plaire…

Quoi qu'il en soit, il ne supportait pas de la voir dans cet état. Il lui devait tant ! Sans elle, jamais il n'aurait su qu'il avait un fils !

Il regarda dans le rétroviseur central. Micah avait déjà les yeux mi-clos. Ses joues étaient rosies par le grand air.

Une vague de tendresse le submergea. De la tendresse mêlée à un profond sentiment de culpabilité de ne connaître son fils que depuis une semaine…

Oui, vraiment, il ferait tout ce qui était en son pouvoir pour que Sierra retrouve le sourire ! Elle le méritait.

- 6 -

— Je n'arrive pas à croire que nous allons à la pêche ! s'exclama Sierra en regardant par la vitre du pick-up de Colt.

Le spectacle de la Brazos Rivers dessinant des méandres le long de la route était à couper le souffle.

Deux heures seulement s'étaient écoulées depuis que Sierra avait laissé précipitamment Colt et Micah, sous le coup d'un trop-plein d'émotions.

Colt était, bien évidemment, loin de deviner à quel point son commentaire sur la maternité des vaches avait réveillé la frustration de Sierra quant à son incapacité à devenir mère. Certes, la jeune femme ne lui en voulait pas, mais elle avait éprouvé le besoin de se retrouver un peu seule après cette semaine épuisante.

La marche l'avait quelque peu rassérénée... Et puis Colt l'avait surprise en lui proposant une partie de pêche et un pique-nique ! Il avait déjà tout organisé, s'arrangeant pour qu'Ève Martin et Rafael Wentworth s'occupent de Micah pendant quelques heures...

— Je sais que vous aviez envie d'être seule, déclara Colt en coupant le moteur de sa voiture, mais je me suis fait la réflexion que la pêche permettait une détente mentale et émotionnelle. C'est la raison pour laquelle je renouvelle mon permis de pêche chaque année. J'apprécie le calme que procure cette activité.

Sierra arracha son regard du ruban bleu qui sinuait entre les collines.

— Je suis partante pour essayer, répondit-elle. Même si votre conception du calme et la mienne sont probablement à l'opposé l'une de l'autre !

— Vous avez peur que je fasse trop de bruit ? demanda-t-il en ouvrant sa portière.

Sierra ne put s'empêcher de rire. D'autant plus qu'elle soupçonnait Colt d'avoir dit ça pour la faire rire.

Elle sentait qu'il avait à cœur de la distraire.

— Peut-être… Mais je suis sûre que vous ferez de votre mieux pour la mettre en sourdine.

Le sourire aux lèvres, elle descendit du véhicule et se dirigea vers l'arrière où Colt s'affairait à décharger le contenu du coffre.

— Je peux vous aider ?

Colt sortit le panier de pique-nique et sa boîte de matériel de pêche.

— C'est inutile. Pourquoi ne cherchez-vous pas un endroit où étendre la couverture de pique-nique ?

Sierra fronça les sourcils et étudia le contenu du coffre.

— Je peux au moins prendre les cannes à pêche !

— Comme vous voudrez…

Il s'éloigna pour examiner les alentours à la recherche de l'endroit idéal pour s'installer.

— Ici, ça me paraît pas mal…

Colt déposa le panier pique-nique sous un bouleau noir qui arborait ses nouvelles feuilles vert vif. Éloigné de la route, le terrain dégringolait en pente douce vers la rivière.

Sierra inspira l'air pur, et un parfum printanier emplit ses narines.

— Est-ce que nous sommes assez près de l'eau ?

Elle posa les cannes à pêche contre le tronc du bouleau

et mit la main en visière pour se protéger de la luminosité du soleil.

— Je n'ai jamais pêché depuis la rive, expliqua-t-elle. La seule fois que j'ai pêché, c'était depuis un canoë.

Elle regardait, fascinée, Colt qui étendait la couverture au sol. Elle buvait des yeux ses muscles bandés et ses épaules larges sous son T-shirt Henley noir.

Le jeune homme s'était douché après le travail au ranch, et ses cheveux encore humides collaient en boucles sur son front

— Nous serons très bien ici, assura-t-il. Mes lignes sont suffisamment longues. Venez donc vous asseoir…

Sierra hésita. Tout chez Colt Black et cette sortie impromptue l'alléchait ! Ne s'était-elle pas pourtant promis d'éviter tout tête-à-tête avec le jeune homme ?

Elle avait néanmoins accepté son invitation sans hésiter, saisissant l'opportunité qui lui était donnée d'oublier ses états d'âme. Elle était heureuse de cette distraction qui lui permettait de se soustraire au tumulte de ses émotions.

Et ce même si elle avait l'impression d'avoir accepté un rendez-vous galant !

Elle s'approcha lentement et prit place sur la couverture.

— J'ai comme l'impression que vous n'êtes pas un amateur en matière de pêche, observa-t-elle en renversant la tête en arrière pour sentir la chaleur du soleil sur son visage. Y a-t-il quelque chose que vous ne sachiez pas faire, Colt Black ? Vous savez cuisiner, produire du vin, élever du bétail, pêcher…

— Oh ! Prétendre que je suis doué en cuisine serait un affront pour tout cuisinier chevronné !

Il se baissa pour s'asseoir à côté de Sierra et attira entre eux la boîte contenant son attirail de pêche.

— En ce qui concerne le vin, j'emploie des gens qui savent ce qu'ils font et j'essaye d'apprendre à leur contact.

La tête penchée, Colt se concentrait sur le choix de leurres. Sierra se fit la réflexion qu'il paraissait plus léger, comme s'il prenait vraiment du plaisir à ce qu'il faisait. Jamais elle ne l'avait vu ainsi… Les jours précédents, elle avait eu l'impression qu'il faisait tout pour l'éviter. Certes, il était toujours très motivé pour l'aider à prendre soin de Micah ou pour discuter des sujets concernant son fils, mais jamais il ne s'était attardé en la seule présence de Sierra.

Aujourd'hui était une exception. Commençait-il à apprécier la vie à Royal ? se demandait Sierra avec espoir. Pourrait-il finalement envisager de rester aux États-Unis, plutôt que d'emmener Micah vivre dans un domaine viticole en France ?

— Si vous avez appris à faire du vin aussi vite que vous avez appris à vous occuper d'un bébé, alors je suis sûre que vous vous en sortez très bien.

Colt releva la tête, et son regard bleu la transperça tel un rayon laser.

— Merci, Sierra. Je suis touché par vos mots. Micah est tout pour moi, alors il est naturel que je cherche à être le meilleur père possible. Et j'apprécie énormément que vous m'y aidiez.

Son honnêteté plaisait à Sierra tout autant que l'attachement qu'il exprimait envers son fils. Sous une apparence sérieuse et déterminée, Colt Black dissimulait un cœur débordant d'amour.

— Je suis heureuse de pouvoir vous aider, admit-elle. Le timing est parfait. Si je n'avais pas pris une disponibilité auprès du magazine pour lequel je travaille, avec pour projet d'écrire un livre sur le Texas Cattleman's Club, je n'aurais pas pu m'installer chez vous.

— Votre dévouement pour Micah est indéniable, commenta Colt.

Il se concentra à nouveau sur son matériel. Il noua le bout de la ligne autour du leurre qu'il avait choisi, puis il tendit la canne à pêche à Sierra.

— Voulez-vous essayer de lancer la ligne ?

— Pourquoi pas, mais j'ai besoin de quelques conseils. Je ne voudrais pas accrocher quelqu'un avec mon hameçon !

Colt glissa sur la couverture pour se rapprocher d'elle, au point que leurs épaules se frôlèrent.

— Je vais vous montrer comment procéder.

Sierra referma ses mains sur la canne à pêche la plus petite, que Colt avait préparée à son intention, et observa la façon dont il déroulait quelques mètres de ligne. Le leurre – un faux poisson mince et souple – chatouilla sa cheville laissée à découvert par son jean trois quarts.

— Et ensuite ? demanda-t-elle en préparant la même longueur de ligne que Colt.

— Ensuite, vous appuyez ici. Comme si vous pressiez une détente... Cela va permettre à la ligne de se débobiner quand vous la lancerez.

Il lui en fit la démonstration.

Alors que l'attention de Sierra aurait dû se focaliser sur ses mains, elle s'attacha plutôt à sa mâchoire et à son cou puissant qui disparaissait dans l'encolure de sa chemise. Elle aurait pu passer des journées entières à contempler Colt sans se lasser !

— OK, fit-elle en hochant la tête d'un air absent. Je suis prête.

Quelque chose dans son ton dut interpeller Colt, car celui-ci tourna la tête vers elle et ses yeux bleus s'obscurcirent.

Sierra retint son souffle.

Elle crut presque entendre crépiter des étincelles !

Colt reporta finalement son attention sur la rivière.

— Voilà, nous sommes prêts, commenta-t-il.

Se relevant, il projeta la canne à pêche par-dessus son épaule avant de la lancer vers le cours d'eau. La ligne fendit le ciel en un filament brillant dans les rayons du soleil, puis le leurre tomba au beau milieu de la rivière.

— Beau boulot, murmura Sierra en se levant.

Elle ne se permit pas de regarder à nouveau l'homme à ses côtés. Elle prit une inspiration et inclina la canne vers l'arrière avant de reproduire le mouvement vers l'avant que Colt lui avait enseigné. Elle observa la ligne qui vibrait dans l'atmosphère, libre et sans entraves. Cela lui fit penser à la jeune femme qu'elle avait été ces dernières années, après avoir découvert qu'elle ne pourrait jamais avoir d'enfants…

Oui, mais… Était-elle vraiment libre alors qu'elle croulait sous le poids d'une tristesse infinie ? Alors que sa blessure se rouvrait sans cesse, comme un peu plus tôt ce même jour, lorsque Colt avait mentionné ce qu'était, selon lui, une bonne mère ?

Le jeune homme émit un sifflement admiratif.

— Super ! On dirait une pro !

Il fallut quelques secondes à Sierra pour réaliser que, bien que se débattant avec ses démons, elle avait réussi un lancer plus que correct.

Colt enfonça le manche de sa canne à pêche dans la terre juste devant leur couverture, de manière à ne pas avoir à la tenir. Il en fit de même avec la canne de Sierra après la lui avoir prise des mains.

Sierra ne perdait pas une miette de ses mouvements.

Colt sentait-il son regard posé sur lui ? L'obsession qu'il lui inspirait ? Plusieurs fois par jour, elle s'imaginait qu'il lui avouait être attiré par elle… Et elle se demandait ce qui se passerait s'ils n'essayaient pas de lutter contre l'assouvissement de ce désir.

La compagnie de Colt ne lui rappelait que trop cruellement tous ces mois – toutes ces années, même ! – qu'elle avait passés sans qu'un homme ne la touche, ni ne l'embrasse…

Curieusement, ce genre d'intimité ne lui avait pas tellement manqué, jusqu'à l'arrivée inopinée de Colt dans sa vie.

— Et maintenant on attend, annonça le jeune homme en se réinstallant sur la couverture où Sierra le rejoignit.

Elle ne s'assit pas aussi près qu'avant, mais suffisamment pour ressentir la chaleur qui émanait du corps de Colt.

Sa chaleur et sa puissance.

Le jeune homme s'étendit sur le côté en s'appuyant sur l'un de ses coudes et offrit son visage aux rayons du soleil.

Il ferma les yeux. Au bout de quelques secondes, l'une de ses paupières se souleva et il la surprit en train de l'observer.

— Allez-vous me dire ce qui vous trotte dans la tête, Sierra ?

Sa voix grave résonna en elle. Elle la ressentit comme une corde vibrant dans son ventre.

Non, elle n'avait pas du tout envie de parler de ce qui la contrariait !

Alors elle s'installa plus confortablement sur la couverture, faisant face à Colt en imitant sa position.

— Maintenant ? fit-elle.

Ses yeux s'attachèrent à la courbe de ses lèvres. À cette bouche tentante si proche de la sienne…

— Une seule chose…, murmura-t-elle.

Elle sentit sur ses lèvres l'inspiration que prit Colt, tel un baiser fantôme.

Pourtant, ce ne fut pas la bouche de Colt qu'elle sentit, mais ses doigts qui prirent son menton pour la forcer à lever le visage et à rencontrer le regard du jeune homme. L'intensité qu'elle découvrit dans ces profondeurs azur fit accélérer le rythme de son cœur.

— Dites-moi…

Bien qu'émis avec douceur, les mots de Colt exprimaient une exigence.

Alors Sierra prit son courage à deux mains.

— J'ai besoin que vous m'embrassiez, Colt. Tout de suite. Et le plus longtemps possible…

Il n'y réfléchit pas à deux fois…

Même pas une seule fois !

Colt avait bien entendu ce que Sierra voulait – ce dont elle avait besoin –, alors il décida de la satisfaire…

Relâchant son menton, il passa le bras autour de sa taille et l'attira contre lui.

La jeune femme le couva de ses grands yeux verts écarquillés jusqu'au moment où il effleura de ses lèvres sa lèvre inférieure. Il vit battre ses longs cils, puis ses yeux se fermèrent et sa main vint se poser avec légèreté sur son torse.

Sierra dut sentir son cœur battre comme un troupeau lâché dans un pâturage et prendre conscience de l'effet qu'elle produisait sur lui. Il avait pourtant fait de son mieux pour en faire fi, mais aujourd'hui il avait découvert une nouvelle facette d'elle. Il avait découvert sa vulnérabilité.

Fort de cette découverte et du fait que Sierra avait admis ressentir la même attirance, Colt ne pouvait plus se battre contre ce que tous deux appelaient de leurs vœux.

Il ne pouvait plus lutter contre cette bouche si douce contre la sienne…

Il avait envie de prendre tout son temps… De la déguster avec lenteur…

Oui, mais voilà… Le corps tout entier de Sierra réagissait à son baiser, au point qu'un frisson qu'il put sentir sous ses doigts parcourut l'échine de la jeune femme. Les hanches de Sierra se pressèrent contre son bas-ventre, ce qui fit jaillir des étincelles sous les paupières de Colt.

Le besoin urgent de la faire rouler sur le dos et de s'allonger sur son corps fit bouillir son sang. Sentant le danger à s'aventurer jusque-là, Colt se promit de ne pas aller au-delà d'un baiser…

Par contre, il se rassasierait jusqu'à satiété de cette bouche vorace et sexy !

Il pencha la tête, et sa langue se fraya un chemin entre les lèvres de Sierra. Sa saveur était meilleure que tous les grands crus qu'il lui avait été donné de goûter ! La saveur de Sierra était plus nuancée, plus complexe…

Celle-ci se laissa aller contre la couverture pour lui donner libre accès, se soumettant au jeu de sa langue autour de la sienne. Elle enfouit les doigts dans les cheveux de Colt pour ancrer davantage son visage au sien, en exigeant plus.

Colt s'écarta quelque peu pour reprendre son souffle et permettre à la chaleur qu'ils généraient de redescendre de quelques degrés !

— Sierra, grogna-t-il contre sa bouche. Je fais tout ce que je peux pour ne pas aller plus loin que vous embrasser…

Les seins de Sierra étaient pressés contre son torse, contact accru à chaque inspiration de la jeune femme. Colt luttait contre le besoin urgent de nouer ses bras autour d'elle pour sceller leurs corps.

— Vous y arrivez très bien !

Elle posa la main sur sa joue qu'elle caressa avant d'effleurer ses lèvres de la pulpe de son pouce.

— Je ne me souviens pas avoir déjà connu un baiser aussi renversant…

Ses yeux embrumés par la passion se posèrent sur sa bouche.

Colt devina qu'en s'abandonnant avec autant de volupté à leur baiser, Sierra cherchait à lui cacher ce qui l'avait bouleversée…

Il n'avait aucun mal à la comprendre. Lui aussi préférait se perdre dans un baiser, plutôt que faire face à quelque chose de contrariant !

Comme la conscience qu'il ne méritait pas d'être père, par exemple, puisqu'il n'avait pas été présent auprès de Micah pendant les six premiers mois de sa vie.

— Que se passe-t-il ?

Sierra se figea sous lui.

Colt ferma momentanément les yeux, regrettant d'avoir laissé son visage exprimer ses pensées tourmentées.

— Je suis désolé…

Il se redressa, mettant de la distance entre eux, alors qu'il aurait largement préféré se fondre dans la chaleur qu'ils produisaient.

— Parfois, quand je pense à ce que j'ai fait…, souffla-t-il. Vous vous rendez compte que j'ai mis un continent entre mon fils et moi pendant les tout premiers mois de sa vie !

Sa voix se brisa. Il s'assit et observa la Brazos River et les deux cannes à pêche plantées dans le sol.

— Mais vous vous rattrapez tellement bien ! Vous êtes formidable dans le rôle de papa.

La voix de Sierra juste à côté de lui lui indiqua qu'elle s'était redressée elle aussi. Elle s'entoura les jambes de ses bras et posa le menton sur ses genoux, le regard fixé également sur l'eau.

— Vous savez ce qui me permet de l'affirmer ?

Ses cheveux blonds flottaient au gré du vent, venant s'accrocher aux épaules de Colt.

Celui-ci ne répondit pas. Il n'était pas sûr d'être en mesure de poursuivre cette conversation. La colère qu'il éprouvait envers lui-même le rongeait, le tenant même éveillé chaque nuit.

Une pensée le hantait : que se serait-il passé si Sierra ne l'avait pas retrouvé ?

— J'ai été abandonnée moi aussi, quand j'étais bébé, lâcha finalement Sierra, même s'il n'avait pas répondu.

Cette révélation prit Colt complètement au dépourvu. Il tourna brusquement la tête pour étudier le visage de Sierra. Ses traits s'étaient durcis et exprimaient une souffrance ancienne resurgie brutalement des limbes du passé.

— Je… je suis désolé, bégaya-t-il.

Elle balaya son intervention d'un geste de la tête.

— C'était il y a longtemps… Mon histoire n'est pas très différente de celle de Micah, si ce n'est qu'au lieu d'avoir été trouvée sur un parking, j'ai été découverte sous le porche d'une église de Houston. Je n'avais que trois semaines. Personne ne connaît mon histoire à Royal, mais cela explique pourquoi je me suis tant impliquée auprès de Micah.

Colt hocha la tête. Il comprenait maintenant sa vigilance de tous les instants. Sa poursuite acharnée de la vérité, ses recherches pour le retrouver qui, à en croire Cammie Wentworth, s'étaient avérées plus efficaces que les investigations de la police.

Oui, tout cela s'expliquait à la lumière de ce qu'elle venait de lui révéler.

— Pas étonnant que vous ayez créé un lien si fort avec mon fils…

Il s'interrompit. Une douleur amère venait de lui transpercer le cœur.

— Vous savez, je déteste l'idée qu'un jour Micah racontera la même histoire que vous… Qu'il a été abandonné…

Sierra releva la tête et la secoua farouchement pour réfuter ses paroles.

— Ce n'est pas la même chose. C'est d'ailleurs la raison pour laquelle je vous raconte mon histoire. Mes parents et moi n'avons jamais été réunis… Jamais, eux, ne m'ont recherchée par la suite. Alors que moi, je les ai recherchés avec autant d'opiniâtreté que je vous ai cherché, vous !

Les muscles de sa mâchoire se contractèrent ,et elle se mordilla les lèvres. Puis, elle parut évacuer la tension et ses épaules se détendirent.

— La différence, c'est que mes parents m'ont réellement abandonnée, reprit-elle d'une voix plus douce. Alors que vous, vous avec tout de suite accouru, sans savoir avec certitude si Micah était bien votre fils. Personne ne peut rien vous reprocher !

Colt n'osa pas la contredire face à l'intensité féroce de son ton et à la lueur de défi qui étincelait dans son regard.

Il expira longuement, sentant en même temps une partie de sa colère s'estomper.

Pas toute sa colère… une partie seulement.

— Merci pour ces mots, dit-il en effaçant un pli sur la couverture entre eux, rêvant qu'il soit aussi facile d'effacer les barrières érigées entre eux.

Et de retrouver la simplicité d'un baiser par une belle journée de printemps…

— Vous m'avez raconté votre histoire pour me réconforter, mais pourriez-vous m'en dire un peu plus ?

Que s'est-il passé après que vous avez été trouvée ? Avez-vous été adoptée ?

— Oui, assez rapidement et je dois dire que mes parents adoptifs sont des gens formidables. Ils n'étaient plus tout jeunes quand ils m'ont adoptée, et j'étais leur seule enfant. Alors je suis devenue pour eux le centre du monde !

Un sourire attendri se dessina sur ses lèvres.

— Et c'est encore le cas aujourd'hui, ajouta-t-elle.

— J'en suis heureux pour vous.

Colt se retint de tendre la main pour caresser ses cheveux et l'attirer contre lui. Il était conscient que se rapprocher d'elle n'était plus à l'ordre du jour, non seulement parce qu'il n'était pas prêt pour avoir une relation, mais aussi parce que Sierra ne lui avait toujours pas expliqué ce qu'il l'avait bouleversée un peu plus tôt dans la journée.

Était-elle disposée, maintenant, à s'ouvrir à lui ?

Comme elle restait silencieuse, il décida de se lancer.

— Puis-je vous demander encore une chose ?

Sierra le jaugea en haussant un sourcil.

— Je croyais que c'était moi, la journaliste ! Allez-vous me rendre la pareille et me laisser vous poser des questions à mon tour ?

Le jeune homme refusa de la laisser esquiver.

— Que s'est-il passé tout à l'heure près de l'enclos de vêlage ? J'ai beau réfléchir, je ne comprends pas votre réaction soudaine…

Sierra battit des paupières et son visage se ferma.

Colt sut aussitôt qu'elle ne lui répondrait pas.

Relevant le menton, Sierra tourna la tête vers la rivière.

Et lui agrippa soudain le genou !

— Colt ! s'exclama-t-elle, les yeux écarquillés, en pointant l'index sur sa canne à pêche ! Je crois que ça a mordu !

- 7 -

Cela faisait une semaine que Sierra rejouait inlassablement la scène du baiser qu'elle avait échangé avec Colt…

Installée sur le canapé du salon de la maison Fenwick, Sierra avait toutes les peines du monde à se concentrer sur ses notes relatives à Violetta Ford.

Car ses pensées revenaient sans cesse vers Colt.

La saveur de Colt…

Le contact de ses doigts sur sa peau…

Sa gentillesse d'avoir organisé cette partie de pêche à un moment où il l'avait sentie submergée par ses émotions.

Elle renversa la tête pour qu'elle repose sur le coussin du canapé et se laissa imprégner par la douce chaleur du feu de cheminée qu'elle avait allumé après avoir couché Micah. Une pluie persistante avait fait chuter la température, nécessitant le recours à une bonne flambée.

Sierra ferma les yeux pour revivre encore une fois le fameux baiser… Ce serait la dernière fois ! tentait-elle de se convaincre. Car elle reconnaissait qu'il n'était pas approprié de penser de cette façon à son employeur temporaire !

Depuis quatre ans, elle avait réussi à se tenir éloignée de toute relation amoureuse, ne voulant pas imposer son infertilité à un homme. Cette infertilité, c'était son problème à elle seule. Sa déception.

Certes, elle pouvait toujours adopter… Peut-être le

ferait-elle un jour, mais pour l'heure seul son travail comptait pour elle.

Tout du moins était-ce le cas, jusqu'à ce que le baiser de Colt lui rappelle à quel point la compagnie d'un homme était agréable… Comme il était bon de se retrouver dans les bras de quelqu'un et de se laisser embrasser comme si plus rien d'autre n'avait d'importance !

Quoique… Peut-être n'étaient-ce pas tant les baisers des hommes en général qui lui avaient manqué, car jamais aucun ne lui avait fait ressentir ce qu'elle avait éprouvé avec Colt !

Elle se redressa soudainement en entendant la porte d'entrée s'ouvrir et le bruit du vent qui s'engouffrait dans la maison. D'où elle se trouvait, elle pouvait apercevoir l'entrée dans laquelle se profila l'homme qui ne quittait plus ses pensées. Son stetson vissé sur la tête, Colt portait un cache-poussière ruisselant d'eau de pluie.

Sierra bloqua son souffle tout en observant sa large carrure. Il retira son manteau dégoulinant et le suspendit au portemanteau. Puis, après avoir ôté son chapeau, il s'attela à délacer ses boots.

Maintenant qu'il était tête nue, Sierra distinguait mieux son profil. Sa mâchoire carrée. Ses sourcils fournis et ses pommettes saillantes. Ses lèvres qui avaient si tendrement façonné les siennes…

— Vous devez être soulagé de vous mettre à l'abri de la pluie, fit-elle remarquer doucement, devinant qu'il ne s'était pas rendu compte de sa présence.

Colt tourna brusquement la tête vers elle. En la découvrant, son expression se troubla.

Sierra se demanda s'il cherchait encore à tout prix à l'éviter… Ce qu'elle était en mesure de comprendre, en réalité. Il était plus facile de ne pas se laisser submerger par le désir quand on ne restait pas seul avec la personne qui en était l'objet !

— Je suis désolé, je ne vous avais pas vue, expliqua-t-il en passant son avant-bras sur son visage pour l'essuyer. Comment ça s'est passé avec Micah aujourd'hui ?

Sierra arracha son regard de ses cuisses musclées, moulées dans un jean.

Colt s'occupait de Micah autant qu'il le pouvait, mais il avait eu fort à faire ces derniers jours. En parallèle des travaux de rénovation qu'il avait entrepris dans la maison, il assurait les tâches quotidiennes au Black Ranch, tout en continuant à superviser à distance l'activité de son domaine viticole.

— Il s'est montré un peu agité aujourd'hui, répondit Sierra. J'ai contacté le pédiatre. Il pense que Micah continue à faire ses dents…

Elle posa son ordinateur portable sur la table basse pour pouvoir se tourner plus aisément vers Colt.

— J'ai mis des anneaux de dentition au réfrigérateur. Il adore en mâchouiller et cela semble apaiser ses douleurs.

Dès que Micah s'emparait d'un de ces anneaux, il cessait aussitôt de pleurer, au grand soulagement de Sierra.

— Merci de vous en être occupée, lui dit Colt en avançant en chaussettes dans la pièce. Et merci d'avoir allumé un feu… Il fait un temps épouvantable !

Le jeune homme prit place à l'autre bout du canapé, faisant craquer le cuir sous son poids. Sierra enleva ses affaires restées à côté d'elle et les posa sur son ordinateur.

Lorsqu'elle replia ses jambes sous elle et fit face à Colt, elle réalisa l'intimité qu'il pouvait y avoir à partager un canapé après une longue journée de travail…

— Je pensais que vous rentreriez plus tôt à cause de la pluie…

— Je suis désolé d'avoir manqué le coucher de Micah, mais nous avons eu un souci avec le système d'irrigation. L'une des prairies a été inondée, mais nous avons heureusement résolu le problème.

— Pas étonnant que vous soyez heureux de vous retrouver devant un bon feu !

Elle frissonna à la pensée du jeune homme contraint de rester des heures sous la pluie, les pieds dans la boue.

— Micah n'a pas fait de difficultés pour s'endormir. Je pense qu'il était épuisé d'avoir tant souffert des dents.

— S'il était épuisé, j'imagine qu'il vous a épuisée vous aussi, commenta Colt.

Il désigna du menton le carnet qu'elle avait posé sur la table basse.

— Je suis étonné que vous ayez assez d'énergie pour travailler sur votre livre après une journée passée à vous occuper d'un bébé ! Je suis navré de vous en demander autant.

Le trouble que Colt avait fait naître en elle depuis qu'il était rentré s'atténua pour faire place à une forme d'inquiétude... La jeune femme redoutait, en effet, de discuter avec Colt de son projet car elle était consciente qu'il jugeait son travail avec scepticisme.

L'objectif inavoué de Sierra était de mener des recherches dans la propriété, dans l'espoir de retrouver le journal de Violetta. Car si l'on en croyait l'ancienne cow-girl, Emmalou Hilliard, le journal était dissimulé ici. Sierra n'avait rien révélé de ses intentions à Colt, mais elle avait déjà fureté dans les dépendances, au cours des longues promenades qu'elle faisait faire à Micah en poussette...

— Parfois, je retrouve de l'énergie lorsque je me mets à travailler, déclara-t-elle avec précaution, ne sachant ce qu'elle pouvait ou non partager avec Colt.

Comment lui dire qu'elle espérait trouver dans la propriété Fenwick la clé de toute l'histoire de Violetta ?

— Je suis réellement passionnée par ce que j'ai découvert sur Violetta, reprit-elle. J'ai du mal à appréhender le courage qu'il lui a fallu pour se faire passer pour un homme aux yeux du monde, afin de gagner sa place au sein du Texas Cattelman's Club…

Le club, par le passé réservé aux hommes, avait refusé que Violetta en fasse partie, même si celle-ci gérait seule son ranch à Royal. Alors, Violetta avait « vendu » son ranch à un certain Vincent Fenwick et avait disparu de la circulation…

Vincent, lui, avait été admis presque immédiatement au Texas Cattleman's Club, ce qui avait dû rendre Violetta à la fois fière, mais également frustrée de n'avoir pas réussi cet exploit grâce à son seul mérite !

— Je ne connaissais rien à cette histoire avant de rencontrer Arielle, déclara Colt d'un ton pensif.

Sierra haussa un sourcil, étonnée par la tournure qu'avaient prise les pensées de Colt.

— Il est vrai que dans l'agitation de votre arrivée à Royal, j'ai presque oublié que c'était pour cette raison que vous vous êtes rencontrés tous les deux, dit-elle d'un air songeur.

Elle étendit son bras sur le dossier du canapé.

— Personne n'aurait mis au jour cette histoire sans l'opiniâtreté d'Arielle, affirma-t-elle. Ses notes ont mis Tate Wentworth sur la piste de lettres qui faisaient référence à la liaison entre Violetta et Dean Wentworth. De cette liaison, est né Harmon Wentworth…

Harmon avait été soulagé de connaître la vérité sur sa mère biologique. Le rôle de Sierra était, certes, resté modéré, mais sa détermination avait permis de faire avancer la résolution de ce secret. Elle se sentait fière d'être parvenue à mettre un point final au mystère révélé par le journal d'Arielle.

— Arielle vous aurait appréciée, murmura Colt, le regard rivé sur les flammes. Elle était passionnée par les anecdotes sur sa ville natale et, même si elle souhaitait devenir reporter photo, elle n'était pas seulement intéressée par les photos. Elle aimait aussi les histoires que certains clichés recèlent.

Une pointe de jalousie titilla Sierra à la pensée de ce qu'Arielle et Colt avaient partagé… Elle tenta bien vite de chasser ce sentiment. Comment pouvait-elle envier quoi que ce soit à une femme qui était morte si jeune ! Nul doute qu'Arielle aurait tout donné pour avoir la chance de voir grandir son fils…

— Je vais dédier mon livre sur Violetta et le Texas Cattleman's Club à la mémoire d'Arielle, annonça-t-elle.

Colt tourna vers elle son regard bleu et étendit à son tour le bras sur le dossier du canapé, juste à côté du sien.

— C'est une bonne idée. Moi, je pensais suggérer à Carson Wentworth de donner aux écuries Fenwick rénovées le nom de Violetta et de Dean.

Dans son enthousiasme, Sierra frappa de sa main le poignet de Colt.

— Mais oui, vous devriez faire ça ! s'exclama-t-elle. Ce serait un bel hommage.

Elle savait que Carson serait ému par cette attention, tout comme son arrière-grand-père, Harmon.

Dès l'instant où elle toucha Colt, l'atmosphère de franche camaraderie qui régnait jusque-là se modifia. Sierra sentit sous ses doigts une décharge électrique qui remonta le long de son bras. Elle amorça un geste de recul, mais Colt l'en dissuada en s'emparant de sa main.

Surprise, la jeune femme baissa les yeux sur leurs mains réunies et son cœur se mit à battre à coups précipités.

— Sierra…

Son prénom, dit telle une supplique sur un ton râpeux, lui coupa le souffle.

— … j'ai essayé de garder mes distances depuis le jour où… où nous sommes allés pêcher…

Elle déglutit, se demandant où cette conversation allait les mener. Elle n'était pas sûre d'avoir envie de parler de leur baiser, ou de ce qui l'avait bouleversée ce jour-là.

— Merci, murmura-t-elle, bien que pas très sûre de souhaiter qu'il garde ses distances, alors que le souvenir des lèvres de Colt sur les siennes l'enflammait à chaque fois qu'il lui revenait à l'esprit.

Son pouls battait frénétiquement, là où les doigts de Colt touchaient sa peau.

— Je mentirais néanmoins si j'affirmais ne pas avoir apprécié ce moment partagé avec vous…

Il dénoua l'étreinte autour de son poignet pour caresser de ses doigts l'intérieur de son avant-bras.

— Je ne parle pas seulement de notre baiser, reprit-il, même s'il fut assurément marquant. J'ai aimé, tout simplement, être avec vous…

Sierra frissonna sous l'effleurement de ses doigts, et une vague de désir la submergea avec la même force que les éléments qui se déchaînaient à l'extérieur.

Être avec Colt lui faisait ressentir tellement de choses…

Trop de choses !

Il était plus simple de se focaliser sur l'attirance physique, dans la mesure où c'était celle à laquelle il était le plus facile de renoncer par la suite. L'attirance affective et émotionnelle, elle, était plus compliquée à gérer.

Cela faisait si longtemps qu'elle n'avait pas eu de relation amoureuse qu'elle ne savait plus comment s'y prendre !

— Cela m'a plu à moi aussi, confessa-t-elle pourtant. Mais… je me souviens de ce jour où vous m'avez demandé de m'occuper temporairement de Micah… Ce jour-là, vous m'aviez dit que…

— Je m'en souviens ! l'interrompit-il d'un ton un peu cassant, tout en retirant sa main. Je vous ai assuré que, malgré l'attirance que j'éprouvais pour vous, je ne tenterais rien… Je suis désolé de ne pas avoir respecté cette promesse.

Sierra lui saisit la main qu'elle serra avec force.

— Mais non, ce n'est pas ce qui s'est passé ! protesta-t-elle.

Elle répugnait à le voir prendre l'entière responsabilité de ce qui s'était produit sur la rive de la Brazos River.

Le jeune homme s'immobilisa, attentif malgré son visage qui s'était assombri.

— C'est moi qui vous ai demandé de m'embrasser, lui rappela-t-elle, alors si quelqu'un est à blâmer, c'est moi ! Vous aviez été parfaitement clair en posant les limites de notre relation, et c'est moi qui ai brouillé les pistes en me laissant emporter par… l'alchimie entre nous.

L'expression de Colt s'adoucit, et il se pencha vers elle, amenant dans son sillage un parfum de pluie et de pins.

— Vous ne m'avez pas entendu me plaindre ce jour-là, fit-il remarquer d'une voix grave. Je vous ai désirée… Et je vous désire tout autant aujourd'hui.

Le cœur de Sierra bondit dans sa poitrine.

Comment Colt pouvait-il lui faire autant d'effet ?

Elle se retrouvait sans voix, capable uniquement de le fixer avec fascination.

— Dites quelque chose, Sierra… Que voulez-vous qu'il se passe entre nous ?

Il glissa sa main libre dans sa nuque, puis ses doigts plongèrent dans ses cheveux tandis que son pouce frôlait sa joue.

Sierra restait muette. Pouvait-elle s'autoriser à passer une nuit avec lui ? Cette idée l'avait effleurée plusieurs fois ces derniers jours. Une idée tentante… Affolante !

— Je ne veux rien faire qui puisse remettre en question le temps que je consacre à Micah, finit-elle enfin par admettre.

— Je ne ferais jamais rien de tel, affirma Colt. Je ne ferais pas ça à mon fils, et je ne vous ferais pas ça, à vous ! Vous êtes un pilier dans sa vie.

Elle songea à lui faire remarquer que si Micah restait aux États-Unis, il garderait de nombreux repères autour de lui, mais elle estima que le moment n'était pas opportun pour aborder ce sujet. Pour l'heure, elle appréciait que Colt la considère ainsi, et qu'il respecte le lien qu'elle avait tissé avec son fils.

— Merci. Cela signifie beaucoup pour moi.

Se penchant vers Colt, elle s'abandonna au plaisir de sentir ses mains puissantes sur elle.

Elle cilla. Était-elle sérieusement en train d'envisager de… ?

— Bien, nous sommes d'accord, vous êtes quelqu'un d'important dans la vie de Micah, reprit Colt dont le pouce descendit de sa joue à ses lèvres. Mais vous n'avez toujours pas répondu à ma question…

Sans doute Sierra se rapprocha-t-elle instinctivement de lui, car la distance entre leurs corps parut se réduire.

Colt était un homme digne de confiance, se disait-elle.

Et pas plus qu'elle, il ne souhaitait construire une relation amoureuse sérieuse…

Alors, après tout, pourquoi ne pas profiter des bienfaits d'une étreinte éphémère, sans incidence pour l'avenir ?

— Rafraîchissez ma mémoire, souffla-t-elle. Quelle était votre question ?

Elle brûlait d'envie d'annihiler la distance entre eux pour vérifier si le baiser de Colt était aussi dévastateur que dans son souvenir…

Colt appuya son front contre le sien. Leurs souffles se mêlèrent. Ils haletaient comme s'ils avaient couru.

— Que voulez qu'il se passe maintenant, Sierra ? Le choix vous appartient entièrement.

Colt ne s'estimait pas capable de prendre la bonne décision.

Il désirait Sierra trop ardemment. La jeune femme peuplait ses jours et ses nuits depuis ce baiser incandescent qui l'avait marqué au fer rouge.

Mieux valait donc laisser à Sierra l'initiative de ce qui allait suivre…

Inconsciemment, il attendait qu'elle lui donne le même ordre que lorsqu'ils étaient près de la rivière… Elle lui avait demandé qu'il l'embrasse aussi longtemps que possible !

Oh ! bon sang, elle le rendait fou de désir ! Malheureusement, se répéter sans cesse qu'il n'avait pas le droit d'y céder n'avait pas fonctionné.

En attendant que Sierra se décide, Colt prit plaisir à promener les doigts dans ses cheveux et à éprouver la douceur de ses lèvres avec la pulpe de son pouce.

C'était incroyable ! Le simple fait de parler avec elle l'excitait davantage qu'il ne l'avait été en couchant avec certaines femmes !

Il inspirait profondément pour emplir ses narines du parfum de sa peau. De sa senteur de fleur d'oranger qui agissait sur lui comme un véritable aphrodisiaque.

Sierra était si belle ce soir, à la lueur des flammes, dans son pull à torsades et son leggings qui ne dissimulaient rien de ses courbes féminines. Retrouver Sierra dans son salon après une épouvantable journée de travail lui avait l'effet d'une récompense qu'il n'avait pas méritée…

Avant de parler, Sierra posa ses mains sur les épaules de Colt.

— Cela fait une semaine que je réfléchis à ce que j'aimerais qu'il se passe entre nous…

Ses yeux verts ne le lâchaient pas et ses doigts s'agrippèrent au tissu de sa chemise de travail.

— Comme vous me le demandez, ajouta-t-elle, je peux dresser toute une liste…

Une flambée aussi vive que celle qui crépitait dans la cheminée se propagea dans les membres de Colt. Des gouttes de sueur perlèrent sur son front. et sa bouche s'assécha.

— Dites-moi tout, murmura-t-il en massant légèrement la base de son cou.

— Je ne veux plus aucune distance entre nous, dit-elle d'un ton où perçait l'urgence.

Sierra ne sut comment elle se retrouva à califourchon sur les genoux de Colt. Celui-ci agrippa ses hanches pour la presser contre lui, là où se manifestait son désir pour elle. Il sentait la chaleur irradier de son corps et grogna de satisfaction.

— Quoi d'autre ? insista-t-il, tandis que ses doigts s'aventuraient sous son pull et éprouvaient la soie de sa peau nue.

La tête de Sierra, encadrée par sa longue chevelure, s'inclina davantage vers lui.

— Pour la suite, il faut que j'enlève mon pull.

Elle avait à peine fini de parler que Colt attrapa le bas de son pull et le lui ôta en un tournemain.

Les seins hauts et ronds de Sierra apparurent, enchâssés dans un soutien-gorge en dentelle de couleur pêche.

Colt ne se souvenait pas avoir été témoin d'un spectacle aussi sexy.

— S'il te plaît, dis-moi que tu veux ma bouche ici…

Colt approcha sa bouche à quelques millimètres de la dentelle, si bien qu'il put voir ses tétons qui avaient durci contre le tissu.

En réponse, Sierra arqua son dos.

— Oui… Embrasse-moi là…

Colt prit cette requête très au sérieux et entreprit d'explorer ses seins avec sa langue, les titillant à travers le tissu. Puis, il lui retira son soutien-gorge et s'attacha à lécher chaque sein l'un après l'autre pendant qu'il maintenait Sierra tout contre lui.

La chaleur moite qu'elle dégageait menaça de lui faire perdre la tête, mais il avait à cœur de cocher chaque item de la liste qu'elle avait dressée.

— Et maintenant, Sierra ?

La jeune femme avait imprimé un mouvement de va-et-vient à ses hanches, en même temps que ses mains s'étaient égarées sous la chemise de Colt pour éprouver sa peau.

Ses ongles l'éraflèrent, ce qui ne fit qu'aiguillonner le désir de Colt. Il dut alors faire appel à tout son self-control pour ne pas la dénuder entièrement, là, au beau milieu du salon !

Sierra cessa de se balancer, le temps de reprendre son

souffle. Elle se mordilla la lèvre inférieure en le couvant d'un regard torride.

— Maintenant, emmène-moi là-haut et fais-moi oublier comment je m'appelle !

- 8 -

Colt n'avait pas pris les devants.

Il ne s'était pas montré pressant…

Mais, une fois qu'il eut le feu vert, il s'attacha à donner à Sierra tout ce qu'elle attendait, et même bien au-delà.

Il ne lui fallut que quelques secondes pour la porter jusqu'à sa chambre, au premier étage. Sierra ne se rendit même pas compte qu'ils montaient l'escalier car, chemin faisant, Colt ne cessa de l'embrasser. La chaleur qui se propageait dans le bas-ventre de la jeune femme s'intensifiait à chaque glissement de la langue de Colt contre la sienne.

Il la relâcha uniquement le temps de refermer la porte derrière eux et de déposer sur la table de nuit le récepteur du babyphone qu'il avait glissé dans la poche arrière de son jean avant de monter.

Le regard de Sierra se promena dans la chambre de Colt tout récemment repeinte dans des teintes de gris, à l'exception du mur où se trouvait la tête du lit *king size*, qui était recouvert de bois recyclé. Le parquet sombre et le plafond haut laissaient l'attention se focaliser sur le lit avec sa couette couleur crème et tout un tas de coussins. Un parfum de cèdre et de pin imprégnait la pièce éclairée par une unique applique au style design.

Colt était revenu à l'assaut, encerclant sa taille entre ses bras, puis la serrant contre lui pour recommencer à l'embrasser. Leurs corps se moulaient l'un à l'autre tandis que leurs lèvres se mêlaient avec avidité.

Colt s'interrompit à nouveau, mais cette fois il ne relâcha pas Sierra. Son regard plongea dans le sien.

— Je n'arrive pas à croire que tu sois là, avec moi, après toutes ces nuits au cours desquelles j'ai rêvé de toi, dans ce lit…

— Nous avons les mêmes rêves, alors, murmura Sierra. J'ai imaginé exactement la même chose…

Elle se souvenait s'être souvent réveillée, ressentant un vide profond que seul Colt pouvait combler.

Elle glissa sa main entre eux pour tenter de défaire les boutons de la chemise de Colt. Celui-ci repoussa sa main et détacha lui-même les boutons en un clin d'œil, avant d'ouvrir les pans de sa chemise.

— Alors, comment je me débrouille avec la suite de ta liste ? s'enquit-il.

Sierra restait sans voix devant le spectacle de la poitrine dénudée du jeune homme.Waouh… Elle était fascinée par le dessin de ses muscles pectoraux et abdominaux, tout en arêtes et en ombres. Comment se rassasier d'un tel spectacle ?

Elle ressentait des picotements au bout des doigts tant elle avait envie de toucher, de caresser. De lécher aussi…

— Je suis prête à m'aventurer au-delà de ma liste.

Un peu étourdie à la pensée de ce qui l'attendait, elle posa ses mains sur les épaules de Colt pour se stabiliser.

— Cela fait si longtemps, confessa-t-elle. J'avoue ne plus savoir exactement ce que je souhaite.

Dans la semi-obscurité de la chambre, elle vit les yeux de Colt s'obscurcir et ses pupilles se dilater.

— Alors tu peux me faire confiance… Je ferai tout ce qui est en mon pouvoir pour te donner ce dont tu as besoin.

À l'issue de ces mots, les mains de Colt s'égarèrent sous son pull en une traînée brûlante qui ramena à la vie des parties du corps de Sierra qui n'avaient plus connu le contact d'un homme depuis bien longtemps.

À son tour, elle éprouva du plat de ses mains ce torse somptueux qui la faisait saliver.

— Je te fais confiance, murmura-t-elle.

Elle était elle-même surprise d'éprouver une telle confiance. Une confiance qui allait bien au-delà de la chambre ! Son instinct lui disait que Colt était un homme d'honneur. Quelqu'un qui avait des valeurs morales.

Sans doute Colt perçut-il de l'émotion dans sa voix, car il la contempla de longues secondes sans bouger.

Sierra n'était néanmoins pas prête à analyser les émotions qui se succédaient en elle… Il était plus rassurant de s'abandonner au désir des corps.

Alors, elle se hissa sur la pointe des pieds pour embrasser Colt pendant que ses mains caressaient la peau brûlante de son torse pour parvenir à la ceinture de son jean. Là, ses doigts détachèrent le bouton avant de faire descendre lentement la fermeture Éclair contre l'érection qui tendait le tissu.

— Sierra, gronda Colt à son oreille.

Sa main se posa sur la sienne pour retenir son geste.

— Oui ? souffla-t-elle en remuant ses hanches contre lui.

— Cela fait un moment pour moi aussi… Alors cette première fois risque d'être un peu précipitée.

— Première fois ? répéta Sierra. J'aime l'idée qu'il puisse y en avoir d'autres…

Elle déposa plusieurs baisers sur sa mâchoire saillante et fit glisser sa chemise ouverte le long de ses épaules et de ses bras.

— Nous pouvons dire que c'est un entraînement, alors…

— Je pense quand même que cela sera bien meilleur qu'un simple entraînement !

Les yeux de Colt étaient rivés sur ses seins qui débordaient du soutien-gorge en dentelle, et dont les pointes durcissaient sous cet examen insistant.

N'y tenant plus, Sierra voulut défaire l'attache de son soutien-gorge, mais Colt la devança.

— Laisse-moi faire…

Il enleva l'une des bretelles avant de se pencher pour embrasser la peau mise à nu.

— Laisse-moi déballer mon présent…

Sierra se soumit à sa volonté et jouit de la sensation de sa bouche qui progressait vers son téton et faisait naître des frissons sur son passage.

Sierra avait toujours estimé qu'elle était une femme habituée à contrôler les choses, en toutes circonstances. Or, avec Colt, elle avait la sensation qu'elle pouvait renoncer à ce besoin de tout maîtriser et s'abandonner au plaisir qu'il avait à cœur de lui donner.

Laissant échapper un soupir, elle relâcha tous ses muscles, certaine qu'il allait la retenir. Un frisson la parcourut lorsque les bras de Colt la soulevèrent pour la déposer au centre du lit.

Elle ne le quittait pas des yeux, captivée par la façon dont il se mouvait au-dessus d'elle. Les muscles de ses avant-bras étaient bandés pour qu'il ne pèse pas de tout son poids sur elle. Puis les lèvres de Colt revinrent vers ses seins pour reprendre leur festin, bientôt suivies par sa langue, et même ses dents.

Une poussée de désir se propagea dans le corps de Sierra. Elle arqua le dos pour se coller à Colt qui la récompensa en glissant ses doigts sous la ceinture de son leggings dont il la débarrassa en même temps que sa culotte en dentelle.

Cela faisait tellement longtemps qu'elle ne s'était pas retrouvée nue en compagnie d'un homme que Sierra éprouva une soudaine gêne à la pensée de chacune de ses imperfections…

Toutefois, le regard torride de Colt sur elle la rassura et fit s'envoler ses appréhensions.

Elle noua ses mains derrière la tête du jeune homme.

— Je suis prête pour la folle chevauchée, chuchota-t-elle.

— Fais-moi confiance…

Colt glissa sa main entre ses cuisses et remonta lentement.

Ce geste ôta à Sierra toute faculté de penser, et elle ne put se concentrer que sur l'exquise caresse. Agrippée aux épaules de Colt, elle se laissa submerger par les sensations qui montaient à mesure qu'il approchait du cœur de sa féminité. Là, il glissa un doigt dans sa moiteur intime.

— Colt ! gémit-elle. S'il te plaît !

Elle fermait les yeux pour être totalement attentive aux sensations qu'il lui faisait connaître en pressant, caressant et taquinant son sexe.

Le jeune homme écarta davantage ses cuisses tremblantes pour l'embrasser là où pulsait son désir. Sa langue trouva son point le plus sensible et s'affaira à le titiller jusqu'à mener Sierra vers l'orgasme.

La jeune femme se laissa emporter, vague après vague, en proie à un plaisir si intense qu'elle crut qu'elle allait défaillir.

Une fois qu'elle eut joui, les contractions s'espacèrent et la laissèrent haletante et rassasiée.

Rassasiée, mais pourtant tout à fait prête à recevoir davantage !

Elle rouvrit les yeux, prête à exprimer par des mots ce qu'elle ressentait.

Mais Colt ne lui en laissa pas le loisir.

Il était déjà en train d'enfiler un préservatif.

Sierra se redressa pour nouer ses bras autour de son cou et le maintenir serré contre elle, à l'écoute des battements de son cœur qui s'entrechoquaient avec les siens.

Elle se dit qu'il s'était montré généreux dans son souci de lui procurer du plaisir. Elle avait donc à cœur de lui rendre la pareille. De faire en sorte qu'il se sente aussi bien qu'elle, en cet instant précis.

Se saisissant alors de son membre dur, elle planta ses yeux dans les siens.

— Maintenant, c'est à ton tour de me faire confiance…

Colt avait l'impression d'être au bord d'un précipice.

Son instinct le poussait urgemment à satisfaire Sierra à nouveau. À la faire jouir encore, mais cette fois, en étant en elle.

Oui, mais voilà… Sous le feu de ces yeux verts fixés sur lui et sous le joug des doigts de Sierra qui allaient et venaient sur son sexe érigé, il ne se sentait pas en position de lui refuser quoi que ce soit ! Incapable de parler, il roula alors sur le côté pour permettre à la jeune femme de se positionner à califourchon sur lui. La tête penchée en avant, le visage dissimulé derrière un rideau de cheveux, Sierra continua à caresser son sexe à travers le préservatif. Colt était heureux d'avoir cette couche de latex entre lui et les doigts de la jeune femme car, si cela n'avait pas été le cas, il n'aurait probablement pas tenu bien longtemps. Son excitation était d'autant plus vive qu'il n'avait pas été avec une femme depuis Arielle… c'est-à-dire depuis plus d'un an !

Il éprouva donc un incroyable soulagement lorsque Sierra guida son sexe en elle pour s'empaler enfin sur lui.

Colt retint son souffle. Mais rien ne l'avait préparé à l'exquise sensation de se retrouver emprisonné dans la chaleur du corps de Sierra.

Il avait l'impression d'être là où il devait être.

Un grognement rauque et affamé s'échappa de sa gorge.

Il leva les hanches, cherchant à s'enfoncer plus profondément.

Les gémissements de Sierra lui emplissaient les oreilles.

Alors, il s'empara de ses hanches et l'immobilisa.

Elle était tellement somptueuse avec ses cheveux en bataille, ses joues échauffées et ses lèvres gonflées par les baisers.

Colt se surprit à imaginer la prendre dans ses bras et la tenir contre lui pendant des jours entiers. Il pourrait la garder dans son lit et la satisfaire de façon si complète qu'elle n'aurait plus jamais envie de partir…

Jamais ? Ce mot l'interpella, et son esprit se mit sur le qui-vive. Alors, pour écarter les interrogations auxquelles il n'était pas prêt à faire face, il enfonça les doigts dans la chair des fesses de Sierra.

Quand celle-ci se mit à imprimer un mouvement de va-et-vient à son bassin, Colt ne fut que trop heureux de se soumettre à sa domination. Il aimait la voir totalement focalisée sur ce qu'elle faisait, dopée par une énergie incroyable. Elle pressait les mains sur sa peau, comme pour la marquer de leur empreinte.

Comme elle se penchait en avant, ses cheveux blonds chatouillèrent ses clavicules.

— Tiens-toi prêt, murmura-t-elle à son oreille. C'est le début de la grande chevauchée.

Colt n'eut pas le temps de s'étonner de son impatience

ou de la détermination avec laquelle elle envisageait l'acte sexuel, car ses hanches partirent soudainement à l'assaut, rebondissant et ruant frénétiquement sur lui.

Colt ferma les yeux et, sous ses paupières, il vit des étincelles exploser. Son corps se couvrit de sueur, et il eut l'impression qu'un brasier se consumait en lui à mesure que Sierra accélérait son mouvement de va-et-vient.

Désireux de décupler le plaisir de Sierra, il tâtonna là où se rejoignaient leurs deux corps afin de caresser et de titiller son bourgeon gonflé.

Sous ses doigts, Sierra se cambra et le nom de Colt s'échappa plusieurs fois de ses lèvres.

Colt était aux anges. Oh ! bon sang, comme il était bon de la voir convulser contre lui, comme si ce qu'il lui faisait la submergeait autant que ce qu'elle lui faisait !

Abandonnant toute résistance, Colt se laissa aller au plaisir intense qu'elle lui prodiguait et franchit un à un les paliers qui le menaient à sa propre jouissance.

Quand il l'atteignit, son rugissement animal résonna dans la pièce. Il enserra Sierra entre ses bras pour que leurs corps ne fassent plus qu'un.Juste ciel ! Incroyable !

Pendant de longues minutes, il resta étourdi par la sensation délicieuse du corps chaud et trempé de Sierra contre le sien.

Quand il eut retrouvé une respiration normale, il fit rouler Sierra de façon qu'elle repose à côté de lui. Plongeant ses yeux dans les siens, il lui caressa les cheveux et lui embrassa la tempe.

Il se demandait comment il pourrait se remettre d'un tel choc… Histoire de se rassurer, il essaya de se convaincre que Sierra et lui venaient tout simplement de donner libre cours à une forte alchimie sexuelle.

Oui, mais voilà… Il éprouvait tout de même de forts

doutes, car il ne se souvenait pas d'avoir jamais vécu quelque chose d'aussi puissant.

Il aurait voulu que Sierra s'engage à répéter l'expérience toutes les nuits, et ce jusqu'à la fin de leur vie !

Enfin… il était sûrement sous l'effet des endorphines !

Sierra repoussa une mèche de cheveux qui lui barrait l'œil.

— Si ça, c'était un entraînement, alors je ne suis pas certaine de pouvoir supporter la véritable expérience…

Un sourire recourba les lèvres de Colt. Il était heureux qu'elle prenne les choses à la légère.

— Est-ce un défi que tu me lances ? Attends un peu que je retrouve de l'énergie !

Sierra secoua la tête en riant.

— Je ne voulais pas que tu prennes ça pour un challenge ! Car il va me falloir au moins vingt-quatre heures pour me remettre !

Comblé par ces mots, Colt passa la main dans ses cheveux. Il se demandait comment il allait gérer la suite des événements sans s'engager dans une relation sentimentale pour laquelle il n'était pas prêt. Il n'avait, jusque-là, pas réfléchi aux répercussions de l'intimité qu'ils venaient de partager.

Soudain, le babyphone rompit le silence, diffusant d'abord le bruit de Micah remuant dans son lit…

… bientôt suivi d'un cri perçant !

— Je vais le chercher, dit Colt immédiatement.

Il se redressa et attrapa son boxer et son T-shirt qu'il enfila à la va-vite avant de partir d'un pas précipité vers la chambre de son fils.

Il avait beau essayer de se convaincre que sa hâte était provoquée par son désir d'être un bon père, il savait au fond de lui-même que sa précipitation ne s'expliquait pas que par ça…

Non… c'était plutôt Sierra qu'il fuyait, ainsi que les questionnements que sa présence dans son lit faisaient émerger dans son esprit.

Sierra s'efforça de ne pas prendre personnellement la fuite précipitée de Colt. Combien de nouvelles mamans, en effet, seraient-elles heureuses de voir leur compagnon se hâter ainsi pour prendre soin de leur bébé, et ce dès son premier pleur !

Certes, dans le cas présent, elle n'était pas la mère de l'enfant en question. D'ailleurs, le simple fait qu'elle s'imagine dans cette position avait quelque chose d'inquiétant. Car, même si elle pensait agir dans le bon sens en aidant Colt à créer un lien avec Micah, elle se demandait si finalement elle ne jouait pas en sa propre défaveur. Ne se mettait-elle pas volontairement dans une situation qui finirait par lui briser le cœur ?

À chaque jour qui passait, elle s'attachait davantage à Micah. Et dorénavant elle craignait de s'attacher aussi à Colt plus que de raison…

Elle se glissa hors du lit et rassembla ses vêtements, prête à déguerpir. Elle ignorait ce qui se passerait pour Colt et elle après leur étreinte, mais, quoi qu'il en soit, la situation appelait à une sérieuse réflexion !

Peu importait que Colt ait littéralement détalé quand il avait entendu Micah pleurer… De toute façon, il était hors de question qu'une relation romantique se développe entre Colt et elle !

Elle enfila une jambe dans son leggings, puis l'autre, se disant qu'il avait été beaucoup plus agréable de le retirer ! Chaque parcelle de son corps lui paraissait hypersensible…

Il n'était donc pas étonnant qu'elle soit également à fleur de peau, émotionnellement parlant…

Son visage brûlait de s'être frotté à la barbe naissante du jeune homme. Quant à ses cuisses, elles tremblaient car elle avait fait usage de muscles qui n'avaient pas servi depuis des années !

Le parfum de leurs ébats persistait entre les draps, et elle fut tentée de s'y réfugier à nouveau, pour voir ce qui se passerait si Colt revenait au lit…

Sierra se secoua. Ses pensées prenaient une direction dangereuse ! Elle ne devait pas interpréter ce qui venait de se passer comme autre chose qu'un moment fugace de plaisir.

Après avoir remis son soutien-gorge, elle enfila son pull et ouvrit la porte de la chambre, prête à retourner dans la sienne.

La voix de Colt dans le babyphone l'arrêta net.

— Hé, mon grand… Ce sont encore tes dents qui te font mal ?

La profonde gentillesse dans la voix de Colt l'attendrit. Elle jeta un œil vers le babyphone qui était resté allumé sur la table de nuit et écouta les bruits que faisait Colt en allant et venant dans la nurserie pour tenter d'apaiser son fils.

Micah laissa échapper une autre plainte stridente qui lui brisa le cœur. Devait-elle aller proposer son aide ? se demanda-t-elle. Elle savait qu'il était difficile de soulager la douleur provoquée par les poussées dentaires.

— Je sais, je sais, mon chéri, reprit Colt. Ce n'est pas drôle… Tu veux qu'on essaye l'anneau dentaire que Sierra a mis au réfrigérateur ? Cela pourrait te faire du bien…

La patience et la tendresse qu'exprimait Colt envers son fils firent fondre le cœur de Sierra. Elle oublia qu'elle était en train d'écouter de manière indiscrète un moment privé, jusqu'à l'instant où elle entendit la porte de la chambre de Micah s'ouvrir, à deux pièces seulement de la chambre de Colt.

Le spectacle de Colt, tenant Micah en larmes dans ses bras, faillit avoir raison de son intention de se retirer dans ses appartements pour le reste de la nuit…

— Je peux aller chercher l'anneau dentaire, proposa-t-elle en gardant son regard sur le visage de Colt pour l'empêcher de se poser sur ses cuisses musclées. Comme ça, tu peux rester avec Micah dans la chambre et le bercer un peu.

— Tu es sûre ? fit Colt en se rapprochant. Tu as déjà largement dépassé les heures de garde prévues…

Sierra se hérissa en entendant Colt insinuer que garder Micah n'était pour elle qu'un travail.

Micah représentait tellement plus à ses yeux !

Peut-être était-ce un sujet sur lequel elle devait travailler, car il ne lui fallait pas oublier que Colt souhaitait emmener son fils vivre en France et qu'elle se retrouverait bientôt seule.

— Je dormirai mieux si je sais que Micah ne souffre plus, répliqua-t-elle avec raideur. Cela ne me dérange pas.

Sur ces mots, elle pivota sur ses talons et marcha vers l'escalier qu'elle descendit précipitamment. Était-elle folle d'avoir accepté ce job, alors qu'elle était déjà très attachée à ce bébé au regard sombre qui n'était pas son enfant ?

Et était-elle encore plus folle de s'être rapprochée du père si séduisant de ce bébé ?

Oui, et oui !

Dans la cuisine, elle récupéra le jouet en silicone bleu dans le réfrigérateur et remonta au premier étage. Elle se dit qu'elle donnerait simplement l'anneau dentaire et irait aussitôt se coucher. Il était temps d'oublier l'intimité dans laquelle elle s'était perdue afin de repartir sur de nouvelles bases le lendemain matin… à savoir se concentrer sur la recherche du journal dans le ranch Fenwick.

Cette idée ne la remplissait néanmoins pas du même enthousiasme qu'auparavant. Certes, elle avait envie de raconter l'histoire de Violetta, mais elle s'interrogeait beaucoup sur le comportement de cette femme… Comment celle-ci avait-elle pu se séparer de son propre enfant et le donner à élever à quelqu'un d'autre, dans l'unique but de pouvoir continuer à vivre sous l'identité de Vincent Fenwick ? Violetta avait ainsi préféré renoncer au mariage et à la maternité pour pouvoir entrer au Texas Cattleman's Club et vivre comme bon lui semblait…

Peut-être le journal de Violetta fournirait-il la réponse à ses interrogations. Elle avait besoin de comprendre !

En pénétrant dans la nurserie, elle découvrit Colt installé dans le rocking-chair avec Micah. Celui-ci observait son papa de ses grands yeux sombres tout en jouant avec ses orteils. Devant ce spectacle, le cœur de la jeune femme se serra. Jamais, elle, ne pourrait abandonner un enfant comme celui-ci, même s'il n'était pas le sien !

Violetta, elle, l'avait fait, alors que l'enfant portait son ADN…

Sierra avait beau n'avoir aucun lien biologique avec l'enfant si mignon qui roucoulait dans les bras de Colt, elle savait que son cœur saignerait quand elle se séparerait de lui.

— Et voilà, annonça-t-elle d'une voix douce en tendant à Colt l'anneau dentaire.

Elle recula aussitôt vers la porte.

— Appelle-moi si tu as des soucis pour qu'il se rendorme…

Dans les yeux du Colt, une lueur indéfinissable s'alluma, puis disparut presque aussi vite.

— Je suis sûr que ça va bien se passer. Merci.

Cette fois encore, Sierra eut l'impression d'être renvoyée à sa position d'employée.

Une nounou temporaire, voilà tout ce qu'elle était !

Ravalant sa déception, elle s'éclipsa sans même souhaiter bonne nuit à Colt. Dès le lendemain, elle se remettrait en quête du journal de Violetta, de sorte que, lorsque Colt la remplacerait par une vraie nounou, elle puisse être en possession des informations nécessaires à l'écriture de son livre.

Elle espérait juste que ce travail qui avait éveillé sa curiosité journalistique ne lui paraîtrait plus aussi vain qu'il lui paraissait aujourd'hui !

- 9 -

Colt longeait depuis plusieurs minutes la clôture de séparation entre Fenwick Place et Black Ranch, à la recherche d'une détérioration dans le grillage.

Un voisin l'avait en effet informé qu'une vache Red Angus portant la marque du Black Ranch avait été retrouvée en train d'errer sur sa propriété. Après avoir envoyé l'un des employés du ranch récupérer l'animal, Colt s'était lui-même mis en quête du trou dans la clôture…

Le ciel était dégagé après les fortes pluies de la veille qui avaient laissé les champs détrempés. Le visage fouetté par le vent, Colt était heureux de pouvoir se rafraîchir un peu les idées, après cette nuit avec Sierra qui l'avait fortement perturbé.

Se penchant pour éviter une branche basse de l'un des chênes qui bordaient la limite de propriété, Colt secoua l'un des poteaux pour s'assurer de sa solidité.

Ce poteau était robuste, contrairement à l'équilibre personnel de Colt !

Le jeune homme supposait qu'il avait eu une parole malheureuse, à en juger par la façon dont Sierra avait quitté la chambre de Micah. Toutefois, il avait beau se remémorer leurs échanges – ceux qu'ils avaient eus au lit, puis après –, il n'arrivait pas à comprendre ce qui avait pu l'offenser. Il avait eu à cœur de s'occuper de Micah quand celui-ci s'était mis à pleurer, conscient que Sierra l'avait déjà gardé toute la journée… Il ne comprenait donc pas pourquoi la jeune femme s'était renfermée sur elle-même.

Elle lui avait paru trop calme. Distante.

Cette attitude ne lui ressemblait pas. Elle était même aux antipodes de ce qu'elle avait démontré pendant leurs ébats ! Dans le lit de Colt, Sierra avait été tantôt pleine d'assurance, tantôt vulnérable, mais jamais il n'avait douté qu'elle soit parfaitement en phase avec ce qu'ils faisaient…

Jusqu'à ce qu'il se lève pour aller jeter un œil sur Micah !

Que s'était-il donc passé ? S'était-il absenté suffisamment longtemps pour que le doute s'insinue en elle ?

Colt s'arrêta pour relever son stetson et offrir son front à la brise. Avisant une vieille grange abandonnée située du côté de la propriété Fenwick, il se remit à marcher dans cette direction.

Alors qu'il s'en approchait, il eut la surprise d'entendre la voix de Sierra qui chantonnait.

Étonné, il ralentit. Que faisait la jeune femme si loin de la maison, dans cette partie totalement délaissée des terres de Fenwick ?

— *… alors la pluie est venue et a fait fuir l'araignée…*

Les paroles naïves de la comptine firent sourire Colt malgré lui.

Sierra paraissait tellement apprécier le temps qu'elle passait avec Micah ! À chaque fois qu'il les voyait ensemble, il était de plus en plus convaincu du lien unique et fort qui s'était tissé entre eux.

Il enviait Sierra d'être aussi à l'aise avec le petit garçon. Cela n'avait pourtant rien d'étonnant… Elle faisait partie de sa vie depuis qu'il était né, alors que lui avait longtemps ignoré son existence. Lorsque cette pensée lui traversait l'esprit, il en avait immanquablement un pincement au cœur.

Colt resta immobile, tendant l'oreille, avant de faire

le tour du bâtiment délabré. Micah éclata de rire quand l'araignée dut déguerpir à cause la pluie… Probablement Sierra avait-elle fait un geste impayable pour illustrer la comptine !

Quand elle se tut, Sierra et Micah rirent à l'unisson. Bien qu'heureux de cette parfaite entente, Colt ne put s'empêcher de se dire qu'il perturberait probablement beaucoup son fils le jour où il l'arracherait à Sierra pour l'emmener vivre à l'étranger…

Ce projet était-il une erreur ? s'interrogeait-il.

Sierra semblait le penser…

Tournant à l'angle du vieux bâtiment en briques, Colt découvrit enfin Sierra, assise sur une balle de foin à l'intérieur de la grange, faisant face à Micah dans sa poussette. La jeune femme portait un jean délavé qui lui allait à la perfection et des boots de cow-boy. Elle avait enfilé un long coupe-vent de couleur rose et tressé ses cheveux en une grande natte.

— Bonjour, dit Colt avec douceur, soucieux de ne pas les faire sursauter. J'ai cru entendre qu'il y avait un petit problème d'araignée ?

Les doutes qui le rongeaient depuis qu'ils s'étaient séparés furent confirmés par l'expression troublée qui se peignit sur le visage de Sierra, avant qu'elle ne la dissimule derrière un sourire poli.

— Le seul problème que nous ayons ici, c'est que je chante comme une casserole, répliqua-t-elle un peu sèchement.

Elle tendit à Micah un ensemble de clés colorées qu'il mit aussitôt à sa bouche.

— Cela dit, Micah est bien trop gentleman pour me le faire remarquer, ajouta-t-elle.

— D'après ce que j'ai pu entendre, il a beaucoup apprécié la performance !

Colt ne pouvait détacher son regard de Sierra, et son esprit était assailli par des images de leur nuit torride.

Il se remémorait ses baisers affamés. La douceur de ses doigts sur lui, pendant qu'elle le déshabillait… Son parfum de fleur d'oranger…

Sans doute lut-elle dans ses pensées, car elle sauta soudainement sur ses pieds et remonta la fermeture Éclair de son coupe-vent, prête à s'éclipser.

— Il est temps que je ramène Micah à la maison, annonça-t-elle en ôtant des brindilles de foin de son jean.

Elle faisait tout pour éviter son regard.

— Attends… ne pars pas à cause moi ! s'exclama Colt en se rapprochant d'elle, avide de clarifier la situation.

Pourquoi était-elle partie de cette façon ? se demandait-il sans cesse. D'ailleurs, ce n'était pas la première fois qu'elle se renfermait sur elle de façon aussi inexplicable.

Comme ce jour, à la pêche, où elle avait subitement esquivé ses questions…

Aujourd'hui, il ne la laisserait pas se dérober sans lui fournir des réponses !

— Ce n'est pas à cause de toi que je pars, affirma-t-elle en se positionnant derrière la poussette dont elle saisit les poignées. Le temps file, et Micah et moi avons une bonne demi-heure de marche pour rentrer !

L'espace d'un instant, Colt se demanda à nouveau ce qui l'avait amenée ici, dans cette vieille grange abandonnée, mais il ne s'appesantit pas sur cette interrogation, tout entier focalisé sur son effort pour la garder auprès de lui.

— Sierra, s'il te plaît… Il faut que nous parlions.

Il posa sa main sur la sienne d'un geste presque suppliant.

— J'ai beau chercher à comprendre, je ne sais pas ce qui s'est passé pour que tu réagisses ainsi.

Une hirondelle descendit en piqué depuis une poutre de la charpente et vint se poser sur une vieille souche.

Sierra l'observa avant de tourner les yeux vers Colt.

— Il ne s'est rien passé, prétendit-elle en retirant sa main de sous la sienne pour l'enfouir dans la poche de son coupe-vent. J'étais plongée dans mes pensées, c'est tout…

Elle se mordilla la lèvre inférieure, comme pour se retenir d'en dire davantage. Colt reconnut ce tic… Elle l'avait déjà fait lorsqu'il avait essayé de comprendre ce qui la contrariait.

— Je pense qu'il faut qu'on en discute, insista-t-il.

Il baissa les yeux sur son fils qui agitait joyeusement les clés que Sierra lui avait données. Malgré tout, ses paupières semblaient lourdes… L'heure de la sieste approchait.

Colt se pencha pour incliner le siège de la poussette de façon que Micah se retrouve en position allongée.

— J'ai comme l'impression qu'il va s'endormir, commenta-t-il. Nous avons donc tout notre temps…

— Mais il n'y a rien à dire ! s'exclama Sierra en ouvrant grand les bras en un mouvement de frustration. La nuit dernière, nous savions déjà, toi et moi, que tu ne projetais pas de rester à Royal et que tu me remplacerais bientôt en tant que nounou. Je suis quelqu'un de temporaire dans ta vie, dans tous les sens du terme, et c'est très bien comme ça. Je le comprends.

L'estomac de Colt se souleva. C'était donc ça que Sierra avait retenu de leur nuit passée ensemble ?

Pour lui, cette nuit avait signifié beaucoup plus !

Peut-être que s'il avait mieux communiqué avec Arielle, il aurait appris plus tôt l'existence de son fils… Il lui fallait absolument apprendre à communiquer avec les gens pour obtenir les réponses aux questions qu'il se posait. Savoir transmettre ses préoccupations sans faire fuir son interlocuteur…

— Non, ce n'est pas très bien comme ça, rétorqua-t-il. Jamais je n'ai voulu te donner l'impression que tu n'avais qu'un rôle temporaire dans ma vie ! Ce n'est pas parce que j'ai un vignoble à l'étranger que…

— Un vignoble suffisamment important à tes yeux pour que tu envisages d'emmener Micah vivre en France de façon définitive, le coupa-t-elle. Ne minimise pas !

Sierra croisa les bras sur sa poitrine et releva le menton.

— OK. Ce n'est pas parce que j'ai des obligations liées à mon vignoble que je t'ai quelquefois considérée comme un élément temporaire de ma vie, ou de celle de Micah.

À son expression, il sut qu'elle le trouvait hypocrite. Ne lui avait-il pas expliqué, quelques semaines plus tôt, qu'il ne voulait pas s'engager dans une relation amoureuse, précisément pour cette raison ?

— La nuit dernière nous a pris au dépourvu, reprit-il. Nous n'avons pas eu le temps de réfléchir à ce qui s'est passé, pas plus qu'à ce qui va suivre. Nous devrions prendre ce temps.

Sierra secoua la tête négativement.

— Ce qui s'est passé la nuit dernière ne change rien, décréta-t-elle. Je le sais, et toi aussi. Pas plus que toi, je ne recherche une relation. Tu dois te concentrer sur Micah, et moi sur mon livre.

Colt voulut protester. Il n'appréciait pas qu'elle le dépeigne comme un homme centré sur son propre plaisir au point que les autres puissent en être blessés…

Pourtant, n'était-ce pas exactement ce qu'il avait fait ?

Non seulement avec Sierra, mais également avec Arielle.

Une chose était sûre : si par malheur il avait gâché sa

propre relation avec cette femme irrésistible et déterminée, il ne voulait surtout pas mettre en péril le lien qu'elle avait tissé avec Micah.

Il s'éloigna un peu de Sierra pour rassembler ses pensées, mais aussi pour ne pas la contrarier davantage.

— D'abord, si tu ne souhaites pas que ton rôle dans la vie de Micah soit temporaire, il ne le sera pas !

Il se retourna et lui fit face à nouveau au moment où elle se penchait pour baisser le pare-soleil afin de protéger l'enfant.

— Tu t'y prends tellement bien avec lui. Il est évident qu'il t'adore. Or moi, ce que je souhaite par-dessus tout, c'est que mon fils soit heureux.

Sierra cilla plusieurs fois sans le regarder.

Et quand elle parla, ce fut avec un filet de voix.

— Merci, souffla-t-elle.

Colt fronça les sourcils. Quelque chose n'allait pas, c'était évident. Mais il ne comprenait pas quoi !

Il se rapprocha encore. Sierra s'était accroupie pour retirer les clés des mains de Micah endormi.

— Que se passe-t-il ? s'enquit-il en posant la main sur son épaule. Quelque chose ne va pas ?

— Je suis désolée, bredouilla-t-elle.

Elle poussa un long soupir avant de reprendre la parole.

— Tu sais que je me suis beaucoup attachée à Micah, et c'est une vraie joie pour moi de m'occuper de lui…

Elle ferma les yeux un instant avant de se relever et de se tourner vers Colt, affrontant enfin son regard.

— Mais souvent cela ravive une douleur que j'ai en moi… car moi, je ne peux pas avoir d'enfant.

Sierra n'avait jamais partagé ce secret avec quiconque, pas même avec sa mère adoptive.

Personne ne devinait la douleur qu'elle portait chaque jour et qui l'avait poussée à ne plus chercher à avoir de relations amoureuses ces dernières années. Sierra avait, en effet, toujours pensé qu'il valait mieux taire son état, car elle ne voulait surtout pas qu'on la considère avec pitié.

Hélas, elle avait beau tout faire pour cacher ce diagnostic et se protéger des commentaires ou des potentielles marques de sympathie, elle ne pouvait s'empêcher de se sentir « invalide ».

Évidemment, elle savait qu'elle était très injuste envers elle-même, car jamais elle n'aurait l'idée de qualifier d'invalide quelqu'un souffrant d'un problème médical. Cette idée même la révoltait. Mais pourtant, au fond d'elle-même, cette logique ne s'appliquait pas à son propre cas. L'incapacité de son corps à concevoir un enfant laissait en elle un vide immense.

Un vide qui avait entraîné la fin de ses rêves de mariage.

Et jamais elle ne fonderait une famille…

Ce fut à tout ça que Sierra pensa au cours des quelques secondes qui suivirent sa confession. Quelques secondes pendant lesquelles Colt sembla avoir du mal à intégrer la nouvelle.

Cherchant son regard, Sierra ne lut dans ses yeux bleus que de la préoccupation et de l'empathie.

Puis, soudain, il ouvrit les bras et la serra contre lui.

— Oh chérie, je suis tellement navré, souffla-t-il contre ses cheveux tout en lui caressant le dos d'un geste réconfortant.

Sierra laissa échapper un sanglot qui était plutôt le signe de son soulagement d'avoir partagé le fardeau qu'elle portait depuis si longtemps. Elle n'avait pas réalisé jusqu'alors que ce secret connu d'elle seule pesait sur elle et l'emprisonnait.

— Merci, dit-elle en enfouissant le visage au creux de l'épaule de Colt pour se lover dans sa chaleur.

Sa puissance la réconfortait, tout comme sa compassion, qui n'était en rien de la pitié.

— Je suis désolée de me mettre dans cet état, reprit-elle. Je croyais m'être faite à cette idée…

Elle s'interrompit en prenant conscience à quel point elle s'était trompée. Après le diagnostic, elle avait bénéficié d'un suivi psychologique, mais le thérapeute lui avait expliqué que les répercussions émotionnelles de son infertilité pourraient se manifester tout au long de sa vie.

Ce n'était pas parce qu'elle avait trouvé, au cours des dernières années, un moyen de surmonter sa déception que la souffrance avait disparu pour de bon !

Colt embrassa le sommet de sa tête tout en continuant à lui caresser le dos.

— Merci de me l'avoir dit… De me faire suffisamment confiance pour me parler.

La jeune femme garda les yeux fermés un long moment, tirant le plus grand réconfort de cette étreinte. Elle s'enivrait avec délice du parfum de pin et de bois de santal de Colt.

Puis, se souvenant qu'elle s'était résolue, suite à la nuit dernière, à reprendre ses distances, elle s'obligea à se dérober à ses bras.

— J'apprécie que tu m'aies écoutée sans émettre de jugement, déclara-t-elle en passant la main sur ses yeux. L'une des raisons qui m'ont poussée à ne jamais parler de mon infertilité est la peur qu'on tente de me remonter le moral par des platitudes ou des conseils mal avisés.

— Tu n'en as jamais parlé à personne ? s'étonna Colt, lui faisant réaliser qu'elle avait, de façon involontaire, révélé plus qu'elle ne l'avait voulu.

Ce qui montrait à quel point elle avait confiance en

Colt ! Au-delà de l'attirance physique qu'il exerçait sur elle, elle appréciait la personne qu'il était.

Le stetson de Colt dissimulait une partie de son visage, mais elle sentait pourtant l'intensité de son regard bleu qui ne la lâchait pas.

— C'est très personnel, tu sais, expliqua-t-elle. J'en ai parlé seulement dans le cadre d'un accompagnement psychologique. Je me suis confiée à toi, car il m'arrive de me laisser submerger par ma peine. Comme lorsque je joue avec Micah, par exemple. Ou comme lorsque tu as parlé de ce qu'était pour toi une bonne mère… Même si la mère en question était une vache !

Elle esquissa un sourire en coin, s'apercevant qu'elle avait réagi aux paroles de Colt avec une sensibilité exacerbée.

Colt, lui, ne sourit pas.

Il secoua la tête et laissa échapper un soupir de frustration.

— Je suis désolé… Je ne me rappelle pas exactement ce que j'ai dit, mais je suis vraiment mal placé pour émettre un jugement sur ce qu'est un bon parent ! Toi, tu as été là pour Micah depuis le début, alors que moi, j'ai été aux abonnés absents. La vérité, c'est que tu es bien plus à même que moi de prendre soin d'un enfant !

La sincérité de Colt réussit à se faufiler entre les barrières que Sierra avait tenté d'ériger entre eux ce matin. Sa gentillesse la touchait infiniment, tout comme le fait qu'il reconnaisse qu'elle avait un bon instinct maternel, même si le bébé dont elle s'occupait n'était pas le sien.

La réaction de Colt n'aurait sans doute pas dû la toucher autant, mais dans la mesure où il était le père de Micah, l'homme qu'elle avait traqué sans relâche pendant des mois, elle laissa ses mots agir comme un baume apaisant sur les parties blessées de son âme.

Sierra ne se faisait pourtant pas d'illusions. Malgré la

gentillesse de Colt, et le fait qu'il reconnaisse son rôle dans la vie de Micah, elle savait qu'elle devait se préparer à les perdre tous les deux. Elle ne devait pas se laisser bercer par l'idée qu'elle pourrait un jour faire partie de la vie de Colt.

— Merci, Colt, dit-elle en s'emparant des poignées de la poussette, prête à s'en aller. Cela veut dire beaucoup pour moi.

— Je peux vous reconduire à la maison, Micah et toi, proposa-t-il. Mon pick-up n'est pas très loin…

Il fit un geste dans la direction opposée à la propriété Fenwick.

— Non, merci, c'est inutile. Mes promenades avec Micah sont les seules opportunités que j'aie de faire un peu d'exercice. Et puis le temps est magnifique aujourd'hui.

Colt fronça les sourcils, se demandant manifestement s'il devait ou non insister.

Il finit par hocher la tête.

— Comme tu voudras… N'oublie pas que nous devons rencontrer deux nounous potentielles cet après-midi. Je compte sur toi et Micah pour m'aider à prendre une décision.

Il sortit tout à coup son portable de la poche arrière de son jean.

— Désolé… c'est mon domaine viticole, à Cahors.

— Vas-y, je t'en prie…

Sierra voulut profiter de cette opportunité pour s'échapper. Elle avait besoin de se ressaisir avant d'affronter l'épreuve des entretiens d'embauche de la future nounou de Micah !

— Attends, Sierra…

Colt refusa l'appel d'un glissement de l'index sur l'écran de son téléphone.

— Je rappellerai plus tard, annonça-t-il en remettant

son portable dans sa poche. Je veux juste m'assurer de l'arrivée imminente des caisses de vins Royal Black que j'ai fait venir de France pour le Wine and Roses Festival. Mais je suis plus intéressé par le fait de comprendre ce qui t'a poussée à t'aventurer jusqu'à cette vieille grange… Ça fait une longue marche avec une poussette !

Le cœur de Sierra battit plus vite. Devait-elle parler à Colt des recherches qu'elle avait entreprises pour retrouver le journal de Violetta Ford ? Trouverait-il cette quête futile ? À moins qu'il ne considère que son intérêt pour Violetta n'était pas compatible avec son rôle de nounou !

Elle se disait que Colt avait probablement une meilleure opinion que ça d'elle, mais elle n'avait pas oublié le mépris qu'il avait exprimé pour le travail des journalistes, lorsqu'ils s'étaient rencontrés.

— Je cherchais juste à sortir des sentiers battus, déclara-t-elle. Et toi ? Que fais-tu par ici ?

— Une vache s'est échappée la nuit dernière pendant la tempête, alors j'essaye de trouver à quel endroit la clôture est endommagée…

Sierra se sentait un brin coupable de ne pas lui avoir donné la véritable raison de sa présence ici.

Enfin… il serait toujours temps de le faire lorsqu'elle aurait trouvé ce qu'elle cherchait !

— Bonne chance, alors. À tout à l'heure pour les entretiens…

Glissant une mèche derrière son oreille, elle s'éloigna avec la poussette sur le sentier détrempé.

Elle ne put rien contre sa mauvaise conscience qui lui tint compagnie pendant tout le trajet du retour !

- 10 -

Colt fixait sans réellement le regarder le CV qu'il tenait entre les mains…

La jeune femme qui se trouvait face à Sierra et à lui, et qui postulait pour devenir la nounou de Micah, paraissait, sur le papier, parfaitement qualifiée pour le poste.

Et pourtant, Colt n'avait aucune envie de l'embaucher.

L'idée de remplacer Sierra lui était insupportable !

Il soupira et croisa ses jambes sous la table pendant que Sierra discutait avec la jeune femme… Était-ce Katie ? Ou bien Kaitlyn ?

Peu importait, puisqu'il ne voulait pas la recruter, pas plus que la candidate qu'ils avaient reçue avant celle-ci !

Car… – il se concentra sur le CV jusqu'à ce que le nom lui saute aux yeux – cette Katie-Lynn avait beau être qualifiée pour donner le bain, nourrir et s'occuper d'un bébé de six mois, jamais elle ne pourrait remplacer Sierra Morgan.

Micah adorait Sierra.

Quant à Colt… Il ne savait pas comment qualifier la relation qu'il avait avec Sierra, surtout depuis qu'ils avaient passé la nuit ensemble. Une chose était sûre : il appréciait qu'elle rende son fils aussi heureux. Et il la respectait pour avoir mis autant d'acharnement à le retrouver quand Micah était devenu orphelin. Maintenant qu'il était au courant de son problème d'infertilité, son dévouement envers

Micah lui paraissait d'autant plus admirable. Comme il devait être difficile pour Sierra de côtoyer chaque jour le petit garçon, maintenant qu'elle savait que Colt comptait l'emmener vivre à l'étranger !

Il sentit la frustration le gagner.

— Merci d'être venue, déclara-t-il de façon abrupte en sautant sur ses pieds, signifiant ainsi que l'entretien était terminé.

L'expression sidérée de Sierra lui indiqua qu'il avait fait preuve d'impolitesse. Néanmoins, la jeune femme fit de son mieux pour conclure l'entretien avec chaleur et informa Katie-Lynn qu'ils lui fourniraient une réponse dans quelques jours. Les deux femmes s'arrêtèrent un instant devant Micah qui tapait des deux mains sur le plateau de sa chaise haute. Son sourire ravi révélait deux petites dents sur sa mâchoire inférieure.

Dès que la candidate fut sortie, Sierra se retourna vivement vers Colt.

— Qu'est-ce que c'était que ça ! s'emporta-t-elle, les mains sur les hanches. Si tu veux avoir une bonne relation avec la future nounou de ton fils, il faut éviter de commencer par la mettre à la porte ! Je trouve que son profil est idéal.

— Elle est loin d'être idéale, rétorqua Colt en s'approchant de Micah.

Se baissant de manière à être au même niveau que son fils, il lui chatouilla les orteils au travers de son pyjama.

Le petit frétilla joyeusement et jeta son jouet par terre. *Comme il est mignon*, songea Colt. Son fils méritait vraiment mieux que cette jeune femme sortie de nulle part qui se targuait d'avoir de l'expérience avec les enfants !

— Et peut-on savoir ce qui ne t'a pas plu chez elle ? demanda Sierra en se baissant pour ramasser le jouet qu'elle prit garde de poser sur la table basse, plutôt que de le redonner à Micah.

Colt avait noté le soin qu'elle mettait à nettoyer les jouets que Micah faisait tomber par terre avant de les lui rendre. C'était ce genre de détail, parmi des dizaines d'autres, qui faisait d'elle la personne la plus qualifiée pour s'occuper de Micah. Cette Katie-Lynn connaissait-elle les comptines favorites de Micah ? Il y avait fort à parier que non ! Une chose était sûre, en tout cas : elle ne savait pas que l'enfant avait les pieds fragiles et que ses pieds ne supportaient qu'une seule marque de chaussettes bien spécifique !

— Ce n'est pas la bonne personne, s'entêta-t-il en lui faisant face. Cela n'a rien à voir avec son CV… C'est une intuition que j'ai.

Il secoua la tête en ouvrant grand les bras.

— Que tu le comprennes ou non, je tiens à écouter mon instinct. Micah est mon fils et je viens tout juste de le retrouver. Alors je n'ai aucune envie de le confier à n'importe qui !

Les épaules de Sierra s'affaissèrent.

— Tu as raison, dit-elle en hochant la tête avant de se mettre à ramasser divers jouets qui se trouvaient par terre. Il faut que tu aies confiance à cent pour cent en la personne qui va s'occuper de ton fils.

Colt hocha la tête. Il regrettait presque que Sierra se soit rangée aussi vite à son avis. Son état de nervosité était tel qu'il s'était senti prêt à défendre sa position bec et ongles, même s'il ne comprenait pas vraiment pourquoi.

— C'est toi qui t'occupes le mieux de lui, lâcha-t-il sans l'avoir prémédité.

Il avait les yeux fixés sur Micah qui babillait joyeusement. C'était plus facile que d'affronter le regard perspicace de la femme qui se tenait devant lui et pour laquelle il avait des sentiments.

— Je ne veux pas t'accaparer plus que je ne l'ai déjà fait, soupira-t-il, mais te serait-il possible de continuer à t'occuper de Micah jusqu'à ce que je sois prêt à…

Sierra esquissa un geste de protestation.

— Ne me demande pas de faire ça, Colt ! protesta-t-elle. Tu sais que je me suis déjà beaucoup attachée à Micah… Or, plus je passerai du temps avec lui, plus il me sera difficile de m'en séparer quand vous partirez.

Sa voix était tellement empreinte d'émotion que Colt se tourna pour voir son visage, curieux de déchiffrer son expression. Regretterait-elle seulement Micah, ou bien lui manquerait-il, lui aussi ?

Il repoussa bien vite cette idée farfelue dans un coin de sa tête. Sierra s'était montrée très claire en affirmant ne pas vouloir de relation amoureuse. Et, à en juger par la façon dont elle s'était éloignée de lui au cours des derniers jours, il la croyait ! Et puis comment la blâmer de ressentir de la tendresse pour Micah, au vu de ce qu'elle lui avait confié un peu plus tôt dans la journée ?

En songeant à ce qu'elle lui avait raconté, Colt se reprocha d'être aussi égoïste et centré sur lui-même. Évidemment que c'était uniquement Micah qui intéressait Sierra !

— Je n'ai pas le droit de te demander plus que ce que tu as déjà fait, acquiesça-t-il enfin.

Il comprenait qu'il lui fallait se ressaisir et embaucher quelqu'un d'autre que Sierra. Libre ensuite à la jeune femme de garder un lien avec Micah jusqu'à leur départ de Royal. Peut-être serait-il plus simple pour elle de se séparer de lui progressivement…

— Tu as été bien plus généreuse envers moi que je

ne le mérite, reprit-il. J'apprécie vraiment que tu aies consacré autant de temps à Micah. Et à moi également...

Sierra haussa un sourcil indigné.

— Ce n'est pas une question de temps consacré, tu le sais bien !

Il secoua la tête avec un brin d'impatience.

— Ce n'est pas ce que je veux dire, bien sûr. Mais tu as pris le temps de m'enseigner comment être un bon père. Tu m'as montré les gestes à avoir avec un bébé et tellement d'autres choses encore...

Il faisait allusion au temps qu'elle avait passé avec lui à commander sur Internet des jouets éducatifs ou de motricité. Et, à chaque fois que Sierra découvrait quelque chose qui plaisait à Micah – une comptine, un rituel du coucher –, elle s'empressait d'en faire part à Colt.

— Aujourd'hui, j'ai beaucoup plus confiance en moi quand il s'agit de m'occuper de Micah.

— Oh ! mais tu t'es également montré plein de prévenance envers moi, répliqua-t-elle en bougeant d'un pied sur l'autre, comme si elle était mal à l'aise. J'ai apprécié de pouvoir m'installer chez toi car je commençais à me sentir un peu à l'étroit dans ma chambre du B & B, après cinq mois de séjour. Tu ne me dois rien, ne t'inquiète pas...

Pendant un bref instant, leurs regards s'entrechoquèrent.

Sierra, dont les joues avaient rosi, fut la première à détourner les yeux pour les poser sur Micah. Le bébé s'était endormi, une petit bulle de salive vacillant sur ses lèvres à chaque expiration.

— Où vas-tu aller quand j'aurai trouvé quelqu'un pour te remplacer ? s'enquit Colt qui ne pouvait s'empêcher d'admirer les courbes de Sierra mises en valeur par la robe en laine qu'elle avait revêtue pour les entretiens. Retourneras-tu au Cimarron Rose ?

— Probablement…

— Combien de temps penses-tu rester encore à Royal pour mener tes recherches sur Violetta ?

Colt regrettait de ne pas s'être davantage intéressé à son travail, mais sa toute nouvelle paternité l'avait accaparé. Sans compter qu'il avait dû superviser la bonne marche du Black Ranch, ainsi que les travaux de rénovation de la Fenwick House. Il s'était également investi dans la participation de la Royal Black Winery au Wine and Roses Festival qui devait se tenir à la fin du mois. L'existence de cet événement autour du vin lui avait fait envisager la possibilité de créer dans la région une filiale de la Royal Black Winery. De nombreuses entreprises viticoles avaient été créées ces derniers temps au Texas et rencontraient un franc succès.

— C'est difficile à dire, dit-elle en glissant sa main le long de sa queue-de-cheval, ce qui amena une bouffée de son parfum aux narines de Colt. Je suis encore à la recherche d'informations capitales.

Elle se pencha au-dessus de Micah.

— Je vais aller le coucher.

Colt hocha la tête. La question qu'il lui avait posée l'avait-elle mise mal à l'aise ? Ou bien leur proximité la perturbait-elle autant qu'elle le perturbait, lui ?

— Laisse-moi le faire ce soir, s'il te plaît.

La main de Colt atterrit au bas du dos de Sierra. Aussitôt, la chaleur qu'elle dégageait se diffusa dans ses doigts.

Il se dit qu'il fallait qu'il retire sa main, mais il ne put empêcher ses doigts de remuer pour expérimenter la douce sensation.

Sierra se raidit, et ses yeux verts lancèrent des éclairs. Une décharge électrique se produisit sous les doigts de Colt et remonta le long de son bras.

L'expression de Sierra se ferma.

— Merci, Colt, dit-elle un peu hâtivement. Je suis heureuse de rester encore un peu.

Elle se dirigea vers une petite table d'appoint sur laquelle elle récupéra sa tablette et son bloc-notes.

— Bonne nuit, souffla-t-elle avant de s'esquiver.

De tous les mensonges dont Sierra s'était bercée depuis qu'elle avait fait la connaissance de Colt Black, le plus gros était sans doute celui d'imaginer qu'elle arriverait à se mettre au travail ce soir, alors qu'elle ne pouvait se défaire du souvenir des yeux brûlants de Colt posés sur elle un peu plus tôt.

Du souvenir aussi de sa main posée au bas de son dos et de ses doigts effleurant doucement le tissu de sa robe…

Elle s'était installée dans le bureau récemment rénové du premier étage et regardait sans le voir l'écran de sa tablette. Sans cesse, des flashs de la nuit qu'elle avait passée dans les bras de Colt l'assaillaient.

Elle se remémorait la voracité avec laquelle il l'avait embrassée et la façon dont il avait ranimé sa libido assoupie, réveillant en elle une faim dont elle pensait être venue définitivement à bout.

Comment allait-elle pouvoir reprendre ses distances avec Colt, alors que la présence de celui-ci exerçait sur elle une telle force magnétique ?

Le journal intime de Violetta ! se dit-elle avec fermeté en se redressant pour se concentrer sur sa tablette. Le travail l'avait toujours aidée à ne pas s'appesantir sur ses regrets de ne pouvoir fonder une famille… Elle espérait qu'en s'immergeant dans le travail, elle pourrait, cette fois encore, ne pas se laisser déborder par des pensées inopportunes.

— Si j'étais Violetta, dit-elle à voix haute, où dissimulerais-je un journal intime ?

De son pouce et de son index, elle agrandit sur sa tablette le plan aérien de la propriété Fenwick.

Elle avait entrepris des recherches dans la plupart des dépendances, y compris dans la vieille grange où elle était tombée sur Colt. Les seuls bâtiments qu'elle n'avait pas fouillés étaient la cave se trouvant sous la maison – une tâche qu'elle avait repoussée en raison de la présence des ouvriers en charge de la rénovation – et deux bâtiments en ruine. L'un était les restes d'un vieux moulin et l'autre, un poulailler abandonné.

Demain, elle s'attaquerait à l'un des deux. Sierra agrandit une photo du moulin et observa les lieux, à la recherche d'indices. Évidemment, elle ne pouvait pas creuser dans toute la propriété, mais elle se munirait d'une pelle… Elle supposait que Violetta avait caché son journal dans un endroit protégé de la pluie et du soleil. Un endroit également à l'abri des rongeurs…

Scrutant le vieux moulin sous un angle différent, elle remarqua des fissures dans la base en calcaire. L'une d'elles pouvait-elle contenir le journal ?

Elle sentit renaître son enthousiasme pour la poursuite de ce projet. Violetta Ford était un personnage tellement digne d'intérêt ! Cette femme avait refusé d'accepter les règles d'existence imposées aux femmes de son époque et elle avait réussi à vivre selon ses propres désirs.

Pas même un enfant ne l'en avait dissuadée ! Elle avait, en effet, préféré confier son fils à son père, Dean, pour que celui-ci l'élève…

Était-ce dans cet état d'esprit que la mère de Sierra avait laissé son bébé sous le porche d'une église ? se demandait-elle. Avait-elle pensé que quelqu'un serait plus à même qu'elle de s'en occuper ?

Sierra l'espérait du plus profond de son cœur.

La jeune femme éteignit pensivement sa tablette et se leva.

Elle songea qu'elle n'avait pas embrassé Micah avant que celui-ci ne s'endorme… Or, elle ressentait le besoin de se pencher sur son berceau pour se perdre dans la contemplation de son petit visage apaisé, avant d'aller elle-même rejoindre son lit. Une fois que Colt aurait embauché une nouvelle nounou, elle ne pourrait plus s'adonner à ce rituel qui lui faisait tant de bien…

Elle sortit silencieusement du bureau et marcha jusqu'à la nurserie dont la porte était entrouverte. Elle pénétra dans la pièce sur la pointe des pieds. Elle ne voulait pas réveiller Micah, certes, mais elle ne voulait pas non plus que Colt l'entende via le babyphone.

Le clair de lune pénétrait au travers des stores à moitié fermés, éclairant faiblement la chambre qu'elle connaissait si bien maintenant, avec ses murs bleu ciel et son mobilier en merisier. L'odeur de la lessive pour bébé flottait dans la pièce.

Alors qu'elle avançait précautionneusement, la silhouette de Colt, penché au-dessus du lit, se matérialisa soudain devant elle.

Elle mit sa main devant sa bouche pour réprimer un cri de surprise.

Appuyé sur un coude au montant du lit, le jeune homme caressait les boucles sombres collées au front de son fils.

Une boule se forma dans sa gorge devant ce tendre spectacle. Colt lui avait toujours fait l'effet d'un homme tellement sérieux et réservé… Elle avait fait son possible pour garder ses distances depuis la nuit qu'ils avaient partagée, de façon à ancrer dans son esprit le fait que leur relation n'avait pas d'avenir.

Oui, mais voilà… Voir Colt ainsi, faisant preuve d'autant de vulnérabilité, raviva les sentiments qu'elle s'employait à étouffer.

Elle resta immobile au centre de la pièce en se mordillant la lèvre, soucieuse de ne pas interrompre ce moment.

Avant qu'elle ait pu décider de la conduite à tenir, la voix râpeuse de Colt se fit entendre.

— Je sais que tu estimes que je fais une erreur en voulant emmener Micah loin de Royal…

Sierra se figea, étonnée par ses mots.

Colt ne leva pas les yeux sur elle et continua à passer les doigts dans les cheveux de son fils.

— Il me semble important de pouvoir lui offrir le meilleur, reprit-il. Je lui dois bien ça. Cela ne signifie pas que je cherche à le couper de sa famille maternelle… Sa tante Ève aura toujours une place dans sa vie. Et il en sera de même pour Cammie et pour toi.

Sierra ne savait quelle contenance adopter. Elle se sentait comme une intruse interrompant un moment intime… Un moment familial. Elle y était d'autant plus sensible qu'elle s'était appliquée à ne surtout pas se considérer, malgré la tentation, comme faisant partie de cette famille.

Colt méritait néanmoins une réponse. De toute évidence, il avait beaucoup réfléchi à la façon dont il pouvait offrir un bel avenir à son enfant.

— Il est normal que tu veuilles faire de ton mieux pour ton fils.

Elle effaça la distance entre eux pour se placer près de Colt, à côté du berceau.

La chaleur qui irradiait du jeune homme se diffusa jusqu'à elle, passant à travers le T-shirt et le pantalon de pyjama qu'elle avait passés pour pouvoir travailler confortablement.

Elle gardait le regard fixé sur Micah, consciente que le papa hyper sexy à côté d'elle constituait une tentation trop forte.

— Jamais je n'aurais imaginé que ma vie puisse être bouleversée ainsi du jour au lendemain, confessa Colt en se redressant de toute sa hauteur et en se tournant pour lui faire face. Et malgré ce que tu penses, Sierra, j'essaye de faire ce qui est le mieux pour Micah.

Le pouls de Sierra s'accéléra quand elle sentit que l'attention de Colt était désormais sur elle. Elle chercha le regard du jeune homme dans l'obscurité. Le clair de lune lui permettait d'apercevoir sa mâchoire carrée, et les doigts la démangèrent, tant elle avait envie d'en éprouver la texture. Elle avait aimé sentir le contact rêche de sa barbe naissante dans son cou… Sur ses seins… ses cuisses…

— Je le sais bien, déclara-t-elle.

À son grand dam, sa voix était essoufflée… Tendue.

— … mais je ne peux pas m'empêcher de te proposer d'autres perspectives.

— C'est bien que tu le fasses. Cela m'oblige à réfléchir et à peser le pour et le contre avant d'agir. Maintenant que j'ai un enfant, je ne peux plus prendre en considération que mon seul intérêt.

Ce n'était pas la première chose gentille que Colt lui ait dite ce même jour. Plus tôt, après les entretiens des prétendantes au poste de nounou, il avait laissé entendre qu'elle était la personne idéale pour ce job parce qu'elle aimait Micah. D'un côté, Sierra se réjouissait du rôle privilégié qu'il lui reconnaissait. De l'autre, elle craignait de ne jamais être capable de se soustraire au pouvoir d'attraction de cet homme et de son adorable enfant.

Enfin… de toute façon, quelle option aurait-elle quand Colt et Micah quitteraient le pays ?

Et qu'arriverait-il si, après avoir appris qu'elle recherchait le journal de Violetta, Colt l'accusait d'utiliser sa position dans son foyer pour faire avancer ses ambitions personnelles ?

Le rythme cardiaque de Sierra s'accéléra. Il fallait qu'elle lui avoue ce qu'elle faisait en même temps qu'elle promenait Micah dans la propriété…

Sierra passa la langue sur ses lèvres asséchées et posa la main sur le bras de Colt…

Comme s'il attendait ce signal, Colt l'enlaça aussitôt et sa bouche se posa sur la sienne pour réclamer d'autorité un baiser.

Une fournaise s'embrasa dans le bas du ventre de Sierra. Tels des charbons attisés à nouveau, toutes les émotions qu'elle s'était appliquée à étouffer resurgirent avec force.

Son attirance pour Colt.

Son amour pour son enfant.

La blessure intime qu'elle avait tenté d'évincer ces dernières années.

L'irruption de toutes ces émotions rendit le baiser de Colt d'autant plus puissant et exacerba son impatience de s'y abandonner, puisque cette relation n'aurait pas de lendemains…

Colt allait partir et il emmènerait Micah avec lui.

Une nouvelle nounou les accompagnerait pendant les semaines qui précéderaient leur retour en France.

C'était donc pour Sierra la dernière chance d'explorer en profondeur les émois d'une existence qui ne serait jamais la sienne…

L'existence d'une mère.

Celle d'une épouse comblée.

Qui la blâmerait de vouloir expérimenter, le temps d'une dernière nuit, le rêve illusoire d'une vie interdite ?

- 11 -

Avait-il correctement interprété ce qui se passait ? se demandait Colt.

Dès l'arrivée de Sierra dans la nurserie, le jeune homme avait été transpercé par la foudre du désir, mais il s'était obligé à agir progressivement pour s'assurer que Sierra était dans le même état d'esprit que lui.

Maintenant qu'elle avait noué les bras autour de son cou et qu'elle pressait étroitement son corps contre le sien, il avait la réponse…

Elle aussi avait encore envie de lui !

Et, à en croire ses baisers exigeants, elle le désirait aussi désespérément qu'il la voulait ! Les mains de Sierra s'étaient aventurées sous sa chemise et ses doigts se promenaient avec dextérité sur ses abdominaux avant de progresser vers la ceinture de son jean.

Colt sentait avec précision les courbes de son corps à travers le fin T-shirt qui la couvrait. Ses seins chauds pesaient contre sa poitrine et, comme elle ne portait aucun sous-vêtement sous son T-shirt et son pantalon de pyjama, Colt faillit perdre la tête au point d'envisager de prendre Sierra contre la porte de la chambre !

Ce qu'il ne fit bien évidemment pas…

À contrecœur, il mit fin à leur baiser.

— Laisse-moi t'emmener dans mon lit, souffla-t-il

contre ses lèvres en caressant ses épaules et son dos en gestes appuyés.

— Oui, s'il te plaît…

Sentant le désir monter d'un cran à chaque seconde qui passait, Colt souleva Sierra dans ses bras et se dirigea vers la porte. Il s'arrêta juste le temps de récupérer le récepteur du babyphone.

À chaque pas qu'il faisait dans le couloir, la température de son sang augmentait, tant il avait cette femme dans la peau.

Pourrait-il un jour l'en faire partir ?

Le voulait-il, d'ailleurs ?

Une fois dans sa chambre, il posa le récepteur sur une commode et referma la porte avec son pied. Là, il relâcha Sierra et la plaqua contre le battant afin de lui prodiguer un nouveau baiser torride qui leur coupa le souffle.

Sierra se cambrait pour presser son bas-ventre contre le sien. Il la hissa plus haut, sentant la chaleur de son sexe le marquer au fer rouge à travers son jean.

— Dépêche-toi, murmura-t-elle le souffle court contre sa bouche. S'il te plaît, dépêche-toi…

Relâchant la pression qu'il exerçait sur elle, Colt la porta jusqu'à son immense lit sur lequel il la déposa. Il s'éloigna d'elle le temps de sortir une boîte de préservatifs de la table de nuit.

Dès qu'il revint, Sierra s'attaqua aux boutons de sa chemise pour révéler son torse et tracer de sa langue le contour de ses abdominaux…

Colt laissa échapper un grognement et enfouit les doigts dans la soie des cheveux de Sierra. Encouragée par ce geste, elle descendit les mains pour ouvrir sa braguette et libérer son membre dur.

Refermant alors ses doigts sur sa hampe, elle se mit à

bouger la main rythmiquement avant de pencher la tête pour l'embrasser et la lécher.

Un véritable râle de plaisir s'échappa de la bouche de Colt.

Un râle de plaisir et de faim vorace.

— Sierra…

Il prononça son nom comme un avertissement.

— Cette fois, tu ne partiras pas avant le lever du soleil.

Elle le regarda par-dessous ses longs cils. Ses yeux verts le brûlaient pendant qu'elle faisait tourner sa langue autour de son sexe, le rendant totalement fou.

— Je prends ça pour un accord !

S'écartant, il se débarrassa de sa chemise avant de revenir vers elle et de caresser son dos et ses épaules. Puis, il l'allongea sur le matelas.

Sierra ne le quittait pas des yeux, suivant le moindre de ses mouvements, les joues empourprées et les lèvres gonflées.

Colt sentit son instinct de possession se dilater au point d'exploser. Il fit glisser le pantalon de pyjama de Sierra sur ses cuisses et s'installa entre ses jambes…

Dans un mouvement inattendu, Sierra posa la main sur sa joue et caressa doucement sa lèvre inférieure avec la pulpe de son pouce.

Cette caresse ne fit que décupler la faim qui dévorait Colt. Il posa ses lèvres sur les siennes et se délecta de sa bouche, dans une frénésie de langues et de lèvres entremêlées.

Tout en participant activement à ce baiser, Sierra s'empara d'un préservatif dont elle déchira l'étui. Un peu maladroitement, ses mains déroulèrent le préservatif sur le sexe de Colt. Savoir qu'elle en avait envie autant que lui incita le jeune homme à passer à l'action. Il agrippa alors ses hanches pour la guider là où il avait besoin qu'elle soit.

Tandis qu'il la pénétrait, il sentit les ongles de la jeune femme s'enfoncer dans la chair de ses épaules. Il accueillit cette douleur comme une diversion de la sensation exquise qui se diffusait plus bas. Plongeant son regard dans le sien, il s'enfonça plus profondément, s'ancrant à elle et créant une connexion encore jamais expérimentée.

À la lueur qui brilla dans les yeux de Sierra, il sut qu'elle éprouvait la même chose que lui. C'était le début de quelque chose qu'aucun d'eux n'avait envisagé... Un lien indéfectible dans le temps et dans l'espace.Fermant les yeux, Sierra noua les jambes autour des hanches de Colt qui annihila de son esprit tout ce qui ne concernait pas la sensation de leurs deux corps imbriqués.

Sierra ne s'était jamais accrochée à un homme jusqu'alors...

Pas plus émotionnellement que physiquement.

C'était pourtant ce qui était précisément en train de se passer avec Colt. Elle s'agrippait à lui désespérément, comme pour le retenir contre elle coûte que coûte...

Elle voulait plus... toujours plus. Elle avait l'impression que jamais elle ne parviendrait à se rassasier de lui.

Se faisait-elle des idées, ou bien était-elle vraiment en train de s'imaginer que Colt pourrait faire partie de sa vie de façon permanente ? En plongeant son regard dans le sien, elle s'était sentie envahie par une tendresse si incommensurable que cela lui avait fait peur.

Alors, telle une lâche, elle avait balayé ce sentiment et s'était concentrée uniquement sur le moment qu'ils vivaient.

Elle s'était focalisée sur le ravissement qu'elle éprouvait à se retrouver dans les bras de Colt. Dans son lit. Elle refusait en revanche d'anticiper à quel point il lui serait douloureux de s'éloigner de lui après cette nuit… Comment avait-elle pu imaginer qu'il serait bon pour elle de vivre une fois ce qu'elle ne pouvait avoir de façon définitive !

Sierra resserra les jambes autour des hanches de Colt et resta fascinée par le spectacle des muscles de son torse et de ses bras qui gonflaient et se dégonflaient au rythme de ses à-coups. Elle réalisa qu'elle avait enfoncé les ongles dans la chair de ses épaules. Alors elle caressa du bout des doigts les marques en forme de croissant qu'elle avait laissées.

Elle luttait pour retrouver une certaine maîtrise d'elle-même, étonnée que cela lui paraisse aussi difficile.

Avec ses émotions à fleur de peau et son corps qui réclamait toujours davantage, Sierra ne s'était jamais sentie aussi vulnérable. Elle était néanmoins dans l'incapacité de s'éloigner de Colt et ne pouvait que s'abandonner aux sensations addictives qui se succédaient pour aller jusqu'à leur conclusion naturelle.

Sa respiration se faisait plus haletante et son cœur cognait dans sa cage thoracique comme s'il voulait s'en échapper.

— Colt ! Colt !

Elle répétait son nom incessamment sans se soucier de paraître perdue…

Car, perdue, elle l'était réellement.

Et Colt était sa seule bouée de sauvetage.

— Regarde-moi, Sierra, murmura-t-il, essoufflé lui aussi.

Il cessa de bouger et s'immobilisa au-dessus d'elle tout en la contemplant dans le clair de lune.

Sierra déglutit et observa ses yeux bleus qui s'étaient assombris. Sans la quitter des yeux, Colt dessina des cercles concentriques sur le point le plus sensible de sa féminité avant de reprendre son mouvement de va-et-vient.

Plus lentement cette fois…

Un orgasme prit Sierra au dépourvu, la précipitant dans un plaisir aigu et dévastateur. Elle referma les yeux pour s'abandonner au tourbillon de sensations dont son corps était la proie.

Quand elle cessa de trembler, Colt lui embrassa la tempe et s'enfonça à nouveau en elle, entrant et sortant de plus en plus vite, de plus en plus fort… Imprimant un rythme qui lui était propre, mais qui satisfaisait aussi Sierra.

La jeune femme avait à cœur qu'il ressente la même chose qu'elle, qu'il se souvienne de cette nuit comme elle s'en souviendrait…

Certes, ils ne pouvaient pas avoir d'avenir commun, mais ils pouvaient avoir un aperçu de ce qu'ils auraient pu vivre si les choses avaient été différentes.

Alors, quand Colt entama sa dernière chevauchée en faisant trembler le lit, Sierra connut un second orgasme. Ses cris de jouissance précipitèrent l'orgasme de Colt qui atteignit le pic du plaisir dans un dernier assaut.

Leurs cris d'extase se mêlèrent, tout comme leurs souffles et les battements précipités de leur cœur.

Le silence qui s'ensuivit fut uniquement rompu par leurs expirations de plus en plus espacées, mais toujours à l'unisson.

Colt roula sur le côté en maintenant Sierra dans ses bras pour qu'ils reposent en se faisant face. Lorsqu'il dégagea des mèches de cheveux de son visage, elle ferma les yeux pour dissimuler la tendresse qu'il lui inspirait.

Elle était consciente que ni lui ni elle n'étaient prêts pour ces émotions.

Colt allait partir.

Elle, resterait à Royal pour se focaliser sur son travail.

À mesure que sa respiration se calmait, Sierra se répéta

ce mantra qui lui permettrait de garder son cœur en un seul morceau après cette nuit…

Il fallait que ça marche !

Collant sa tête contre la poitrine de Colt, elle tenta de faire le vide, espérant que tout se passerait pour le mieux.

Car elle tenait profondément à cet homme. Sans doute même l'aimait-elle… Ce qui expliquait pourquoi elle voulait qu'il soit heureux, même si cela impliquait qu'ils se séparent.

Elle avait abandonné depuis longtemps son rêve d'avoir une famille, alors elle n'essayerait pas de le retenir.

Mais, pour la première fois, elle comprit que laisser partir Colt serait beaucoup plus douloureux qu'elle ne l'avait imaginé…

Sierra resserra sa queue-de-cheval et se dirigea vers la porte d'entrée dont la sonnette avait retenti, non sans jeter un coup d'œil par la fenêtre pour s'assurer que ses visiteurs étaient bien ceux qu'elle attendait.

Elle était ravie d'avoir matière à se changer les idées. Cela lui évitait de s'interroger sur les répercussions de la nuit qu'elle venait de passer avec Colt.

Sierra ouvrit la porte derrière laquelle se tenait Hayley Lopez, accompagnée de son petit ami, Jackson Michaels.

Haley Lopez était l'officier de police qui était arrivée la première sur les lieux où Micah avait été trouvé. Depuis ce jour, la jeune femme continuait à prendre régulièrement des nouvelles de l'enfant.

— Bonjour, lança Sierra en s'écartant pour les laisser entrer. Je suis si contente que vous ayez pu venir aujourd'hui !

— J'avais tellement envie de voir Micah, déclara Haley, belle jeune femme aux longs cheveux noirs.

Elle était à peine entrée que ses yeux se posèrent sur le bébé qui jouait sur un tapis d'éveil au beau milieu du salon.

— Oh là là ! s'exclama-t-elle. Il a tellement grandi en quatre semaines !

Jackson pénétra à son tour dans la maison et referma la porte derrière lui.

— Est-ce que Colt est là ? s'enquit-il pendant que Haley se dirigeait vers Micah. Je constate que les travaux de rénovation avancent...

— Colt n'a pas pu rester, lui expliqua Sierra. Il a dû se rendre au Texas Cattleman's Club, il y a un peu moins d'une heure. L'organisateur du Wine and Roses Festival l'a appelé car il y a un problème avec la livraison des vins Royal Black...

Sierra avait assuré à Colt qu'elle pouvait parfaitement rester seule avec Micah toute la journée.

C'était l'odeur alléchante du petit déjeuner que Colt lui avait concocté qui l'avait réveillée... Certes, la nuit qu'ils avaient passée avait été en tout point parfaite, mais le hic, c'était qu'elle ne savait pas comment dissimuler le fait qu'elle était dévastée à l'idée de leur séparation prochaine.

Colt n'avait pas semblé réaliser qu'elle était en proie à ce genre d'états d'âme. Il lui avait servi des œufs et des pancakes comme s'il n'y avait rien de plus naturel que de partager avec elle le premier repas du jour !

Sierra avait néanmoins apprécié de se retrouver seule, après l'intensité de leurs ébats. Elle n'ignorait pas que plus ils resteraient ensemble, plus il serait dur pour elle de se séparer de lui et de Micah.

— Nous sommes vraiment ravis de pouvoir te dépanner un peu en gardant Micah, assura Haley.

Elle s'était assise sur le tapis à côté de l'enfant et agitait un hochet en forme de lapin, incitant Micah à s'en emparer.

— Jackson et moi pouvons rester deux bonnes heures alors vas-y, profites-en pour faire ce que tu n'as pas le temps de faire d'habitude. Je suis aux anges de pouvoir m'amuser un peu avec ce petit gars !

— J'ai effectivement deux ou trois choses à faire à l'extérieur, acquiesça Sierra en souriant.

La jeune femme ne pouvait s'empêcher de culpabiliser un peu. Car si elle laissait Micah aux bons soins de Haley et Jackson, c'était pour aller fouiller l'ancien moulin dans l'espoir d'y trouver le journal de Violetta. De plus, elle n'avait rien dit à Colt de ses intentions. Or, elle soupçonnait qu'il ne serait pas enchanté d'apprendre qu'elle menait des recherches dans sa propriété…

En tant que journaliste d'investigation, elle n'était pas habituée à demander une autorisation pour obtenir des informations. Cela dit, avec Colt, elle voyait les choses sous un jour différent…

— Est-ce que je dois lui donner quelque chose à manger ? s'enquit Haley. Et à quelle heure doit-on le coucher ?

— Micah a déjà mangé, donc il peut jouer pendant un petit moment. S'il se met à pleurer, tu peux tenter de le coucher, mais sans obligation.

Rassurée de savoir Micah entre de bonnes mains, Sierra s'éclipsa discrètement. Elle avait enfilé une paire de bottes car le moulin en ruine se trouvait dans une partie de la propriété qui n'avait pas été entretenue depuis longtemps. Sierra était bien consciente que débusquer un journal dans une propriété aussi étendue que celle-ci équivalait à chercher une aiguille dans une botte de foin !

Peut-être la raison pour laquelle elle n'avait pas parlé à Colt de ses recherches était qu'elle ne pensait pas réellement réussir à trouver ce journal… Pour autant, elle essayait de garder espoir. Car, plus que jamais, elle voulait comprendre les choix que Violetta avait faits, de façon à en tirer des enseignements. En savoir davantage sur ce qui avait amené Violetta à vivre seule, et à sa guise, l'aiderait peut-être à trouver un nouvel élan pour sa propre existence.

Après dix minutes de marche, la jeune femme descendit la fermeture Éclair de son blouson. Utilisant le GPS de son téléphone afin d'être certaine de rester dans la bonne direction, elle se mit à longer un ruisseau dont les rives étaient envahies de mauvaises herbes. Au bout d'un kilomètre, elle distingua soudain les pierres du moulin délabré et hâta le pas pour l'atteindre.

Une fois au pied de la structure, elle dut escalader des rochers en calcaire recouverts de mousse. Étonnamment, le moulin avait conservé ses pales. Celles-ci tournaient lentement sous l'effet du vent, tandis que de petits oiseaux allaient et venaient depuis leurs nids confectionnés dans le mur du moulin, là où des pierres manquaient.

Malgré le piteux état de la structure, l'endroit était pittoresque…

Craignant que la présence de nids ne lui complique la tâche, Sierra fit le tour du moulin à la recherche de la longue fissure qu'elle avait décelée sur les photos Internet. Elle la repéra sans mal. Elle était plus large qu'elle ne le pensait, mais pas suffisamment pour qu'un oiseau ait eu l'idée d'y faire son nid.

Sierra sortit des gants de sa poche et les enfila, peu encline à glisser ses mains dans des endroits sombres sans protection.

— Allez, c'est parti, marmonna-t-elle en prenant son courage à deux mains.

Des serpents pouvaient-ils élire domicile entre ce genre de pierres ? se demanda-t-elle.

À cette idée, elle faillit reculer, mais la curiosité fut la plus forte et elle enfouit sa main entre les pierres de calcaire. Tâtonnant, elle sentit sous ses doigts des morceaux de pierre qui s'étaient effrités, ainsi que des feuilles mortes.

Alors qu'elle poursuivait son exploration, ses doigts heurtèrent quelque chose de dur. Comme une sorte d'outil… Ce n'était, en tout cas, pas de la pierre…

L'excitation la fit se hisser davantage sur ses pointes de pied, de façon à pouvoir explorer plus profondément la fissure. Du bout des doigts, elle tenta de tirer l'objet vers elle, mais il lui échappa par deux fois avant qu'elle arrive à le faire bouger un peu à la troisième tentative.

Sierra réussit enfin à glisser son pouce sous l'objet et à le soulever. Elle n'avait pas l'impression qu'il s'agissait d'un livre, mais plutôt d'une boîte. Celle-ci contenait-elle le journal ?

Tant bien que mal, elle parvint à extraire de la fissure une boîte en fer poussiéreuse de forme rectangulaire. La boîte était rouillée par endroits, mais elle avait été peinte autrefois, à en croire les traces rouges et jaunes encore visibles sur les rebords du couvercle.

Le cœur de Sierra se mit à battre à coups précipités.

Avait-elle trouvé ce qu'elle cherchait ?

Elle souleva le couvercle de la boîte et en sortit un objet enveloppé dans un tissu. Ayant ôté le tissu, elle découvrit un livre à la reliure de cuir, maintenu fermé par une ficelle.

Mais ce fut la couverture qui focalisa toute l'attention de Sierra…

Car elle n'eut aucun mal, sous la poussière, à déchiffrer les lettres que quelqu'un avait soigneusement gravées sur le cuir à l'aide d'un outil adapté.

Entre deux tournesols, elle lut avec émerveillement le nom de Violetta…

Elle avait la certitude qu'elle trouverait dans ce journal des réponses aux questions qu'elle se posait sur cette femme rebelle et originale et qu'elle pourrait ainsi tourner la page de cette histoire…

Mais, en même temps que cette histoire touchait à sa fin, celle de Sierra suivait le même chemin…

Elle était en effet consciente qu'après cette découverte elle ne pourrait plus rester ici.

Pour protéger son cœur et ne pas faire souffrir Micah, c'était maintenant qu'elle devait partir !

- 12 -

À l'issue de son rendez-vous avec le coordinateur du Wine and Roses Festival, Colt se dirigea vers la grande salle de restaurant du Texas Cattleman's Club.

Il était heureux de se retrouver ici. Cet endroit lui avait beaucoup manqué. Il aimait le mobilier en cuir, les trophées de chasse et les gravures anciennes qui décoraient les murs. Au club, Colt se sentait chez lui et il y croisait toujours de nombreuses connaissances. Il ne pouvait s'empêcher de se demander pourquoi son grand-père avait eu autant envie de reprendre un domaine viticole à l'autre bout du monde, alors que Royal avait tout pour le satisfaire…

Au bar, Colt aperçut Carson Wentworth qui buvait un verre en compagnie de Drake Rhodes.

Certes, Colt était impatient de retrouver Sierra – elle lui avait paru soucieuse au petit déjeuner –, mais il avait besoin de discuter avec Carson…

Sierra avait aidé Colt à réaliser que la rénovation du ranch Fenwick qu'il avait entreprise ne laissait pas les habitants de Royal indifférents. Cet endroit avait une histoire, laquelle concernait au premier chef la famille Wentworth !

Carson leva son verre pour saluer son arrivée.

— J'avais entendu dire que tu étais de retour à Royal. Bienvenue à la maison !

— Merci…

Colt serra la main des deux hommes.

— Félicitations pour ton nouveau titre, dit-il à Carson. J'ai cru comprendre que tu avais eu affaire à une rude concurrence pour devenir le nouveau président du Texas Cattleman's Club !

Carson l'avait emporté d'une courte tête devant Lana Langley… la femme dont il avait demandé la main juste après la compétition !

Une lueur tendre s'alluma dans le regard de Carson.

— J'ai eu beaucoup de chance, déclara-t-il. Et ma vraie récompense, je l'ai eue après…

Drake tapa sur l'épaule de Carson avant de se lever.

— J'ai été heureux de te revoir, Colt, mais il faut que j'y aille. J'ai promis à Cammie de la rejoindre à un événement de charité qu'elle organise.

— Transmets-lui mes amitiés, dit Colt en faisant signe au barman pour qu'il lui apporte une bière. Et dis-lui que Micah change de jour en jour !

Drake hocha la tête.

— Sierra nous envoie souvent des nouvelles, ainsi que des photos. Cela aide Cammie à prendre du recul en douceur par rapport au rôle qu'elle a joué dans la vie de Micah ces derniers mois.

Colt hocha la tête. Non contente d'avoir permis de les réunir, son fils et lui, Sierra faisait son possible pour maintenir le lien entre le petit garçon et les personnes qui s'en étaient occupées… La jeune femme était la bienveillance même. Elle méritait vraiment d'avoir une famille à elle un jour !

L'empêchait-il de trouver ce bonheur en entretenant avec elle une relation qu'il savait sans lendemain ? se demandait Colt. Il détestait l'idée qu'il puisse être un obstacle à son bonheur… mais il détestait encore plus l'idée qu'elle puisse sortir avec un autre homme !

Après le départ de Drake, Colt prit place en face de Carson et but une gorgée de bière.

— Je voulais m'entretenir avec toi depuis quelque temps déjà, commença-t-il. Tu dois savoir que j'ai entrepris de gros travaux de rénovation dans la maison Fenwick…

— Oui, j'en ai entendu parler, acquiesça Carson. Maintenant que nous connaissons le lien entre Violetta et notre famille, nous sommes heureux que son ranch soit bien entretenu.

— Sierra a commencé à écrire un livre sur Violetta et l'histoire du Texas Cattleman's Club. Or, j'ai l'intuition que ce projet va éveiller l'intérêt des habitants de Royal pour le ranch…

Colt avait envisagé de vendre la propriété, une fois celle-ci totalement rénovée, mais il n'était maintenant plus très sûr de ce qu'il souhaitait faire. L'intérêt montré par Sierra pour le ranch et pour la personnalité de Violetta lui avait ouvert les yeux sur l'attrait que cet endroit pouvait exercer.

— … c'est pourquoi je souhaitais te parler…

Carson haussa un sourcil.

— Je t'écoute, dit-il en soulevant son verre.

— J'aimerais que tu acceptes que l'on baptise les écuries, une fois qu'elles auront été retapées, du nom de Violetta et Dean. Ce serait une belle façon de leur rendre hommage, ainsi qu'aux Wentworth en général.

Carson reposa sa bière sans y avoir touché. Il passa la main sur son menton, plongé dans ses pensées.

Au bout d'un moment, il poussa un long soupir.

— C'est vraiment une très belle proposition, Colt. Avant de l'accepter, je souhaiterais en parler à Harmon, mais je suis sûr qu'il sera aussi heureux que moi d'apprendre ce que tu souhaites faire.

— Cela m'a paru tout naturel, commenta Colt.

Une fois l'affaire réglée, Colt et Carson discutèrent des dernières nouvelles du Texas Cattleman's Club et de la tenue, le week-end suivant, du Wine and Roses Festival.

Tout en discutant, Colt ne pouvait s'empêcher de songer à quel point Sierra avait eu un impact sur sa vie. La plus belle chose qu'elle avait faite pour lui, bien sûr, avait été de retrouver sa trace et de lui apprendre qu'il avait un fils… Mais ce n'était pas tout… Sans elle, personne n'aurait connu la véritable histoire de Violetta Ford ! Pour la révéler, Sierra avait repris les recherches entamées par Arielle et mis au jour une histoire d'importance pour la ville de Royal.

Et lui… qu'avait-il donné en retour à Sierra ?

Colt éprouva un pincement de regret pour ne pas lui avoir proposé de rédiger pour le journal local un article sur le dénouement heureux qu'avait connu l'histoire de Micah. Au départ, il l'avait soupçonnée d'être à l'affût de scandales, mais il s'était vite rendu compte qu'il s'était fourvoyé…

Sierra avait tant fait pour lui qu'il regrettait de ne pas avoir été en position de lui rendre la pareille.

Il fallait qu'il s'emploie à le faire avant de quitter Royal !

Colt termina sa bière et prit congé de Carson, pressé de rentrer et de retrouver Sierra. Il voulait connaître les raisons de son air soucieux pendant le petit déjeuner et régler tout problème éventuel. Il tenait absolument à ce qu'elle reste dans sa vie jusqu'à ce qu'il quitte les États-Unis…

Et peut-être même après son retour !

Sierra lui avait ouvert les yeux. Micah et lui étaient

faits pour vivre à Royal… Son voyage imminent pour la France pouvait n'être que temporaire. Là-bas, il travaillerait à ficeler son projet avant de revenir à Royal pour y développer une filiale de la Royal Black Winery.

Pour la première fois depuis bien longtemps, Colt sentit l'espoir renaître en lui.

Il avait hâte de partager cette espérance avec Sierra !

Sierra était en train de plier ses vêtements pour les mettre dans sa valise quand elle entendit les pas de Colt dans l'escalier.

Son estomac se contracta. Il y avait quelques jours encore, elle aurait été enthousiaste à l'idée de le voir, mais aujourd'hui cette perspective ne provoquait chez elle que de l'anxiété. Elle était angoissée par ce qu'elle s'apprêtait à faire, car elle savait, sans l'ombre d'un doute, que Colt ne comprendrait pas sa décision.

S'emparant d'un tiroir de la penderie rempli de sous-vêtements, elle en vida le contenu directement dans la valise.

C'est à ce moment-là que Colt entra dans la chambre. Elle sentit sa présence dans son dos sans avoir besoin de se retourner.

L'atmosphère se chargea d'électricité, et ses terminaisons nerveuses se hérissèrent en présence de cet homme qui avait pris une importance capitale dans sa vie.

— Sierra ?

La jeune femme se mordilla la lèvre. Elle n'avait pas besoin de voir son visage… La voix de Colt exprimait parfaitement ce qu'il ressentait !

De la surprise.

De la circonspection, aussi.

— Comment s'est passé ton rendez-vous au TTC ?

demanda-t-elle d'une voix neutre. As-tu résolu ton problème de livraison ?

— Ça s'est bien passé. Le vin arrivera à temps pour le festival. Est-ce que Micah dort ?

Il se rapprocha d'un pas tellement silencieux qu'elle en déduisit qu'il avait ôté ses bottes en rentrant dans la maison.

C'était un détail qui pouvait sembler futile au moment où leur relation s'apprêtait à faire naufrage, mais c'était une preuve de l'intimité qui s'était installée dans leur relation, bien au-delà de la chambre à coucher.

En vivant auprès de Colt ces dernières semaines, Sierra avait appris des tas de choses sur lui. Elle savait ainsi comment il aimait son café du matin… Elle savait qu'il se réveillait sans alarme, avec le lever du soleil… Elle savait qu'il bougeait avec une grâce athlétique, malgré sa haute stature…

Autant de choses qui lui manqueraient terriblement.

— Il s'est endormi en un rien de temps. Il était fatigué car il a beaucoup joué avec Haley et Jackson.

Elle referma le couvercle de sa valise et saisit la fermeture Éclair entre ses doigts tremblants.

— Je suis heureuse que tu aies pu résoudre ton problème…

— Sierra… que se passe-t-il ?

Il posa sa main sur la sienne, l'empêchant de refermer la valise.

— Pourquoi fais-tu tes bagages ?

La chaleur de la main de Colt faillit avoir raison de la carapace qu'elle s'était forgée. Il aurait été tellement simple de céder. De laisser leur attirance annihiler les aspects conflictuels de leur relation.

Oui… mais pour combien de temps ?

Si elle cédait maintenant, ils en seraient encore au même point demain !

Elle prit une grande inspiration et s'éloigna de lui.

Elle marcha vers le bureau en acajou qui se trouvait à côté du lit et récupéra le journal de Violetta.

Quand elle le tendit à Colt, elle lut de l'inquiétude et de la sollicitude dans ses yeux… Elle soupçonnait qu'il changerait malheureusement bien vite d'état d'esprit au moment où il comprendrait qu'elle avait mené des recherches dans son ranch…

— J'ai trouvé ça aujourd'hui dans le vieux moulin, expliqua-t-elle, tandis que le regard de Colt se posait sur l'objet qui se trouvait maintenant entre ses mains. Il s'agit du journal de Violetta.

Colt fronça les sourcils et retourna le journal, l'examinant avec attention.

Sierra était captivée par ses mains. Leurs caresses allaient tant lui manquer ! Tout comme le son de la voix du jeune homme… Pourquoi n'avait-elle pas réfléchi davantage à cela avant de s'attacher autant à lui ?

— Je ne comprends pas. Que faisais-tu au vieux moulin ? Le bâtiment est complètement en ruine !

Il leva les yeux sur elle. Son regard exprimait encore une certaine inquiétude.

— Je ne suis pas sûr que cet endroit soit assez sécurisé pour s'y promener avec un bébé…

Tout à coup, son expression changea et l'incompréhension fit place à de la méfiance.

— Tu y es allée pour rechercher ce journal, lâcha-t-il d'une voix blanche, en resserrant les doigts autour de l'objet en cuir. Comme tu envisageais d'écrire un livre sur Violetta, il était évident que tu sauterais sur l'occasion d'effectuer des recherches dans la propriété… Cammie avait bien dit que tu ne t'arrêtais pas de chercher tant que tu n'avais pas de réponses !

— Je pense que l'histoire de Violetta vaut la peine d'être racontée, s'empressa d'expliquer Sierra, sur la défensive malgré elle. Son histoire en tant que femme, mais aussi en tant que membre du TTC… Violetta refusait de se soumettre aux normes que la société voulait lui imposer. C'était une femme admirable et non conformiste ! Une femme qui n'avait pas peur de prendre des risques.

Le visage de Colt était devenu de marbre.

— Une femme qui a abandonné son bébé, lui rappela-t-il.

Sierra ouvrit de grands yeux. Laissait-il entendre que Sierra allait abandonner Micah, elle aussi ? Qu'il en ait eu l'intention ou non, il savait que c'était pour elle un sujet sensible…

— L'époque était différente, argua-t-elle. Violetta savait que son enfant serait toujours considéré comme un enfant illégitime, et que cela réduirait ses chances de réussir dans la vie. C'est ce qu'elle raconte dans son journal… Violetta aimait tellement son enfant qu'elle y a renoncé pour qu'il soit élevé par son père, Dean Wentworth, dans un environnement aisé.

Colt posa lentement le journal sur la valise de Sierra.

— Alors depuis le début, tu étais à la recherche de ce journal…, gronda-t-il.

Ses yeux bleus lançaient des éclairs.

— Ce qui m'amène à me demander si c'était finalement la seule et unique raison qui t'a poussée à accepter d'être la nounou de Micah, reprit-il. Tu as saisi cette opportunité parce que tu voulais explorer le ranch Fenwick…

Sierra hésita, consciente qu'il y avait un fond de vérité dans ce que Colt disait. Mais la situation était bien plus complexe.

— Tu ne peux pas remettre en doute mon amour pour Micah ! répliqua-t-elle. Je voulais passer du temps avec lui et j'ai été heureuse que tu m'en donnes l'occasion.

— Et pourtant je constate que tu fais tes bagages au moment même où le journal refait surface ! rétorqua Colt. J'en déduis donc que tu étais bien plus intéressée par tes recherches professionnelles que par Micah.

Il fit une pause, avant d'ajouter plus calmement :

— Ou que par moi.

L'éventualité qu'elle puisse le blesser en partant n'avait pas traversé l'esprit de Sierra. Elle sentit son cœur se serrer. Instinctivement, elle eut envie de tendre la main pour le toucher…

Mais… Colt n'avait-il pas dit clairement que leur relation n'avait pas d'avenir ? se souvint-elle.

Alors, elle enfouit les mains dans les poches de son jean.

— Tu répètes depuis le début que tu ne souhaites pas avoir de relation amoureuse, se défendit-elle. Tu as toujours clairement exprimé que tu retournerais en France et que tu y emmènerais Micah.

Une bouffée de panique la saisit. Avait-elle mal interprété la situation ? Colt avait-il, à un moment donné, envisagé de vivre avec elle quelque chose de plus sérieux ?

C'était fort peu probable ! Depuis le début, il n'avait qu'une idée en tête : la Royal Black Winery.

— Alors tu en as profité pour te consacrer à tes recherches professionnelles plutôt que d'explorer ce qui pouvait nous réunir…

Sierra se hérissa à ses paroles.

— Tu n'es pas juste ! riposta-t-elle. Je t'ai entendu dire à Micah, le jour où tu l'as récupéré, que je ne resterais que de façon temporaire et qu'il ne fallait pas qu'il s'attache à moi ! Mais je comprends, Colt, ta priorité, c'est ton fils, et il est normal que tu veuilles le protéger. C'est la raison pour laquelle je m'en vais. Je ne veux pas le faire souffrir. Il est plus sage de partir maintenant, avant qu'il ne s'attache trop à moi…

— Alors ta solution, c'est la fuite ? commenta Colt en écartant les bras avec un air incrédule. Pourtant, tu disais toi-même que Micah avait besoin d'un visage familier auprès de lui… Cela n'a donc plus d'importance ?

Sierra cilla.

Faisait-elle une erreur ? L'indignation exprimée par Colt la poussait à s'interroger…

Oui, mais voilà… Colt avait été tellement prompt à tirer des conclusions erronées quand il avait découvert qu'elle avait mené des recherches dans sa propriété ! Il ne lui avait pas accordé le bénéfice du doute. Comment pourrait-elle avoir une relation avec un homme qui la croyait capable du pire ?

Si elle déviait de la route qu'elle s'était fixée – à savoir se concentrer sur sa carrière professionnelle –, elle s'exposait aux mêmes blessures que celles qui l'avaient presque anéantie quatre ans plus tôt, quand elle avait réalisé qu'elle n'aurait jamais d'enfants. Se faire à l'idée de ne pouvoir enfanter était une chose, mais elle ne voulait pas imposer cette réalité à un homme.

— Micah te connaît bien maintenant, argua-t-elle. Tu sais le nourrir, le changer, lui lire des histoires avant qu'il ne s'endorme, le bercer pour l'apaiser… Micah n'a plus besoin de moi. Il t'a, toi !

Sierra se baissa pour ramasser un sac et se dirigea vers le bureau pour y ranger son matériel professionnel.

— En fait, tu as peur ! lança Colt d'une voix glaciale.

Oh oui, bien sûr qu'elle avait peur !

Elle était terrifiée à l'idée de perdre Micah. Et Colt aussi…

Cela dit, plus elle resterait, plus elle souffrirait.

— Tu dis ça, toi, qui projettes de partir pour la France ! Alors nous sommes deux à avoir peur.

Elle referma la fermeture Éclair de son sac et passa la bandoulière sur son épaule.

Colt parut hésiter à répondre.

Sierra espéra en bref instant qu'il lui dise qu'elle s'était trompée… Qu'il ne déménageait pas et qu'il voulait vivre avec elle…

Elle espéra qu'il lui dise que ce n'était pas grave si elle ne pouvait pas avoir d'enfants…

Mais, quand Colt reprit la parole, ses mots furent bien différents :

— Laisse-moi porter tes bagages.

Ses doigts effleurèrent le bras de Sierra au moment où il lui prit son sac des mains. Un frisson parcourut le bras de la jeune femme qui se remémora alors d'autres contacts plus intimes…

Le visage de Colt n'était, hélas, plus qu'un masque figé.

Elle recula pour le laisser récupérer sa valise, après avoir posé le journal de Violetta sur le lit.

Son attention resta un moment focalisée sur le livre relié de cuir. Même si elle souffrait terriblement, elle ne pouvait s'empêcher de penser à Violetta, cette femme dont la destinée peu conventionnelle l'avait tant inspirée au cours des derniers mois…

— Que vas-tu faire de ce journal ? lui demanda-t-elle. Je suis sûre que Harmon serait heureux de savoir que Violetta l'aimait… Et puis c'est un objet qui pourrait intéresser un historien local.

Colt l'observa d'un regard qui s'était durci à mesure qu'un fossé immense s'était creusé entre eux.

— C'est toi qui écris un livre sur Violetta et sur le TTC, alors c'est toi que ce journal peut intéresser le plus.

Il s'immobilisa sur le seuil de la chambre et se retourna vers elle.

— Prends-le, lui dit-il. Quand tu auras terminé de l'exploiter, alors je le remettrai à Harmon. C'est lui qui décidera quoi en faire. C'est la famille qui compte par-dessus tout.

Ces derniers mots heurtèrent Sierra. La famille comptait pour elle aussi. Et, si elle avait parfois eu l'impression de faire partie de la famille de Colt et Micah, elle comprenait aujourd'hui que cela n'avait jamais été le cas…

Ravalant son amertume, elle ramassa le journal.

Si son travail était tout ce qui lui restait, alors cet objet serait d'une précieuse aide pour l'écriture de son livre.

— Merci…, murmura-t-elle.

Mais Colt était déjà parti. Le bruit de ses pas dans l'escalier était plus lourd maintenant qu'il portait les bagages de Sierra.

La jeune femme le suivit en serrant le journal de Violetta contre sa poitrine.

Elle espérait que ce témoignage de la vie d'une femme exceptionnelle lui permettrait de soulager son cœur brisé.

- 13 -

Le Wine and Roses Festival se déroulait sous un ciel sans nuages et un soleil radieux qui mettait en valeur les jardins du Texas Cattleman's Club

Parmi les nombreux stands de dégustation, celui de Colt proposait aux visiteurs de découvrir les vins français de son domaine.

Le jeune homme aurait dû se sentir heureux du franc succès qu'il remportait, mais ni l'affluence, ni la météo exceptionnelle ne parvenaient à dissiper le nuage sombre qui pesait toujours au-dessus de sa tête, une semaine après le départ de Sierra. C'était la colère qui avait dominé au départ, mais au fil des jours Colt avait réalisé qu'il était, en réalité, complètement dévasté.

Il fit un signe de tête à un couple qu'il connaissait, mais fut soulagé que l'homme et la femme ne viennent par lui parler. Il n'était tout simplement pas d'humeur à discuter.

Pourtant, les commandes auprès de la Royal Black Winery s'accumulaient. Les clients locaux n'achetaient pas seulement une bouteille de vin… ils en achetaient plusieurs caisses !

Colt savait qu'il aurait dû être ravi de ce triomphe et touché que de nombreux habitants de Royal se souviennent de son grand-père et aient à cœur de l'aider à concrétiser son rêve…

Malgré tout, sans Sierra à ses côtés, cette réussite n'avait, pour le jeune homme, aucune saveur.

Le Wine and Roses Festival se déroulait toute la journée en plusieurs lieux de la ville, dont le Cimarron Rose, le B & B où il savait que Sierra s'était à nouveau installée. Tel un ado énamouré, il était passé plusieurs fois devant l'établissement au cours de la semaine, espérant apercevoir la jeune femme. Il ressentait le besoin de comprendre comment la situation avait pu déraper ainsi entre elle et lui.

Il aurait tant aimé pouvoir revenir en arrière et s'y prendre autrement !

Colt s'était résigné à embaucher Katie-Lynn pour s'occuper de Micah. La candidate qui avait beaucoup plu à Sierra lors de son entretien s'était avérée agréable et très compétente. Il avait néanmoins du mal à se réjouir de cette présence aux côtés de Micah, car elle lui rappelait trop cruellement l'absence de l'ancienne nounou de son fils…

Alors qu'un orchestre entamait un morceau de musique country, Colt s'efforça d'arborer un visage plus avenant. Dans la foule des visiteurs, il reconnut Lana Langley, la fiancée de Carson Wentworth, qui, accompagnée de sa belle-sœur, Abigail Langley Price, s'arrêta devant son stand. Les deux femmes examinèrent les bouteilles en exposition sur la table et lurent les panneaux relatant l'histoire du domaine viticole de Colt en France. La société d'événementiel qu'il avait recrutée pour le festival avait fait du bon travail pour l'aider à lancer sa communication sur le sol américain.

Abigail se pencha pour choisir l'un des verres de dégustation, bientôt imitée par Lana qui entreprit de goûter tour à tour les trois vins proposés.

— C'est vraiment super, Colt, commenta Abigail en

soulevant une bouteille de malbec pour en examiner l'étiquette. Ton grand-père serait tellement fier de toi !

— Merci, Abby.

Il se dit que son rôle était de faire la promotion de son vin auprès des deux jeunes femmes, mais, après une semaine loin de Sierra, il n'avait pas le cœur à discuter affaire alors que l'une des personnes qui lui faisaient face savait peut-être quelque chose au sujet de la femme qui lui manquait si cruellement.

— J'ai cru, euh… entendre dire que Sierra allait parler ce soir, fit-il d'un ton qu'il tenta de rendre désinvolte.

Apparemment, la jeune femme allait lire des extraits du journal de Violetta Ford en rapport avec le Texas Cattleman's Club. L'association des femmes au sein du TTC avait en effet organisé une lecture pendant le dîner qui clôturerait le festival. Violetta était devenue une héroïne pour les membres féminins du club…

Quelque chose dans la voix de Colt dut alerter Lana car elle fit deux pas pour se rapprocher d'eux. La réaction d'Abby fut plus subtile, mais ce fut bien de la curiosité qui s'alluma dans son regard bleu.

— Sierra doit dire quelques mots sur le journal de Violetta, en effet, affirma Abby avant de lui tendre sa carte de crédit en indiquant qu'elle voulait acheter deux caisses de malbec. Je suis sûre qu'elle va bientôt arriver. Lana et moi l'avons croisée dans le jardin du Cimarron Rose. Elle était déjà en tenue pour le dîner…

Colt avait un souvenir très précis de sa première rencontre avec Sierra dans ce jardin. Ils avaient partagé un banc, et elle avait tenté de lui expliquer comment elle avait fait le lien entre le journal d'Arielle et lui… Il était contrarié, fatigué par le décalage horaire et horrifié à l'idée d'avoir pu engendrer un enfant sans le savoir. Et pourtant, dès cet instant, il avait ressenti de l'attirance pour Sierra…

Bon sang, comme elle lui manquait ! À chaque instant du jour et de la nuit, il avait envie qu'elle soit à ses côtés.

— Sierra nous a raconté que tu lui avais laissé emprunter le journal de Violetta, afin qu'elle puisse l'étudier. C'est vraiment gentil à toi… Nous sommes toutes impatientes d'en apprendre davantage sur cette femme au caractère bien trempé !

La gorge de Colt se serra quand il entendit que Sierra avait parlé de lui de façon positive, alors que c'était elle qui avait retrouvé le journal… pas lui ! Il lui avait même reproché avec véhémence ses recherches, alors qu'il avait toujours su que se mettre en quête de réponses était inhérent au travail de journaliste.

Pourquoi avait-il toujours considéré cette compétence comme négative ? se demandait-il. Les journalistes d'investigation n'étaient pas tous à la recherche de scandales… « Je travaille pour la *Royal Gazette*, pas pour un journal à scandale ! » lui avait dit Sierra quand ils s'étaient rencontrés. Et, en effet, elle n'avait jamais rien fait de contestable. Colt s'était forgé une vision erronée des médias. Une vision qui datait de l'époque où ses parents étaient morts. Il n'avait pas essayé d'aller au-delà de l'image qu'il en avait gardée. Au temps pour lui !

— C'est Sierra qui a fait tout le boulot, dit-il enfin, réalisant qu'il se montrait impoli envers ces deux femmes qui tentaient de soutenir son commerce. Elle a cherché le journal dans la propriété, tout en s'occupant de Micah. Et le soir, elle travaillait sur son livre.

— Il est bien connu que les femmes savent mener plusieurs choses de front ! commenta Lana avec un clin d'œil. Quoi qu'il en soit, j'imagine que Micah doit beaucoup lui manquer…

Colt se demanda si Sierra avait ressenti la même sensation de vide que lui, tout au long de la semaine. Puis, il réalisa qu'il tenait une excellente excuse pour tenter de lui parler… Il pourrait ainsi lui proposer de lui rendre visite avec Micah dans les prochains jours… Cela faisait une semaine qu'elle ne l'avait pas vu !

Abigail récupéra sa carte de crédit et ajouta :

— Sierra nous a raconté que tu comptais retourner bientôt en France…

Colt tourna la tête pour sonder le regard d'Abby. Il mourait d'envie qu'elle lui relate tout ce que Sierra lui avait dit…

— Je n'ai pas encore pris de décision définitive, se contenta-t-il de répondre. J'ai encore beaucoup de choses à régler ici…

Lui qui avait été si pressé de retourner en France, traînait maintenant des pieds pour mettre son plan en pratique !

Depuis sa rupture avec Sierra, tout était resté en suspens.

Une semaine plus tôt, il avait été sur le point de proposer à Sierra de vivre avec lui, une fois qu'il reviendrait de France, mais ses projets avaient volé en éclats quand il était rentré chez lui après son rendez-vous avec Carson et avait trouvé Sierra en train de faire ses valises…

La découvrir ainsi sur le départ l'avait fait complètement dérailler ! Alors, il s'en était pris à elle à la première occasion… C'est-à-dire lorsqu'elle lui avait avoué avoir cherché le journal de Violetta…

— Je suis sûre que tu réaliseras bientôt à quel point Royal te manquera, si tu devais la quitter pour de bon, déclara Abby en glissant son reçu dans son sac à main. Les Black ont toujours vécu à Royal…

Lana tapota l'une des bouteilles de vin de son ongle rose.

— D'ailleurs, c'est écrit sur l'étiquette ! renchérit-elle. Et puis Micah est un peu l'enfant de toute la ville, quand on se souvient de la façon dont tous les habitants se sont soudés autour de lui. Sais-tu combien de personnes étaient prêtes à l'adopter ? En tout cas, moi, j'étais prête à faire la queue pour devenir sa maman bénévole, mais personne n'aurait pu le faire mieux que Cammie Wentworth.

Pour la première fois depuis qu'il était revenu à Royal, Colt ne ressentit pas de culpabilité à l'idée de ne pas avoir été présent lors de la naissance de son fils. Entendre Lana parler de la façon dont sa ville natale s'était soudée autour de Micah lui réchauffait le cœur et le rassérénait. Dans quelle autre ville que Royal y avait-il une communauté aussi altruiste et engagée ? Si c'était important pour Sierra, alors il resterait à Royal.

Tandis que les jardins du TTC se remplissaient de visiteurs déambulant parmi les stands de dégustation ou dansant au son de l'orchestre, Colt scrutait fiévreusement les alentours, espérant distinguer la silhouette de Sierra.

Il avait à cœur de tenter d'arranger la situation.

Il voulait être un homme meilleur pour elle !

— Micah est adorable, dit-il en souriant.

Il reprenait peu à peu espoir. Certes, la situation demeurait compromise, mais il y avait certainement encore une chance de sauver sa relation avec Sierra.

— Je serai toujours très reconnaissant à toutes les personnes qui ont pris soin de mon fils, reprit-il. Quant à rester Royal, il n'y a qu'une seule personne qui pourrait m'y inciter, mais je ne suis pas sûr qu'elle veuille encore de moi.

Abby Langley Price dissimula un sourire.

— Tu n'as qu'à lui demander, dit-elle en désignant quelqu'un dans le dos de Colt.

Pivotant sur ses talons, celui-ci aperçut alors Sierra qui sortait du club-house. La jeune femme était vêtue d'une longue robe noire à l'encolure haute, fendue largement sur la cuisse, ce qui lui conférait une allure terriblement sexy.

— Sierra…

Elle était trop loin pour l'entendre, mais pourtant, comme si elle avait senti le regard de Colt sur elle, elle se retourna soudainement et ses yeux verts s'accrochèrent à ceux du jeune homme, malgré la distance.

Colt se tourna brièvement vers Abby et Lana.

— Mesdames, si vous voulez bien m'excuser…

Il fallait absolument qu'il parle à Sierra !

Mû par une détermination renouvelée, il marcha d'un pas décidé vers elle. Car il ne pouvait pas poursuivre son existence sans lui avoir exprimé à quel point elle lui manquait…

À quel point il l'aimait…

Il avait mis du temps à l'admettre, par peur de bouleverser ses projets et de ne pas respecter l'engagement qu'il avait pris en mémoire de son grand-père. Et pourtant, au plus profond de son cœur, il savait que ce dernier n'aurait jamais accepté qu'il sacrifie son bonheur pour un domaine viticole !

Il espérait ardemment qu'il n'était pas trop tard pour que Sierra réalise qu'ils étaient faits l'un pour l'autre…

Sierra n'en revenait pas.

Quelle coïncidence que ses yeux se soient posés sur Colt dès l'instant où elle était sortie dans les jardins du Texas Cattleman's Club ! Il y avait pourtant près de deux cents personnes qui déambulaient de stand en stand ou qui écoutaient l'orchestre…

Deux cents personnes… et c'était Colt qu'elle voyait en premier ! Était-ce le destin qui lui donnait un petit coup de pouce ?

Bien évidemment, elle avait détourné le regard aussitôt. Elle avait remonté légèrement sa robe pour ne pas l'abîmer et s'était dirigée d'un pas précipité dans la direction opposée au jeune homme.

Sans vraiment savoir où elle allait, elle emprunta une allée qui se terminait par une tonnelle couverte de roses abritant un banc en bois.*Me voilà dans une impasse !* songea-t-elle. Et il n'y avait personne autour avec qui prétendre faire la conversation. Elle avait dû sortir du périmètre du festival sans s'en rendre compte…

Faisant brusquement volte-face, elle se heurta à ce qu'elle crut être un mur, mais qui était en réalité un torse d'homme !

— Aïe ! laissa-t-elle échapper en rebondissant sur cette poitrine musculeuse.

Deux mains puissantes lui agrippèrent les bras pour la stabiliser.

Une odeur de pin et de santal lui indiqua l'identité de l'homme qu'elle avait heurté avant même qu'elle ne relève la tête et découvre une paire d'yeux cobalt qui lui était ô combien familière…

Elle suspendit son souffle, et la terrible solitude de cette semaine passée loin de Colt lui revint en mémoire.

Oui, mais… Il était là.

Extrêmement séduisant dans sa tenue de soirée… Rasé de près et les cheveux récemment coupés, Colt était manifestement prêt à assister au fameux dîner « Roses Under the Stars ».

S'y rendrait-il en compagnie d'une femme ? se demanda Sierra. Cette possibilité fit remonter son cœur dans sa gorge.

— Je suis désolé, Sierra, dit Colt.

Ses mots l'enveloppèrent alors que ses mains relâchaient ses épaules.

— Je ne voulais pas t'effrayer, reprit-il. J'essayais juste d'attirer ton attention.

Sierra fronça les sourcils. L'avait-il appelée ? Elle avait été tellement accaparée par sa fuite qu'elle n'avait rien entendu…

Des guirlandes s'allumaient peu à peu dans les jardins à mesure que la nuit tombait. Bientôt, il lui faudrait délivrer son discours… Pourtant, la soirée s'annonçait tellement belle qu'elle n'avait aucune envie de rentrer à l'intérieur du TTC.

— Ce n'est rien, répondit-elle en esquissant un sourire poli. Je vais bien. Que voulais-tu ? Micah se porte bien ?

— Micah va très bien, la rassura-t-il aussitôt, avant de refermer sa main puissante sur son bras. Je voudrais te parler quelques minutes… Je sais que tu dois t'exprimer en public dans peu de temps, mais je ne serai pas long…

— Je suis venue me réfugier ici pour calmer ma nervosité à l'idée de présenter… euh, le journal de Violetta.

Elle avait prononcé ces mots non sans une certaine hésitation, se demandant comment Colt prendrait la chose. Lui avait-il pardonné d'avoir mené des recherches dans sa propriété ?

— Nous pourrions nous asseoir quelques instants, lui proposa-t-il en esquissant un geste vers le banc sous la tonnelle. Je te promets que tu seras à l'heure pour ta présentation.

Le rythme cardiaque de Sierra s'était accéléré. C'était

comme si une tempête se déchaînait à l'intérieur d'elle-même.

Colt ne paraissait pas du tout fâché après elle ! Se pouvait-il qu'il ait changé d'avis au sujet du journal ?

Et au sujet de leur relation… ?

Mais, si tel était le cas, pourquoi n'avait-il pas pris la peine de l'appeler au cours de la semaine ? Il fallait, quoi qu'il en soit, qu'elle sache à quoi s'en tenir.

— Asseyons-nous, dit-elle en hochant la tête avant de se diriger vers le banc.

Le simple contact des doigts de Colt au bas de son dos la grisa. Elle avait oublié à quel point elle aimait qu'il la touche.

Les rires en provenance de l'enceinte du festival lui rappelèrent que d'autres personnes se trouvaient non loin de là. Pourtant, la tonnelle de roses procurait un sentiment d'intimité à l'écart de la foule. Quant au parfum des fleurs, il resterait toujours, dans son esprit, associé à ce moment partagé avec Colt…

Elle prit place sur le banc en prenant soin de laisser un espace raisonnable entre eux, sans pour autant avoir l'air de l'éviter à tout prix. La perspective qu'il la touche à nouveau rendait son corps hyper sensible à la présence du jeune homme à ses côtés.

— Tu m'as manqué, déclara Colt sans préambule. Plus que je ne saurais l'exprimer…

Prise au dépourvu, Sierra cilla. Avait-elle bien entendu ? Elle envisagea l'espace d'un instant que le parfum des roses lui soit monté à la tête ! À elle, en tout cas, Colt lui avait douloureusement manqué. Jamais elle n'avait éprouvé ça par le passé. Jamais elle n'avait aimé un homme à ce point…

— Je…

Elle s'interrompit, ne sachant que répondre. Elle s'était préparée à affronter la colère de Colt… Pas à ça !

— Vraiment ? ne put-elle s'empêcher de demander.

Il secoua la tête d'un air désolé.

— Que tu puisses en douter me montre combien je m'y suis mal pris avec toi…

Sierra le dévisagea avec avidité. Elle n'avait pas remarqué jusqu'alors les cernes qui soulignaient ses yeux, mais, dans l'ombre de la tonnelle, celles-ci lui apparaissaient clairement.

Avait-il eu du mal, lui aussi, à trouver le sommeil ?

Leur dispute l'avait-elle tenu éveillé toutes les nuits, comme cela avait été le cas pour elle ?

— Je ne comprends pas, fit-elle, refusant de s'emballer. Tu m'as manqué, toi aussi, mais je sais que tu as toujours l'intention de quitter Royal. Quant à moi, j'ai décidé de rester focalisée sur ma carrière et de faire de mon mieux pour vivre en paix avec mes problèmes de… fertilité.

Le jeune homme lui prit la main et la serra entre les siennes.

Qu'est-ce qui faisait qu'avec Colt, Sierra se sentait aussi précieuse ? Une boule se forma dans sa gorge à la pensée qu'elle ne retrouverait peut-être jamais cette sensation avec quiconque…

— Si je t'ai manqué autant que tu m'as manqué, alors je crois que nous pouvons résoudre nos différends, affirma Colt. Car nous tenons beaucoup l'un à l'autre, n'est-ce pas ?

— Je tiens à toi…, assura Sierra. Énormément ! Mais…

— Il n'y a pas de mais qui tienne ! Discutons-en… Moi, je suis prêt à faire beaucoup de compromis pour que nous nous retrouvions, toi et moi.

Sa voix était devenue forte. Affirmée.

Pourtant, Sierra décela de la vulnérabilité dans ses yeux.

— Pour commencer, je n'irai pas en France, sauf si tu viens avec moi. C'est à toi d'en décider.

Elle se raidit quelque peu, devinant qu'elle n'était pas au bout de ses surprises.

— J'irais en France bien volontiers, si tu voulais que je t'accompagne. Je pourrais me consacrer à l'écriture d'articles de voyages… Mais cela ne résout en rien le problème essentiel…

Elle se sentait nerveuse de devoir aborder ce sujet. D'ailleurs, si Colt ne lui avait pas tenu la main en la regardant comme il le ferait avec un cheval blessé, elle ne serait sûrement pas restée assise sur ce banc…

— Mon problème…, reprit-elle d'une petite voix tremblante. Un problème contre lequel personne ne peut rien.

— Alors peut-être devrais-tu cesser de le considérer comme un problème, Sierra.

Il serra sa main dans la sienne et, de l'autre main, lui caressa la joue.

— Je t'aime. J'aime tout chez toi… Il n'y a rien que je voudrais changer, car si je le faisais, tu ne serais plus la femme incroyable et unique que tu es !

Un sanglot s'échappa de la gorge de Sierra qui couvrit sa bouche de sa main, comme pour canaliser son émotion.

— Toi aussi, tu es incroyable, répondit-elle, les larmes aux yeux. Et je… je tiens énormément à toi. Mais comment es-tu aussi certain de m'aimer ?

— L'amour défie toute logique, tu sais… Seul le temps me permettra de te prouver mon amour, mais, crois-moi, celui-ci est bel et bien réel. Cette semaine sans toi a été insupportable. Tout à l'heure, deux femmes que tu connais se sont arrêtées à mon stand dans l'intention d'acheter du vin… Eh bien, je n'ai pas été capable de dire quoi que ce soit d'intéressant sur mon vin, car je brûlais d'envie de leur poser des questions à ton sujet !

Sierra laissa échapper un petit rire. Comme il serait facile de tomber dans les bras de Colt et d'absorber tout l'amour qu'il exprimait !

— Je n'ai pas pu penser à autre chose qu'à toi et à Micah, confessa-t-elle à son tour.

Elle pencha la tête pour la laisser reposer contre la main de Colt, savourant le contact de ses doigts sur sa tempe.

Puis, elle prit une profonde inspiration avant de prononcer les mots qu'elle s'était pourtant juré de ne plus jamais dire à personne…

— Je t'aime moi aussi, de tout mon cœur. Et comme je t'aime, je ne veux pas te faire de mal. Comment peux-tu être sûr que tu ne souffriras pas un jour de ne pas pouvoir avoir d'autres enfants ? Et si tu venais à regretter… ?

Colt embrassa ses lèvres pour l'empêcher de poursuivre et dit contre sa bouche :

— Accorde-moi de savoir de quoi mon cœur est fait !

Comme il s'écartait d'elle, Sierra plongea le regard dans ses yeux bleus qui ne vacillaient pas.

— Je sais ce que je veux, et ce que je veux, c'est toi ! reprit Colt. Si je ne peux t'avoir, je n'aurai pas pour autant d'autres enfants, car j'aurai laissé partir la seule femme que je désire à mes côtés. Et la seule mère que je souhaite pour Micah.

Il y avait une telle conviction dans ses paroles que Sierra le crut sans l'ombre d'un doute.

Elle ressentait l'immensité de son amour pour elle.

À nouveau, elle fut saisie d'un sanglot… mais d'un sanglot de joie cette fois. Elle se jeta dans ses bras.

— Je t'aime tellement, Colt, dit-elle en le serrant convulsivement. C'est toi l'homme de ma vie. Pour toujours !

Elle s'accrocha à lui sans prendre garde à ne pas froisser sa robe. Et peu importait que son mascara coule ou que ses cheveux soient décoiffés !

Bientôt, il lui faudrait parler devant les membres du Texas Cattleman's Club et elle aurait probablement une drôle d'allure ! Mais les habitants de Royal savaient que ce qui lui importait, c'était d'écrire des histoires dignes d'intérêt, et non d'être une reine de beauté !

Son histoire à elle connaissait une fin heureuse aux côtés de l'homme de ses rêves.

Une fin qu'elle n'aurait jamais osé imaginer.

Vous avez aimé *Ce rancher si troublant* ?
Retrouvez sur Harlequin.fr les autres romans
au sujet de Micah, le bébé abandonné !

1. *Le bébé de l'espoir*
2. *Éprise de son rival*
3. *La mariée de papier*
4. *Ennemis et fiancés*
5. *Une famille pour le play-boy*
6. *Ce rancher si troublant*

Retrouvez prochainement,
dans votre collection

PASSIONS

Incontrôlable désir, d'Yvonne Lindsay - N°1031

Pour rien au monde Stevie ne sacrifierait son indépendance si durement acquise. Alors quand le très attirant Fletcher arrive dans son hôtel pour deux semaines, elle reste sur ses gardes. Jusqu'à ce qu'un flirt innocent la conduise à passer une nuit entre ses bras... Une nuit fabuleuse, mais aux conséquences inattendues : enceinte, Stevie reçoit bientôt de Fletcher une proposition de mariage !

Père pour Noël, de Brenda Harlen

Wilder est sous le choc : un bébé est à sa porte ! *Son* bébé ? Tandis que cette idée fait naître en lui une émotion inattendue, voilà que Beth, la tante du petit Cody, conteste sa capacité à être un bon père. Certes, Wilder est un célibataire endurci et n'a jamais envisagé de fonder une famille jusqu'ici, mais comment pourrait-il tourner le dos au petit être débarqué dans sa vie le matin de Noël ? Résolu à découvrir le lien qui l'unit à son fils, Wilder propose à Beth de passer les fêtes chez lui, avec l'enfant...

Un chantage odieux, de Maureen Child - N°1032

Une luxueuse croisière vers Hawaï qui aurait dû être paradisiaque... Au lieu de cela, Mia a une révélation fracassante à faire à Sam, le propriétaire de la compagnie maritime : leur divorce n'a jamais été enregistré, ils sont toujours mariés ! Malgré elle, Mia est bouleversée par ses retrouvailles avec Sam et le désir qu'elle sent renaître pour lui. Or son trouble grandit encore lorsque son époux la soumet à un odieux chantage : il lui accordera le divorce si elle revient dans son lit...

Un rancher à conquérir, de Stella Bagwell

Camille n'est pas spécialement ravie d'accueillir dans son ranch Matthew, un ami de son frère venu leur prêter main-forte. Mais ce qui l'agace davantage encore, c'est le trouble inouï qu'elle ressent soudain pour cet homme qu'elle évite depuis des années. Tandis qu'ils se rapprochent dangereusement, Camille redoute que Matthew ne brise le cœur qu'elle est si tentée de placer entre ses mains...

Si proche d'un rival, de Maisey Yates - N°1033

Honey est folle de colère. Son père a vendu leur vignoble à Jericho, un ami de la famille qui l'attire depuis l'adolescence. Pour échapper à cette situation intenable, elle prend une décision radicale : quitter le domaine. Mais, tandis qu'elle est sur la route, une violente tempête de neige se lève. Sauvée in extremis par Jericho, elle trouve refuge avec lui dans un chalet isolé et glacial que seuls pourraient réchauffer le feu de l'âtre et la chaleur de leurs bras…

Les secrets d'Alexa, de Nadine Gonzalez

De retour à Royal pour aider sa famille, Alexa ne s'attendait pas à tomber sur Jackson, son rival depuis le lycée, qui est passé de « mignon » à « beau à se damner ». Bien qu'ils se rapprochent naturellement, elle sait qu'elle doit se concentrer sur ses affaires et donc éviter de se laisser emporter par des sentiments inopportuns. Car si une relation avec Jackson est très tentante, Alexa n'est pas prête à lui révéler ses secrets…

Un amour du passé, de Joanne Rock - N°1034

Série : De retour à Catamount 3/3

Si Lark se trouve aujourd'hui à Catamount, c'est pour sauver son héritage, et certainement pas pour renouer avec son ex-mari, Gibson. Hélas, si elle le tient à distance, lui semble déterminé à ranimer la flamme de leur amour brisé. Vaincue au jeu de la séduction, Lark succombe à ses baisers enivrants et s'abandonne entre ses bras… jusqu'à ce que le doute l'emporte : peut-elle donner à Gibson une seconde chance ?

Une irrésistible comédie, de Brenda Jackson

Paige est furieuse : trahie par son fiancé, elle voit l'infidélité de celui-ci étalée dans tous les journaux ! Pour échapper au scandale, elle se réfugie dans un vignoble où elle a la surprise de retrouver Jess, qui autrefois faisait battre son cœur. Et quand son ex tente de la reconquérir, Paige décide avec Jess de prétendre qu'ils sont ensemble. Une comédie difficile à jouer pour Paige, alors qu'elle succombe peu à peu au charme de Jess…

Un mariage inoubliable, d'Andrea Laurence - N°1035

SÉRIE : LES MARIÉES DE NASHVILLE 3/4

Gretchen est exaspérée : ce n'est pas parce que Julian Cooper est un acteur célèbre qu'elle doit se plier à ses caprices et lui servir de cavalière le temps d'un mariage ! Et ce, même s'il refuse d'apparaître seul après une rupture médiatisée, même si l'agence de *wedding planner* qu'elle a montée avec ses amies s'enorgueillit d'avoir toujours satisfait ses clients… et même si la beauté de Julian lui coupe le souffle !

Le défi de Noël, d'Andrea Laurence

SÉRIE : LES MARIÉES DE NASHVILLE 4/4

Rien n'effraie Natalie en matière d'organisation de mariage. C'est son métier, et elle y excelle ! Mais cette fois-ci tout est différent : son amie de lycée, Lily, lui a demandé de préparer son mariage en urgence pour les fêtes de Noël, qui tombent dans un mois seulement… Pire encore, elle devra s'associer avec Colin, le frère de Lily, pour s'assurer que tout sera prêt dans les temps. Ce seul nom suffit à éveiller en elle des sentiments inavoués…

Héritiers et ennemis, de Karen Templeton - N°1036

À la lecture du testament de son père, Deanna sent une rage monter en elle. Ainsi, elle hérite du ranch familial à parts égales avec… Josh Talbot ! Josh, l'homme dont elle était follement amoureuse adolescente… Josh, à cause duquel elle a quitté la région pour ne plus souffrir. Alors, aujourd'hui qu'elle a refait sa vie à Washington et qu'elle attend un enfant, il est absolument hors de question qu'elle le revoie. Et encore moins qu'elle partage la demeure familiale avec lui…

Un délicieux supplice, de Janice Maynard

Dans le regard sombre de Gil, Britt a vu défiler bien des émotions depuis leur rencontre. De l'hostilité, d'abord, quand elle lui a annoncé qu'elle enquêtait sur la disparition d'un membre du Texas Cattleman's Club. De l'arrogance, ensuite, lorsqu'elle a exigé de lui qu'il coopère. À présent, les yeux de Gil, chargés de désir, l'envoûtent… Jusqu'à ce que cet homme mystérieux pose sa bouche sur la sienne. Et la condamne à un délicieux supplice…